그 언덕에는 얼마나 많은 황금이

그 언덕에는 얼마나 많은 황금이

홍한별 옮김

C 팸 장 장편소설

민음사

나의 아버지 장훙젠에게,
사랑하지만 잘 모르는 분

이 땅은 너희 땅이 아니다.

일러두기

1 원서에 이탤릭체로 강조된 부분은 고딕체로 구분했다.
2 각주는 모두 옮긴이 주이다.
3 판면 상단에 행 비움을 나타낼 때는 … 로 표시했다.

1부

XX62

금

간밤에 바가 죽었고 그래서 은화 두 개를 구해야 한다.

샘이 아침부터 성난 기운을 내뿜고 있지만 루시는 집 밖으로 나가기 전에 무슨 말이라도 해야만 할 것 같다. 침묵이 무겁게 얹혀 루시가 굴복할 때까지 짓누른다.

"미안해요." 루시는 침대 위의 바에게 말한다. 사방이 검은 탄가루로 뒤덮인 컴컴하고 더러운 오두막 안에서 바의 몸에 덮인 시트 한 장만 유일하게 깨끗하다. 바는 살아 있을 때 집 안 꼴이 더럽든 말든 신경 안 썼는데 죽은 지금도 매몰차게 찡그린 눈이 집 안에 머물지 않고 지나간다. 루시를 지나서. 샘에게로. 바가 아끼던 자식 샘이 너무 큰 부츠를 신고 문간에서 초조하게 맴돈다. 샘은 바가 살아 있을 때는 바의 말을 신줏단지처럼 받들더니 지금은 눈도 마주치지 않으려 한다. 그걸 보고야 루시는 확연히 느낀다. 바가 정말로 죽었구나.

루시는 맨발 엄지발가락으로 흙바닥을 파면서 샘이 귀 기울이게 하려면 뭐라 해야 할지 할 말을 찾는다. 수년 동안 쌓인 상처를 덮으려면. 하나뿐인 창문으로 들어오는 빛 안에 먼지가 유령처럼 떠 있다. 먼지를 흩어 놓을 바람 한 점 없다.

무언가가 루시의 척추를 찌른다.

"탕." 샘이 말한다. 샘은 열하나 루시는 열둘, 마가 말하길 샘은 나무 루시는 물, 그런데 샘이 30센티는 더 작다. 샘은 어리고 여려 보이지만 그렇게 보이는 것일 뿐이다. "너무 느려. 죽었어." 샘은 통통한 손가락을 들어 올리며 상상의 총구를 후 하고 분다. 바가 그랬던 것처럼. 지당한 방법이지, 바는 말했다. 루시가 리 선생님이 새로 나온 권총은 안이 막히지 않아 굳이 불 필요 없다고 했다고 말하자 바는 루시의 뺨을 갈기는 게 지당하다고 판단했다. 눈 안쪽에서 별이 폭발했고 콧속에서 날카로운 통증이 터졌다.

루시의 코는 다시 반듯해지지 않았다. 루시는 코를 만지작거리며 생각한다. 저절로 낫도록 내버려 두는 게 지당한 방법이라고 바는 말했다. 시커멓게 번졌던 멍이 흐릿해진 다음 바는 루시의 얼굴을 보고 고개를 끄덕였다. 이 모든 게 다 계획대로라는 듯이. **건방지게 굴면 어떻게 되는지 명심하게 하는 지당한 방법이야.**

샘의 갈색 얼굴은 지저분하고 (샘 생각에) 인디언 전사처럼 화약 가루를 시커멓게 발라 놓았지만, 그 아래 피부는 흠 없이 매끈하다.

루시는 이번만은, 담요 아래 바의 주먹이 아무 힘이 없으니까—그리고 어쩌면 루시는 착한 애일지도 모르니까, 똑똑한 애일지도 모르니까, 마음 한구석에 바를 화나게 하면 바가 자기에게 주먹을 휘두르려고 일어날지도 모른다는 생각이 드니까—평소에 하지 않는 행동을 한다. **자기 손을 들어 손가락으로 겨눈다.** 검은 칠이 지워져 젖살이 드러난 샘의 턱을 찌른다. 샘이 저렇게 쑥 내밀고 있지만 않으면 곱다는 소리를 들을 턱선이다.

"너도 탕." 루시가 말한다. 루시는 샘을 무법자처럼 문밖으로 밀친다.

햇볕이 두 아이를 바싹 말린다. 건기가 한창이고 비가 온 게 언제인지 아득하다. 이들이 사는 골짜기는 사방이 흙밭이고 개울 하나가 땅을 반으로 가르며 구불구불 흐른다. 시내 이편에는 광부들이 사는 얼기설기 지은 오두막이 있고 저편에는 번듯한 벽과 유리창이 있는 돈 들인 건물이 있다. 그리고 그 주위 사방에 금빛으로 그을린 끝없는 언덕이 있다. 구릉지의 웃자란 말라붙은 풀밭에 탐광꾼 어중이떠중이나 인디언 야영지가, 바케로,* 여행자, 무법자 무리가, 그리고 탄광, 또 탄광이, 그 너머, 또 그 너머에도 숨어 있다.

샘은 작은 어깨를 당당히 펴고 개울을 건넌다. 텅 빈 황무지에서 붉은색 셔츠가 악을 쓴다.

처음 여기 왔을 때는 여기에도 기다란 누런 풀이 있었고 언덕 마루에는 키 작은 참나무가 있었고, 비가 내리고 나면 양귀비꽃이 피었다. 삼 년 반 전 홍수에 참나무 뿌리가 뽑혔고 사람들 절반은 익사하거나 여기를 떴다. 그랬는데도 골짜기 가장자리에 동떨어져 살고 있던 그들은 떠나지 않고 남았다. 바는 벼락에 쪼개진 나무 같았다. 속은 죽었는데, 뿌리는 아직도 땅을 붙들고 있는.

바가 죽었으니 이제는 어쩌지?

루시는 샘의 발자국을 맨발로 따라 밟으면서 아무 말도 하지

* 미국 서부에서 목동, 카우보이를 가리키던 스페인어.

않고 침을 아낀다. 물은 말라붙은 지 오래고 홍수 뒤에 세상은 어째서인지 더 목말라졌다.

마도 떠난 지 오래고.

개울 건너 넓은 중앙로는 뱀 허물처럼 반짝거리고 먼지투성이다. 앞쪽만 그럴듯하게 꾸민 건물들이 나타난다. 술집, 대장간, 교역소, 은행, 호텔. 사람들이 그늘에 도마뱀처럼 늘어져 있다.

가게 주인 짐이 장부에 무어라 끄적이고 있다. 짐의 덩치만큼 넓고 무게도 절반은 될 만한 장부이다. 이 지역에 사는 모든 사람에게 받아 낼 돈이 거기 죄 적혀 있다고들 한다.

"좀 지나갈게." 루시가 웅얼거리면서 사탕 통 근처에서 얼쩡거리며 지루함을 달랠 건수를 찾는 아이들 사이로 들어간다. "미안. 지나갈게." 루시는 몸을 작게 웅크린다. 아이들은 느릿느릿 길을 터 주며 루시의 어깨를 팔로 친다. 그래도 오늘은 꼬집지는 않는다.

짐은 여전히 장부만 보고 있다.

더 큰 소리로. "실례합니다."

여남은 개의 눈이 루시에게 와서 꽂히지만 짐은 여전히 루시를 무시한다. 좋은 생각이 아니라는 걸 알면서도 루시는 짐의 시선을 끌려고 카운터 가장자리에 손을 얹는다.

짐의 눈이 번쩍 떠진다. 눈이 벌겋고 눈가 피부가 벗어졌다. "치워." 짐이 말한다. 짐의 목소리가 철사처럼 튕긴다. 손으로는 계속 끼적인다. "카운터 오늘 아침에 닦았어."

뒤쪽에서 뾰족한 웃음이 터진다. 루시는 신경 쓰지 않는다. 이런 곳에서 수년 살면서 이제 더 찢길 만한 여린 데가 남지 않았다. 루시의 속을 파내어 텅 비게 만드는 건 —마가 죽었을 때처럼—샘의 눈에 어린 표정이다. 샘이 바처럼 매몰차게 눈을 찡그린다.

하! 루시가 웃는다. 샘은 웃지 않을 테니까. **하! 하!** 루시의 웃음이 그들을 지켜 주고 그들을 무리의 일원으로 만들 테니까.

"오늘은 통닭밖에 없어." 짐이 말한다. "닭발 없어. 내일 와."

"먹을 거는 필요 없어요." 루시는 이미 혀끝에서 닭 껍질 녹는 맛을 느끼고 있으면서 거짓말을 한다. 루시는 차렷 자세로 주먹을 꼭 쥐고 키를 늘인다. 그리고 필요한 것을 말한다.

우리한테 필요한 마법 주문은 이거 하나야. 바가 폭풍 뒤에 생긴 호수에 마의 책들을 던진 다음 이렇게 말했다. 바는 울지 말라고 루시의 따귀를 때렸지만, 손이 느렸다. 거의 다정할 지경이었다. 바는 쭈그리고 앉아 루시가 콧물 닦는 것을 보았다. **팅워(聽我, 잘 들어), 루시 걸. 외상으로.**

바가 가르쳐 준 말이 마법을 부린 게 분명하다. 짐이 펜을 멈춘다.

"뭐라고?"

"달러 은화 두 개요. 외상으로." 바의 목소리가 등 뒤에서, 루시의 귓가에서 울린다. 바의 입에서 나던 술 냄새가 풍긴다. 차마 뒤를 돌아보지는 못한다. 바가 손으로 자기의 어깨를 잡으면 소리를 질러야 할지 웃어야 할지, 도망가야 할지, 아무리 욕을 먹더라도 놓지 않겠다며 꽉 끌어안아야 할지 알 수가 없다. 바의 말이 루시의 목구멍 속 굴로부터 어둠 속에서 기어 나오는 유령처럼 흘러 나온다. "월요일이 급여일이에요. 그때까지 조금만 변통해 주시면 돼요. 정말이요."

루시는 손바닥에 침을 뱉은 다음 손을 내민다.

짐은 분명 이 소절을 광부들한테서, 비쩍 마른 광부 아내들한테서, 속이 텅 빈 아이들한테서 들어 봤을 거다. 루시처럼 가난한 이들. 루시처럼 더러운 이들. 짐은 투덜거리면서 달라는 물건을 내주고 급여일이 오면 이자를 두 배로 붙여 받았다. 전에 탄광에서 사고가 났을 때 붕대를 외상으로 주지 않았나? 루시처럼 절박한 사람들에게.

그렇지만 루시 같은 사람은 없었다. 짐은 루시를 훑어본다. 맨발. 바의 셔츠 조각으로 만든, 몸에 안 맞는 땀투성이 남색 원피스. 비쩍 마른 팔, 철망처럼 거친 머리카락. 게다가 얼굴.

"네 아빠한테 곡식은 외상으로 준다." 짐이 말한다. "그리고 너네들이 먹는 그 잡스러운 고기 부속도." 짐의 입술이 들어 올려지며 축축한 잇몸 일부가 보인다. 다른 사람이 그렇게 했다면 웃었다고 말할 수도 있을 것이다. "돈이 필요하면, 은행으로 가."

루시의 텅 빈 손바닥에서 침이 마른다. "하지만—"

루시의 기어들어 가는 목소리보다 샘의 부츠 굽이 바닥을 치는 소리가 더 크다. 샘은 어깨를 쫙 펴고 가게 밖으로 걸어 나간다.

샘은 작다. 그런데도 송아지 가죽 부츠를 신고 남자다운 걸음걸이로 걷는다. 샘의 그림자가 뒤로 뻗어 루시의 발끝을 건드린다. 샘은 그림자가 진짜 키이고 몸뚱이는 거추장스러운 일시적 껍데기에 불과하다고 여긴다. **내가 카우보이가 되면,** 샘은 말한다. **내가 모험가가 되면.** 최근에는, **내가 이름난 무법자가 되면. 내가 어른이 되면.** 열망만으로 세상을 바꿀 수 있다고 생각할 만큼 어리다.

"은행은 우리 같은 사람들은 안 도와줘." 루시가 말한다.

아무 말 않는 게 나았을 것이다. 먼지바람이 코를 쓸고 가 루시는 멈춰 서서 기침을 한다. 목구멍이 울컥거린다. 어제 저녁밥을 길에 쏟아 낸다.

바로 떠돌이 개들이 달려와 토사물을 핥는다. 순간 루시는 머뭇거린다. 샘의 부츠가 초조하게 바닥을 치고 있는데도. 루시는 하나 남은 혈육을 버리고 개들 사이에 쭈그리고 원래 자기 것이었던 걸 두고 개들과 싸우는 상상을 한다. 개의 삶은 배와 다리로 이루어진 삶, 뛰고 먹는 삶이다. 단순한 삶.

루시는 몸을 일으켜 세우고 두 다리로 걷는다.

"준비됐어, 파트너?" 샘이 말한다. 이건 진짜 질문이다. 비난하려고 내뱉는 말이 아니고. 오늘 처음으로 샘의 짙은 색 눈이 찌푸려져 있지 않다. 루시의 그림자 아래에서 샘의 눈이 크게 벌어지고 그 안에서 무언가가 녹아내린다. 루시는 샘의 붉은 반다나가 느슨해져 드러난 짧고 검은 머리카락을 만지려고 다가간다. 샘이 갓난아기일 때 정수리에서 나던 냄새를 기억한다. 효모 냄새, 기름과 햇빛 냄새.

그런데 루시가 움직이자 햇빛이 쏟아진다. 샘이 다시 눈을 가늘게 찡그린다. 샘이 옆으로 물러선다. 루시는 샘의 불룩한 주머니를 보고 샘의 손이 다시 총 모양을 만들고 있음을 알아차린다.

"준비됐어." 루시가 말한다.

은행 바닥에는 반들거리는 마루가 깔려 있다. 바닥재가 여자 창구 직원 머리카락처럼 금색이다. 어찌나 매끈한지 루시의 맨발에 가시 하나 걸리지 않는다. 샘의 부츠 소리가 마치 총소리처럼 날카롭게 울린다. 시커멓게 칠한 샘의 목이 붉게 달아오른다.

타탁. 두 사람은 은행을 가로지른다. 창구 직원이 쳐다본다.

타탁. 창구 직원이 뒤로 몸을 기댄다. 뒤쪽에 남자가 나타난다. 조끼에서 사슬이 대롱거린다.

타탁 타탁 타탁. 샘이 발끝으로 서서 창구 위로 머리를 들이민다. 그러느라 부츠에 주름이 잡힌다. 샘은 늘 주름이 안 생기게 조심조심 걷는데.

"달러 은화 두 개요." 샘이 말한다.

창구 직원의 입이 씰룩거린다. "너네 계좌 있 —"

"쟤네 계좌 없어." 남자가 마치 쥐새끼를 보듯 샘을 쳐다보며 말한다.

샘은 입을 다문다.

"외상으로요." 루시가 말한다. "부탁합니다."

"니들 본 적 있어. 니들 아버지가 구걸하라고 보냈냐?"

어떤 면에서는 그렇다고 할 수 있다.

"월요일이 급여일이에요. 그때까지 조금만 변통해 주시면 돼요." 루시는 **정말이요**, 라는 말은 덧붙이지 않는다. 이 사람한테는 들리지 않을 것 같다.

"여긴 자선 사업소가 아냐. 집으로 꺼져라 이 —" 남자의 목소리는 멈췄지만 입은 계속 움직인다. 루시가 전에 본 방언을 하는 여자처럼, 무언가 다른 힘이 입을 움직이는 것처럼. "— 거지들. 보안관 부르기 전에 꺼져."

루시의 등골을 타고 서늘한 공포가 흐른다. 은행원이 무서워서가 아니다. 샘 때문에. 샘의 눈에 떠오른 표정을 루시는 알아차린다. 침대에 뻣뻣하게 누워 가늘게 눈을 뜨고 있는 바가 생각난다. 오늘 아침에 루시가 가장 먼저 일어났다. 시신을 발견했고 샘이 깨기 전까지 몇 시간 동안 곁을 지키며 바의 눈을 감기려고 애썼다. 바가 화난 채로 죽었다고 생각했다. 지금은 아니라는 걸 안다. 바의 가늘게 뜬 눈은 사냥감을 쫓으며 거리를 가늠하는 사냥꾼의 눈이다. 벌써 귀신이 옮겨 붙기 시작했다. 바의 찌푸린 눈이 샘한테 와 있다. 바의 분노가 샘의 몸에 있다. 진작에 바에게 사로잡힌 다른 부분들은 말할 것도 없다. 부츠, 바의 손이 얹히곤 하던 어깨. 루시는 어떻게 될지 안다. 바가 그 침대에서 하루하루 썩어 가면서 바의 영혼은 육신에서 나와 샘에게 들어가, 어느 날 루시가 눈을 떠 보면 샘의 눈 뒤에서 바가 쳐다보고 있을 것이다. 샘은 영영 사라지고.

바를 묻어야 한다. 은의 무게로 눈을 덮고. 그 점을 은행원에게 납득시켜야 한다. 루시는 사정하려고 입을 연다.

샘이 말한다.

"탕."

루시는 샘한테 장난치지 말라고 말하려 한다. 통통한 샘의 손가락을 잡으려 하는데, 손가락이 희한하게 반짝거린다. 검은색이다. 샘이 바의 권총을 들고 있다.

창구 직원이 놀라 쓰러진다.

"달러 은화 두 개." 샘이 더 낮은 목소리로 말한다. 아버지 목소리의 그림자처럼.

"죄송합니다, 선생님." 루시가 말한다. 루시의 입술이 위로 올라간다. 하! 하! "어려서 장난꾸러기예요, 제 동생 용서—"

"당장 꺼지지 않으면 맞을 줄 알아." 남자가 말한다. 샘을 똑바로 쳐다보면서. "꺼져, 더러운 칭크 새끼."

샘이 방아쇠를 당긴다.

천둥. 터지는 소리. 소동. 무언가 엄청난 것이 귓전을 스치는 느낌. 거친 손바닥으로 휘갈기는. 눈을 떠 보니 공기가 부옇고, 샘은 뒤로 밀려나 있다. 권총의 반동에 얻어맞은 뺨을 손으로 감싸고 있다. 남자는 바닥에 쓰러져 있다. 태어나서 처음으로 루시는 샘의 눈에 고인 눈물을 못 본 척한다. 샘을 내버려 두고 기어간다. 귀가 왱왱거린다. 손으로 남자의 발목을 건드린다. 허벅지. 가슴. 멀쩡히 온전하게 뛰고 있는 심장. 남자가 펄쩍 뛰다가 선반에 머리를 박는 바람에 관자놀이에 부딪힌 자국이 있다. 그걸 빼면 멀쩡하다. 불발이었다.

연기와 화약 구름 속에서 바가 웃는 소리가 들린다.

"샘." 루시는 자기도 울고 싶지만 꾹 누른다. 이제 본디 자기보다 더 강해져야 한다. "샘, 이 등신아, 바오베이(寶貝, 아가야), 멍청아." 달콤함과 신랄함을, 다정함과 욕을 섞어. 바처럼. "가자."

바가 어떻게 해서 이 언덕에 탐광을 하러 오게 되었는지 생각하면 여자아이는 거의 웃음이 날 지경이다. 다른 수천 명처럼 바도 이 땅의 누런 풀에, 햇빛을 받으면 동전처럼 반짝이는 땅에 더욱 빛나는 보상이 있다고 생각했다. 그렇지만 땅을 파러 서부로 온 사람들 누구도 이 땅의 말라붙은 갈증은, 이 땅이 어떻게 땀과 힘을 빨아들이는지는 예상 못 했다. 이 땅의 인색함도 예상하지 못했다. 거의 모든 사람이 너무 늦게 왔다. 값나가는 것은 이미 파헤쳐지고 바닥이 났다. 시냇물에는 금이 없었다. 땅에서는 작물이 자라지 않았다. 사람들은 대신 언덕에 감춰진 훨씬 더 칙칙한 보물을 찾아냈다. 석탄. 석탄으로는 부자가 될 수 없었고 눈이나 상상력을 충족시키지도 못했다. 그럭저럭 식구들을 먹여 살릴 수는 있었지만—바구미가 들끓는 곡식과 고기 찌꺼기로나마—꿈꾸는 데 지친 아내가 아들을 낳다가 죽고 말았다. 그러고 나자 아내를 먹이는 데 들던 비용으로 술을 살 수 있었다. 몇 달 동안 희망을 품고 돈을 모았으나 결국 이렇게 되었다. 위스키 한 병과 찾을 수 없는 곳에 판 무덤 두 개. 여자아이는 그걸 생각하면 거의 웃음이 날 지경이다. 하! 하! 바는 부자가 되자고 식구들을 여기로 데려왔는데 지금 그들은 2달러 때문에 사람을 죽이려 했다.

그래서 훔친다. 필요한 것을 챙겨서 여기를 떠난다. 고집쟁이 샘은 처음에는 버틴다.

"다친 사람 아무도 없잖아." 샘이 우긴다.

하지만 다치게 하려고 했잖아? 루시는 생각한다. 루시가 말한다. "우리 같은 사람은 뭘 해도 범죄가 돼. 필요하면 법이라도 만들 거야. 기억 안 나?"

샘이 턱을 치켜들지만 망설임이 느껴진다. 구름 한 점 없는 날인데 두 아이는 비가 쏟아질 기색을 느낀다. 집 안에서 폭풍이 울부짖고 바조차도 속수무책이었던 때를 떠올린다.

"머뭇거릴 시간이 없어." 루시가 말한다. "묻을 시간도."

마침내 샘이 고개를 끄덕인다.

두 아이는 흙밭 위로 기어서 학교로 간다. 다른 사람들이 그들을 부르는 이름이 되기가 너무나 쉽다. 짐승. 비열한 도둑. 루시는 살금살금 건물 뒤로 돌아간다. 칠판에 가려 보이지 않는 위치를 안다. 건물 안에서 목소리가 들린다. 흡사 성스럽게 느껴지는 리듬으로 암송하는 소리. 리 선생님이 굵은 목소리로 외치면 학생들이 합창으로 답한다. 하마터면, 하마터면, 루시는 목소리를 높여 합창에 참여할 뻔한다.

루시가 학교에 가지 못하게 된 지 몇 해가 지났다. 루시가 쓰던 책상에는 새로 온 학생 두 명이 앉아 있다. 루시는 피가 날 때까지 뺨 안쪽을 깨물며 리 선생님의 회색 암말 넬리의 고삐를 푼다. 돌아서기 직전, 말먹이 귀리가 가득 든 안장주머니도 낚아채 온다.

집에 돌아와 루시는 샘에게 집 안에서 필요한 물건을 챙기라고 시킨다. 루시는 집 밖에서 헛간과 텃밭을 뒤진다. 집 안에서 쿵쾅거리고 쨍그랑거리고 울부짖고 화를 내는 소리가 들린다. 루시는 안으로 들어가지 않는다. 샘이 도와 달라고 하지 않았다. 은행에서 두 사람 사이에 보이지 않는 벽이 생겼다. 루시가 샘을 두고 은행원에게 기어가 살살 건드려 본 순간에.

루시는 문 위에 리 선생님에게 보내는 쪽지를 남긴다. 몇 해 전에 선생님에게 배운 멋진 표현을 떠올려 보려고 애쓴다. 그게 자기가 도둑이라는 증거보다 더 강력한 증거가 되어 주기라도 하리라는 듯이. 결국 하지 못한다. 비뚤비뚤한 글자가 **미안해요 미안해요**로만 이어진다.

샘은 둘둘 만 담요, 얼마 안 되는 식량, 냄비와 팬, 마의 낡은 트렁크를 가지고 나온다. 어른 남자 키만큼 길고 가죽 잠금장치가 팽팽하게 당겨진 트렁크를 질질 끌고 나온다. 샘이 그 안에 어떤 기념물을 챙겼을지 루시로서는 짐작도 가지 않고 말에게 무거운 짐을 지워 주면 안 된다는 생각도 든다. 그렇지만 둘 사이에 있는 것 때문에 머리카락이 쭈뼛 선다. 아무 말도 하지 않는다. 말없이 샘에게 쪼글쪼글한 당근 한 개를 준다. 이걸 마지막으로 당분간 단 음식은 없을 것이다. 화해의 손짓이다. 샘은 반을 넬리의 입에 넣어 주고 반은 주머니에 넣는다. 친절한 행동에 루시의 마음이 녹는다. 루시가 아니라 말에게 한 행동이지만.

"작별 인사 했니?" 샘이 밧줄을 넬리의 등 너머로 던져 풀매듭을 매는 걸 보며 루시가 묻는다. 샘은 끙 하는 소리만 내더니 트렁크를 어깨로 받쳐 들어 올린다. 힘을 쓰자 갈색 얼굴이 붉어지다 못해 자주색이 된다. 루시도 어깨로 같이 민다. 트렁크가 밧줄 고리 안으로 들어간다. 루시는 트렁크 안에서 두들기는 소리를 들은 것 같다고 생각한다.

옆에서 샘이 갑자기 뒤를 돌아본다. 갈색 얼굴, 하얗게 드러난 치아. 두려움이 루시의 몸을 타고 흐른다. 루시는 뒤로 물러선다. 샘이 혼자 밧줄을 묶도록 둔다.

루시는 시신에게 작별 인사를 하러 들어가지 않는다. 오늘 아침에 옆에서 시간을 보냈다. 그리고 사실 바는 마가 죽었을 때 이미 죽었다. 한때 그 안에 있었던 사람은 떠나고 삼 년 반 동안 텅 빈 몸이었다. 이제는, 바의 귀신을 떨칠 수 있을 만큼 멀리 갈 것이다.

루시 걸, 바가 절룩거리며 꿈으로 들어온다. **번단**(笨蛋, 바보).

좀처럼 보기 힘든 기분 좋을 때의 모습이다. 루시한테는 이제 쓰지 않는, 가장 다정한 욕으로 루시를 부른다. 뒤돌아보려 하지만 목이 움직이지 않는다.

내가 너한테 뭘 가르쳤니?

루시는 구구단을 외우려고 한다. 입도 움직이지 않는다.

생각 안 나? 항상 엉망이구나. 롼치바짜오(亂七八糟, 뒤죽박죽). 바가 역겹다는 듯 침을 뱉는 소리가 난다. 다친 다리, 이어 멀쩡한 다리를 딛는 고르지 않은 소리. **제대로 되는 게 없어.** 루시가 자랄수록 바는 쪼그라들었다. 거의 먹지 않았다. 바의 입으로 들어가는 것은 바의 옆구리에 충실한 늙은 개처럼 달라붙은 성질머리만 돋우는 것 같았다. **두이(對, 맞아). 그래.** 침 뱉는 소리가 점점 멀어져 간다. 취해서 발음이 뭉개지기 시작한다. **지새기가튼녀석.** 바는 셈을 가르치길 포기하고 언어로 오두막을 가득 채웠다. 엄마라면 쓰지 못하게 했을 걸쭉한 언어. **게으른 새끼 ─ 거우스(狗屎, 개 발싸개 같은 놈).**

　　루시가 눈을 뜨자 사방이 금이다. 언덕에 자라는 누런 마른풀이 마을 바깥쪽 몇 마일 거리까지 멧토끼 키만큼 자라 흔들린다. 바람이 불어 햇빛을 반사하는 연질 금속처럼 반짝인다. 땅바닥에서 잔 탓인지 목구멍이 욱신거린다.

　　물. 바가 가르친 게 그거였다. 물을 끓여야 한다는 걸 깜박했다.

　　물병을 기울여 본다. 비어 있다. 채운 것 같은데 꿈이었나 보다. 아니다 ─ 밤에 샘이 목이 마르다고 끼깅거렸고 그래서 루시가 시내로 내려갔다.

　　바보 같은 녀석, 바가 작은 소리로 말한다. **네가 그렇게 자랑스러워하는 대가리는 어디 갖다 됐냐?** 해가 사정없이 내리쬔다. 바는 마지막으로 한마디 더 쏘아붙이고 흩어진다. **대가리가 겁에 질려 다 녹아 버렸나 보군.**

　　첫 번째 구토 흔적이 어두운 신기루처럼 어른거린다. 파리 떼가 게으르게 날아다닌다. 토사물을 따라가니 시내가 나오는데 낮에 보니 흙탕물이다. 갈색이다. 탄광 지역에 있는 물이 다 그렇듯 탄가루가 흘러들어 더럽다. 물을 끓여야 하는데 깜박했다. 더 아래로 내려가 보니 샘이 쓰러져 있다. 눈이 감겨 있고 주먹도 풀려 있다. 옷에 토가 묻어 파리가 들끓는다.

　　이번에는 물을 끓인다. 머리가 아찔할 정도로 세게 불을 지핀다. 물이 어느 정도 식은 다음 그걸로 열이 나는 샘의 몸을 씻긴다.

샘이 눈을 뜬다. "싫어."

"쉬. 너 아프잖아. 가만히 있어."

"싫어." 몇 년 전부터 샘은 몸을 혼자 씻었지만 지금은 상황이 이러니까.

샘이 힘없는 다리로 발길질을 한다. 루시는 냄새 때문에 숨을 참으며 토사물이 말라붙은 옷을 벗겨 낸다. 열에 시달리는 샘의 눈이 어찌나 번들거리는지 마치 증오처럼 보인다. 바에게 물려받아 밧줄로 여민 바지는 쉽게 벗겨진다. 샘의 가랑이에, 속옷이 접힌 부분에서 무언가가 손에 닿는다. 단단하고 옹이 진 무엇이 튀어나와 있다.

루시는 여동생의 가랑이 사이 틈에서 당근 반 개를 꺼낸다. 바가 샘이 갖고 태어나길 바랐던 것의 초라한 대체물.

루시는 시작한 일을 마친다. 손이 떨려 수건이 의도한 것보다 거칠게 움직인다. 샘은 아무 소리도 내지 않는다. 쳐다보지도 않는다. 눈은 지평선을 향해 있다. 진실을 피할 수 없을 때 늘 그러듯 모르는 척한다. 자기 몸, 아직 중성적인 아이의 몸, 아들을 바라던 아버지가 귀하게 여기던 몸이, 자기와는 아무 상관 없는 것인 양 한다.

루시는 말을 해야 한다는 걸 안다. 하지만 샘과 바 사이의 이 협정이 자기한테는 도무지 납득이 가지 않았다는 걸 어떻게 설명하나? 루시의 목구멍에서 산이 하나 솟구친다. 절대 넘을 수 없는 산. 샘의 시선이 루시가 던져 버리는 상한 당근을 따라간다.

샘은 하루 꼬박 더러운 물을 토하고 사흘 더 열로 눕는다. 루시가 귀리로 끓인 죽과 불에 넣을 나뭇가지를 들고 가까이 가 보면 눈을 감고 있다. 느릿느릿 지나가는 시간 동안 루시는 거의 잊고 있던 여동생을 다시 곰곰이 뜯어본다. 꽃봉오리 같은 입술, 양치식물 같은 짙은 속눈썹. 앓는 동안 샘의 동그랗던 얼굴이 날카로워져 루시와 더 닮은 모습이 된다. 길고, 여위고, 혈색이 칙칙하고, 갈색보다 누르께한 색에 가까운. 약점이 드러나 보이는 얼굴.

루시가 샘의 머리카락을 펼쳐 놓는다. 삼 년 반 전에 짧게 자른 머리카락이 지금은 샘의 귀밑에 닿는다. 비단처럼 부드럽고 태양처럼 뜨겁다.

샘이 자신을 숨기는 방식은 순진하다. 유치하다. 짧은 머리, 흙먼지, 전사의 검은 칠. 바의 낡은 옷과 바의 빌려 온 허세. 샘이 엄마를 따르기를 거부했을 때, 바와 같이 일하고 바와 같이 마을 밖으로 나가겠다고 고집했을 때도 루시는 그게 옛날부터 하던 변장 놀이 같은 거라고 생각했다. 이 정도일 줄은 몰랐다. 당근까지 동원해서 내면 깊은 것까지 바꾸고 말겠다고 할 줄은 상상도 못했다.

교묘한 장치였다. 속옷에 천 조각을 대고 꿰매어 비밀 주머니를 만들다니. 여자가 할 일을 하지 않겠다고 하는 여자아이치고는 꽤 잘했다.

병든 냄새가 야영지에 감돈다. 이제 샘이 설사도 멈췄고 혼자 씻을 수 있을 만큼 튼튼해졌는데도. 파리 떼가 계속 꼬이고 넬리의 꼬리가 한시도 가만히 있지 못한다. 샘이 자존심을 이미 많이 다쳤을 터라 루시는 냄새 이야기는 하지 않는다.

어느 밤, 루시는 샘이 좋아하는 다람쥐 한 마리를 잡아 달고 돌아온다. 다리가 부러진 채로 나무 위로 올라가려고 하고 있었다. 샘이 보이지 않는다. 넬리도. 루시는 돌아본다. 손은 피투성이고 심장은 두근거린다. 심장 박동에 맞춰 루시는 호랑이 두 마리가 술래잡기를 하는 노래를 부른다. 이 지역에 깊은 물이 흐른 건 오래전 일이고 이제는 재칼보다 더 큰 맹수는 살지 않는다. 그 노래는 더 푸르렀던 과거에 만들어진 노래다. 샘이 만약 겁에 질려 숨어 있는 거라면, 노래를 듣고 알 것이다. 두 번이나 루시는 수풀에서 호랑이 줄무늬를 언뜻 본 것 같다. **작은 호랑아, 작은 호랑아,** 노래를 부른다. 뒤쪽에서 발소리가 들린다. **라이(來, 와).**

그림자가 루시의 발을 삼킨다. 무언가가 등 위쪽을 누른다.

이번에는 샘이 **탕**이라고 하지 않는다.

침묵 속에서 루시의 생각이 빙빙 맴돌다가 천천히 내려앉는다. 거의 평온하게, 독수리가 천천히 공중을 떠다닐 때처럼. 이미 행동이 저질러진 다음에는 서두를 이유가 없다. 은행에서 달아난 뒤에 샘이 총을 어디에 감춰 뒀던 걸까? 약실에 탄환이 몇 개나 들어 있을까?

루시가 샘의 이름을 부른다.

"닥쳐." **싫어,** 라고 한 뒤 샘이 처음으로 한 말이다. "이곳에서는 배신자를 총으로 쏘지."

루시는 샘에게 자기들이 **파트너**라는 걸 일깨운다.

누르는 느낌이 등허리 쪽으로 내려간다. 샘의 팔의 원래 높이로, 팔에 힘이 빠진 것처럼.

"움직이지 마." 눌린 자리가 다시 올라간다. "보고 있을 거니까." 루시는 돌아보아야 한다. 그래야 한다. 하지만. **네가 뭔지 알아?** 샘이 학교에서 왼쪽 눈에 자두 같은 멍이 들어 돌아온 날, 바가 루시에게 으르렁거렸다. 루시의 옷은 잘못의 증거처럼 멀끔했다. **겁**

쟁이. **비겁한 계집애.** 사실 루시는 샘이 놀리는 아이들에 맞서는 걸 보았지만 샘이 소리를 지르는 게 용감한 건지는 잘 몰랐다. 소란을 피우는 게 용감한 것인가, 아니면 루시가 그랬던 것처럼 침이 타고 흐르는 얼굴을 조용히 숙이고 있는 게 용감한 것인가? 그때도 몰랐고 지금도 모른다. 말고삐 출렁이는 소리, 넬리가 낮게 우는 소리가 난다. 말발굽이 바닥을 찰 때마다 루시의 맨발바닥이 떨린다.

"여동생을 찾고 있는데." 루시가 말한다.

정오이고 길 두 개와 교차로 하나가 전부인 마을에 와 있다. 열기 때문에 다들 낮잠 자러 들어갔고 두 형제만 싸구려 금속이 찢어질 때까지 깡통을 발로 찬다. 조금 전부터는 떠돌이 개를 식료품이 든 배낭으로 유인하려 하고 있다. 개는 굶주렸지만 얻어맞은 기억이 있어 조심스럽다.

그러다가 남자아이들이 루시를 쳐다본다. 지루함을 달래 주려고 느닷없이 나타난 유령.

"봤어?"

남자아이들은 처음에는 놀랐다가 자세히 들여다본다. 키가 크고 얼굴이 길고, 코가 비뚤어졌고, 눈이 이상하고 광대가 높고 넓은 여자아이. 어색한 몸 때문에 얼굴이 더 이상해 보인다. 누덕누덕 기운 원피스, 피부 아래에 그림자처럼 남은 오래된 멍 자국. 형제들은 자기들보다도 더 사랑받지 못한 아이를 본다.

뚱뚱한 아이가 못 봤다고 말하려고 입을 연다. 마른 아이가 쿡 찌른다.

"봤을 수도 있고 못 봤을 수도 있지. 어떻게 생겼는데? 머리카락이 너 같아?" 땋아 내린 검은 머리채를 불쑥 잡는다. 다른 손으로는 비뚤어진 코를 비튼다. "코는 너처럼 못생겼고?" 이제 손네 개가 루시의 손목과 발목을 잡고 광대 위 팽팽한 피부를 세게 잡아당겨 가는 눈을 더 가늘게 찢는다. "눈도 너처럼 이상하게 생겼겠지?"

개는 멀찍이 떨어져 안심한 듯 지켜본다.

루시가 아무 말도 하지 않자 그들은 당황한다. 뚱뚱한 아이가 말을 짜내려는 듯 루시의 목을 잡는다. 루시는 이런 애들을 안다. 먹잇감에 바로 달려드는 축이 아니라 느리고 둔하고 말을 더듬고 머뭇거리며 따라오는 축. 증오에 고마움이 뒤섞여 있는 이들. 루시라는 이상한 존재 때문에 자기가 무리의 일원이 될 수 있으므로.

이제 뚱뚱한 애가 루시의 눈을 마주 바라보며 신기해하며 목을 조른다. 아마도 의도했던 것보다 오래. 루시는 숨이 막힌다. 동그란 갈색 몸이 뒤쪽으로 달려들어 부딪히지 않았다면 얼마나 오래 그러고 있었을지 아무도 모르는 일이다. 뚱뚱한 아이가 충격으로 넘어진다.

"손 떼." 새로 등장한 사람이 말한다. 성난 눈을 가늘게 뜨고.

"지원군이 오셨네?" 마른 아이가 비웃는다.

숨이 헉, 온몸을 흔들며 다시 들어오자 루시는 샘을 올려다본다.

샘이 휘파람을 불어 참나무 뒤에 있는 넬리를 부른다. 말 등에 얹힌 짐에 손을 뻗는다. 샘이 뭘 꺼내려 하는지 아무도 모른다. 루시는 순도 높은 석탄처럼 단단하고 검은 것이 반짝이는 걸 본 것 같다. 그런데 그것보다 먼저 무언가 희고 통통한 것이 트렁크에서 튀어나와 흙 위에 떨어진다.

루시의 머리가 빙빙 돈다. **쌀이다.**

쌀처럼 흰 곡식인데, 꿈틀거리며 기며 뭔가를 잃어버려 찾는 것처럼 좍 흩어진다. 샘의 표정은 변화가 없다. 바람이 불어와 역겨운 썩은 냄새를 퍼뜨린다.

마른 아이가 소리를 지르며 튄다. 구더기야!

넬리는 순하고 길이 잘 든 암말이지만, 닷새째 무시무시한 것을 등에 얹고 다니다 보니 침착을 잃어 몸이 떨리고 눈은 흔들리던 상태라, 비명을 듣고는 튀어 나가려 한다.

샘이 고삐를 쥐고 있어 멀리 가지 못한다. 넬리의 몸이 뒤로 젖혀지고 냄비들이 부딪쳐 쨍그랑 소리를 낸다. 매듭이 풀리고, 트렁크가 미끄러져 내리고, 뚜껑이 열린다. 팔 하나가 나온다. 한때 얼굴이었던 것의 일부와.

바는 절반은 육포 절반은 늪이다. 비쩍 마른 팔다리는 갈색 밧줄처럼 말랐다. 반면 부드러운 부분 — 사타구니, 배, 눈 — 에는 백록색 구더기가 출렁인다. 남자아이들은 그건 못 봤다. 얼굴이 조금 드러난 순간 달아났다. 루시와 샘만 똑바로 본다. 어쨌거나 바는 그들의 것이니까. 루시는 생각한다. 뭐, 수십 가지 다른 모습으로 변하던 때보다 더 나쁘지도 않네. 술이나 분노로 일그러져 괴물처럼 되었을 때보다. 루시는 한 걸음 다가간다. 샘의 눈길이 등에 짐처럼 얹힌다. 루시는 살살 트렁크를 밧줄에서 끄른다. 시신을 다시 트렁크 안으로 밀어 넣는다.

그러나 루시는 기억할 것이다.

바의 얼굴을 보고, 루시는 술과 분노로 일그러졌을 때보다도 바가 우는 걸 봤지만 차마 다가가지 못했던 때를 떠올린다. 슬픔으로 눈, 코, 입이 녹아내리고 있어 위로한다고 건드리기만 해도 살이 녹아 흩어질까 봐 겁이 났었다. 그 아래 두개골이 드러날까 봐. 지금 그 뼈가 살짝 드러났지만, 그때만큼 무섭지는 않다. 루시는 뚜껑을 닫고 가죽 끈을 다시 묶는다. 돌아선다.

"샘." 루시가 말한다. 그 순간 루시는 바의 잔상이 선연히 남아 있는 눈으로 그때 바의 얼굴처럼 녹아내리는 샘의 얼굴을 본다.

"왜." 샘이 말한다.

루시는 그때 다정함을 떠올린다. 마와 함께 사라졌다고 믿었던 것.

"네 말이 맞아. 네 말을 들었어야 해. 묻어야 해."

루시는 자기가 감당할 수 있을 거라고 생각한 것 이상을 봤고, 남자애들이 겁이 나 달아날 때도 버텼다. 도망갔어도 그 장면은 상상 속에서 부풀려져 평생 그들의 발뒤꿈치를 쫓을 것이다. 루시는 시선을 돌리지 않았으니 이제 귀신을 떨치기 시작할 수 있으리라. 샘에게 고마운 마음이 든다.

"일부러 비껴 쐈어." 샘이 말한다. "은행에서. 그냥 겁만 주려고 그랬어."

루시는 내려다본다. 땀으로 번들거리는 샘의 얼굴을 언제나 내려다본다. 진흙처럼 갈색이고 진흙처럼 무정형이고 질투 날 정도로 쉽게 감정이 나타나는 얼굴이다. 여러 감정이 나타나지만 두려움은 한 번도 없었다. 그런데 지금은 두려움이 있다. 처음으로 동생 얼굴에서 자기 모습을 본다. 그리고 지금이, 학교에서의 괴롭힘이나 차가운 총구의 감각이 아니라 바로 이것이 용기의 순간임을 루시는 깨닫는다. 루시는 눈을 감는다. 주저앉아 팔에 얼굴을 묻는다. 가만히 있는 게 지당한 방법이라고 판단한다.

그늘이 드리운다. 샘이 몸을 숙이고 망설이다가 자기도 바닥에 앉는 게 느껴진다.

"어쨌든 은화 두 개가 필요해." 샘이 말한다.

넬리는 풀을 뜯고 있다. 짐을 등에서 내렸더니 이제 차분해졌다. 다시 져야 할 테지만, 지금은. 당분간은. 루시는 손을 뻗어 샘의 손을 잡는다. 흙 속에서 무언가를 잡아챈다. 남자애들이 버리고 간 배낭이다. 천천히 배낭을 흔들어 본다. 그걸로 얻어맞을 때 짤랑 소리를 들은 기억이 난다. 안에 손을 넣는다.

"샘."

소금에 절인 돼지고기 한 덩이, 기름이 흘러나오는 치즈인지 라드. 사탕. 그리고 한참 아래에, 천에 싸여, 루시가 어디를 뒤져야 하는지 몰랐다면, 탐광꾼의 딸이 아니었더라면 바에게 **루시 걸, 어디 숨어 있는지 느껴 봐. 그냥 느낌이 올 거야**, 라는 말을 들어 본 적이 없다면 알 수 없었을 곳에, 동전이 숨겨져 있다. 구리 페니. 동물이 새겨진 니켈. 그리고 허옇게 일렁이는 두 눈 위에 올려놓을 은화. 두 눈을 감겨 영혼이 영원히 잠들 수 있게 하는 지당한 방법.

자두

마가 시체를 묻는 원칙을 정했다.

루시가 처음 본 죽은 동물은 뱀이었다. 다섯 살이고 파괴적 욕망이 넘쳐날 때 루시는 그저 물이 넘치는 걸 보고 싶어서 물웅덩이에서 발을 굴렀다. 펄쩍 뛰어 웅덩이 안으로 들어갔다. 그러다 보면 잔물결도 생기지 않고 물이 하나도 없는 빈 웅덩이만 남았다. 웅덩이 바닥에, 물에 빠져 죽은 검은 뱀 한 마리가 웅크리고 있었다.

땅에서 축축하고 냄새나는 김이 올라왔다. 나뭇가지에서 새순이 터지면서 옅은 색 속살이 드러났다. 루시는 손에 비늘투성이 뱀을 쥐고 집으로 달려갔다. 세상의 감춰진 면이 드러났다는 걸 깨달으면서.

엄마가 루시를 보며 웃었다. 루시가 손바닥을 펼쳐 보였을 때도 웃었다.

나중에, 너무 늦은 다음에야, 다른 엄마라면 소리를 지르고 야단을 치고 거짓말을 했을 거라는 생각이 들었다. 바가 그 자리에 있었다면 뱀이 자고 있는 거라면서, 쉬쉬하며 죽음을 창문 밖으로 몰아낼 이야기를 꾸며 댔을 것이다.

엄마는 돼지고기가 든 팬을 들어 올리고 앞치마를 더 단단히 묶었을 뿐이다. 그러고 말했다. **루시 걸, 장례는 즈스(叒叐, 단지) 어떤 요리법을 따르는 거나 마찬가지야.**

루시는 고기를 손질하는 엄마 옆에서 매장 준비를 했다.

첫 번째 원칙은, 은이다. 영혼을 누르기 위해서라고 엄마는 돼지고기에서 기름을 떼어 내며 말했다. 루시에게 자기 트렁크를 열어 보라고 했다. 묵직한 뚜껑 아래에 독특한 냄새를 풍기는 겹겹의 천과 말린 약초 사이에서 루시는 뱀 머리에 딱 맞을 만한 은 골무 하나를 찾아냈다.

두 번째는, 흐르는 물. 영혼을 정화하기 위해서라고 엄마는 양동이에서 고기를 씻으며 말했다. 엄마는 긴 손가락으로 구더기를 떼어 냈다. 엄마 옆에서 루시는 뱀 사체를 물에 담갔다.

세 번째는, 집. 가장 중요한 원칙이야, 엄마가 칼로 연골을 가르면서 말했다. 은과 물로 당분간은 혼령을 가두고 변하지 않게 막을 수 있어. 그렇지만 집이 있어야만 영이 온전히 깃들어. 집이 있어야만 쉬지 못하고 떠돌아다니거나 철새처럼 자꾸 돌아오지 않는 거야. **루시?** 엄마가 칼을 든 채로 물었다. **그게 어디인지 아니?**

엄마가 어려운 덧셈 문제를 물었을 때처럼 루시의 얼굴이 달아올랐다. **집,** 엄마가 다시 말했다. 루시는 입술을 잘근잘근 씹으며 그 말을 따라 했다. 엄마는 따뜻하고 매끈하고 고기 냄새가 나는 손을 루시의 얼굴에 얹었다.

팡신(放心, 안심해), 엄마가 쉽게 생각하라고 했다. **어렵지 않아.**

뱀은 뱀 굴에 살지. 알겠니? 엄마는 루시에게 매장은 엄마한테 맡기라고 했다. 나가서 놀라고 했다.

엄마 말대로 루시와 샘은 지금 집 밖으로 나와 달리고 있지만 놀고 있는 기분은 아니다.

시간이 이만큼 흘렀는데 루시는 아직도 집이라는 게 뭔지 모른다. 엄마가 영리하다고 그렇게 칭찬해 주었는데 정작 중요한 건 모른다. 답을 모르니 글로 써 보기만 한다. H, 노란 풀이 부스럭거릴 때. O, 발밑에 있는 줄기를 뭉갤 때. M, 발가락을 베여 붉은 피 한 줄이 나무라듯 솟는 걸 볼 때. E, 내리막 아래로 사라진 샘과 넬리를 놓치지 않으려고 다음 언덕으로 서둘러 올라갈 때.

바 때문에 한시도 머물지 않고 살아왔는데 집이 무슨 의미인지 알 수가 있나? 바는 일확천금을 얻으려 했고 등 뒤에 몰아치는 비바람처럼 평생 식구들을 몰고 다녔다. 언제나 더 새로운 곳을 향해. 더 거친 땅으로. 반짝이는 부가 벼락같이 나타나리라는 약속을 좇아. 몇 해 동안 아버지는 금을, 주인 없는 땅이나 파헤쳐지지 않은 금맥이 있다는 소문을 좇았다. 가 보면 언제나 똑같이 파헤쳐지고 망가진 언덕, 돌 파편만 가득한 시내뿐이었다. 탐광은 바가 가끔 가는 도박 굴에서 하는 게임이나 마찬가지로 운에 좌우되는 일이었고 바는 언제나 운이 없는 쪽이었다. 마가 단호하게 이제부터는 석탄으로 일한 만큼 버는 삶을 살 거라고 했지만 그래도 달라지는 건 없었다. 탄광에서 탄광으로, 짐마차를 타고 언덕을 넘고 또 넘었다. 통 바닥에 마지막 남은 설탕을 긁어내는 손가락처럼. 탄광이 새로 생길 때마다 돈을 많이 주겠다며 사람들을 끌어모았다. 그런데 사람들이 오면 올수록 임금은 내려갔다. 그래서 가족들은 다음 탄광, 그다음 탄광을 쫓아갔다. 건기와 우기, 더위와 추위가 오가듯 모은 돈도 계절에 따라 늘었다가 줄었다. 다른 사람의 땀 냄새가 풍기는 오두막으로 천막으로 이렇게 자주 옮겨 다니며 사는데 집이라는 게 무슨 의미인가? 사람을 묻을 집을 어떻게 찾아야 할지 루시는 알 수가 없다.

동생이지만 사랑받는 자식이었던 샘이 앞장선다. 샘은 내륙으로 깊이 들어가고 언덕을 넘어 동쪽으로 간다. 전에 여기로 올 때 지나왔던 짐마차 길을 따라간다. 광부, 탐광꾼, 그전에 인디언들이 밟아 다진 길이다. 바의 말에 따르면 그보다 더 전에는 버펄로가 그 길로 지나다녔다고 한다. 그런데 샘은 곧 길에서 나와 카우보이 부츠로 멋대로 자란 풀, 코요테 브러시, 엉겅퀴, 따끔거리는 줄기를 헤치며 걷는다.

발아래에서 흐릿하게 길이 나타나기 시작한다. 좁고 고르지 않고 추적자들 눈에 뜨이지 않을 길이다. 바는 마을 밖에서 물물교환을 하는 인디언들에게 들어 이런 길을 잘 안다고 주장했었다. 루시는 허풍이라고 생각했다. 바가 그런 길을 보여 준 적이 없으니까. 호랑이한테 물린 상처라며 다친 다리의 흉터를 보여 준 것처럼.

적어도 루시에게는 보여 준 적이 없었다.

물이 바싹 마른 협곡으로 간다. 루시는 고개를 숙이고 물병이 텅 비기 전에 다시 협곡에 물이 채워지기를 속으로 빈다. 그러고 걷다가 처음으로 본 버펄로 뼈를 그냥 지나칠 뻔한다.

뼈가 거대한 흰 섬처럼 땅 위로 솟았다. 가까이 가자 더욱 고요해진다. 뼈에 짓눌린 풀이 침묵하기 때문인 걸까. 샘의 숨이 가빠지며 거의 울음소리처럼 들린다.

짐마차 길을 따라가면서 버펄로 뼛조각을 본 적은 있지만 온전한 뼈는 처음이다. 여행자들이 지루해서 혹은 필요해서 망치나 칼을 휘둘렀고, 땔감이나 텐트 기둥이나 심심할 때 조각하는 데 쓸 재료로 쉽게 얻어 갔다. 그런데 이 유해는 아무도 건드리지 않았다. 눈구멍이 가물거린다. 빛과 그림자가 일으킨 눈속임이다. 샘이 흉곽 안에서 몸을 숙이지 않고 걸을 수 있을 정도로 크다.

루시는 이 뼈가 털과 살로 덮여 있고 이 짐승이 우뚝 서 있던 때를 그려 본다. 바는 이 거대한 짐승이 언덕, 산, 그 너머 평원을 빼곡하게 뒤덮던 때가 있었다고 했다. 사람 키의 세 배는 되는데도 어찌나 순한지. **버펄로가 강물을 이뤘지,** 바가 말했다. 루시는 오래전 과거의 이미지로 머리를 가득 채운다.

뼈는 종종 마주쳐도 트렁크에 들러붙은 파리 떼를 제외하면 살아 있는 동물은 거의 볼 수가 없다. 한번은 멀리에 인디언 여자처럼 보이는 사람이 나타나 팔을 흔들며 부른다. 샘이 떨면서 지켜보는데, 여자의 팔이 올라가자 어린아이 둘이 여자 옆으로 달려간다. 작지만 온전한 무리가 돌아서 멀어진다. 협곡에는 여전히 물이 없다. 루시와 샘은 물병의 물을 아껴 마시고 언덕 뒤쪽 그늘에서 잠깐씩 쉰다. 언제나 언덕을 넘으면 다음 언덕이 있고 또 다음 언덕이 있다. 언제나 해가 있다. 훔친 식량이 바닥난다. 그때부터는 말먹이 귀리로 아침저녁을 먹는다. 입이 마르지 않게 조약돌을 빨고 마른 줄기를 부드러워질 때까지 씹는다.

루시는 무엇보다도 답에 대한 굶주림을 억누른다.

샘은 바가 넓은 공간을 좋아했다는 말만 한다. 거친 땅. 그런데 얼마나 거칠어야 하나? 얼마나 더 가야 하나? 루시는 차마 묻지 못한다. 권총이 샘의 골반에 무겁게 늘어지고 샘의 걸음걸이가 바의 걸음걸이와 비슷하게 건들거린다. 마가 죽은 뒤에 샘은 보닛을 벗고 긴 머리를 잘랐고 치마는 입지 않았다. 맨머리로 햇빛 속에서 그을리더니 말린 불쏘시개처럼 되었다. 불꽃 하나만 튀어도 불이 붙을 것처럼. 여기에서는 샘이 타더라도 불을 끌 방법이 없다.

바가 그렇게 바꾸어 놓았다. **내 딸 어디 있지?** 하루 일을 마치고 오두막에 돌아와 바가 집 안을 둘러보며 말했다. 바가 찾는 동안 샘은 조용히 숨어 있었다. 두 사람만 하는 놀이였다. 마침내 바가 큰 소리로 **내 아들 어디 있지?** 하고 외치면 샘이 튀어나왔다. **여기 있어요.** 바가 샘이 눈물을 흘릴 때까지 샘을 간질였다. 그때를 빼고는 샘은 눈물을 비치는 법이 없었다.

닷새를 더 가자 계곡에 물이 졸졸 흐른다. 물과 은이 있다. 루시는 주위를 둘러본다. 사방에 언덕뿐이다. 이 정도로 거친 땅이라면 바를 묻기에 충분하겠지.

"여기?" 루시가 묻는다.

"아냐." 샘이 말한다.

"여기?" 몇 마일 더 간 뒤에 루시가 묻는다.

"여기?"

"여기?"

"여기?"

풀이 루시에게 조용히 하라고 한다. 언덕은 사방으로 흘러간다. 동쪽 지평선에 산이 푸르스름하게 보인다. H, 루시는 걸으면서 생각한다. O. M. E. 열기와 굶주림 때문에 머리가 멍하고 배운 것들이 흐릿해진다. 그렇게 일주일, 두 아이는 마가 조심하라고 경고했던 귀신의 모습이 되어 떠돌아다니다가 손가락이 떨어진다.

풀밭에, 너무 큰 갈색 메뚜기처럼 그것이 나타난다. 샘은 오줌 눈다고 어딘가로 갔다. 파리와 악취를 피하려고 뭐든 핑계를 대고 사라지곤 한다. 루시는 몸을 숙여 메뚜기를 살펴본다. 움직이지 않는다.

말라비틀어지고 두 군데가 구부러진 갈고리. 바의 가운뎃손가락.

루시는 샘을 부르려 한다. 그때 어떤 생각이 따귀처럼 뺨을 갈긴다. 손가락을 잃을 정도라면, 손이 때릴 수 있는 상태가 아니겠지. 루시는 숨을 크게 들이마시고 트렁크를 연다.

바의 팔이 비난하듯 튀어나오자 넬리가 불안한 듯 제자리걸음을 한다. 루시는 구역질을 하며 넬리를 꽉 붙든다. 손에 손가락이 하나가 아니라 두 개가 없고, 손마디 뼈 두 개가 드러나 텅 빈 눈처럼 쳐다본다.

루시는 풀밭을 훑으며 멀리 더 멀리 걸어간다. 넬리와 트렁크가 보이지 않을 때까지. 그러다가 고개를 든다.

루시가 세 살인가 네 살 때 바가 가르쳐 준 요령이었다. 루시가 놀다가 짐마차를 놓쳐 버렸을 때다. 엄청나게 넓은 하늘이 루시를 짓눌렀다. 풀밭이 끝이 없이 일렁였다. 루시는 샘처럼 날 때부터 용감하고 항상 싸돌아다니는 아이가 아니었다. 루시는 울음을 터뜨렸다. 몇 시간 뒤에 바가 루시를 찾아내고는 루시를 붙잡고 흔들었다. 그러더니 위쪽을 보라고 했다.

이 지역에서 하늘 아래 한참 서 있다 보면 이상한 일이 일어난다. 처음에는 구름이 정처 없이 흘러간다. 그러다가 구름이 돌아서 나를 향해 소용돌이치듯 모여든다. 한참 있다 보면 언덕이 작아진다. 아니, 내가 자라난다. 원한다면 언덕을 넘어 저 멀리 파란 산에 닿을 수 있을 것 같다. 거인이 되었고 이 땅이 모두 내 땅이기라도 한 것처럼.

다시 또 길을 잃으면, 다른 누구와 마찬가지로 너도 이 땅에 속한다는 걸 잊지 마라. 바가 말했다. **겁내지 말고. 팅워?**

루시는 찾기를 그만둔다. 손가락이 한참 전에 떨어졌을 수도 있다. 이제는 토끼나 호랑이나 재칼 뼈와 구분이 안 될 것이다. 그 생각을 하자 대담해진다. 루시는 트렁크로 돌아가 바의 손을 덥석 잡는다.

살아 있을 때 바의 손은 커다랗고 성미가 고약했고 루시는 그걸 잡느니 차라리 방울뱀을 잡았을 것이다. 죽은 바의 손은 쪼그라들었고 축축하다. 아무 힘이 없다. 다시 트렁크 안에 밀어 넣는데 느낌이 끈끈하고 물렁하다. 마른 가지가 탈 때처럼 타닥 소리가 난다. 루시는 물러서고 바의 손과 사라진 손가락은 다시 감춰진다.

루시는 개울에서 씻으며 주머니에 들어 있는 손가락을 생각한다. 이렇게 보니 또 벌레처럼 보인다. 갈고리발톱. 나뭇가지. 다시 보려고 흙 위에 떨어뜨린다. 개똥.

풀이 흔들리며 샘이 돌아왔다는 걸 알린다. 루시는 맨발을 쑥 내밀어 손가락을 덮는다.

샘이 콧노래를 부르며 개울을 건넌다. 한쪽 손으로는 바지 끈을 여민다. 바지 위쪽에 회색 돌이 삐져나와 있다. 돌 나머지 부분이 바지 안에서 길쭉한 모양으로 두드러진다.

샘이 걸음을 멈춘다.

"난 그냥······." 루시가 말한다. "목이 말라서. 넬리는 저기 있어. 그냥······."

루시는 샘의 바지를 빤히 보고 샘은 앞으로 쑥 나온 루시의 발을 본다. 제대로 감춰지지 않은 비밀. 한순간 둘 중 하나가 물어볼 듯, 그 질문 뒤에 수십 가지의 대답이 쏟아질 듯하다.

그때 샘이 걸음을 서둘러 가 버린다. 둑둑 뜯는 소리가 사방을 채운다. 샘이 불 피울 자리를 만들려고 풀을 뜯는다. 루시는 거들려고 돌아선다. 손가락은 발바닥 아래에서 땅에 묻힌다. 풍요를 갈구하는 이 마른 땅. 루시는 더 꽉 밟고 그 위에 흙을 덮는다. 흙 무더기 위를 마지막으로 한 번 단단히 밟는다. 마가 귀신이 나타난다고 겁을 줬지만, 그래 봐야 손가락 하나가 뭘 하겠는가? 손도 없고, 뻗을 팔도 없고, 휘두를 어깨도 없고, 주먹질에 힘을 더할 몸도 없는데. **이게 지당한 방법이야.** 루시가 방 저편에서 보고 있을 때 바가 말했다. 바는 샘에게 주먹을 휘두르는 법을 가르치고 있었다.

그날 밤 루시는 한 손으로 귀리죽을 젓는다. 바를 만졌던 손은 옆에 두고. 끈적한 느낌이 사라지지 않는다. 얼핏 들은 노랫가락에 다른 노래가 떠오르듯, 마의 손가락이 기억난다. 마가 죽던 날 루시의 손을 꽉 쥐던 손가락.

샘이 무어라 말을 한다.

밤이면, 밤이 되어야만 샘은 말을 한다. 길어진 그림자가 풀밭을 푸르게 물들이고 이어 검게 적신 다음에야 이야기를 한다. 오늘 밤에는 지평선에 나타났던 남자, 버펄로를 타고 있던 남자 이야기다. 샘이 처음 추적자 이야기를 한 날 루시는 한잠도 못 잤다. 그렇지만 호랑이가 덮치거나 재칼이나 보안관이 보낸 추적대가 나타난 적은 한 번도 없다. 그 이야기들은 그냥 샘의 위안거리다. 아이의 애착 담요 같은. 보통 루시는 밤에 샘의 목소리를 듣는 게 좋다. 샘의 목소리가 바의 허풍을 흉내 내더라도. 그런데 오늘은 위안이 안 된다.

"말도 안 돼." 루시가 이야기를 끊는다. "역사적 근거가 없어." **선생들이 하는 말이지**, 바는 루시의 말을 비웃으며 말했다. 루시는 어려운 단어 덕에 더러워진 자기 손에서 주의를 돌릴 수 있어서 좋다. "책에는 이 지역에서는 버펄로가 멸종했다고 나와 있어."

"바는 남자가 사실이라고 아는 것과 책에서 읽는 것은 다르다고 했어."

평소라면 여기에서 물러섰을 것이다. 오늘 밤에 루시는 이렇게 말한다. "음, 넌 남자가 아니잖아."

실루엣으로 보이는 샘이 손마디를 꺾는다. 루시는 입술을 깨문다.

"내 말은, 아직 어른이 안 됐다고. 우린 어린애들이잖아? 우리한테는 집하고 먹을 게 있어야 해. 일단 매장을 해야 하고. 벌써 두 주가 지났다고 바가 —"

샘이 벌떡 일어나 모닥불에서 날아간 불씨를 밟는다. 풀에 옮겨붙었다. 불 피울 자리를 더 넓게 만들었어야 했다. 같이 풀을 뽑았어야 했다. 그랬어야 했다. 그랬어야 했다. 사소한 행동 하나가 요새는 자칫 재앙이 되려 한다. 깜박이는 별이 추적대의 호롱처럼 보이고, 넬리의 발굽 소리가 권총 공이치기를 당기는 소리처럼 들리는데, 점점 더 루시는 될 대로 되라는 심정이다. 속이 텅 비어서 바람에 날아갈 수 있을 것 같다. **언덕이 타 버리든가 말든가.** 샘이 필요 이상으로 오래 힘주어 불씨를 밟는 걸 보면서 루시는 생각한다. 루시가 그 말을 입에 올리려고 할 때마다 샘은 무언가 다른 데로 주의를 돌린다.

죽은 지, 루시는 속으로 말한다. **죽은, 죽음, 죽었다.** 루시는 단어들을 내려놓으며 마의 트렁크를 땅 밑으로 내리는 상상을 한다. 가죽 끈과 목재 위에 흙이 떨어진다. 한 줌씩, 다음에는 한 삽씩, 흙을 단단히 다진다. 은화가 있다. 물이 있다. 그런데 왜 샘은 계속 찾아다니기만 하는 걸까?

"집은 어때야 집이지?" 루시가 묻자 샘이 며칠 만에 처음으로 루시를 똑바로 쳐다본다. 다리가 셋인 개 때문에.

루시는 그 개를 폭풍에 개울이 불어 생긴 호수 건너에서 처음으로 봤다. 마가 죽은 날 다음 날이었는데 강철 같은 수면 너머에서 흰 개가 언뜻 보였다. 루시는 처음에는 유령을 본 줄 알았는데 그게 달리기 시작했다. 유령이라면 그렇게 절룩거릴 리가 없었다. 개의 잘린 뒷다리가 뒤쪽으로 튀어나와 있는데 잘린 자리가 물어뜯긴 것처럼 붉었다. 개는 바처럼 절룩거렸다. 루시는 따라가지 않았다. 루시는 바가 마를 묻은 자리의 흔적을 찾던 중이었다.

다음 날 개가 또 그 자리에 있었고 그날도 루시는 무덤을 찾지 못했다. 다음 날에도 개가 있었고 망가진 몸으로 공중에서 완벽한 호를 그렸다. 개가 있었고, 또 개가 있었고, 또 개가 있었다. 바가 어딘지 알려 주지 않는 무덤을 찾으려고 루시가 보람 없이 헤매는 동안 내내. 개는 걷고, 달리고, 낙엽을 쫓아가는 법을 익혔다. 그러는 동안 집 안의 바는 점점 둔해졌다. 발끝을 찧고, 발을 헛디디고, 루시가 앉아 있는 긴 의자에 엎어졌다. 루시, 의자, 바가 같이 우당탕 넘어졌다. 바의 술 냄새를 맡을 수 있을 정도로 가까이 간 것은 마가 죽은 뒤 처음이었다. 두 사람은 비틀거리며 일어

섰다. 바는 루시를 잡아당겨 일으키고도 계속 잡아당겨 벽에 밀어 붙이고 주먹을 루시의 배에 밀어 넣었다.

날마다 루시는 개를 관찰했다. 망가진 것들 가운데서 두드러지는 우아함. 루시가 찾기를 그만둔 어느 날, 호수가 마르고 골짜기가 바닥을 드러냈지만 무덤 흔적은 보이지 않던 날, 개가 다가왔다. 가까이에서 보니 눈이 갈색이고 슬퍼 보였다. 가까이에서 보니 암캐라는 걸 알 수 있었다.

루시는 집 뒤에서 몰래 개를 먹였다. 술만 마시는 바가 먹지 않아 남은 음식물 찌꺼기. 들킬까 봐 겁나지는 않았다. 바의 세계는 병 하나로 좁아졌고, 샘은 바의 주위만 맴돌았으니까.

그러다가 마침내 술이 떨어졌다. 아침에 일하러 갔던 바가 놀랍게도 한 손에는 밀가루와 돼지고기, 다른 손에는 위스키를 들고 갑자기 나타났다. 샘이 뒤에 있었다. 샘의 손도 바의 손처럼 석탄 가루로 시커멨다. 루시의 깨끗한 손에는 음식물 찌꺼기가 들려 있고 개의 주둥이가 있었다.

지당한 보상이지, 바가 술병을 들어 올리며 말했다. **힘든 노동의 대가로.** 바가 병으로 개의 눈 사이를 쳤다.

개가 쓰러졌지만 루시는 꿈쩍하지 않았다. 루시는 진짜 다친 것과 꾀병을 구분할 줄 알았다. 아니나 다를까 바가 고개를 돌리는 순간 개가 뛰어올라 돼지고기 조각을 낚아채 도망갔다.

루시는 웃음을 감출 수가 없었다. 샘이 경고하는 뜻으로 고개를 흔들고 있었는데도. 바가 봤다. 그날 무언가가 심어졌다. 버려진 마의 텃밭에 ─ 어떤 아픔, 시큼한 씨앗이.

그때부터 새로운 균형이 생겼다. 바는 며칠 동안은 취하지 않고 탄광에서 일할 수 있는 상태를 유지했다. 아침에 몇 모금 마시면 곡괭이를 든 손이 떨리지 않았다. 급료를 받는 날이 되면 보상을 집으로 들고 왔고 흥분해서 주먹을 휘둘렀다. 루시도 나름 스텝을 익혔다. 조용히 민첩하게 몸을 돌렸다. 재빨리 움직이기만 하면 바의 주먹에 맞지 않았다. 샘도, 춤이 너무 격렬해졌을 때 바와 루시 사이에 끼어드는 스텝을 익혔다.

루시가 이렇게 물은 적이 있다. 주먹을 휘두르다 목표물을 치지 못하고 자빠져 있는 바에게, 자기도 탄광에서 일해야 하냐고. 바는 루시를 쳐다보며 비웃었다. 바의 입안에서 이가 빠진 자리를 보고 루시는 주먹으로 맞았을 때보다 더 큰 충격을 받았다. 이가 언제 빠졌지? 루시가 알아차리지 못하는 사이 언제, 루시가 안다고 생각한 사람에게 저런 구멍이 뻥 뚫린 걸까? **채굴은 남자들 일이야.** 바가 내뱉듯 말했다. 샘이 바를 부축해 일으켰다. 샘은 남자아이처럼 옷을 입고 남자아이처럼 일을 하고 남자아이처럼 급료를 받았다. 샘의 손은 굳은살과 상처투성이고 바의 몸을 지탱할 만큼 세졌다.

그들 가족도, 세 다리로 움직이는 법을 익혔다. 그때 개가 돌아왔다.

어느 날 밤 바가 집 뒤에서 그들을 불렀다. 루시와 샘이 가 보니 바가 개의 엉덩이 쪽을 쓰다듬고 있었다. 개는 라드 통에 머리를 박고 뒤쪽 부분만 밖으로 내놓고 있었다. 멀쩡한 다리, 잘린 다리, 그 사이에서 흔들리는 꼬리. 바는 꼬리를 쓰다듬더니, 뒤로 조금 물러났다가 부츠 신은 발로 개의 멀쩡한 다리를 세게 걷어찼다.

"개는 어때야 개지?" 바가 물었다. 개는 달아나려 했으나 멀쩡한 다리 두 개로 망가진 다리 두 개를 끌고 가려니 기는 것 이상은 할 수 없었다. 바가 쭈그리고 앉아 루시의 무릎에 손가락을 얹었다. "이거 시험이야. 너 시험 좋아하잖아. 똑똑하니까."

바가 루시의 살을 꼬집었다. 샘은 바가 팔을 최대한 뒤로 뻗지 못하게 하려고 바짝 옆에 붙어 섰다. 멍멍 짖어요, 루시가 대답했다. 물어요. 충성심이 있어요. 루시가 대답할 때마다 손이 종아리를 따라 내려가며 꼬집었다.

"내가 말해 주지." 마침내 바가 말했다. 루시가 덜덜 떨었기 때문이 아니라, 바의 아픈 다리가 떨렸기 때문이었다. "개는 비겁한 짐승이야. 개는 **도망갈 수 있어야** 개야. 저건 개가 아냐. 팅워."

"난 개가 아녜요. 약속해요, 도망가지 않을 거예요."

"너희 엄마가 왜 갔는지 알아?"

루시가 움찔했다. 샘조차도 소리를 냈다. 그러나 바는 그 대답을 무덤까지 가지고 갈 것이다. 바가 고개를 저었다. 루시를 보기만 해도 역겹다는 듯 어깨 너머를 보고 말했다.

"가족이 우선이야. 도둑을 집으로 끌고 오는 건 가족을 배신하는 거야. 네가 도둑이나 다름없어지는 거야."

재미있는 일은, 바의 가르침이 실제로 가족 일부를 가깝게 만들어 주었다는 것이다. **개는 어때야 개지?** 샘과 루시는 단어를 바꿔서 농담이나 수수께끼를 만들곤 했다. 그 말을 자꾸 되풀이해서 원래 그 말이 나왔던 추운 밤, 다친 짐승이라는 기억에서 떼어 냈다. 바가 비틀거리며 집에 돌아와 여물통 안에서 잠이 들었을 때, 바가 창문 밖으로 던져 버린 부츠 한 짝을 찾아 헤맬 때, 아이들은 속삭였다. **침대는 어때야 침대지? 부츠는 어때야 부츠지?** 둘 사이의 거리가 멀어지면서, 키 차이가 나면서, 루시가 앉아 책을 읽는 오두막과 샘이 바와 같이 탐사하는 드넓은 언덕과 사냥터 사이의 거리가 벌어지면서, 이 말이 둘 사이에서 길게 늘어졌다.

오늘 밤, 샘이 모닥불 너머에서 루시를 본다. 이제야 밟기를 멈추고 조용해진다.

한순간, 루시는 기대를 품는다.

그러나 그 말의 오래된 마법은 깨졌다. 샘은 혼자 풀밭으로 간다.

어리석게도 루시는 바가 죽었으니 샘이 자기에게 돌아올 거라고 생각했다. 샘이 바와 같이 나누던 농담, 놀이, 믿음이 이제는 자기 안의 공허를 채워 줄 거라고 생각했다. 어쩌면 마 이야기를 할 수 있을지도 모른다고 생각했다.

그날 밤 몇 시간이고 기다렸지만 샘은 돌아오지 않는다. 결국 하릴없이 모닥불을 끄면서 필요 이상으로 흙을 높이 쌓는다. 양손 다 흙투성이로 더러워진다. 루시는 알았어야 한다. 개는 두 다리로 설 수 없고 가족도 마찬가지라는 것을.

두 아이는 조각조각 단계적으로 자신의 일부를 잃어 간다. 굶주림이 그들을 바꾸어 놓는다. 이 주가 지나자 샘의 광대가 노두(露頭)럼 솟는다. 삼 주가 지나자 샘이 훌쩍 크고 날씬해진다. 사 주가 지나자 샘은 야영할 곳을 정한 다음 혼자 언덕에서 돌아다니다가 총으로 잡은 토끼나 다람쥐를 들고 돌아온다. 넓어진 골반에서 권총이 흔들린다.

샘이 가고 나면 루시도 일종의 사냥을 한다. 루시가 하는 건 사금 채취에 가깝지만. 트렁크를 흔들어서 떨어진 발가락 하나, 머리 가죽 일부, 치아 하나, 손가락을 주워 땅에 묻고 흙더미를 찰싹 친다. 손찌검이 바한테는 집 같은 느낌을 줄 테니까. 만약 아니라면? 원귀는 어떻게 원귀가 되지? 루시는 발가락 귀신이 둥둥 떠서 파리 떼를 이끌고 뒤쫓아 오는 상상을 한다. 작은 무덤 하나를 만들 때마다 루시의 텅 빈 속에 흙 한 줌이 떨어지고 한동안은 속을 채워 준다.

그러다가 아무것도 떨어지지 않는 날이 며칠 계속된다. 조용한 날들, 한 마디도 하지 않는 날들. 루시는 트렁크가 덜컹거릴 정도로 세게 흔든다. 땀이 솟을 지경이 되었을 때 한 조각이 떨어진다. 손가락 길이인데 더 굵다. 부드럽고 쪼글쪼글하다. 뼈는 보이지 않는다. 루시의 발가락 아래에서 말린 자두처럼 물컹거린다.

루시는 안다.

흙이 묻고 쪼그라들어서, 바가 마를 묻은 날 밤 루시가 우연히 본 것과는 조금도 닮지 않았지만. 그날 바는 호수 쪽에서 물을 뚝뚝 흘리며 돌아와 젖은 옷을 벗었다. 그리고 속옷 차림으로 서 있었다. 바가 술병에 손을 뻗을 때 루시는 얇은 천 사이로 덜렁거리는 살을 보았다. 진한 자주색, 기이하고 묵직하게 생긴 과일.

남자는 어때야 남자지? 바와 샘이 그렇게 소중하게 여기는 부분이 그때도 루시에게는 별것으로 안 보였다. 루시는 이번에는 흙더미를 두 차례 찰싹찰싹 때린다.

소금

그러다가 넬리가 거의 도망갈 뻔한 밤이 온다.

어쩌다 그렇게 되었는지 확실히는 모르지만 루시는 이것도 대부분의 탈주처럼 그렇게 시작되었다고 생각하고 싶다. 한밤중에. 여전히 늑대의 시간이라고 불리는 시간에. 수십 년 전, 버펄로가 학살당하고 버펄로를 잡아먹는 호랑이들도 죽기 전에, 언덕에 홀로 있는 말은 맹수가 다가올까 봐 두려움에 떨었다. 이제는 호랑이도 없는데 넬리는 조상들처럼 덜덜 떤다. 넬리가 웬만한 사람보다 더 똑똑하다고 넬리의 주인은 말했다. 넬리는 살아 있는 위협보다 더 두려운 것이 있음을 안다. 이를테면 등에 묶여 있는 것, 떨쳐 버릴 수 없는 죽은 것이 그렇다. 넬리는 별이 하늘의 바늘구멍으로 내다볼 때까지, 아이들이 잠들어 조용해질 때까지 기다린다. 그런 다음 땅을 파기 시작한다.

넬리는 늑대, 뱀, 올빼미, 박쥐, 두더지, 참새의 시간 내내 땅을 판다. 지렁이가 굴에서 일어나는 시간이 되어, 루시와 샘은 말

발굽으로 말뚝을 차는 소리에 깬다.

샘이 더 빠르다. 네 걸음 만에 한 손으로 고삐를 잡았다. 다른 손으로, 넬리를 때린다. 세게.

말은 콧소리만 내고 말지만 찰싹 소리가 루시의 몸 안에서 다른 곳에서 다른 손으로 맞았을 때의 소리와 함께 메아리로 울린다. 루시가 샘과 말 사이로 뛰어든다. 샘의 손이 공중에서 멈춘다. 그제야 루시는 목에서 힘을 빼면서 샘이 손을 멈출 줄은 몰랐다는 생각을 한다.

"도망가려고 했어." 샘이 손을 치켜든 채로 말한다.

"말이 놀랐잖아."

"배신자야. 바를 지고 가 버리려고 했다고."

"넬리도 감정이 있어. 넬리는——"

"웬만한 사람보다 똑똑하지." 샘이 목소리를 낮춰 리 선생님을 흉내 내며 비웃는다. 그럭저럭 비슷하다. 샘의 달라진 여윈 얼굴에 어울린다. 두 사람 다 조용해진다. 샘은 다시 빌린 목소리로 말을 한다. 어른 남자 목소리도 아니지만 샘의 본디 목소리도 아니다. "넬리가 똑똑하다면 충성을 알겠지. 똑똑하다면 벌도 달게 받을 거고."

"무거워서 지쳤어. 나도 지쳤고. 넌 아니니?"

"바라면 지쳤다고 해서 포기하지 않아."

어쩌면 그게 바의 문제였을 것이다. 바는 주어진 것을 받아들였어야 했다. 깨끗한 셔츠 한 장 없이 더러운 꼴로 침대에서 죽기 전에. 루시는 뜨거운 두피 위에 한 손을 얹는다. 머리가 아찔하다. 텅 빈 자리에 이상한 생각이 들어온다. 밤이면 바람이 생각을 머릿속에 불어넣는 것 같을 때도 있다.

"당분간 쉬게 해 주자." 루시가 말한다. "멀리 갈 것도 아니잖아." 루시는 주위 언덕을 둘러본다. 한 달 전 교차로에서 만난 형제 말고는 그 이후에 말을 섞어 본 사람이 하나도 없다. 자기 자신뿐 아니라 넬리를 위해서도 사정해야 했다. "그렇지?"

샘이 어깨를 으쓱한다.

"샘?"

다시 으쓱한다. 이번에는 확신이 흔들리는 듯 샘의 어깨에서 힘이 조금 빠진 게 느껴진다.

"계속 가면 더 좋은 데가 나올 거야." 샘이 말한다.

이번에 가는 곳은 더 나을 거야, 바는 새로운 탄광으로 가려고 이삿짐을 쌀 때마다 이렇게 말했다. 더 나았던 적은 한 번도 없었다.

"어디로 가는지도 모르잖아." 루시가 말한다. 그리고 그때 루시는 느닷없이 웃는다. 바가 죽은 뒤로 한 번도 웃지 않았다. 하, 하 웃는 억지웃음이 아니라 날것으로 터져 나오며 아프게 하는 웃음이다. 샘이 바의 무모한 꿈을 좇으려는 거라면 이 방랑은 영영 끝나지 않을 것이다. 어쩌면 샘이 원하는 게 그것인지도. 바를 영원히 등에 지고 가는 것.

"바보같이 굴지 마." 루시가 숨을 고르고 말한다. "더 못 버텨."

"네가 더 강하다면 버틸 수 있겠지." 바가 하던 말이다. 저 비웃음도 바의 것이고, 다시 넬리를 향해 날아가는 샘의 주먹도 바의 것이다.

루시는 샘의 팔을 붙잡는다. 접촉이 충격을 준다. 그토록 무지막지한 샘의 손목이 너무 가늘고 여리다. 샘이 팔을 홱 빼는 바람에 루시는 중심을 잃는다. 루시는 팔을 뻗다가 손톱으로 샘의 뺨을 할퀸다.

샘이 움찔한다. 애들이 달려들어도, 돌을 던져도, 바가 최악으로 취해 있어도 물러서는 법이 없었던 샘이. 사실 샘이 뭐 하러 바를 피하겠나? 바는 한 번도, 방금 루시가 그런 것처럼 샘을 치려고 한 적이 없었다. 이제 아침 빛이 완연하고 샘의 비난하는 눈이 두 개의 해처럼 이글거린다.

루시는 비겁하니까, 달아난다. 뒤쪽에서 다시 주먹질이 시작된다.

루시는 올라간다. 눈에 보이는 가장 높은 언덕 위로 올라가자 목마른 풀이 치맛단에 손을 뻗는다. 떠돌아다니는 동안에 치마가 짧아졌고 빛이 바랬다. 바싹 마른 풀이 루시의 다리에 정교한 무늬를 새기며 피를 낸다. 언덕 꼭대기에서 루시는 무릎을 끌어안고 앉는다. 무릎 사이에 머리를 넣고 귀를 꽉 닫는다. **팅러(聽了, 들려)?** 마가 루시의 귀를 두 손으로 막으며 물었다. 처음에는 정적. 이어 들려오는 박동과 피가 흐르는 소리. **네 안에 있어. 너의 근원이. 바다 소리.**

짠물, 마시면 독이 된다. 리 선생님의 역사책에서, 이곳 서부 땅이 끝나는 곳에 있는 큰 바다를 봤다. 그 너머에는 텅 빈 파란색, 파도 사이에 그려진 바다 괴물밖에는 없었다. **알려지지 않은 야만인,** 선생님은 그렇게 말했고 그래서 엄마가 갈망이 가득한 말투로 말하는 게 루시는 불편했다.

처음으로 루시는 자기가 아는 삶으로부터 멀리멀리 떠나고 싶은 욕구를 이해한다. 루시는 마을을 떠나면서 샘의 난폭함을 거기 두고 떠나는 거라고 생각했다. 그런데 루시 안에도 난폭함이 있다.

"미안해요." 루시가 말한다. 이번에는 마에게. 마의 부탁대로 샘을 잘 돌보지 않았다. 자기가 샘을 돌볼 수 있는지도 잘 모르겠다. 그리고 그때, 샘에게 나약함을 들킬 위험이 없기 때문에, 마침내 루시는 울음을 터뜨린다. 울면서 눈물을 핥는다. 소금이 귀해서 여러 해 동안 소금 없이 살았다. 루시는 혀가 쪼그라들 때까지 운다. 그러고 나서 풀잎을 씹어 입에서 눈물의 맛을 지운다.

풀에서도 바다 맛이 난다.

두 번째 풀줄기도 마찬가지로 짭짤하다. 루시는 일어서서 언덕 너머를 본다. 거기, 하얗게 빛나는 것.

커다란 흰 원반 가장자리까지 걸어간다. 원반이 발아래에서 바스락 부서지고 긁힌 상처가 쓰라리다. 건기가 절정에 이르며 언덕 전체에서 웅덩이와 개울이 사라졌다. 여기에 있던 호수도 통째로 사라지며 소금밭이 남았다.

루시는 구름이 모여들기 시작하고 세상이 주위에서 빙빙 돌 때까지 한참 서 있다. 마가 소금에 절인 자두를 생각한다. 절이면 효과가 더 강력해진다. 바가 잡아 온 짐승에 소금을 치던 것도 기억한다. 철을 닦을 때 쓰던 소금. 상처에 뿌리는 소금. 쓰라리지만 소독을 해 준다. 소금은 씻어 주고 소금은 지켜 준다. 일요일마다 부유한 남자의 식탁 위에 있던 소금, 한 주의 흐름을 각인하는 맛. 과일이나 고기를 쪼그라들게 하고, 변성시키고, 시간을 벌어 주는 소금.

루시는 해가 낮게 내려갔을 때 언덕에서 내려간다. 샘의 얼굴이 얼룩덜룩한데 그림자 때문은 아니다. 샘이 화를 낸다. 그런데 그 이면에 공포가 있다. 이 텅 빈 곳에서 무서워할 게 뭐가 있다고?

"네가 가 버렸잖아." 샘이 욕설을 쏟아 내는 와중에 이렇게 내뱉는다. 그때 루시는 안다. 루시가 둘 사이의 암묵적 약속을 깬 것이다. 그동안은 언제나 돌아다니는 사람은 샘이고 루시는 그 자리에서 기다렸다. 샘이 뒤에 남겨진 적은 한 번도 없었다.

루시는 조곤조곤 말한다. 겁에 질린 말에게 말을 걸 때처럼. 소금과 돼지고기, 사슴고기와 다람쥐, 샘은 거부한다. 더 크게 소리를 지른다.

"그럼 계속 찾아다닐 수 있어." 루시가 말한다. "넬리는 너만큼 튼튼하지 않아." 루시가 잠시 말을 멈춘다. "나도."

이 말에 샘이 누그러진 데다, 바람이 불어 둘 사이에 파리와 바한테서 풍기는 냄새가 날아와 생각을 굳혀 준다. 둘 다 얼굴이 창백해진다. 루시가 전사를 이런 식으로 기리는 인디언 부족이 있다고 말하자 마침내 샘이 수그러든다.

거짓말로 합의를 이끌어 낸 게 문제인가?

처음으로 넬리의 등에 묶인 밧줄을 푼다. 자유의 몸이 된 말은 풀밭에서 구르며 검은 곤죽 같은 파리를 떨군다.

남자는 어때야 남자지? 트렁크를 연다. 세상에 보여 줄 얼굴이 있어야 하나? 세상을 바꿀 손과 발이 있어야 하나? 세상을 걸을 두 다리가 있어야 하나? 둥둥 뛰는 심장, 노래를 부를 이와 혀가 있어야 하나? 바에게는 남은 게 거의 없다. 남자의 형체조차 사라졌다. 스튜가 냄비 모양이듯 바는 트렁크 모양이 되어 있다. 루시는 가장자리가 녹색으로 변한 고기나 며칠 동안 얼린 고기를 염장한 적도 있다. 그래도 이런 건 한 번도 없었다.

샘은 한달음에 소금밭으로 간다. 저녁이 되어 커다란 흰 달이 땅에 가라앉은 것처럼 보인다. 하늘에 남은 흔적 같은 미약한 달이 힘없이 떠오른다. 샘이 높이 뛰어올랐다가 부츠 발로 내려앉는다. 소금밭 표면에 샘 키의 두 배쯤 되는 긴 균열이 생긴다. 가까이에서 울리는 천둥 같은 소리가 난다. 루시는 어두워진 하늘을 올려다본다. 아니나 다를까 구름이 빙빙 돌고 있다.

루시는 어깨에 삽을 얹는다. 샘이 점프하면 따라가서 흰 소금 덩어리를 퍼낸다. 더운 날인데도 몸에 소름이 돋는다. 익숙한 리듬이다. 땅을 파고. 열기가 내리쬐고. 쿵 하는 소리도 어른 남자의 웃음소리처럼 울린다. 루시가 고개를 들어 보니 샘이 쳐다보고 있다.

"거의 금처럼 곱다." 샘도 동의한다. 그러더니 이렇게 말한다. "바가 이걸 봤더라면 좋았을걸."

바의 몸 위에 뿌리자 소금이 재처럼 보인다. 파리는 달아나지만 구더기들은 도망가지 못한다. 죽어 가며 몸부림치는 구더기들이 마치 비명을 지르느라 오그라든 작은 하얀 혓바닥처럼 보인다.

타는 듯한 날이 나흘째 이어지고 바가 무언가 다른 것으로 바뀐다. 그동안 넬리가 쉬면서 양껏 풀을 먹게 한다. 샘은 삽으로 덩어리를 돌려 가며 소금을 고루 묻힌다. 그러다가 가끔은 관절이나 살점이 툭 떨어진다. 멀리서 보면 샘이 거대한 숟가락을 들고 있는 것처럼 보인다.

장례는 어떤 요리법을 따르는 거나 마찬가지야, 마가 말했다.

바는 루시보다, 샘보다도 더 작게 쪼그라든다. 바를 빈 배낭에 붓는다. 갈색 꽃 같은 갈빗대, 나비 같은 골반, 이를 드러내며 웃는 해골. 어느 부분인지 알 수 없는 덩어리, 루시가 차마 묻지 못했던 질문에 대한 답을 담고 있을지 모르는 단단한 미스터리. 바는 왜 술을 마셨을까? 왜 바가 가끔 우는 것처럼 보였을까? 마를 어디에 묻었을까?

얼룩진 트렁크는 두고 간다. 옛날에, 마가 그걸 가지고 큰 바다를 건넜다. 이제는 파리들에게 선물로 남긴다. 파리들이 안됐다는 뜻밖의 생각이 루시의 가슴을 찌른다. 몇 주 동안 충실히 따라오며 왱왱거리고 짝짓기를 하고 새끼를 친 파리들. 헤아릴 수 없이 많은 생명체가 바의 시신이라는 풍요를 누리며 살았다. 생전의 바한테서는 한 번도 볼 수 없었던 후한 모습이었다. 이제 수백 마리가 그냥 죽을 운명이다. 매일 해가 뜰 때마다 풀밭 위에 검은 사체들이 떨어져 있겠지. 루시에게 은 한 줌이 있다면 그 위에 뿌려 줄 텐데.

해골

    리 선생님은 넬리가 반경 100마일 안에서 가장 빠른 말이며 서부 지역이 생기기 전으로 거슬러 올라가는 좋은 혈통의 말이라고 주장했다. 경주에 내보내는 일은 없었다. 카우보이들의 조랑말과 경쟁시키는 건 페어플레이가 아니라고 했다.

    이제 그 말이 진짜인지 알아볼 때가 됐다. 샘이 먼저 타고 루시가 뒤에 탄다. 두 사람과 바가 들어 있는 배낭을 합해도 트렁크보다 가볍다. 넬리는 풀만으로 빈약한 식사를 해 왔음에도 달리고 싶은 듯 제자리에서 발을 구른다. 루시는 샘도 마찬가지로 어서 달리고 싶을 거라고 생각한다.

    그런데 샘이 몸을 앞으로 숙이고 뭐라고 속삭인다. 넬리의 회색 귀가 들릴 듯 말 듯한 샘의 목소리처럼 미묘하게 움직인다.

    그때 샘이 함성을 지른다.

    넬리가 쭉쭉 발을 뻗는다. 마치 나는 것처럼 풀 위를 달린다. 바람이 비명을 지르고 샘의 목구멍에서 짜릿한 날것의 목소리가 터져 나온다. 바의 자존심과 마의 쉰 듯한 목소리와 짐승처럼 야성적인 샘 자신의 목소리가 합해진다. 루시는 그 목소리가 한 사람에게서 나오는 게 아니라는 걸 깨닫는다. 자기 목에서도 터져 나온다.

이런 게 귀신이 옮겨 붙는 거라면, 그건 좋은 거다.

짐마차를 타고 가면 서부를 가로지르는 데 한 달이 걸린다. 처음에 둘이 따라갔던 주요 도로는 서부 해안에서 시작해 내륙 산지와 부딪히며 동쪽으로 간다. 그러다가 길이 북쪽으로 꺾여 산지를 돌아 평평한 땅이 나올 때까지 간다. 다음에 길이 동쪽으로 구부러져 다음 준주(準州)의 완만한 평지로 이어진다. 이 길은 사람들이 많이 다니는 또렷한 길이다. 마음먹으면 쉽게 찾을 수 있다. 그렇지만 샘한테는 다른 계획이 있다. 그날 밤 샘이 흙 위에 그림을 그리며 말한다.

"보통 사람들은 이렇게 가지." 샘이 막대기로 짐마차 길의 시작 부분을 그린다. 샘은 산을 엄마 방식으로 그린다. 세 개의 봉우리가 모여 있는 모양.

"다음에," 루시도 막대를 집어 들며 말한다. "보통 이렇게 계속 가지." 루시가 옆 준주를 가로지르는 길을 이어 그린다.

샘이 도끼눈을 뜬다. 루시의 막대기를 쳐 낸다. "하지만 이쪽으로 가는 사람은 없어." 샘이 더 가는 막대기를 집어 새로 선을 그린다. 짐마차 길에서 벗어난 선. "아니면 여기." 선이 산맥을 가로지른다. "아니면 여기." 이번에는 밀쳐진 것처럼 옆으로 튄다. "아니면 여기." 샘이 그리기를 마치고 나자 지도에는 구불구불 뱀처럼 여기에서 꼬이고 저기에서 감기고 산맥을 관통하고 남쪽으로 갔다가 북쪽으로 튀었다가 멀리 서쪽 해안으로 기울어지는 길이 생겼다.

루시가 눈을 가늘게 뜬다. 샘이 그린 선은 빙빙 돌아서 시작한 지점으로 다시 돌아오는 것처럼 보인다. "이렇게 움직이는 사람은 없어. 말이 안 돼."

"맞아. **그런 사람은 없지.** 그러니까 거친 땅은 다 여기에 있는 거야." 샘이 루시를 곰곰이 뜯어본다. "바가 그런 데에 버펄로가 있다고 했어."

"그건 그냥 하는 말이야, 샘. 버펄로는 다 죽었어."

"책에서 읽은 거잖아. 확실히 모르는 거잖아."

"이 지역에서 몇 년 동안 버펄로를 본 사람은 아무도 없어."

"계속 찾아 보자고 했었잖아."

"영원히 그러자는 뜻은 아니었지." 샘이 그린 선은 가장 험하고 가장 거친 곳을 몇 달이고 헤매는 여정이었다. 몇 년이 걸릴 수도 있었다.

"약속했잖아." 샘이 고개를 돌린다. 샘이 입은 붉은색 셔츠는 등판 색이 바랬고 처음 출발했을 때와 달리 몸에 꽉 낀다. 셔츠 아랫단 밑으로 살이 살짝 보인다. 샘이 자란 것이다. 샘이 흙 위에 그린 지도 가장자리에 설명할 수 없는 검은 반점이 생긴다. 샘의 막대기가 움직이지 않는데도. 반점이 번지고 샘의 어깨가 흔들린다. 반점이 축축하다. 샘 — 샘이 울고 있는 건가?

"약속했어." 샘이 다시 더 작은 목소리로 말한다. 그 전에 한 말이 울먹이는 소리에 묻혀 들리지 않다가, 이런 소리가 들린다. **바는 죽지 않을 거라고 약속했어.**

루시는 바가 죽으리란 걸 오래전부터 알았다. 단지 그게 언제인지를 몰랐을 뿐. 바는 서른 해 남짓밖에 못 살았지만 마가 죽으면서 늙어 버렸다. 바는 밥은 안 먹고 위스키를 물처럼 마셨다. 입은 거친 가죽 같은 얼굴 안으로 파묻히고 치아는 흔들리고 변색됐고 눈은 시뻘게졌다가 누레졌다가 나중에는 기름 많은 고기처럼 두 가지 색이 섞였다. 루시는 아버지가 죽은 것을 발견하고도 정말 놀랐다고는 할 수 없다. 이미 여러 해 전에 바의 약속은 깨졌고 루시에게 바는 죽은 사람이었다.

그렇지만 샘에게는 아니었다. 바는 남아 있는 얼마 안 되는 다정함을 샘에게 주었으니까.

"쉬이." 루시가 말한다. 샘이 아무 말도 하지 않는데도. "하오더(好的, 좋아), 하오더. 그래 가자. 찾아 보자."

루시는 아무것도 찾지 못할 것임을 안다. 버펄로 단 한 마리도. 그 거친 땅이라는 것의 실체가 책에 다 쓰여 있다. 그러나 샘은 두 가지밖에는 믿지 않는다. 바 그리고 자기 자신의 눈. 하나는 사라졌다. 나머지 하나도 곧 텅 빈 산을 보게 될 거다. 몇 주 더 걸릴지도 모르지만, 곧 샘이 바를 묻을 수밖에 없을 거라고 루시는 희망을 품는다.

넬리를 타고 달리면서 보면 언덕이 물살처럼 빠르게 흘러간다. 마가 늘 말하던 큰 바다가 누런 풀로 일렁인다. 멀리 보이던 산이 조금씩 가까워지다가 어느 날 루시는 산이 파란색이 아니라는 걸 알게 된다. 녹색 수풀과 회색 바위, 능선 깊이 새겨진 보라색 그림자가 있다.

땅에도 색이 생긴다. 물줄기가 넓어진다. 부들, 쇠비름, 야생 마늘과 당근. 산은 험준해지고 골짜기는 깊어진다. 이따금 그늘진 수풀 아래에서 선연한 녹색으로 풀이 자란다.

여기가 아빠가 그렇게 찾던 야생의 땅인가? 작은 몸뚱이가 땅에 완전히 집어삼켜질 듯한 이 느낌 — 땅이 그들을 보이지 않게, 용서처럼 묻어 버릴 것 같은 느낌. 루시의 몸이 줄어들며 루시 안의 텅 빈 자리도 줄어든다. 거대한 산 아래에서, 우뚝 솟은 참나무 사이로 걸러지며 녹색이 되는 금빛 빛살 아래에서 하찮디하찮은 존재가 된다. 먼지 맛보다 생명의 맛이 더 많이 나는 바람 속에서는 샘조차도 유순해진다.

어느 날 루시는 새소리를 듣고 잠에서 깬다. 루시를 사로잡은 건 과거의 꿈이 아니다. 새로운 앞날의 전망이 이슬처럼 방울방울 맺힌다.

광부 아내들 중 땅 안쪽을 바라보며 한숨을 짓던 이들이 있었다. **문명 세계.** 산지 너머 비옥한 평야 지대에 살다가 광부 남편의 뒤를 따라 서쪽으로 온 여자들이었다. 남편이 보낸 편지에는 탄가루 이야기는 없었다. 이 여자들은 밝은색 드레스를 입고 왔지만 서부의 뜨거운 햇빛 아래에서 드레스 색은 그들의 희망만큼이나 빠르게 바래 버렸다.

나약한 여자들, 바는 비웃었다. **칸칸(看看, 봐 봐), 금세 죽어 버릴 거야.** 바의 말이 맞았다. 기침병이 돌 때 여자들은 불구덩이에 던져진 꽃처럼 사그라들었다. 남겨진 남자들은 눈앞의 일에 힘을 쓰고 동쪽으로 눈을 돌리지 않는 튼튼한 여자들과 재혼했다.

하지만 루시는 저쪽 준주, 그 너머 준주, 그보다 훨씬 먼 동부 지역에 관한 이야기를 듣기를 좋아했다. 물이 얼마든지 있고 사방이 녹색인 평평한 땅. 그늘을 만드는 나무가 있고 도로가 포장되어 있고 목재와 유리로 지은 집이 있는 마을. **우기와 건기** 대신 **가을, 겨울, 여름, 봄** — 음악처럼 들리는 계절이 있는 곳. 상점에 온갖 빛깔의 천이 있고 온갖 모양의 캔디가 있는 곳. **문명(civilization)**

이라는 단어에는 **예의 바른**(civil)이라는 단어가 안에 들어 있어 단정하게 차려입고 정중하게 말하는 아이들, 미소 짓는 상점 주인, 문을 쾅 닫는 대신 잡아 주는 사람, 손수건이든 방바닥이든 언어든 뭐든 **깨끗한** 것들을 상상하게 됐다. 새로운 곳, 두 여자아이가 시선을 끌지 않을 수 있는 곳.

루시의 가장 간절한 꿈, 깨어나고 싶지 않은 꿈은 용이나 호랑이를 물리치는 꿈이 아니다. 황금을 찾는 꿈도 아니다. 루시는 먼 땅에서 기적을 본다. 군중 속에서 자기 얼굴이 튀지 않는 곳. 집으로 가는 긴 도로를 따라 걸어갈 때 아무도 눈길 주지 않는 곳.

일주일 만에 산기슭 가까이까지 오는 동안 하늘의 갈빗대가 굵어진다. 드물게 뜨는 늑대달이다. 해가 지고 별이 뜬 다음에 뜨는 밝은 달이다. 은색 달빛 속에서 잠을 못 이루고 눈이 환히 떠진다. 풀줄기, 거친 말갈기, 옷자락의 주름에서 빛이 난다.

풀밭 저편에, 더 빛나는 무언가가 있다.

둘은 몽유병 환자처럼 잠자리에서 일어나 걷는다. 서로 손이 스친다. 샘이 손을 뻗은 걸까? 아니면 샘의 키가 부쩍 자라면서 보폭이 비슷해져 우연히 그렇게 된 걸까?

빛이 호랑이 두개골에서 나오고 있다.

온전한 모양 그대로다. 으르렁거리는 이빨도 고스란하다. 우연히 여기 놓인 게 아니다. 이 자리에서 죽은 것도 아니다. 주위에 다른 뼈는 하나도 없다. 텅 빈 눈구멍이 동북쪽을 바라보고 있다. 시선을 따라가자 산맥의 끝, 짐마차 길이 구부러져 평원으로 뻗는 곳이 나온다.

"이건 ──" 루시가 입을 연다. 심장이 두근두근한다.

"징조야." 샘이 말한다.

루시는 샘의 짙은 색 눈빛을 읽지 못할 때가 많다. 오늘 밤은 달빛이 샘을 관통해 샘의 생각이 풀잎처럼 또렷하게 보인다. 두 아이는 함께 마치 문턱 앞에 서듯 선다. 새집에 들어갈 때마다 마가 문간에 그렸던 호랑이를 기억한다. 마의 호랑이는 루시가 본 호랑이와는 다르게 여덟 개의 획으로 이루어져 있어 눈을 가늘게 뜨고 봐야 호랑이처럼 보였다. 암호다. 엄마는 액운으로부터 지켜 달라는 뜻으로 호랑이를 그렸다. **라오후(老虎, 호랑이), 라오후,** 노래를 부르면서.

마는 새로 들어가는 집마다 호랑이를 그렸다.

루시가 두개골에 온전히 남아 있는 이빨을 건드리자 노래가 머릿속에서 바르르 떨린다. 위협, 혹은 웃음. 그 노래 마지막 단어가 뭐였지? 호랑이를 부르는 말, **라이.**

"집은 어때야 집이지?" 루시가 말한다.

샘이 산을 바라보며 **포효한다.**

바람

바람이 산비탈을 타고 내려오고 공기에서 변화가 느껴진다. 또렷한 달빛 아래에서 샘이 장례 준비를 한다.

호랑이 두개골 주위에 둥그렇게 돌을 놓는다. **집**, 샘이 말한다. 원 옆에 냄비와 팬과 국자와 칼과 숟가락이 놓인다. **부엌**, 샘이 말한다. 반대편에는 담요를 놓는다. **방**, 샘이 말한다. 가장자리에 나뭇가지를 곧게 꽂는다. **벽**, 샘이 말한다. 나뭇가지 위에 풀을 엮어 만든 돗자리를 얹는다. **지붕**, 샘이 말한다.

가운데는 마지막 순간까지 비워 놓는다.

동이 틀 때가 거의 되었을 때 샘이 작업을 마친다. 풀로 만든 지붕은 얼기설기 어설프고 팬에는 귀리가 눌어붙어 있다. 샘은 경험이 없는 탓에 집안일 솜씨가 형편없다. 그럼에도 루시의 도움을 물리친다. 이제 샘이 호랑이 두개골이 있는 곳으로 걸어가 삽을 높이 든다. 삽날이 흙으로 들어갈 때 샘의 손이 떨리는 건가?

샘이 동작을 멈춘다. 손이 계속 떨린다. 어쩌면 잠을 못 자서

일지도. 어쩌면 다른 이유 때문일지도. 샘의 얼굴에는 물기가 없다. 샘은 답을 기다리는 듯 두개골을 노려본다.

루시가 다가가 샘의 손을 잡는다. 루시가 샘을 눕히고 떨리는 턱 아래까지 담요를 덮어 주는데도 샘은 저항하지 않는다. 서두를 이유가 없다. 내일 해가 뜬 다음에 물으면 된다. 그때까지 자지 않고 지키겠다고 루시는 말한다.

그날 밤새 바람이 유난히 사납게 불어 댄다. 바람이 샘의 집을 무너뜨리고, 루시의 닳아서 얇아진 옷과 담요로 스며들고 목구멍을 타고 텅 빈 배 속으로 들어가 루시는 배 속부터 춥다. 후려치는 바람. 뺨에 부딪히는 돌풍. 우기가 다가오고 있다는 뜻이다.

오고 있다는 너무 강한 말인 것 같기는 하지만, 바가 **오늘 밤에 올게**라고 말하고는 그다음 날, 그다음 날 밤, 혹은 그다음 월요일에야 붉은 눈으로 술 냄새를 풍기며 집에 올 때의 의미대로가 아니라면야. 비는 바가 오기도 하고 안 오기도 하는 것처럼 다가오고 있다. 지금은 멀리에 있는 음울한 구름이다. 샘이 자는 동안 바람 소리가 루시를 잠들지 못하게 한다. 낮에 부는 바람과 달리 바람에 목소리가 있다. 풀숲을 훑는 낮은 목소리. **아아아**, 바람이 말한다. 때로는 **우우우**. 때로는 **이이이이이이이**, 때로는 **아아아아아안 번다아아아아안**. 바람에게 뭐라 대꾸하거나 사정할 수는 없는 일이니 루시는 배운 대로 한다. 가만히 있기. 바람이 몸을 두들기고 눈을 찌르도록 내버려 둔다. 바람이 멀리에서 선물을 불어 오도록 내버려 둔다. 손처럼 긴 손가락이 있는 마른 잎을 바람이 불어 온다. 머리카락에 고운 먼지가 노랗게 덮인다. 선물인지 경고인지? 습기와 부패의 냄새. 매미 허물―처음에는 손가락이나 발가락인 줄 알았다가, 세 번째, 네 번째, 다섯 번째 보았을 때는 손가락이나 발가락의 유령으로 보인다. 바람이 앙심을 품은 듯 목구멍으로 파고들고 낮에는 차마 떠올리지 못하는 단어들로 귀를 가득 채운다. 이렇게 귀신이 들리는 것이다. **아아아**, 바람이 비명을 지르며 루시를 차가운 손으로 사로잡는다. **이이이이어**, 바람이 비명을 지른다. **뉘이이이이얼**. 바람이 불고 샘이 자는 동안 루시는 앉아서 듣는다. 듣는다. 듣는다.

그리고 낮이 된다.
샘은 삽을 들고,
루시는 국자를.
장례는 어떤 요리법을 따르는 거나 마찬가지야, 엄마가 말했다.
"준비됐어?" 샘이 말한다.
아아아아아아드, 바람이 말한다.
루시는 속으로 말한다. **기억해? 바가 탐광하는 법 가르쳐 주던 것. 기억해? 바 손목의 기름 화상 자국. 기억해? 바가 들려주던 이야기. 기억해? 생살이 나오도록 물어뜯은 손톱. 기억해? 술 마시면 코를 골던 것. 기억해? 바의 흰머리. 기억해? 바의 허풍. 기억해? 돼지고기에 후추를 친 걸 좋아하던 것. 기억해? 바의 냄새.**
둘은 땅에 구멍을 판다. 권총만 한 크기로. 땅을 판다. 죽은 아기만 한 크기로. 땅을 판다. 개만 한 크기로. 땅을 판다. 그저 누워 쉬고 싶은 여자아이 크기로. 그들은 땅을 판다. 곧 배낭 하나, 배낭 두 개, 배낭 네 개가 들어가기에 충분한 자리가 생겼어도 판다. 땅을 파고, 무덤이 루시 안에 있는 텅 빈 자리와 비슷한 모양이 된다. 기름진 흙 냄새와 마른입 냄새로 채워진 공간. 해가 언덕 뒤쪽으로 내려가 무덤 입구에 그림자를 드리울 때까지 판다.

겁쟁이이이이이이이, 바람이 구슬프게 말한다.

루시는 말대꾸할 필요가 없다는 걸 안다.

샘이 배낭을 연다.

바가 뒤죽박죽으로 떨어진다. 뼈 모양을 맞춰 정돈하기는 불가능하다. 메마르고 목마른 흙이 벌써 바를 집어삼키고 있다. 바가 가라앉는다. 어디로 갈까? 저 아래 어둠 속으로 내려가서 루시가 끝내 찾지 못한 무덤 속 마의 뼈와 뒤섞일까?

샘이 주머니에 손을 넣는다. 불거진 주머니를 보니 샘이 은행에서 잡아 뽑은 권총이 떠오른다. 그 은화 두 개를 얻으려고 정말 많은 걸 버렸다. 루시는 이 무덤이 그런 짓까지 했어야 할 가치가 있는 것이길 빈다.

기억해? 말 타는 법 가르쳐 주던 것. 기억해? 벗어 놓은 바의 부츠가 바의 발 모양을 하고 있던 것. 기억해? 바의 냄새. 씻지 않게 된 이후 말고, 술을 마시게 된 이후 말고, 그 전의 냄새.

그러나 루시는 아무 말 하지 않는다. 샘은 움직이지 않는다. 샘은 은 조각 두 개를 들고만 있다. 그때 루시는 깨닫는다. 자리를 비워 주길 바라는구나.

무수히 많은 밤에 그랬듯 루시는 샘과 바만 남겨 두고 자리를 뜬다. 아버지와 딸 사이에서, 아버지와 가짜 아들 사이에서 마지막으로 어떤 것이 오가는지 루시는 보지 않는다.

진흙

둘은 잠을 잔다. 무덤 안에서가 아니라 무덤을 만들고 생겨난 부드러운 흙무더기 위에서 잔다. 구멍을 메우고 흙을 다졌지만 거기에서 나온 흙을 전부 다 넣을 수가 없었다. 도망 나온 지 거의 두 달 만에 처음으로 루시는 깊은 잠을 잔다. 꿈 없는 잠. 샘이 자러 온 기억이 없는데 일어나 보니 샘의 몸이 옆에 있다. 더럽고 삶의 냄새를 풍기는 몸이.

밤사이에 습기가 찾아왔다. 저 멀리 구름이 축축한 입김을 내뱉는다. 샘의 얼굴에 이슬이 맺혔다. 피부 위에 얹힌 먼지가 진흙이 됐다. 루시가 샘의 뺨을 닦아 주려 하지만 오히려 손끝이 지나간 자리에 진한 갈색 선이 남는다.

루시는 고개를 갸웃하고 다른 손가락을 든다. 첫 번째 선과 나란히 선을 하나 더 긋는다.

두 개의 호랑이 줄무늬.

"안녕." 루시는 무덤을 지키고 있는 두개골에게 인사를 한다.

당연히 두개골은 루시를 무시한다. 뒤에 있는 서쪽 언덕들을 무시하는 것과 마찬가지로. 두개골은 산맥의 끝을 바라보고 있다. 공기에서 새로운 계절이 느껴지는 이날 아침에는 더 멀리까지 볼 수 있을 것 같다. 눈을 가늘게 뜨자, 마지막 산의 봉우리가 보이지 않나? 눈을 가늘게 뜨자, 구름이 레이스를 닮은 것 같지 않나? 눈을 가늘게 뜨자, 새하얀 흰 드레스, 넓은 도로, 목재와 유리로 된 집이 보이지 않나?

루시는 손가락으로 손목을 눌러 본다. 허벅지를. 뺨과 목과 가슴을, 새로 욱신거리기 시작한 데를 피해 눌러 본다. 겉보기에는 전날보다 마르지도 찌지도 않았지만 안에서 무언가가 바뀌었다. 무언가가 바의 시신과 함께 묻혔다. 갈라진 입술 위의 물기. 루시는 웃음을 짓는다. 처음에는 마른 살갗이 찢어질까 봐 조심스럽게. 다음에 더 크게. 루시는 입술을 핥는다.

세상에 물이 돌아오고 있다.

샘을 깨우지 않도록 조용히, 루시는 돌아다니며 샘이 장례를 치르려고 지은 집을 허문다. 풀 돗자리를 풀어 헤치고 풀로 무덤을 덮는다. 돌은 다시 물가에 갖다 놓는다. 나뭇가지를 뽑아 겉에 묻은 흙을 턴다. 짐을 꾸린다. 넬리 등에 안장을 얹는다.

샘이 일어나 어리둥절해하며 둘러본다. 루시는 이미 바의 무덤가를 원래 야생의 모습대로, 바가 좋아하는 상태로 돌려놓았다.

"일어나, 잠꾸러기. 이제 떠날 시간이야."

"어디로?" 샘이 잠긴 목소리로 말한다.

"계속 가는 거야. 따뜻한 음식이 있는 곳으로. 흰 빵. 고기. 기분 좋게 목욕할 수 있는 곳." 루시가 손뼉을 짝 친다. "깨끗한 새 옷. 너한테 맞는 반다나하고 바지. 내가 입을 새 드레스." 루시는 샘을 보고 활짝 웃고 샘은 불쾌한 듯 눈을 끔벅인다. 루시는 호랑이 두개골을 가리킨다. 그러더니 손을 든다. 총을 겨눌 때처럼 눈을 가늘게 뜨고 손끝을 본다. 루시는 지평선을 가리킨다. "산을 지나가면, 새 집을 찾을 수 있을 거야."

샘이 말한다. "**여기가** 집이야."

샘이 일어선다. 루시가 원하는 대로 동쪽으로 걸어간다. 그러나 금세 발걸음을 멈춘다. 호랑이 두개골에 발을 얹는다.

"여기." 샘이 분명하게 말한다.

샘은 한 발을 든 채 머리를 뒤로 젖히고 양손을 허리에 얹었다. 샘은 자기 모습이 어떤 이미지를 연상시키는지 모른다. 루시의 역사책에는 이런 자세로 서 있는 정복자 남성의 그림이 많았다. 버펄로와 인디언들을 몰아내고 차지한 땅에 우뚝 선 그들 뒤쪽에 깃발이 휘날렸다.

루시는 바닥에 주저앉아 샘의 발을 밀어 보려고 한다. 샘은 꿈쩍 않고 버틴다. 안절부절못하던 초조함은 싹 사라졌다.

"박차도!" 루시가 말한다. "타운을 찾아가면 제대로 된 박차를 구할 수 있어."

"넬리한테는 필요 없어. 우리는 타운이 필요 없고."

"여기에서 살 수는 없어. 여긴 아무것도 없어. 사람도 없고."

"사람들이 우리한테 뭘 해 줬는데?" 샘이 부츠 끝으로 호랑이 두개골의 치아를 훑는다. 죽은 입에서 으스스한 음악이 울린다. "여기 호랑이가 있잖아. 버펄로도. 자유도."

"죽은 호랑이야. 죽은 버펄로고."

"옛날 옛적에." 샘이 입을 연다. 그러니 루시는 듣는 수밖에 없다.

·

옛날 옛적에, 이 언덕에는 아무 생명체도 없었어. 아니 아직 언덕도 없었어. 평원이었지. 해도 비치지 않고 얼음밖에 없었어. 버펄로들이 오기 전에는 아무것도 자라지 않았어. 다리처럼 이어진 땅을 따라 버펄로가 대양을 건너왔는데, 그 다리는 버펄로의 무게 때문에 물에 잠겨 버렸다는 이야기도 있대.

버펄로의 발굽이 땅을 갈았고 버펄로의 입김이 땅을 덥혔고, 버펄로 입에 씨앗이 있었고 버펄로 털 속에 새 둥지가 있었어. 버펄로 발굽이 만든 도랑이 시내가 되고 버펄로가 뒹굴면 골짜기가 됐어. 버펄로는 동쪽으로, 남쪽으로, 산과 평지와 숲으로 퍼졌지. 사방으로 퍼져 나가 버펄로가 없는 곳이 없던 때가 있었어. 세대를 거듭할수록 크기가 커져서 광활한 하늘을 채울 정도로 커다래졌어.

그러다가, 인디언들이 오고 한참 뒤에, 다른 방향에서 새로운 사람들이 왔어. 이 남자들은 씨앗 대신 총알을 뿌렸어. 조그만 사람들이 었음에도 버펄로들을 밀어 내고 또 밀어 내어 결국 마지막 무리가 여기에서 멀지 않은 골짜기에 모였어. 깊은 강이 흐르는 아름다운 골짜기였지. 남자들은 버펄로를 죽이는 대신 가둘 생각이었어. 버펄로를 길들여서 가축으로 키우는 소와 교배하려 했어. 크기를 줄이려고.

그러나 해가 떴을 때 남자들은 밤새 언덕이 솟아난 걸 보았어.

강으로 들어가 물에 빠져 죽은 버펄로 수백만 마리의 사체가 언덕을 이룬 거야.

언덕에서 지독한 냄새가 풍겨서 남자들은 떠나야 했어. 새들이 버펄로 사체를 깨끗하게 뜯어 먹은 뒤에도 다시는 강물이 흐르지 않았고 남은 뼈 사이에서 자라난 풀은 이전의 푸른 풀이 아니었어. 누렇고 메마른 저주받은 풀이었어. 심어 보아야 아무 쓸모가 없는. 버펄로들이 돌아오기 전에는 아무도 이 땅에 정착할 수 없었어.

·

루시는 이 이야기를 열 번은 들었다. 바가 가장 좋아하는 이야기였다. 하지만 리 선생님은 웃음을 터뜨리더니 책을 꺼내 마지막 버펄로 무리가 실제로 어떻게 되었는지 보여 주었다. 멀리 동부에 있는 부유한 사람의 정원에서 사육되고 있었다. 그림 속 버펄로는 오래된 뼈처럼 하늘로 솟구칠 듯 크지 않았다. 갇혀 살다 보니 순한 소와 같은 크기로 줄어든 것이다. **감상적이구나**, 선생님이 꾸짖었다. **그냥 듣기 좋은 옛날이야기일 뿐이야.**

그 이후에는 바가 이야기를 들려줄 때 루시는 너른 어깨로 풀밭을 헤치는 버펄로, 그늘 속에서 미끄러지는 호랑이 줄무늬를 볼 수가 없었다. 거짓말을 하는 바의 입안 텅 빈 자리밖에는 보이지 않았다. 전에 치아가 있던 자리.

"네 말대로, 여기는 저주받은 땅이야." 루시는 샘에게 다시 상기시켰다.

"만약 **우리는** 저주받지 않았다면? 버펄로는 큰 바다를 건너왔잖아. 우리처럼. 그리고 여기 이 호랑이가 있다는 사실이 바가 특별한 존재라는 뜻이야."

"바가 한 말을 전부 믿으면 안 돼. 게다가 지금은 달라졌어. 이 지역이 문명화되고 개선되고 있다고. 우리도 그래야 해."

호랑이의 으르렁거리는 이빨이 샘의 입에 나타난다. 이번에는 루시 쪽을 똑바로 향하고 있다.

고기

이제 샘은 배가 고프다거나 춥다는 말을 하지 않는다. 지평선 위에서 맴도는 나지막한 회색 구름에 대해서도 말하지 않는다. 집이 제대로 서지 못한다는 사실, 호랑이 두개골이 제아무리 사납게 송곳니를 드러내 봤자 귀리가 떨어지고 총알도 떨어진 지금 굶주림을 막아 주지는 못한다는 사실을 고집으로 이겨 내겠다는 듯이. 루시는 앞날에 대해 말하려고 애쓴다. 샘이 하는 이야기는 오래전에 죽은 과거에 관한 것뿐이다.

구름이 짙게 낀 날에도 샘은 점점 더 단단하게 빛난다. 윤이 난다. 아침마다 샘은 개울물에 자기 모습을 만족스러운 듯 비춰 본다. 여느 여자들이 그러듯이 ─ 다만 정반대로. 샘은 머리를 땋아 올리거나 빗질을 하는 게 아니다. 짧은 머리카락을 더 짧게 두피가 보일 때까지 자른다. 젖살이 빠져 팔꿈치와 광대가 날카로워지는 걸 보며 기뻐한다.

그러나 루시는 이런 모습을 보며 샘이 마를 얼마나 닮았는지 생각한다.

지금 샘이 자기 모습을 뜯어보듯 전에는 샘이 마를 뜯어보았다. 마는 매일 아침 바와 함께 탄광으로 가기 전에 모습을 바꾸었다. 마는 머리카락을 모자로 감추고 하얀 팔은 소매로 가렸다. 허리를 숙여 부츠 끈을 묶을 때 엄마 얼굴이 난로 재에 거의 닿을 듯했다. 재투성이로 허드렛일을 하던 여자아이가 신분이 높아지는 이야기에서처럼 ── 다만 마는 방향이 반대였다. 이건 의상이야, 마가 말했다. 돈을 충분히 모을 때까지만. 샘이 자기도 의상을 달라고 졸라 대자 마는 달콤 쌉싸름한 향내가 나는 트렁크를 열었다. 마는 붉은 드레스를 찢어 반다나를 만들어 줬다.

그날 샘이 기쁨으로 어찌나 눈이 부시게 빛나던지, 루시는 눈을 돌릴 수밖에 없었다.

길을 떠난 뒤 옷이 죄다 빛이 바래고 낡았지만 그 반다나 하나만은 색을 유지하고 있다. 샘은 그걸 묶으면서 콧노래를 부르기도 한다. 가사는 거의 다 잊어버린 곡조. 마가 부르던 노래다.

지쳐서, 굶주려 다툴 기력도 없어서, 루시는 밤낮으로 존다. 루시는 굵은 열매가 열린 녹색 나무, 닭 국물이 뿜어져 나오는 분수 꿈을 꾼다. 팔다리에 가는 솜털이 돋는다. 이가 아프다. 루시는 몸을 부르르 떨고 이를 갈며 불 위에서 고기가 구워지는 꿈을 꾼다. 살이 너무 익었고 소금을 너무 많이 쳤고 육포처럼 말라 가는 ──

이날 오후에 눈을 끔벅이며 잠에서 깼는데 고기 냄새가 사라지지 않는다. 연기 한 가닥이 산기슭 잡목림에서 솟아올라 하늘을 가른다.

루시의 입에 침이 가득 고인다. 처음에는 달지만 곧 두려움 때문에 입이 써진다. 고기를 구웠다는 건 고기를 잡았다는 말이고 다시 말해 총과 칼을 든 남자들이 있다는 말이다. 루시는 샘을 잠에서 깨운다. **도망가야 해**, 루시가 소리 없이 입으로 말하며 연기, 넬리, 도망갈 수 있는 길을 가리킨다. 샘이 천천히 하품을 하며 어깨를 펴는데 셔츠가 하도 낡아서 천이 찢어질 것만 같다.

샘이 프라이팬을 손으로 잡는다. 마치 오늘도 또 느긋한 하루라는 듯이, 지져 먹을 베이컨이나 감자라도 있다는 듯이, 아직도 이 언덕에서 홀로 살 수 있다는 말도 안 되는 환상에서 깨어나지 못했다는 듯이.

"온 힘을 다해 휘둘러." 샘이 팬을 루시에게 주면서 말한다. 샘은 물고기를 잡으려고 끝을 뾰족하게 다듬은 막대를 잡더니 연기 쪽을 향해 간다. 이렇게 외치면서. "여기는 우리가 지켜야 해."

해 질 무렵 두 아이는 잡목림 한가운데에서 이런 것을 발견한다.

꺼져 가는 불.

말뚝에 매인 말.

나뭇잎에 반쯤 묻힌 죽은 남자.

아직 냄새를 풍기지는 않지만 파리 떼가 수염 주위에서 맴돈다. 무슨 옛날이야기에 나오는 존재처럼 털가죽을 여럿 이어 만든 덮개를 덮고 있다. 가장자리가 흐릿해지고 실재와 그렇지 않은 것의 경계가 무뎌지는 재칼의 시간이다.

"저거 봐." 샘이 낮은 소리로 말한다. 그러더니 죽은 사람의 가방을 가지러 나뭇가지 사이로 들어간다. 가방 위에 통통한 새

한 마리가 얹혀 있다.

루시는 죽은 사람과 둘이 남는다. 죽은 사람 옆에 쭈그려 앉는 것도 두 번째라 익숙하다. 적어도 이 사람은 눈을 가늘게 뜨고 죽진 않았다. 턱수염과 손톱은 더럽지만 털은 깨끗하다. 루시는 부드러운 털을 쓸어 보지 않을 수가 없다. 위아래로 위로 ―

죽은 사람이 루시의 손목을 잡는다. "소리 지르지 마."

루시는 손을 비틀어 빼려 하고 남자는 잎을 떨구며 일어나 앉는다. 라이플을 들어 올린다. 재칼의 시간. 남자 몸에 덮여 있던 나뭇잎이 그림자 속에서 시커멓게 변한다. 루시의 손목을 잡은 손은 ― 진짜다. 숨소리, 번뜩이는 무기, 입 가장자리에 고인 침 ― 진짜다. 남자의 눈도. 눈동자보다 흰자위가 더 많이 보이는 기이하고 둥근 눈. 눈이 루시를 위아래로 훑는다.

"그리고 너, 가까이 오지 마."

샘이 남자의 사냥 칼들을 손에 든 채 멈춰 선다. 훔친 가방들이 뒤쪽에 있다. 의도를 빤히 드러내는 증거물.

"우릴 속였어." 샘이 소리를 지르며 발을 구른다. "죽었다고 생각하게 속였어. 비열한 훈단(混蛋, 개자식) ―"

"잘못했어요." 루시가 작은 소리로 말한다. "놓아주세요. 나쁜 뜻은 아니었어요."

남자가 샘에게서 눈을 떼고 루시를 본다. 시선이 루시의 입에 멈췄다가, 가슴, 배, 다리로 내려간다. 남자의 눈빛이 루시의 피부를 찌른다. 루시는 입술을 적시고 무어라 말을 하려 입을 연다. 말이 나오지 않는다.

남자가 윙크를 한다.

"후회할 짓은 하지 마라." 남자가 샘에게 외친다. 이상한 말이다. "잘 들어." 샘이 새로 깎은 머리카락을 곤두세운다.

그때 남자가 말한다. "머슴아야."

샘의 눈이 번뜩인다. 땅거미 속에서 칼날보다 더 밝게. 루시는 다시 재 속에 있던 엄마, 홀린 듯한 샘의 눈빛을 떠올린다. 변신의 순간.

샘이 칼을 떨어뜨린다.

"그것도." 남자가 권총 쪽으로 고갯짓을 한다.

샘은 총알이 없는 바의 권총을 손에서 놓는다. 루시가 그토록 무겁게 느끼는 물건인데 바닥에 떨어지는 소리가 거의 안 들린다.

"난 누구든 다치게 할 생각 없어. 저 빌어먹을 파리들 빼면." 남자가 말한다. "알겠지?" 남자가 손목을 빼려고 비트는 루시에게 말한다. 갑자기 손을 놓자 루시가 엉덩방아를 찧는다. "자, 자." 남자의 눈이 넘어지면서 치마 아래로 드러난 다리를 향한다. "조심."

"우리도 다치게 할 생각은 아니었어요." 샘이 허세를 부린다.

"당연히 그렇겠지. 우리 모두 지나가는 사람들 아니냐? 여기는 누구의 땅도 아니지."

샘이 움찔한다. 루시는 샘이 **우리 땅이에요**라고 외칠 거라고 예상한다. 그런데 샘은 이렇게 말한다. "맞아요. 버펄로 땅이죠."

"다행히도 버펄로들이 우리도 나눠 쓸 수 있게 해 주지." 남자가 엄숙하게 말한다. "나누는 거 말이 나왔으니 말인데, 자고새 두 마리가 있다. 소금 없이도 괜찮다면."

"소금은 필요 없어요." 샘이 말하는데 동시에 루시는 이렇게 말한다. "소금 많아요." 소금밭에서 한 덩어리를 들고 왔다.

"남자한테 필요한 게 있지. 남자가 좋아하는 것." 남자는 자기 눈처럼 동그란 배를 두드린다. "예를 들면 동무랄까. 여기서 지

내다 보면 쓸쓸해지거든. 너희들 소금 좀 얻고 감사의 표시를 하지. 또 여자도 필요한데."

텅 빈 접시 같은 남자의 눈이 루시에게로 돌아간다.

루시는 빨래를 해 주겠다고 말한다. 요리도 하겠다고 한다. 남자의 눈이 커지더니, 갑자기 웃음을 터뜨린다. 더러운 손가락으로 입 가장자리에 고인 침을 닦는다.

"난 여자가 필요한데, 넌 **여자애**잖아, 그렇지?"

루시는 남자의 말이 무슨 뜻인지 모르지만 고개를 끄덕인다.

"나이에 비해 키가 크구나. 잘못 봤어. 몇 살이니? 열하나? 열?"

"열 살이요." 루시는 거짓말을 한다. 샘은 바로잡지 않는다.

나중에, 루시는 알 것이다. 자기가 너무 어려서 알 수 없었던 그 시선의 언어. 루시는 밥을 먹는 내내 초조하다. 자고새가 너무나 통통해서 샘이 휘파람을 불 정도인데도. 루시는 지글거리는 고기 쪽으로 몸을 숙이고 불에 손을 녹인다.

"탄광 지역에서 왔구나." 남자가 자기 손바닥을 보여 주며 말한다. 피부 아래 푸른 점이 작은 물고기 떼처럼 점점이 박혀 있다. 상처에 탄가루가 들어가 생긴 저런 점이 루시한테는 딱 하나 있다. "어떻게 그렇게 깨끗하고 곱게 빠져나왔니?"

"저는 문에서만 일했어요." 루시가 말하며 고개를 돌린다. 루시는 자기 손이 부끄럽다. 샘의 손에는 바의 손처럼, 장갑 아래 마의 손처럼 파란 자국이 무수하다. 루시는 학교에 들어가기 전에 아주 잠깐 일했을 뿐이고, 마가 죽은 뒤에 바는 루시의 도움은 바라지 않는다고 했다.

"우린 광부 아녜요." 샘이 말한다.

어느 날 바가 술을 마시고 와서 손바닥을 스토브에 얹었다. 파란 얼룩을 불로 지져 없애려고. 물집이 터질 때까지 일주일이 걸렸고 허물이 벗어질 때까지 일주일이 더 걸렸다. 새로 돋은 피부에도 파란색이 남아 있었다. 석탄은 깊이 들어가 숨는다. **우리는 탐광꾼이야.** 바가 말했다. **이건 그냥 임시로, 먹고살려고 하는 일이야. 팅워.**

"우리는 모험가예요." 샘이 노랫가락 같은 말투로 말한다. "다른 사람들하고는 달라요." 샘이 몸을 숙이며 까만 눈을 가늘게 뜬다. "무법자예요."

"그래." 남자가 서글서글한 목소리로 말한다. "무법자는 아주 재미있는 사람들이지."

남자는 이어 다른 재미있는 사람들 이야기를 한다. 불길이 기우는 쪽에 앉은 샘의 얼굴이 벌겋게 달아오른다. 반대편에 앉은 루시는 등에 바람이 불어오는 걸 느낀다. 남자는 샘에게 자고새를 맛보라고 주고 샘의 평가에 진지하게 고개를 끄덕인다. 샘에게 고기를 자르라고 시킨다. 다 먹고 난 다음에 남자는 묻는다. "그래 너희는 어디 출신이야? 어디 잡종 개들이야?"

샘의 몸이 뻣뻣해진다. 루시는 가까이 다가가 샘의 어깨에 손을 얹을 준비를 한다. 다른 사람보다 오래 걸리긴 했으나 이 사람도 결국 똑같은 것을 묻는다. 루시는 그 질문에 어떻게 답해야 할지 몰랐다. 바와 마는 확실히 대답을 안 했다. 옛이야기와 섞어서 에둘러 말했다. 리 선생님의 책에는 나오지 않는 반쯤 진실인 이야기가, 마의 목소리가 점점 높아지다가 결국 갈라지게 만드는 그리움과 뒤섞였다. **여기에는 우리 같은 사람은 없지,** 마는 서글프게 말했고 바는 자랑스럽게 말했다. **우리는 대양을 건너왔어,** 마가 말했다.

우리가 최초야, 바가 말했다. **우린 특별해**, 바가 말했다.

샘이 하나뿐인 정확한 답을 해서 루시는 놀란다.

"나는 샘이에요." 턱을 치켜들면서. "쟤는 루시고요."

도전적인 말투지만 남자 마음에 드는 듯하다. "여어." 남자가 양손을 올리며 말한다. "나는 제일 좋아하는 종류의 사람을 개라고 부르거든. 나도 잡종 개야. 그런 뜻으로 한 말 아냐. 내 말은, 조금 전까지 어디에 있었냐고. 꽤나 돌아다닌 것처럼 보이는데. 겁먹고 쫓기는 것처럼 보이기도 하고."

루시와 샘이 눈길을 주고받는다. 루시가 고개를 젓는다.

"우린 여기에서 태어났어요." 샘이 말한다.

"내내 여기에서 살았다고?"

"여기저기 돌아다녔어요. 아주 멀리까지 갔어요."

"그럼 너희들은 저 산속에 뭐가 있는지 알겠구나." 남자는 빙글빙글 웃으며 말한다. "광부들을 피해 저 속에 숨은 게 뭔지 말해 줄 필요가 없겠군. 당연히 산 너머에 뭐가 있는지도 알겠지. 저 평야하고 그 너머에. 버펄로보다 더 큰 게 있다는 것도 알 테고. 철로 된 용이라든가."

샘은 넋을 잃고 듣는다.

"배 속에 철과 연기가 가득하지." 남자가 속삭인다. 바만큼이나 대단한 이야기꾼이다. 한 수 위인 것 같기도 하다. "기차 말이야."

루시도 이야기에 사로잡히지만 티 내지 않는다. 리 선생님이 기차 이야기를 한 적이 있다. 산사람 말에 따르면 기차가 지난 몇 년 사이에 서쪽으로 더 깊이 들어왔다고 한다.

"이 산 너머에 있는 타운에 역이 있어. 산맥을 가로질러 철도를 놓는다고들 하는데, 내 눈으로 직접 보기 전에는 못 믿어. 이 땅에 그런 걸 해낼 수 있는 사람은 없어. 내가 장담하지."

불이 잦아든다. 자고 두 마리는 이제 뼈만 남았지만 샘의 배속엔 아직 허기가 남아 있다. 남자는 친절하게 샘의 벌린 입으로 이야기를 계속 넣어 준다. 기차나 철로 만든 또 다른 기계들, 거대한 짐승처럼 연기를 토하는 굴뚝. 동쪽 멀리 있는 깊은 숲과 북쪽에 있는 얼음. 사막 이야기를 할 때 루시가 하품을 한다. 하품이 늘어지게 나온다. 눈물이 고인 눈을 떠 보니 남자가 노려보고 있다.

"내 이야기가 지루한가?"

"아—"

"너희들이 늙은이 이야기를 재미있어할 줄 알았는데. 서부에는 모험이라는 게 씨가 말랐지. 저기?" 남자의 목소리가 딱딱해진다. "저 언덕에서 뭘 얻길 바랄까? 광부들이 이 지역을 싹 다 파헤쳤는데. 끝없이 몰려오는 바보들이 파 놓은 구멍이 하도 많아서 발 디딜 데가 없을 지경이야."

샘은 아무 말도 하지 않는다.

"동쪽에 놀라운 게 훨씬 많아. 이 저주받은 땅보다 훨씬 드넓고. 인간 말종들이나 금을 찾겠다고 서부로 기어 왔지."

"어떤 사람들요?" 샘이 말한다.

"살인자. 강간범. 범죄자. 너무 못나고 어리석어서 고향에서 밥벌이를 할 수 없는 사람."

"바가 그랬는데—" 샘의 목소리가 갈라진다. "바는 예전에는 서부가 세상에서 가장 아름다운 땅이었다고 했어요."

"돈을 아무리 준다고 해도 나는 더 서쪽으로는 안 가." 남자는 자고 뼈를 그 방향으로 던진다. "죽은 땅이야. 다들 머리를 갱도에 들이밀면서 사실 해라는 건 존재하지 않는다고 하지."

잔물결 같은 웃음이 그의 말을 타고 흐른다. 그렇지만 그 땅에 살아 본 적도 거기에서 일해 본 적도 아침에 해가 떠오르며 언덕을 금빛으로 물들이는 걸 본 적도 없는 사람이 어떻게 그렇게 아무렇지도 않게 비웃어 버리는 걸까?

"우리 바는——" 샘이 입을 연다.

"너희 바도 그 바보들 중 하나였나 보구나."

어떤 사람은 위스키에 취한다. 산사람은 자기 이야기에 취한 것처럼 보인다. 느슨하고 조심성이 없어졌다. 사냥 칼을 불가에 그냥 놓아두었다, 샘과 자기 사이에.

루시는 샘이 칼에 시선을 주는 걸 본다.

루시는 바의 귀신을 떠나보내고 싶었더랬다. 그렇지만 이 순간만큼은, 그 원한에 불타는 눈빛이 샘의 눈에 다시 돌아왔으면 싶다.

산사람은 샘의 등을 두드리며 클클 웃으며 농담이었다고 하며 샘을 **머슴애**라고 부르며 자기가 옛날에 데리고 있던 인디언 소년 같다고 말한다. 걔가 겨울 동안 같이 지내면서 덫을 놓는 걸 도와줬다며, 샘에게 그 이야기를 듣고 싶냐고 묻는다. 샘은 칼을 그대로 둔다. 네, 샘이 말한다. 네, 네.

샘은 여자들이 하는 일을 싫어한다. 비뚤어진 바늘땀이나 반쯤 태워 먹은 음식을 되레 자랑스러워한다. 그런데 아침에 샘이 여기 서서 죽 냄비를 젓고 있다. 해가 나무 사이로 이제 막 들기 시작했다. 루시가 꿈꾸어 온 보기 좋은 광경이다. 산사람이 옆에서 뭐라 지시를 하고 있다는 점만 빼고.

샘이 접시에 담아 주는 죽은 진흙탕처럼 보이고 고기 맛이 난다. 남자는 그걸 페미컨이라고 부른다. 말린 사슴고기와 나무 열매를 곱게 간 것이다. 루시는 허겁지겁 먹다가 사레가 들리지만 차마 뱉어 낼 용기가 없다.

오늘 아침에는 샘이 남자에게 이야기를 되갚는다. 말의 향연이 남자의 둥근 접시 같은 눈으로 흡수된다. 샘은 권총과 은행 이야기, 남자아이들과 식료품 배낭 이야기를 한다. 남자는 웃고, 샘의 머리를 쓰다듬고, 두 아이를 따라 야영지로 온다.

넬리의 부은 무릎을 살피고 말먹이 귀리와 페미컨 한 자루를 준 남자를 루시가 어떻게 의심하겠는가? 가죽 조각 위에 지도를 그려 산 너머 타운을 표시해 준 사람을?

"네 맘에 들 거다. 곧 축제 시장이 열릴 거야. 이 근방에서 제일 큰 축제지. 아주 큰 타운이라 멋진 아가씨들에다가 인디언, 바케로, 무법자 들까지, 나보다 더 진기한 온갖 사람을 볼 수 있지."

샘은 이렇게 말하지 않는다, **우린 여기에 머물 거예요.** 대신 이렇게 말한다. "**아저씨는 어디로 가실 거예요?**"

"그 타운 이름이 뭐예요?" 루시가 끼어든다.

남자가 말한다. "스위트워터."

아.

루시의 입에 침이 고인다. 힘든 시기에도 설탕과 소금을 맛볼 수는 있었다. 그렇지만 탄광 지역에서는 아무리 돈을 많이 줘도 깨끗한 물을 살 수는 없었다. **스위트워터**라는 말이 루시의 머릿속에서 호랑이 두개골처럼 반짝여, 남자가 넬리 몸에 손을 얹고 그들을 다시 붙잡는데도 아무 생각도 들지 않는다.

"내가 데리고 있었다는 인디언 남자애 알지? 생각해 봤는데.

또 다른 남자애를 데리고 있는 것도 괜찮을 것 같아. 이 손가락이 ―"남자가 손을 쫙 펼친다. "예전처럼 날래지 않아서. 나를 도와줄 수 있는 작은 손이 있으면 어떨까, 나는 내가 아는 걸 전수해 주고 말이야."

침묵이 비구름처럼 짓누른다. 비구름이 이제 멀리 있지 않다.

"감사합니다만," 루시가 말한다. 배 속이 뒤틀린다. "우리 계획이 있어서요. 우리 가족을 위해서요."

남자가 마지막으로 루시를 위아래로 훑어본다. "비가 오기 전에 출발하는 게 좋겠군."

물

비가 쏟아진다. 산사람과 헤어진 뒤 하늘이 열린다. 빗줄기가 어찌나 센지 땅에 부딪히면서 빗방울이 터져 하얀 물보라가 일고 너덜너덜한 대망막(大網膜) 같은 경계가 지표 위에 일어난다. 두 번이나, 넬리가 얕은 웅덩이처럼 보이는 걸 밟았는데 가슴팍까지 푹 물에 들어가 허겁지겁 빠져나온다. 넬리가 굼뜬 말이었다면 다 같이 물속에 처박혔을 것이다.

땅에서 단단한 부분은 버펄로 뼈밖에 없다. 야영을 하려고 특히 커다란 버펄로 뼈 앞에 멈춘다. 샘은 먼저 두개골을 살짝 건드려 본다. 마치 허락을 구하듯. 그런 다음에 척추에서 갈빗대를 부러뜨린다. 둥근 뼈를 모아 튼튼한 요람을 만든다.

나흘째가 되자 마침내 비가 멎는다. 산맥 끝자락에 도착했다. 넬리가 야트막한 돌투성이 구릉—마지막 언덕—위로 따가닥따가닥 올라가고 그곳에서 두 아이는 평원을 내려다본다.

풀밭이 평평하고 푸르게 펼쳐져 있다. 아픈 발을 쉴 수 있게 부드러운 벨벳 천을 펴 놓은 것 같다. 멀리 길게 이어진 강이 있고 그 옆에 작은 얼룩이 하나 보인다. 스위트워터가 틀림없다. 루시는 새로운 세계를 깊이 들이마신다. 냄새가 혀끝에 축축하고 묵직하게 다가온다.

루시는 앞으로 나가는데 —

바람이 어깨를 건드린다. 비바람이 몰아치던 며칠간처럼 매섭고 거센 바람이 아니라 애잔한 느낌마저 든다. 다정하다. 바람에서 느껴지는 슬픔 때문에 루시는 뒤를 돌아본다.

저 멀리, 어린 시절을 보낸 언덕들이 비에 말갛게 씻겨 있다. 루시가 살면서 우기를 안 겪어 본 건 아니지만 그때는 진흙탕 속에 살 때였다. 고운 흙이 진창이 되고 생존의 파도에 휩쓸리며 흠뻑 젖은 채로 하루하루를 살았다. 이곳 멀리에서 보니 서부가 얼마나 위험한지, 얼마나 더러운지 전혀 보이지 않는다. 멀리에서 보니 촉촉이 젖은 언덕이 금덩이처럼 매끈하게 반짝거린다. 서쪽 지평선에 부가 겹겹이 쌓인 것처럼 보인다. 루시는 목이 멘다. 코 안쪽 깊은 곳이, 눈 뒤쪽이 찡하다.

그 느낌은 사라진다. 루시는 오래된 갈증이 다시 떠오른 것이라고 생각한다.

강에 닿자 —

지금껏 루시에게 물은 탄광에서부터 시작해 목이 졸린 듯 얇게 졸졸 흘러내리는 물이었다. 이 강은 드넓다. 살아 있는 생명체다. 강둑에 부딪히며 **사납게 날뛴다.** 마가 바도 물이라고 했는데, 오늘 이전에는 물이 어떻게 그런지 이해가 가지 않았다.

그날 밤 강둑에서 야영을 한다. 아침이 오면 스위트워터로. 루시는 담요를 잡아당기다가 움찔한다. 흙먼지 냄새, 땀 냄새, 몇 달 동안 쌓인 고생의 냄새가 난다. 깨끗한 물이 나무라는 것 같다.

"넌 두고 갈 거야." 루시가 담요에 대고 말한다.

샘이 고개를 돌린다. "뭐라고?"

루시는 담요를 걷어차고 일어선다. 벌써 깨끗해진 기분이다. 밤이 서늘하고 축축하다.

물로 정화하지. 마가 말했다.

"우리가 저기에 가면," 루시가 스위트워터의 불빛 쪽으로 고갯짓을 하며 말한다. "우리가 누군지 뭘 했는지 아무도 모르잖아. 말할 필요가 없어. 누가 어디에서 왔냐고 묻더라도—아무 말이나 해도 돼. 생각해 봤는데. 역사 같은 건 필요 없어."

샘이 고개를 치켜든다.

"새로 시작할 기회야. 모르겠어? 우리가 광부라고 할 필요 없어." 아니면 실패한 탐광꾼이라는 말도 할 필요 없고. 무법자라든가 도둑이라든가 학교에서 쫓겨난 학생이라든가 짐승이라든가 먹잇감이라고 할 필요도 없고.

샘은 팔꿈치를 대고 뒤로 기대며 느긋하게 말한다. "사람들이 우리가 싫다고 하면 떠나면 되지. 우리도 싫으니까."

루시는 놀라서 샘을 쳐다본다. 샘은 어처구니없게도 씩 웃는다.

석 달 동안 두려워하며 숨어 다녔는데, 샘은 그걸 마치 게임처럼 여긴 거다. 어디에 있든 제집처럼 여기는 샘, 힘들수록 반짝이는 샘. 샘이 그렸던 지도, 샘이 가겠다고 한 경로가 단지 몇 달이나 몇 년의 여정이 아니었음을 루시는 깨닫는다. 그것은 한평생의 시작이었다.

"난 더 못 가." 루시가 말한다. "여기서 멈출 거야."

"날 떠나겠다고?" 샘의 얼굴이 일그러진다. 머무르지 않겠다는 사람은, 계속 가겠다는 사람은 샘 자신이면서. "날 떠나겠다는 거구나."

샘의 분노가 확연하다. 그러나 이번에는 루시도 굽히지 않는다. 루시는 척추에 힘을 준다. 샘은 늘 분노를 타고난 권리처럼 휘둘렀다. 누가 그 권리를 줬는데?

"넌 너무 이기적이야." 루시의 심장이 미친 듯이 뛰어 목구멍까지 뛰어오른다. 목소리가 떨린다. "너는 늘 원하고 원하기만 해. 나한테 뭘 원하는지 물은 적 있어? 평생 네 변덕만 따라다닐 수는 없어."

샘도 일어선다. 전에는 루시가 항상 동생의 얼굴을 내려다봤었는데, 이제는 높이가 같아졌다. 낯선 사람의 얼굴. 거기 대고 차마 이런 이야기들을 할 수 없는 얼굴.

깨끗한 물과 아늑한 방, 새 옷과 목욕이 간절한 건 사실이다. 그렇지만 그건 그냥 물건일 뿐이다. 그것 이상은, 루시도 모른다. 몸 안에 생긴 텅 빈 자리에 전에 담고 있던 것들을 담을 수가 없다. 무덤을 파낸 자리에 원래 흙을 다 다시 넣지 못했던 것처럼. 너무 깊이 파면, 좋은 것들을 너무 많이 파내면 무너질 수 있다는 걸 광부들은 안다. 바의 시신, 마의 트렁크, 판잣집과 개울과 언덕—이 모든 걸 루시는 기꺼이 두고 왔다. 샘만은 곁에 남아서 함께 미래로 건너갈 거라 기대하면서.

하지만 루시는 묻지 못한다. 말하지 못한다. 자기 몸 냄새에 숨이 막힌다. 원피스를 머리 위로 올려 샘의 얼굴을 시야에서 지운다. 이어 속옷도 벗고 강물에 뛰어든다.

물이 머릿속에서 생각을 쳐 낸다. 물이 차가운 손으로 찰싹 친다. 고맙게 덮어 준다. 루시는 강바닥으로 잠수해 모래 한 줌을 집어 목과 어깨, 겨드랑이, 덫사냥꾼이 잡았던 손목, 바의 손가락을 만졌던 손가락에 문지른다. 몸이 여섯 겹은 가벼워진 상태로 물살을 가른다. 부풀어 올라 욱신거리는 가슴팍은 더 천천히 문지른다. 등에는 손이 안 닿는다. 도와 달라고 샘을 부른다.

샘이 몸을 돌린다. 빛바랜 셔츠 위 샘의 뺨이 붉게 물들었다. 샘이 얼굴을 붉히다니? 있을 수 없는 일이다. 루시는 강둑으로 헤엄쳐 가서 다시 도와 달라고 한다. 샘은 다시 거부한다.

"이기적이야." 루시가 철썩이는 물살 속에서 말한다. 루시가 샘의 부츠를 잡는다.

샘이 옷을 입은 채로 물로 끌려 들어온다. 루시는 샘의 목깃을 젖히고 묵은 때를 문지른다. 샘이 거품을 무는 걸 무시하면서. 샘의 고집이 물속에서는 거품으로 바뀐다. **등 돌려 봐.** 루시가 마가 욕조에서 자기를 씻길 때처럼 샘을 씻긴다. **너한테는 매운 손이 필요해.** 루시가 샘의 바지를 벗기며 말하는 순간 그게 누가 한 말인지 —바의 말이었다— 왜 그 말을 했는지가 떠오른다.

무언가가 찢어진다. 루시의 손이 낯설고 단단한 것에 스친다. 루시는 샘의 바지 일부를 들고 서 있고 샘은 강바닥으로 잠수한다. 물은 루시의 원소다. 루시는 샘을 쉽게 젖히고 옷 속에 숨겨져 있던 길고 단단한 돌멩이를 집어 올린다. 그런데 샘은 그 돌을 찾고 있었던 게 아닌 듯이 계속 헤엄친다.

그때 루시는 샘이 또 무얼 떨어뜨렸는지 본다. 아주 빠르게 가라앉는다. 은이 돌보다 무거우니까. 강바닥에서 두 개가 반짝인다. 땅에 묻히지도, 흙투성이가 되지도, 시신과 함께 남겨지지도 않았다.

바의 달러 은화 두 개.

루시는 샘을 지나쳐 다시 강바닥으로 잠수해 들어간다. 한순간 두 사람이 서로 스칠 만큼 가까워진다. 누구라도 손을 뻗어 다른 사람이 움직이지 못하게 붙들 수 있다. 수면 위와 강바닥 사이에서 둘 다 움직이지 못하도록. 그러지 않는다. 샘은 계속 물로 잠수해 들어가고 루시는 반대편 강둑으로 올라와 새로운 땅의 푸른 풀 위에 누워 숨을 헐떡거린다.

가족이 우선이야. 바가 말했고, 마도 그렇게 말했다. 바가 때리고 화를 내기는 했으나 그래도 루시는 마지막까지 바의 그 신념은 존중했다. 그 신념이 루시가 물려받은 유일한 유산이었다.

그런데 지금은?

마침내 샘이 물 밖으로 나온다. 샘의 머리카락은 젖어 매끈하고 옷은 흠뻑 젖어 뼈가 앙상한 몸이 비친다. 어둠 속에서 루시가 모르는 존재가 죽은 이한테서 훔친 은을 양손에 쥐고 서 있다.

피

아침에 샘은 어깨를 꼿꼿이 펴고 심각한 자세로 루시 옆에 앉아 있다. 샘이 지난 석 달 동안 동전을 아껴 모으듯 쌓아 놓고만 있었던 말을 꺼낸다.

"땅에 묻으면 무슨 소용이야." 루시가 담요를 개는데 샘이 말한다.

"어리석은 미신이야." 루시가 옷에 붙은 풀잎을 떼는데 샘이 말한다.

"아무 의미도 없어." 루시가 손가락으로 머리카락을 빗질하고 가능한 한 말끔히 땋는데 샘이 말한다. "그 죽은 뱀 어떻게 됐는지 알아? 바가 골무를 꺼내 왔어. 내가 **봤어**. 그런데 아무 일도 안 일어났지? 아냐?"

일주일 전이라면 샘이 이런 말을 털어놓더라도 그냥 그런가 보다 하고 받아들였을 것이다. 그런데 지금은 속이 뒤집어진다.

"바가 죽은 사람보다 산 사람한테 은이 더 필요하다고 했어."

루시가 타운으로 가려고 준비하는데 샘이 말한다. "오래전에 나한테 자기는 제대로 묻지 말라고 했어." 샘이 더 작은 소리로 말한다. "자기한테는 그럴 자격이 없다고. 정말이야, 그날 밤에 어쨌든 간에 동전을 같이 묻으려고 했는데, 바가 나한테 직접 말하는 것 같았어. 무덤에서. 그 소리 안 들렸어?"

루시는 샘을 이쪽에서, 또 저쪽에서 뜯어본다. 아무리 눈을 가늘게 뜨고 봐도 샘의 이야기가 어디까지 진짜고 어디에서부터 거짓인지 알 수 없다. 어느 쪽인들 샘에게 의미가 있는지도 알 수 없고.

"기다려." 샘이 루시의 팔꿈치를 잡으며 말한다. "그리고 마 말이야. 바가 마는―"

루시가 샘을 밀어 낸다. "하지 마. 마 이야기 하지 마."

샘은 이제 다가오지 않는다. 루시는 뒤로 물러선다. 두 사람은 서로 마주 본다. 루시가 뒤로 한 걸음, 또 한 걸음, 또 한 걸음 물러서는 동안 마음 한구석에 기쁨이 솟는다. 몸의 일부는 이미 스위트워터에 가 있고 자기가 고아라는 이야기를 어떻게 할지 연습하고 있다. 마음속 아주 작은 부분, 맺히고 꼬인 부분은 샘하고 같이 가지 않는다는 것, 샘의 기이함을 설명할 필요가 없으리란 것에 안도한다.

루시는 몸을 돌린다.

마지막으로 샘이 부른다. 두려운 기색이 역력하다. "루시―**피가 흐르잖아.**"

루시는 원피스 엉덩이 쪽에 손을 갖다 댄다. 젖어 있다. 치마를 들어 보니 속옷에도 피가 묻었다. 그런데 이상하게도 옷 아래 다친 자리가 없다. 아픈 데도 없다, 허벅지 사이에서 뭐가 흐르는 느낌뿐. 손가락 냄새를 맡아 보니 구리 냄새와 진한 부패의 냄새.

마는 이날을 케이크와 소금에 절인 자두를 먹으며 축하하고 루시에게 새 드레스를 사 줄 거라고 말했다. 마는 이날이 루시를 여자로 만들어 줄 거라고 했다. 피가 줄줄 흐르면서 배 속에 공허한 통증을 남긴다. 약간의 고통과 함께 루시는 한 가지를 더 잃는다. 케이크도 축하도 없지만 마가 한 말이 몸 안에서 묵직하고 확연한 진실로 느껴진다. 이제 루시는 아이가 아니다.

샘이 공포에 질리자 도로 어려 보인다. 루시가 새로 무시무시한 힘을 갖게 되기라도 한 것처럼. 처음으로 루시는 동생을 보면서 자기 몸에서 피와 함께 연민이 흐르는 것을 느낀다. 아까와 다른 무엇을 두고 떠나는 기분이다.

"금방 올게." 루시가 누그러진 목소리로 말한다. "먹을 거 가져올게. 일자리 구하고."

루시가 피 얼룩을 빼는 동안 샘이 사라진다. 최대한 깨끗이 빨고 꽉 짜서 습도 높은 날보다 조금 더 축축할 정도로 만들고, 속옷 안에 마른 풀을 넣고 배의 통증을 달래려 찬물을 삼킨 다음 눈을 가늘게 뜨고 강둑 아래쪽을 본다. 나무 사이에 있는 그림자가 보인다.

"나 지금 타운으로 갈 거야." 루시가 외친다.

그림자가 고개를 든다.

"여기 있어?" 루시가 말한다.

루시는 명령이라고 생각하고 말한다. 그렇지만 두 사람 사이의 거리, 콸콸 흐르는 강물 때문에 의미가 불분명해진다. 루시의 말이 질문처럼 들린다.

2부

XX59

해골

　　엄마는 그들의 태양이고 그들의 달이다. 엄마의 창백한 얼굴이 새집 문턱 위에서 움직인다. 안에서 밖으로, 빛에서 그늘로 오가며 호랑이가 들어설 자리를 마련한다.

　　밖에서, 식구들은 기다린다.

　　집이라고 한 것은 개울에서부터 한참 오르막으로 올라온 곳에 동떨어져 있는 가장자리 판잣집이다. 벽에 숭숭 틈이 있고 지붕은 양철이다. 집 안에 창문이 한 개밖에 없어 어둑어둑하다. 창문에 유리는 없고 누런 얼룩이 있는 유포로 덮어 놓아 흐릿한 빛이 얼룩덜룩한 모양으로 들어온다. 이 주 동안의 여정 끝에 도착한 집을 보고 루시는 실망하지만, 식구들을 이곳으로 안내한 탄광 사장은 선택지를 주지 않았다. **여기 살거나 아니면 마을 밖에서 쓰레기들하고 같이 야영하거나 맘대로 하쇼.** 침을 뱉으며 그는 말했다. 또 무슨 말을 하려 했는데 마가 바를 저지하듯 바의 가슴에 손을 올리며 말했다. **이 집이면 돼요.**

마의 목소리는 낮고 쉰 듯하고 묻어 놓은 불처럼 타닥거리는 소리가 난다. 마의 우아한 몸놀림, 매끈한 얼굴에 어울리지 않는 거친 목소리다. 이 부조화가 충격적일 정도로 아름답다. 탄광 사장은 얼굴을 붉히더니 몸을 돌려 가 버렸다. **잉가이(應該, 당연히) 다른 사람들한테 어떻게 보일지 신경 써야 해.** 마는 이렇게 말하며 루시의 자세를 바로잡아 주고 샘의 땋은 머리를 가다듬고 바가 마을 바깥에 있는 도박장과 인디언 야영지를 드나드는 것을 나무랐다. **사람들이 널 어떻게 보느냐에 따라 너를 대하는 게 달라져, 둥부둥(懂不懂, 알겠어)?**

그렇지만 사장이 가고 난 다음에 마는 축 늘어졌다. 판잣집 안의 그림자들이 마를 덮쳤다. 여행하면서 마의 아름다움은 시들었다. 마는 여행하는 도중에 병에 걸려 먹는 족족 다 토했다. 이제 마의 아름다움이 뼈를 다 가리지도 못한다. 마가 집 안에서 돌아다닐 때 루시는 마의 두개골 모양까지 보일 지경이다.

"얘들아." 마가 흙바닥을 일부분 쓸고 난 다음에 부른다. 엄마 목구멍에서 헐떡거리는 숨에 피부가 찢기는 듯하다. "막대기 하나 가져와라."

샘이 판잣집 한쪽 옆으로, 루시는 반대쪽 옆으로 달려간다.

루시가 간 쪽은 골짜기 가장자리에 있는 고원 때문에 절반은 그늘에 가려져 있다. 루시는 쌓여 있는 쓰레기 더미를 발로 찬다. 죽은 풀, 불에 탄 철사, 재투성이 나뭇가지. 가장 아래쪽에 쓸 만해 보이는 나무 막대가 있다. 잡아당기자 팻말이 딸려 나온다.

닭장. 검댕을 털어 내자 이런 글자가 보인다.

불에 탄 나뭇가지인 줄 알았던 건 —깃털이다. 그리고 여기는 집이 아니다. 루시가 팻말을 밟아 부수는데 마가 다시 부른다.

"하오더." 루시가 돌아오자 마가 말한다. "우리가 다 같이 있구나."

아픈데도 마는 웃는다. 샘이 찾아낸 막대기를 소중한 물건이라도 되는 듯 들고 있다. 여기까지 안고 온 모든 걱정거리에도 불구하고 공기 중에는 희망의 기색이 있다. 이 의식을 시작할 때는 늘 그렇듯이. **제대로 된 집.** 출발하기 전에 바가 말했다. **이번에는 눌러앉아 살 수 있을 만한 집이야.**

마가 호랑이를 그리기 시작한다.

마의 호랑이는 다른 호랑이하고는 다르다. 언제나 여덟 개의 획으로 이루어진다. 어떤 것은 구부러졌고, 어떤 것은 곧고, 어떤 것은 꼬리처럼 치켜 올라간다. 언제나 똑같은 순서로 그린다. 루시가 눈을 가늘게 떠야만, 고개를 돌리고 곁눈으로 보아야만, 마가 그린 호랑이가 순간 진짜 호랑이처럼 번뜩인다.

마지막 획을 그은 뒤 마는 아파서 몸을 웅크리고 두피 안 두개골이 다시 불거진다. 이제 집은 보호받고 있다.

그때 바가 아픈 다리도 잊고 재빨리 마의 옆으로 다가와 마를 부축한다. 바가 흔들의자를 가져오라고 한다. 샘이 얼른 의자를 들고 문턱을 넘는데 의자 위에 쌓인 널빤지들이 미끄러져 떨어진다. 루시가 달려들어 널빤지를 잡는다. 그러다가 발끝으로 호랑이의 마지막 획을 건드린다.

루시는 말할까 말까 생각한다. 그러면 마는 그 의식을 처음부터 다시 해야 한다고 할 것이고, 바는 루시에게 화를 내며 **다쭈이 (大嘴, 수다쟁이)**라고 하며 아무 때나 함부로 입을 놀리지 말라고 말할 것이다. 루시는 아무 말도 하지 않는다. 냄새가 나는 집, 오래된 닭똥 얼룩에 대해서도 아무 말 않듯이. 그렇게 자신만의 비밀을 간직하는 법을 배운다.

흙

　일주일에 엿새, 루시는 식구 중에서 가장 먼저 일어난다. 두더지의 시간, 칠흑처럼 캄캄할 때 루시는 잠자는 식구들 옆을 빠져나온다.

　샘은 고미다락에 있는 침대에서 루시 옆에서 자고, 마와 바는 사다리 아래에 있는 매트리스에서 잔다. 루시는 눈으로 보고서라기보다는 기억을 따라서 식구들을 돌아, 쌓인 옷 무더기, 밀가루 포대, 이불보, 빗자루 손잡이, 트렁크도 돌아간다. 집 안에서는 짐승 소굴처럼 텁텁하고 퀴퀴한 냄새가 난다. 지난주에 시냇물을 한 통 길어 와 들이부었지만 냄새가 사라지지 않았다.

　전 같으면 마가 더 살 만한 곳으로 만들었을 것이다. 향기가 나는 풀 다발을 걸어 놓고 장식용 천을 펼쳐 놓고. 요즘 마는 잠만 잔다. 뺨이 더 움푹 팬 듯 보인다. 간밤에 무언가에 얼굴을 물어 뜯기기라도 한 것 같다. 마가 뭘 제대로 안 먹은 지 벌써 몇 주가 됐다. 고기 말고는 아무것도 안 들어간다고 하는데 고기를 살 돈이 없다.

바는 이곳 새 탄광에 오면 고기, 마당, 좋은 옷, 진짜 말, 학교가 있을 거라고 약속했다. 그런데 그들보다 먼저 온 사람이 너무 많았다. 기대했던 것보다 급료가 훨씬 낮다. 마가 아프기 때문에 루시는 학교에 가는 걸 미루고 바와 같이 탄광에 가야 하고 가장 먼저 일어나서 아침을 만들어야 한다.

루시는 스토브 위에 팬을 올려놓는다. 너무 큰 소리가 난다. 떵 하는 소리에 마가 뒤척인다. 마가 잠에서 깨면 바와 끝없이 말다툼을 할 거다. 애들이 배고파. / 더 빨리 도착했으면 더 벌 수 있었을 텐데. / 그렇게 안 됐잖아. / 내 탓은 아니지. / 무슨 소리를 하고 싶은 거야. / 내 말은, 하필 그때 아프냐고. / 내가 일부러 그랬다는 거야? / 친아이더(親愛的, 여보), 당신은 가끔 보면 진짜 고집불통이야.

조용히, 조용히, 루시는 감자를 팬 안에 꾹 밀어 넣는다. 기름이 튀어 손을 데지만 그렇게 해야 치지직 소리가 덜 난다. 천에 싼 감자 두 개는 바와 자기가 먹을 도시락이고, 하나는 식탁 위에 샘 먹으라고 올려놓는다. 네 번째 것은 엄마가 먹기를 기대하는 마음으로 스토브 위에 남겨 둔다.

2마일을 걸어 다음 골짜기까지 간다. 탄광에 도착하면 바는 루시와 헤어져 남자들과 같이 갱도로 내려간다. 루시 혼자 굴 안으로 들어가야 한다.

동쪽을 본다. 하늘은 아직도 멍든 것처럼 짙은 파란색이지만, 루시는 기다리면 해가 뜨는 걸 볼 수 있을 것처럼 머뭇거린다. 마침내 아래로 내려간다. 색이 사라지고 소리도 사라진다. 문에 도착했을 때는 칠흑같이 깜깜하다. 한동안 아무 일도 일어나지 않다가, 첫 번째 두드리는 소리가 난다.

루시가 묵직한 문을 열고 팔을 문틈에 끼워 넣자 광부들이 나온다. 랜턴 불빛이 스치며 벽이 보인다. 까진 팔의 쓰라림은 거의 느껴지지 않는다. 광부들이 가 버리면서 다시 시야가 사라지는 고통에 비하면 그건 아무것도 아니다.

기다리는 길고긴 시간 동안 루시는 갱도 벽에 몸을 문지르거나 소리를 질러 본다. 정오쯤 되었다 싶을 때 감자를 크게 베어 물어 다섯 입 만에 먹는다. 감자에서도 흙 맛이 난다.

"당분간만이야." 하루의 시작일 수도 있는 하루의 끝이 되면 바가 약속한다. 밖은 다시 어두워져 있다. 이맘때면 늘 슬픔이 저 멀리 언덕 위로 사라지는 햇빛 줄기처럼 루시를 스치고 지나간다. 다른 광부들은 너덧씩 무리를 지어 서로 등을 치고 인사를 하고 불평을 나누지만, 바와 루시는 따로 걷는다. 바가 루시의 뻣뻣한 머리카락을 쓰다듬는다. "팅워. 계획이 있어. 원한다면 곧 학교에 갈 수 있어, 뉘얼(女兒, 딸)."

루시는 바의 말을 믿는다. 진심으로. 그렇지만 믿음이 고통을 더 쓰라리게 한다. 땅굴 안에서 그토록 갈구하던 랜턴 불빛이 눈을 시리게 하듯이.

바가 램프에 불을 붙이기 전에는 판잣집 안도 컴컴하다. 마는 졸고 있고 샘은 놀이에 빠져 밖으로 돌아다닌다. 루시가 저녁을 하는 동안 바는 커튼 뒤에서 옷을 갈아입는다. 바는 허겁지겁 저녁을 먹고 과부들이 쓸 장작을 패는 부업을 하러 개울 건너로 간다. 돈이 더 필요하기 때문이다. 매일 밤. 매일 낮. 한 푼 한 푼씩 벌어들인 돈이 배를 채우느라 순식간에 사라진다.

오늘 밤에는 뭔가가 다르다.

스토브 위에 놓아둔 네 번째 감자가 없다. 팬에 굳은 기름 위에 손자국이 있다. 루시는 놓친 햇빛처럼 강렬하게 기쁨이 쏟아지는 걸 느낀다. 마가 밥을 먹었다.

그런데도 마의 뺨이 여전히 홀쭉해 보이고 손가락은 깨끗하다. 입에서는 오래전 구토 냄새밖에 나지 않는다.

"봤어?" 샘이 문으로 들어오자마자 루시가 묻는다. "엄마가 먹는 거?"

피부가 갈색으로 그을린 샘이 햇빛 안에 갇힌 작은 조각처럼 집 안에서 팔랑거린다. 하루를 보내면서 샘은 리본, 보닛을 잃어버렸고 치맛단이 뜯어졌다. 대신 햇빛과 풀 냄새를 얻었다.

"또 감자야?" 샘이 냄비 옆에서 쿵쿵거리며 묻는다.

"내가 시킨 대로 마 잘 보고 있었어?" 루시가 샘의 손을 찰싹 친다. "십 분 더 익혀야 해. 마 잘 봤냐고. 내가 그러라고 했잖아, 오늘 종일 아무 할 일도 없었으면서."

"잔소리 좀 그만해!"

샘이 루시를 피해 냄비 뚜껑을 잡는다. 냄비 뚜껑이 미끄러져 쩡 소리를 낸다. 샘의 손가락이 매끈매끈 번들거린다. 샘에게 햇빛과 풀―그리고 기름기가 묻어 있다.

"그 감자 네 거 아니었어." 루시가 사납게 말한다. "마 거잖아."

"배고팠어." 샘은 부인하지도 않고 눈을 똑바로 뜨고 말한다. "마는 먹지도 않잖아."

샘은 거짓말쟁이도, 도둑도 아니다. 그냥 자기 나름의 원칙에 따라 살고 다른 사람의 규칙을 따르기를 거부할 뿐이다. 그래서 샘을 야단치다가도 웃음이 터져 나오고 만다. 샘은 고집부릴 때조차 사랑스럽다. 특히 우울한 날이면 루시는 샘이 탄광에 가지 않는 진짜 이유가 나이가 어려서가 아니라 너무 예뻐서 다치면 안 되기 때문은 아닐까 생각한다.

루시는 팔에 생긴 멍을 꽉 쥔다. 거울로 보면 어깨와 등에도 멍이 보일 것이다. "바한테 이를 거야." 그래 봐야 바는 샘의 통통한 뺨을 꼬집기만 하겠지만. "바한테 말할 거야." 루시는 갑자기 생각난 듯 덧붙인다. "너도 일하러 갈 만큼 컸다고 생각하는지 물어볼 거야."

"안 돼!"

루시는 팔짱을 낀다.

앙다문 이 사이로 샘이 말한다. "미안해."

마는 샘한테 사과받기가 마른 장작에서 물을 얻는 것하고 비슷하다고 말한다. 루시는 잠시 승리를 만끽하지만 곧 배가 꾸륵거린다. "어쨌든 말할 거야."

"그러지 마! 말 안 하면…… 마가 뭐 먹었는지 보여 줄게."

루시는 망설인다.

"오늘 밤에." 샘이 말하며 활짝 웃는다. 그러고는 달려가 옷을 갈아입고 나오는 바의 품으로 뛰어든다. 바는 허리에 도끼와 권총을 차고 있다. 샘은 늘 그러듯 자기도 데려가 달라고 조른다.

잠시 뒤, 마가 잠에 취한 사람처럼 비틀비틀 문밖으로 나간다.

루시는 마가 변소에 가는 거라고 생각하지만 샘이 따라오라고 손짓을 한다. 루시는 읽던 책을 표시도 하지 않고 덮고 나온다. 집에 있는 책 세 권은 이미 읽고 또 읽어 그림이 흐릿해지고 공주의 얼굴이 뭉개져서 자기 얼굴을 그 자리에 넣어 상상할 수 있을 정도가 되었지만.

저 아래 골짜기 비탈에서 먼 빛이 빛난다. 마는 빛에서 몸을 돌린다. 집 뒤쪽에 있는 땅으로 간다. 다른 존재들의 증거가 묻혀 있는 곳. 거기에서 마는 맨손으로 땅을 판다. 마치 바가 아직 만들지 못한 텃밭에서 채소를 캐려는 것처럼. 나지막하고 우아하지 못하게 끙끙 소리가 나더니, 마가 무언가를 파낸다.

루시와 샘은 쭈그리고 앉아 숨어서 지켜본다. 무더운 밤이라 루시의 등에 땀이 흐른다. 마의 하얀 목, 옷 속 날개뼈가 비쳐 보인다. 그 밖에 아무것도 보이지 않는다. 그때 씹는 소리가 들린다. 마가 몸을 반쯤 돌리는데 기다란 무언가를 들고 있다—당근? 참마? 흙이 묻어서 분간이 안 된다.

"저게 뭐야?" 루시가 속삭인다.

"흙." 샘이 말한다.

그럴 리가 없다. 마는 샘이 바닥에 떨어진 음식을 주워 먹으면 야단을 치고, 접시를 언제나 두 번씩 닦는다—한 번은 물기를 없애려고, 한 번은 윤을 내려고. 그런데 엄마의 뺨에 검은 가루가 묻어 있다. 그렇긴 하나 샘의 말이 정확하지는 않다. 마가 손에 든 것을 계속 핥자 평평한 면이 드러나고 이어 둥근 관절이 반짝인다. 마는 뼈를 들고 있다.

"안 돼." 루시가 생각보다 큰 소리로 말한다. 루시의 목소리가 오도독거리는 소리에 묻힌다.

샘은 계속 지켜본다. 한밤중에 치맛자락을 들고 흙바닥에 쭈그려 앉아 한쪽 머리채는 풀린 채로 태평하게. 루시는 눈을 돌린다. 마가 또 뭘 먹는지 보고 싶지 않다. 지렁이, 자갈, 나뭇가지, 곪은 알, 썩은 잎, 까슬한 딱정벌레 다리. 땅의 축축한 비밀들로 차린 만찬.

마와 루시는 서로의 비밀을 지켜 줬다. 짐마차 길을 따라 여행하는 동안, 날마다 해 질 녘이 되면 바와 샘은 사냥인지 탐사인지를 한다고 나갔다. 날마다 루시와 마는 소리가 텅 빈 언덕 사이에 둘이 남았다. 그 광활한 적막 속으로 루시는 노새가 무섭다는 것, 바의 칼을 이가 나가게 만들었다는 것, 샘한테 질투가 난다는 것 등을 털어놓았다. 마는 루시의 말을 황금빛 오후 햇살을 빨아들이듯 빨아들였다. 마는 비밀을 침묵 속에 가두어 둘 줄 알았다. 가끔은 웅얼거리고 가끔은 고개를 갸웃하고 가끔은 루시의 손을 어루만졌다. 마는 **귀를 기울였다.**

그러면 마는 루시에게 손에 라드를 문질러 손을 부드럽게 만드는 법, 푸줏간 점원과 흥정을 하는 요령, 어떤 사람과 어울릴지 아주 신중하게 고르는 법 등을 말해 주었다. 그런 순간이면 루시는 엄마가 자기를 가장 사랑한다는 걸 알았다. 엄마의 머리카락과 엄마의 미모는 샘이 물려받았을지라도, 마와 루시는 말로 연결된 사이였다.

그렇지만 오늘 밤 루시는 배신을 계획하고 있다. 샘이 코를 골 때까지 루시는 자지 않고 깨어 있다. 잠이 오지 않는다. 눈을 감아도, 마의 치아의 번뜩이는 빛이 눈꺼풀 안으로 달빛처럼 스며든다. 아래쪽 문이 끼익 열리자, 루시는 바에게 올라오라고 손짓을 한다.

"다시 말해 봐." 루시 말을 듣고 바가 말한다. 바는 사다리 위에 루시와 얼굴이 같은 높이가 되도록 서서 공모하듯 묻는다. "만만더(慢慢的, 천천히). 뭘 먹었다고?"

루시가 마의 트렁크를 열어야 하지 않냐고 묻자 뜻밖에도 바가 씩 웃는다. 마의 트렁크 안에는 천과 말린 자두도 있지만 마가 끓여서 약을 만드는 쓰디쓴 약재들도 있다.

"어서 자." 바가 내려가며 말한다. "엄마는 아픈 게 아냐. 아니라는 것에 한 재산이라도 걸지."

루시는 바가 갈 때까지 기다렸다가 매트리스에서 내려가 바닥에 난 옹이구멍에 눈을 갖다 댄다. 아래층 의자에 마가 담요를 덮고 웅크리고 있고, 바가 의자로 가서 마를 깨운다. 마의 눈이 떠진다. 입이 열린다.

마가 욕을 한다.

루시는 마가 욕을 하는 건 한 번도 들어 본 적이 없다. 그렇지만 이날 밤은 전혀 다른 영역에 속한다는 걸 어렴풋이 느낀다. 마가 그 뼈와 함께 얼마나 많은 해를, 얼마나 많은 세기를 삼켰을까? 오늘 밤 무언가 다른 것이 마의 목구멍으로 기어 나오고도 남을 만큼은 될 것이다. 무언가 거대하고 거친 것이. **역사**, 루시는 갑자기 그 말을 떠올린다. 이곳에 오기 전의 전 마을에서 술 취한 사람이 그들의 짐마차에 침을 뱉었던 일이 생각난다. 바와 마는 앞쪽만 보고 있었지만 술꾼은 땅이 어쩌고 주인이 어쩌고 법적으로 누가 주인이고 뭐를 물어야 한다며 소리를 질렀다. 루시는 그 사람이 한 말을 정확히 기억하지는 못하지만 마가 내뱉는 격앙된 소리에서 똑같은 사나운 짐승을 알아보았다. 그게 역사임이 분명했다.

마가 몇 시냐고 묻는다. 마는 바에게 거짓말쟁이라고 한다. 과부로 만들 셈이냐고 한다. 또 도박하러 갔다고 비난한다.

마가 숨을 돌리려고 말을 멈추자 바가 말한다. "흙을 먹었다며."

마는 손톱 밑 흙을 감추려는 듯 담요를 위로 끌어 올린다. 마른 손을 스치는 천이 뱀 허물 벗는 소리를 낸다. "내 애들더러 날 감시하라고 시킨 거야? 니저거(你這個, 당신이란 사람이) —"

"무슨 뜻인지 모르겠어?" 바가 바닥에 무릎을 꿇는다. 마가 놀란 듯 고개를 든다. "친아이더." 바의 손이 손톱을 세운 마의 손을 잡고 살살 쓰다듬는다. "허기. 구토. 짜증. 아기가 생긴 게 틀림없어."

마가 고개를 흔든다. 마의 뺨에 그림자가 생긴다. 겁에 질린 것처럼 보인다. 바의 목소리가 너무 낮아서 루시에게는 잘 들리지 않지만 오래된 약속들을 읊는 걸 알 수 있다. 마는 도중에 웃음을 짓더니, 다시 표정이 바뀐다. 얼굴이 굳는다. 여러 해 뒤에 루시는 그 단단함을 다시 떠올릴 것이다. 마의 얼굴에 떠오른 것이 결심이었는지, 용기였는지, 냉담함이었는지 판단하려 할 것이다. 자기 안에서도 그걸 끌어내리려고 애쓰면서.

"안 되는 줄 알았 —" 마가 입을 떼지만 주장에 자신이 없다. "쟤들 가졌을 때는 입덧 안 했어. 이렇게 당기는 것도 없었고."

바가 샘을 깨울 정도로 큰 소리로 웃는다. 어둠 속에서 밝은 빛 두 개 — 샘의 눈이 루시를 찌른다. 두 아이는 같이 바가 하는 말을 듣는다. "아들이야. 아님 왜 그렇게 욕심이 많겠어?"

아침이 되자 바는 전에 탐광할 때 쓰던 도구를 들고 언덕으로 간다. 이 년 동안 처박아 놓았던 도구들이다. 아버지는 애정 어린 손길로 곡괭이 날을 갈고 삽을 들어 올리고 작은 솔들을 펼쳐 놓는다.

곡괭이는 산허리 바위에서 뼈를 캔다. 삽으로 파낸다. 크고 작은 솔로는 파낸 것에서 흙을 턴다. 오래된 흰 뼈가 드러난다. 바는 뼈를 갈아 물에 섞는다.

마는 침대에 누워, 잔을 쥔 너무 마른 손을 바르르 떨면서 그걸 마신다. 목구멍이 부풀어 올랐다가 가라앉는다. 몇 시간 동안의 바의 노동, 수 세기의 생명이 아기 안으로 사라진다.

역사, 루시는 그 생각에 몸을 부르르 떤다.

고기

그러나 뼈는 임시방편이다. 식구들은 급여일이 오기를 기다린다. 다음 주에 급여일이 되자 땅 밑에서 폭풍이 들끓는 듯 갱도 안에 흥분감이 감돈다. 저녁이 되자 탄광 사장이 씩씩 김을 내뿜는 별난 별처럼 산등성이 위에 나타나더니 테이블을 차린다. 사장은 서류를 뒤적거리고 동전 주머니가 든 상자를 휘젓는다. 수를 세고 또 센다. 시간을 끈다.

시간이 너무 오래 걸리자 광부들의 줄이 흐트러진다. 몇 분이 지나고, 한 시간이 지나고, 줄 선 사람들이 초조해하며 들썩인다. 루시는 바 옆에 붙어 있다. 탄광에서 일했다는 증거를 손에 들고 있다.

별이 보이기 시작할 때에야 루시와 바가 테이블 앞에 선다. 탄광 사장은 바를 흘긋 보더니 돈주머니를 집어 던지고 바로 다음 사람에게 고개를 돌린다. 바는 그 자리에서 바로 주머니를 끌러 돈을 센다. 사장이 계속 헛기침을 한다.

"모자라요." 바가 주머니를 다시 던지며 말한다. 바 뒤쪽에서 사람들이 들썩거리고 목을 빼고 화난 듯 투덜거린다.

"집세." 사장이 손가락을 하나 편다. "석탄." 다른 손가락을 편다. "장비." 또 하나 더. "회사에서 지급한 랜턴." 또 손가락을 편다. "그리고 여자애는 급료가 8분의 1이야. 이제 꺼져."

바가 주먹을 꽉 쥔다. 뒤쪽에 있는 사람들이 밀고 들어오며 큰 소리를 낸다. **숫자 셀 줄 몰라? 볼 줄 모르는 거겠지. 저런 눈으로는.**

누군가가 말한다. **벽에 생긴 칭크(chink, 틈)로 소를 밀어 넣는 거나 마찬가지지.**

마지막 말에 웃음이 터진다. 그 단어가 입에서 입으로 퍼지며 어둠 속 사방으로 흩어진다. 바는 몸을 홱 돌려 모욕을 마주하고, 루시는 덜덜 떤다. 바가 화가 머리끝까지 나면 무시무시하다. 어쩌다 화가 나서 루시를 때릴 때가 드물게 있는데 그럴 때 바는 다리가 성하지 않은데도 우뚝 솟는다. 방 안을 가득 채운다.

남자들은 오히려 더 큰 소리로 웃는다. **칭크!** 수십 명의 입에서 그 말이 튀어나온다. 언덕에서 그 소리가 메아리치며 땅마저 같이 낄낄 웃는다.

바가 화를 내며 눈을 가늘게 뜨면 그 사람들한테는 더 재미있기만 하다.

바는 테이블 위에 놓인 동전을 쓸어 쥐고 걸어간다. 걸음걸이가 흔들리고 다친 다리가 옆으로 크게 벗어난다. 그런데도 루시는 따라잡기 힘들다. 바가 뛰기라도 하는 것처럼.

"메이관시(沒關系, 걱정 마)," 바가 마에게 동전을 주면서 말한다. "다음 급여일에는 스테이크를 살 수 있을 거야. 소금하고 사탕도. 텃밭에 뿌릴 씨도. 애들이 신을 튼튼한 신발도. 내 말 믿어. 약속할게."

탄광에서 멀어지고 야유하는 광부들에게서 멀어진 집 안에서 바의 목소리는 지나치게 크다. 집 벽에 먼지가 겹겹이 얹히듯 바의 말에 지난 약속들이 겹쳐진다.

마가 조용히 말한다. "아기가."

아기는 배 속에서 여섯 달을 더 자라야 하지만 그래도 그 말에 바는 움찔한다. 바가 동전을 보고 있다가 눈을 들자, 익숙한 빛이 번뜩인다. "도박 안 하겠다고 약속했지만, 친아이더, 이번에는 정말 운이 느껴져. 오늘은 진짜야. 동전 몇 개만 들고 가서 ─"

마가 고개를 젓는다. "노새. 짐마차."

바가 살아 있는 생물처럼 애지중지 돌보는 짐마차이다. 바는 거처를 옮길 때마다 바퀴를 새로 칠한다. **이건 자유야**, 바는 이렇게 말하곤 한다. **이것만 있으면 어디든 갈 수 있어.** 바의 얼굴이 붉으락푸르락한다.

마가 배를 두드린다. "아기를 위해서야."

바는 말없이 쾅 하고 문을 닫고 나간다. 바퀴가 굴러가는 소리, 노새의 발굽 소리가 멀어진다. 마지막 순간에 샘도 튀어 나간다.

짐마차를 팔아 고기를 산다. 진짜 고기는 아니지만. 뼈와 연골에 들러붙은 찌꺼기를 살 만큼은 된다. 마가 그걸 몇 시간 동안 끓여서 집 안에 냄새가 가득하다.

다른 사람들이 원하지 않는 것은 싸다. 족발은 끓여서 젤리를 만들고 등뼈는 마가 깨끗이 쪽쪽 빨아 먹고 접시 위에 떵 소리를 내며 뱉는다. 마는 식탁 자기 자리로 돌아왔고 다른 사람들보다 더 오래 자리를 지킨다. 저녁마다 몇 시간이고 뼈에서 고기를 발라내고 뼈를 뜯어 먹는 소리가 들린다. 뼈가 딱 갈라지는 소리가 공기를 갈라 루시는 고개를 든다. 무섭기도 하고 신기하기도 하다. 마의 웃음도 갈라져 있을 것 같다.

"왜 이걸 먹는 거예요?" 루시가 불평한다.

"아기 때문에." 마가 말한다. 루시는 마의 옷 아래에서 작은 이가 딱딱 부딪히는 상상을 한다. "고기를 많이 먹어야 무럭무럭 자라. 이딩(一定, 확실히) 튼튼하게 해 줄 거야."

"그치만 왜 우리도 먹어야 하는데요?" 루시는 위험한 말이라는 걸 알면서도 한다. 아니나 다를까 바가 입 다물라고 한다.

고집쟁이 샘도 말없이 두 접시를 해치운다.

마의 얼굴이 매끈해진다. 움푹 들어갔던 데가 채워진다. 마는 다시 집안일을 한다. 집이 깨끗하지는 않을지라도 이제 더럽지는 않다. 마는 하루에 두 번 빗자루질을 하고 가게에 가서 흥정을 한다. 탁한 목소리로 몇 센트를 깎고 윙크 한 번으로 족발을 하나 더 받아 낸다.

또 마는 자기 머리카락을 빗을 때 샘의 머리도 빗긴다. 매일 밤 백 번씩 빗질해 샘이 몇 주 동안 쏘다니면서 엉클어진 머리카락을 푼다. 다시 깔끔하게 만들어 머리를 땋고 보닛을 씌우자 이제 샘은 종일 밖으로 쏘다니지 않는다. 마의 손길 아래에서 더 예뻐지고 얌전해진다.

아기는 그렇지 않다. 아기는 입이 없으므로 마의 목소리를 빌려 말한다. 아기는 바를 입 다물게 만들고 루시의 질문을 막고 샘을 뚱하게 만든다. 아기는 원하는 것은 뭐든 얻는다.

"아들 먹는 것 좀 봐라." 어느 날 바가 감탄하며 본다. 마는 닭

목을 문 채 웃음을 짓는다. 그런데도 바는 이보다 더 사랑스러울 순 없다는 듯 쳐다본다. "장정 셋만큼 튼튼해질 거야."

"두이." 마가 말한다. "제대로 먹이기만 **하면.**" 마는 와그작와그작 씹던 뼈를 뱉으며 말한다. "이걸로는 부족해. 잉가이 붉은 살이 필요해. 뼈만 갖고는 부족해."

"계획이 있어." 바가 늘 그러듯 이렇게 말한다. 그렇지만 이번에는 큰소리를 치는 대신 겸연쩍은 듯 우물거린다.

그날 밤 바는 장작 패는 일을 하러 평소보다 일찍 나간다. 마는 식탁에 앉은 채로 잘 다녀오라고 입맞춤을 한다. 마는 냄비 바닥에 깔린 국물에 달려든다. 마의 숟가락이 바닥을 긁어 대는 소리에 루시의 신경이 곤두선다. 마는 예전처럼 샘이나 루시에게 한입 먹으라고 하지도 않는다. 루시는 아기가 이기적이지 않냐고 묻는다. 자기나 샘은 마를 아프게 한 적이 없는데. 마는 그 질문에 웃고 또 웃는다. 마는 다정한 목소리로 원래 남자들은 그렇게 법석을 떠는 거라고 말한다.

바가 늦게 들어오는 날이 계속 이어진다. 탄광에서 일하는 시간에 계속 하품을 한다. 바는 아침마다 잠에서 덜 깬 상태로 푸른 언덕 너머로 일정한 리듬에 따라 걸어간다. **아기. 아기.**

다음 급여일 아침이 밝았는데 바가 아직도 돌아오지 않았다. 불안한 상태로 아침을 먹으며 세 사람은 열어 놓은 문 밖을 내다본다. 죽 펼쳐진 텅 빈 땅, 다른 광부들이 사는 집, 개울, 그 너머 남쪽. 마의 눈은 자꾸 바가 어젯밤에 챙겨 가지 않은 권총이 묵직하게 걸려 있는 갈고리 쪽으로 간다.

바는 예상하지 않은 방향에서 온다. 집 뒤쪽에서 쩔렁거리고 덜그럭거리며 나타난다. 바가 식탁 위에 뚱뚱한 주머니를 던진다.

"어디서—"마가 말한다.

"급여일이잖아. 일찍 받았어."돈주머니 솔기처럼 바의 목소리도 뿌듯함으로 터질 듯하다. "내가 약속했잖아, 친아이더?"

"어떻게."마가 말한다. "쩐머커닝(怎麼可能, 어떻게 그럴 수가)?" 그런데 진실이 눈앞에 펼쳐진다. 돈을 세는 마의 손 위에 단단하고 묵직한 동전이 얹힌다. 마가 웃는다. 바는 탄광 사장이 그랬던 것처럼 손가락을 하나씩 펼치며 설명한다. 집, 장비, 랜턴—전부 지난번에 값을 치렀다고.

"뉘얼,"마가 루시를 부른다. 동전의 반짝이는 빛이 마의 얼굴에도 아른거린다. "이제 탄광에는 안 가도 돼. 내일 샘하고 같이 학교에 가."

아침에 보니 새 드레스 두 벌이 꺼내져 있다. 루시는 빨간 옷에 손을 뻗지만 마가 녹색 옷 쪽으로 살짝 민다.

"이게 너한테 잘 맞아."마가 양철 거울로 루시를 끌고 가며 말한다. 루시는 눈을 똑바로 뜨고 울퉁불퉁한 표면에서 뒤틀려 더욱 길어 보이는 얼굴을 쳐다본다. "학교도 너한테 잘 맞을 거고. 선생님이 네 진가를 알아볼 거야."

루시는 8분의 1밖에 안 되는 급료를 생각한다. "내가 남자아이가 아닌데도요?"

평소 마의 목소리는 따스하게 묻어 둔 불씨다. 지금은 타닥거리며 불길이 솟는다. "뉘얼, 그런 약해빠진 소리는 듣고 싶지 않아. 랑워(讓我, 자 자), 내 얘기 들어 봐. 내가 처음 여기 왔을 때 나는 아무것도 가진 게 없었지……."마가 자기 손을 내려다본다. 마는 외출할 때는 꼭 장갑을 끼지만 집 안에서는 손이 드러나 있다. 굳은살이 박이고 탄가루 때문에 파란 점이 박힌 손. "여자들한테도 힘이 있어. 미모도 무기지. 그리고 넌—"

위쪽에서 샘이 사다리를 밟고 내려온다. 마는 목소리를 낮추며 루시와 이마를 맞댄다. "네 동생이 휘두르는 무기하고는 달라. 날 도와주렴, 루시 걸. 샘은…… 달라. 니즈다오(你知道, 너 알지). 가족이 무엇보다도 우선이야. 샘을 잘 지켜보렴."

말하지 않아도 루시는 안다. 사실, 루시는 샘을 보지 않을 수가 없다. 자꾸 눈이 그쪽으로 간다. 갈색 피부를 금빛으로 빛나게 해 주는 빨간 드레스를 입고 집 밖으로 성큼 나가는 샘. 사람들 눈이 전부 샘을 따라간다. 둘이 손을 잡고 개울을 건너 중심로를 걸어갈 때도 사람들 눈길은 루시를 지나쳐 바로 샘에게로 간다.

샘의 매력은 뭘까? 루시는 오랫동안 샘을 연구하면서 사람들이 샘한테서 무얼 보는지 알아내려고 했다. 사방으로 돌아가는 대담한 시선, 쉴 새 없이 움직이는 팔다리. 샘은 야생 동물처럼 움직임의 가능성으로 가득하다. 사람들은 그저 샘이 풀 속에서 어떻게 움직일지 보고 싶어 즐거이 샘을 쳐다본다.

학교 건물이 희고 차가운 표시등처럼 나타난다. 그런데 학교로 가려면 죽은 참나무 한 그루 말고 몸을 숨길 곳이 없는 넓은 운동장을 가로질러야 한다. 작은 남자아이들이 잎 없는 가지에서 눈을 끔벅이고 큰 남자아이들은 나무에 기대 쳐다본다. 풀밭 위 구불구불 뒤틀린 나무 그림자 사이에 여자아이들이 둥그렇게 앉아 있다. 여자아이들의 눈이 가장 매섭게 빛난다.

루시의 걸음이 점점 자신 없어지고 느려진다. 토끼처럼 긴 풀

속으로 숨고 싶다. 전부 광부의 자녀들인 다른 아이들은 모두 빛바랜 캘리코와 깅엄으로 된 옷을 입었다. 마가 입혀 준 좋은 옷이 마치 낙인 같다. 루시는 샘의 손을 놓고 팔짱을 껴 가슴팍의 화려한 자수를 가린다. **똑바로 서.** 마가 말한다. **똑똑히 말해.** 루시는 마가 그 목소리로 침묵을 깨는 걸 무수히 봤다.

"안녕." 루시가 말한다.

그렇지만 루시는 마가 아니다. 아이들 몇몇이 심드렁하게 눈을 끔벅인다. 나무에서 남자아이가 웃음을 터뜨린다.

여자아이 중 한 명이 앞으로 나온다. 다른 여자아이들도 기러기 무리가 선두를 따라가듯 뒤따른다. 선두에 있는 여자아이는 눈빛이 날카롭고 빨간 곱슬머리는 부스스하다.

"이거 좋다." 아이가 루시의 드레스 소매를, 이어 샘의 드레스를 당기며 말한다. 그 말을 신호로 여자아이들이 모여들어 자수를 쓰다듬고 루시 머리카락의 리본을 어루만지고 천 값이 얼마나 될지 저희들끼리 숙덕인다. 루시에게 직접 질문을 하지는 않지만 사방에서 계속 질문을 던진다. 루시는 대답하려고 애쓴다. **양단이야. 고마워. 고마워, 고마워.** 좋은 뜻으로 한 말인지 알 수 없어도 그렇게 대꾸한다. 루시의 목소리가 점점 작아진다. 이 아이들은 루시가 대답하기를 기다리지 않는다. 루시가 말을 하기를 바라지 않는다. 루시는 그들을 뚫고 앞으로 나가는 길이 있지 않을까 살핀다. 다른 조용한 길.

밀고 들어오는 아이들 틈새에서 루시는 샘을 보며 애매하게 웃는다.

샘은 아직까지는 잠자코 있지만 못 참겠다는 듯 입술을 씰룩인다. **내버려 둬.** 루시가 소리 없이 빈다. **그냥 그러라고 내버려 둬. 그럴**

게 나쁜 것도 아니잖아. 이제는 여자아이들이 샘을 보며 감탄한다. 피부가 갈색 설탕 같지 않아? 핥아 보지그래. 코 좀 봐! 인형 같네. 게다가 머리카락은—

가장 먼저 다가왔던 빨강 머리 여자아이가 샘의 반들거리는, 반쯤 풀린 머리채를 잡는다. "예쁘다." 자기 머리카락은 부스스하게 뻗쳐 있다. 빨강 머리가 샘의 땋은 머리채를 잡아 냄새를 맡는다고 코로 가져간다.

빠르게 탁탁 때리는 소리가 운동장에 울린다. 빨강 머리는 빈손을 들고 있고 입은 바보같이 벌어졌다. 샘은 일단 움직이기 시작하자 멈추질 못한다. 다른 아이들을 전부 쳐 내고 밀쳐 내자 새처럼 짹짹거리는 소리가 울려 퍼진다. 곧 샘 혼자 남았다.

"다들 너무 말이 많아." 샘이 말한다.

운동장 분위기가 달라진다. 겨울의 첫날이 찾아온 것처럼, 그들을 맞으려고 흘렀던 물이 얼어붙기 시작한다. 샘이 사과할 수 있었던 순간이 있었다. 아니면 루시가. 그런데 루시의 혀가 굳어 버린다. "이 바보야." 루시가 작은 소리로 말한다. "바보야, 샘."

"그깟 **머리카락** 갖고 왜 법석이야." 샘이 경멸스럽다는 듯 말하더니 머리채를 어깨 뒤로 넘긴다.

여자아이 하나가 앞으로 나와 침을 뱉는다. 안 맞는다. 침이 샘의 반짝이는 치마를 타고 흐르며 붉은색을 더 짙게 만든다. 그다음 아이들은 같은 실수를 하지 않는다. 이번에는 손가락과 손톱을 사용한다.

학교나 탄광이나 다를 게 없다. 놀림, 루시의 몸에 생긴 멍. 땅 밑 어둠처럼 짓누르는 시선의 무게—루시가 탄광 급여일에 들었던 그 조롱의 말도 광부들에게서 자식들에게로 이어진다.

종이 울리고 학교 안으로 들어가기 전까지는 아무것도 다른 게 없다.

질서가 루시의 가슴을 찌르르 찌른다. 책상, 의자, 마룻바닥, 칠판, 지도 — 모든 게 완벽한 선을 그린다. 깨끗하고 널찍한 방. 사방 어디에나 있는 흙먼지가 여기에서는 보이지 않는다. 앞쪽에는 진짜 유리창이 있어 책상 첫 줄은 버터처럼 노랗게 물들었다. 아이들은 책상 하나에 둘씩 앉는다. 맨 앞자리와 맨 마지막 자리만 남는다. 루시와 샘은 선생님이 들어오기 전까지 뒤쪽에 서 있다.

선생님은 동부에서부터 멀고 힘든 길을 왔다고 한다. 그렇지만 저렇게 얇은 흰 셔츠는 여행하다 보면 순식간에 더러워질 테고 금색 단추는 없어지거나 도둑맞을 텐데. 선생님이 입은 의상은 육로 여행에도 탄광에도 어울리지 않는다. 선생님이 돌아다니며 학생들 이름을 부르며 인사하는 이 깔끔한 곳에서라면 모를까. 침을 뱉고 꼬집던 여자아이들이 손을 얌전히 모으고 선생님을 보며 활짝 웃는다. 선생님의 시선이 닿자 다른 사람이 된다. 선생님은 일분쯤 말없이 있다가 어떤 남자아이를 부른다. 관심을 받은 남자아이는 얼굴을 붉힌다. 대화가 끝난 뒤 선생님은 남자아이를 비어 있는 맨 앞자리로 보낸다.

승리의 행진이다. 루시는 남자아이의 발걸음이 자랑스럽게 죽죽 뻗는 것을 다른 아이들과 함께 본다.

선생님은 루시와 샘 앞으로 와서, 마룻바닥처럼 반들거리는 부츠로 바닥을 딛고 몸을 뒤로 기울인다. "너희 얘긴 들었다. 언젠가 학교에 오길 기대했지. 우리 학교에 온 걸 환영한다. 문명의 경계를 서부로 조금 더 확장해 주는 곳이지. 나는 리 선생님이라고 부르면 된다. 너희들은 어디에서 왔지?"

루시는 떨리지만 선생님의 친절한 눈빛에 용기를 얻어 입을 연다. 루시는 이전 탄광에서 여기까지 온 여정을 설명하지만, 선생님은 고개를 젓는다.

"원래 어디에서 왔냐고. 나는 이 지역에 대해 아주 상세한 기록을 쓰고 있는데 너희 같은 사람은 본 적이 없어."

"저희는 여기에서 태어났어요." 샘이 고집스레 말한다.

루시가 눈치를 채고 말한다. "저희 엄마가 우리는 대양 건너에서 왔다고 했어요."

선생님이 미소를 짓는다. 두 아이를 맨 뒤쪽 자리에 앉히고 앞에 책을 놓는다. 새 책이라 선생님이 가운데를 눌러서 펼친다. 루시는 참지 못하고 몸을 숙여 잉크 냄새를 맡는다.

루시가 고개를 들자 선생님이 조용히 말한다. "이건 냄새를 맡거나 먹는 게 아냐. **읽는** 거란다." 선생님이 자기 손의 절반 크기로 큼직하게 인쇄된 알파벳을 가리킨다.

루시는 얼굴을 붉힌다. 루시는 글자를 읽고, 다음 책도 읽고, 다음 책, 또 다음 책에 있는 단어도 읽는다. 책이 점점 두꺼워지고 글자는 점점 작아진다. 마침내 선생님은 맨 앞자리에 앉은 남학생의 책을 가져온다. 루시가 잘 모르는 단어도 글자를 따라 발음하며 한 페이지를 다 읽어 내자 선생님이 박수를 친다. 아이들 모두 루시를 보고 있다.

"누구한테 배웠니?"

"엄마한테요."

"아주 특별한 분인가 보구나. 언제 소개해 주렴. 그래, 루시, 넌 뭘 가장 배우고 싶니?"

이런 질문을 한 사람은 아무도 없었다. 질문의 막중함에 루시의 머릿속이 휘청거린다. 깔끔하고 답답한 교실 안에서 루시는 느닷없이 끝없이 구불구불 뻗은 언덕을 생각한다. 바가 한 말이 떠오른다. **겁내지 마.** 세상에 책이 얼마나 많을까? 지금까지는 감히 상상해 보지 않았다. 그때 그 단어가 떠올랐다.

"역사요." 루시가 말한다.

선생님이 미소를 짓는다. "'과거를 쓰는 사람이 미래도 쓴다.' 누가 한 말인지 아니?" 선생님이 허리 숙여 절하는 동작을 한다. "나야. 나도 역사가란다. 내가 새로 쓸 논문에 네 도움이 필요할 수 있겠다. 너는 어떠니, 서맨사? 너도 책을 잘 읽니?"

샘이 눈을 부릅뜬다. 대답하지 않는다. 샘의 갈색 피부에서 침묵이 끓어오른다. 질문을 받을 때마다 점점 좁아들듯 움츠러들어 마침내 선생님이 포기한다. 선생님은 샘은 뒤에 남겨 놓고 루시에게 손을 내민다. 루시는 통로를 따라 앞으로 간다. 모든 아이들의 눈이 루시에게 꽂힌다──샘의 눈까지. 루시는 첫 번째 책상에 쏟아지는 햇빛 안으로 들어온다. 그 자리에 앉아 있는 남자아이는 루시를 쳐다보지 않겠다는 듯 어깨를 높이 치켜들고 있다. 그렇지만 이제는 보지 않을 수가 없다. 누구든 볼 수밖에 없다. 남자아이가 옆으로 비킨다. 루시가 앉을 자리를 내준다.

"선생님이 우리가 똑똑하대요." 그날 저녁 루시가 스테이크를 접시 위에서 이리저리 밀면서 선언하듯 말한다. 마가 특별 요리를 했지만 루시는 하고 싶은 이야기가 너무 많아 먹을 겨를이 없다. 선생님이 그 말을 자기한테만 했다는 이야기는 하지 않는다. 운동장에서 있었던 일이나 샘이 교실 뒤에서 한마디도 하지 않았다는 것도 말하지 않는다. "선생님이 엄마를 만나고 싶대요. 엄마도 대단한 분이실 거라고 했어요." 마는 국자 위에 손을 얹은 채 동작을 멈춘다. 보일 듯 말 듯 얼굴을 붉힌다. "우리 가족 다 만나고 싶대요. 또 저한테 과외 수업을 해 주겠다고 했어요. 동부에 나에 대해 듣고 싶어 하는 사람들이 있다고요. 어쩌면 선생님이 다음번에 나를 데리고 갈지도——"

"마음에 안 든다." 바가 말한다. 바도 스테이크에 손을 대지 않았다. 까맣게 탄 부분을 보며 얼굴을 찡그린다. "그 선생이라는 사람 뭘 하려고 그렇게 캐묻는 거지?"

"역사를 쓰고 계시대요." 루시가 말하고 동시에 샘은 이렇게 말한다. "참견쟁이."

"애들한테 어디에서 왔냐고 물은 게 뭐가 그렇게 나쁜 일이라고 그래." 마가 말한다. "가오쑤워(告訴我, 말해 봐), 선생님이 또 뭐라고 했니?"

"애들은 **우리가** 가르치면 돼." 바가 말한다. "거짓말만 늘어놓는 사람한테 배우게 할 게 아니라. 페이화(廢話, 헛소리). 그만두라고 하고 싶어."

그렇지만 그건 거짓말이 아니었다. 잉크로 적힌 역사였다. 루시의 손에 아직 잉크 냄새가 남아 있다. 그 냄새가 닭똥 냄새마저 덮어 버리는 것 같다.

"학교에 가면," 마가 말한다. "탄광 노동자 말고 다른 게 될 수 있을 거야."

적막이 방 안을 가득 메운다. 탄광에서는 적막이 진동이나 화재보다 더 무시무시하다. 치명적인 가스에 앞서 적막이 찾아온다. 가스는 눈에 보이지 않고 냄새도 없고 유일한 전조가 적막이다.

"우린 광부가 아냐." 바가 말한다.

마가 웃는다. 마의 목구멍이 위험스럽게 갈라진다.

"우린—" 바가 말을 멈춘다. 바가 하려는 말은 입에 담을 수 없는 말이다. 이 년 전에 마가 다른 생활 방식을 관철한 이래로 이 집에서 추방된 말이다. 바는 말하지 않지만 네 사람 다 그 무게를 느낀다. **그냥 느껴 봐.** 바가 여러 해 전 처음 루시에게 금맥 찾는 법을 가르쳤을 때 한 말이다. 아직 자신을 탐광꾼이라고 부를 수 있었을 때.

"그럼 우리 같은 사람은 뭐라고 부르지?" 마가 일어서며 말한다. "저양(這樣, 이렇게) 사는 사람? 이런 곳에서?"

마가 발을 뒤로 치켜들더니 바닥을 찬다. 마룻바닥에 부딪힐 때처럼 울리는 소리는 나지 않는다. 묵직한 한숨 소리뿐. 먼지가 일고 흙가루가 스테이크 위에 떨어진다. 루시는 기침을 하기 시작한다. 샘도. 그런데도 마는 계속 발길질을 해 방 안 전체를 뿌옇게 만든다. 바가 마를 뒤쪽에서 붙잡는다.

"파펑러(發瘋了, 미쳤어)." 바가 헉헉거리며 마를 들어 올리자 마의 발이 허공에서 발길질을 한다. "탄광 일은 지금 우리가 하는 일일 뿐이야. 우리가 그런 사람인 건 아냐." 바가 마를 조심스레 내려놓고 배에 손을 얹는다. "돈을 모으고 있잖아. 기억해? 약속했잖아."

"선생한테 배우는 것도 앞날을 위해 모으는 거야. 당신이 그 더러운 야영지에서 하는 도박하고는 다르지. 당신이 몰래 어딜 가는지 내가 모를 줄 알아? 두이부두이(對不對, 아니니), 루시 걸?" 마가 두 사람이 비밀을 나눌 때처럼 날카로운 눈으로 루시를 본다.

루시는 망설이다가 고개를 끄덕인다.

바가 마의 배 언저리 옷자락을 움켜쥔다. 그러더니 놓는다. 마는 먼지를 가르며 다시 자기 자리로 가서 앉는다. 루시와 바 사이에 또렷한 선을 그으며.

"선생님이 잘난 척해." 샘이 말한다.

마는 쯧 소리를 내지만, 바는 코웃음을 치고 샘을 무릎에 앉히고 샘이 하는 귓속말을 듣는다. 그날 밤 마는 예의범절은 잊은 것처럼 스테이크 위에 뿌려진 흙을 못 본 척하고 샘이 음식을 입에 문 채 웃음을 터뜨려 음식이 입 밖으로 튀는데도 무시한다. 루시는 샘과 바가 속삭이는 말에서 **고원**이라는 말을 여러 차례 듣는다.

마는 남은 스테이크를 썰어 지져서 빵 사이에 끼워 다음 날 점심으로 싸 준다. 루시는 까칠까칠한 것을 삼키는 법을 익힌다. 흙가루, 운동장의 욕설, 얼굴을 타고 흘러 입으로 들어가는 침, 리 선생님 이야기가 나올 때마다 나타나는 바의 까칠한 태도. 루시는 큰 입으로 뭐든 삼킨다.

바가 받아 오는 급료가 점점 늘어나는 것 같다. 두 달이 지나자 식구들은 고기 덕에 튼튼해진다. 마의 배는 동그래지고 텃밭에는 싹이 돋는다. 바는 탄광에서 추가 근무를 하며 늦은 시간까지 돌아오지 않는다. 루시는 기쁘게, 샘은 마지못해 학교에 간다.

나중에 루시는 운동장에서 일어난 일이 고기 때문이라고 할 것이다. 고기가 샘의 피부와 머리카락을 더 반짝거리게 한다. 흙먼지에도 가려지지 않는 윤기가 흐른다. 루시는 고기 탓을 할 것이고 더 나중에는 고기를 사느라 들어간 돈, 그 돈을 치르기 위해 뼈 빠지게 일했던 나날들, 고깃값을 정한 사람들, 탄광을 세우고 그토록 적은 임금을 준 사람들, 땅속을 비우고 강물을 말려

날씨를 건조하게 만들어 버린 사람들, 누구는 땅을 차지하고 다른 사람은 먼지가 떠도는 허공만 옮기게 만든 세상을 탓할 테지만—그러나 너무 오래 생각하면 사방이 트인 언덕 위에서 햇빛 속에 서 있을 때처럼 어질어질해진다. 떨쳐 버릴 수 없는 이 단단한 금빛 땅이 대체 어디까지 이어지는 걸까?

그러나 이런 생각은 나중의 일이다. 샘의 학교생활은 기만적으로 햇빛이 눈부신 날 끝난다. 열기 때문에 학교가 찜통이다. 샘이 앉아 있는 뒤쪽이 가장 덥다. 샘은 땋은 머리를 풀고 반짝이는 머리카락을 늘어뜨린다.

만약 둘이 한 책상을 썼다면 루시가 마가 시킨 대로 샘을 지켜보고 있었을지도 모른다. 어쩌면 샘의 머리를 다시 땋아 주었을 수도 있다. 그렇지만 루시는 그날 학교가 끝나고 가장 마지막으로 교실에서 나간다. 아이들은 빨리 학교에서 벗어나려고 차고 밀친다. 종일 짜증이 쌓여 몸이 근질거린다.

루시가 밖으로 나갔을 때는 이미 원이 만들어져 있다.

카우보이와 버펄로 놀이를 하는 것처럼 보이기도 한다. 카우보이를 맡은 아이들이 둥그렇게 모여 있다. 원 가운데 버펄로는 샘이다.

올가미를 던지려고 앞으로 나온 카우보이는 빨강 머리 여자애다. 그런데 손에 풀로 만든 밧줄이 아니라 가위를 들고 있다. 올가미를 던지는 게 아니라 샘의 머리카락을 잡는다. 빨강 머리는 아이들 쪽을 돌아보며 농담인지 선언인지를 한다. 그 순간 샘이 인디언의 전쟁 함성을 흉내 내 소리를 지른다. 샘이 가위를 잡는다.

아이들이 간격을 바짝 좁힌다. 루시는 사이로 파고들 수가 없다. 안에서 무슨 일이 일어나는지 안 보인다. 이 게임은 보통 버펄로가 죽어 바닥에 쓰러지면서 끝난다.

그렇지만 아이들이 흩어졌을 때에도 샘이 그대로 서 있다. 굵은 검은색 밧줄이 땅에 떨어져 있다. 아니다 — 뱀이다. 아니다 — 샘의 머리채다. 샘이 아직도 가위를 들고 있다. 샘이 자기 머리채를 잘라 낸 거다.

"갖고 싶으면 가져." 샘이 말한다. "그깟 머리카락."

마라면 비명을 질렀을 것이지만 루시는 웃는다. 웃지 않을 수가 없다. 늘 하는 놀이를 샘은 자기 식으로 바꾸어 놓았다. 샘이 얼마나 눈부신지 보라. 헉 소리를 내며 자기 머리채를 움켜쥐는 여자아이들을 보라. 오직 루시만은 이게 샘의 승리라는 걸 안다.

그때 리 선생님이 운동장을 가로질러 온다. 빨강 머리는 선생님을 보더니 바닥에 쓰러진다. 배를 움켜쥐고 바닥에서 몸부림을 치며 샘을 가리킨다. 샘의 통통한 손에 날카로운 가위가 들려 있다.

처음으로, 샘이 확신이 없어 보인다. 샘은 뒤로 물러서지만 다시 아이들이 좁혀 들며 샘을 가둔다. 남자아이들은 죽은 나무 위로 올라간다. 손에 무언가가 들려 있다. 던진다. 샘의 뺨 위에 붉은 꽃이 핀다. 열매가 아니다. 돌이 열리는 나무다.

자두

자두가 생겼네, 바가 샘의 얼굴을 조심스레 뜯어보며 말한다. 가까스로 눈을 피해 뺨에 생긴 상처에서 번진 멍이 샘이 좋아하는 과일과는 전혀 다른 모양인데도.

루시는 보기 힘들어 고개를 돌린다. 바가 루시의 턱을 잡는다. 억지로 보게 만든다.

"내가 말했지?" 바가 묻는다. **"네 가족 옆에 서야 한다고. 난 널 이렇게 키우지 않았다. 겁쟁이로. 그런 애로 키우지—"**

마가 둘 사이에 끼어든다. 바의 배에 닿은 마의 배가 말한다. **아기.** 그럼에도 오늘은 바가 입을 다물지 않는다.

"말했잖아." 바가 마를 노려보며 말한다. "학교는 샘한테 안 맞아."

"부후이(不會, 그런 일 없을 거야), 다시는." 마가 말한다. "샘, 이제 말 잘 들을 거지? 내가 선생님한테 말할게. 학교에서 배울 수 있는 게 있어. 칸칸 루시. 얼마나 잘하니."

바는 루시에게 관심이 없다. 마를 보고 있다. 무시무시한 침묵이 다시 방 안을 짓누른다. 루시나 샘보다 더 오래된 곳, 더 깊은 곳에서 스며 나오는 듯한 침묵이다. 그곳에서, 바가 기이하고 차가운 목소리로 말한다. "교훈을 얻지 않았어?" 마가, 마가 아니라 루시처럼 어린아이라는 듯이. "200을 기억하면 당신이 가장 잘 안다고 하진 못할 것 같은데."

그 단어는 루시나 샘에게는 아무 의미가 없는 단어다. 샘이 어리둥절한 눈으로 쳐다본다. 200이라니 아무 뜻도 없는 수이다. 그런데 마가 식탁을 움켜쥔다. 이제 살이 붙었는데도 지금은 다시 아파 보인다.

"워지더(我記的, 기억해)." 마가 두 손을 얼굴에 올리며 말한다. 뼈까지 밀어붙이려는 듯 세게 누른다. "당란(當然, 당연히)."

바가 언쟁에서 이겼는지는 몰라도 마보다 바가 더 괴로워 보인다. 활기가 사라졌다. 성하지 않은 다리가 덜덜 떨린다. 샘은 바에게, 루시는 마에게 달려가고 또다시 집이 나뉜다.

이날로 샘의 학교생활은 끝이 난다.

샘의 소원이 이뤄진다. 빨간 드레스는 치우고, 셔츠와 바지를 샘의 몸에 맞게 줄인다. **남자애들이 돈을 더 많이 받아,** 바가 말하고 마는 반대하지 않는다. 머리를 자르는 것은 안 된다고 선을 긋지만. 머리카락은 잘라 낸 부분이 보이지 않게 땋아서 모자 아래에 감춘다.

말다툼 이후로 마는 엄청나게 조용하다. 눈에서 거리가 느껴진다. 루시가 말을 걸자 깊은 갱도에서 밖으로 나온 사람처럼 움찔한다.

"오늘은 집에 있고 싶어요." 루시가 다시 말한다.

"학교는?" 마가 눈을 끔벅거린다. 그제야 유포가 덮인 창문 너머 흐릿한 지평선에 고정되어 있던 시선을 돌린다.

"리 선생님이 괜찮다고 했어요." 선생님이 카우보이들 사이를 헤치고 들어와서 소리쳤다. **그만해, 이 짐승들!** 리 선생님은 샘의 가위를 빼앗고 빨강 머리를 바닥에서 일으켰다. 집으로 가, 선생님이 루시에게 말했다. **내일 올 필요 없어.**

루시는 양해를 받아서 다행이라고 생각한다. 다만, 선생님이 언제 다시 오라는 말을 깜박했다. 일주일이 지났는데 아무 소식이 없다. 샘의 자두는 거꾸로 자란다. 검은색에서 보라색으로, 파란색으로, 덜 익은 녹색으로 변한다. 바는 여전히 루시를 쳐다보지 않는다. 마는 바를 쳐다보지 않는다. 판잣집이 전보다 더 숨 막히고 더 답답하다. 일요일이 되자 루시는 더 참지 못할 지경이 된다. 바와 샘이 추가 근무를 하러 탄광에 갔을 때 선생님을 보러 가기로 결심한다. 몇 주 전에 특별 수업을 해 주겠다고 하면서 자기 집이 어디인지 말해 주었다.

뜻밖에도, 마의 눈에서 구름이 걷힌다. 마가 자기도 같이 가겠다고 한다.

중앙로를 따라 마을 남쪽으로 내려가면 '리'라는 표지판이 좁은 골목길을 가리키고 있다. 그 길에 있는 하나뿐인 집이 선생님 집이다. 흙길로 시작해 자갈길이 되고 곧 길 양옆에 위쪽을 고르게 다듬은 깔끔한 코요테 브러시 울타리가 나온다. 먼지 얹힌 잎이 그 너머에 있는 지저분한 상점 뒤편이나 광부들이 사는 집을 가려 준다. 또 샘을 볼 때보다도 더 날카로운 눈으로 마를 쳐다보는 사람들도 가려 준다.

선생님 집은 이층집에 돌로 만든 굴뚝이 있고 포치가 있고 유리창이 여덟 개 있고 옆에 있는 마구간에는 선생님 말 넬리가 분명한 회색 말이 있다. 집이 어찌나 깔끔한지 루시의 가슴이 마구 뛴다. 루시는 마가 지금 멀리, 저 멀리에 있었으면 하는 생각을 한다.

선생님에게 마 이야기를 하기는 쉬웠다. 그렇지만 이렇게 직접 나타나면 발톱 하나가 갈라진 매끈한 맨발을 감출 수가 없다. 부른 배를 치마로 감추고 거친 손을 장갑으로 감추더라도 목소리를 감출 수는 없다. 리 선생님이 역사 다음으로 좋아하는 과목은 화술이다. 마의 말에는 뭔가 이상한 데가 있다. 억양. 어떤 소리는 삼키고 어떤 소리는 지나치게 길게 내는 방식.

"혼자 가서 말하고 싶어요." 루시가 말한다. 그러고는 엄마의 반대를 막기 위해 덧붙인다. "혼자 할 수 있어요. 엄마 도움 필요 없어요."

마는 웃는다기보다는 그냥 이를 드러내 보인다. "칸칸. 많이 컸구나." 마는 뒤로 한 걸음 물러서더니, 갑자기 루시의 귀에 입을 대고 말한다. "뉘얼, 너를 보면 네 나이 때 내가 생각나."

루시가 평생 듣고 싶었던 말이다. 귓가에 따스한 바람이 불고 가슴 속에서 심장이 솟구칠 듯 뛴다. 만약 육로 여행 중에 그런 말을 들었다면 루시는 누가 듣든 말든 함성을 질렀을 것이다. 그렇지만 여기에서는 유리창, 엄숙하게 고요한 코요테 브러시 길을 의식한다. 루시는 아무 말도 하지 않는다. 마가 눈에 뜨이지 않도록 뒤로 물러설 때까지 기다린다. 다음에 문을 두드린다.

"선생님." 문이 열리자 루시가 말한다. "과외 수업을 받으러 왔습니다. 부탁드려요."

선생님은 이해가 느린 학생을 대하듯 눈살을 찌푸린다. "루시. 초대받지 않고 찾아오는 건 예의가 아니란 걸 알아야지."

"정말 죄송합니다. 그래서요, 제가 모르는 게 너무 많아요. 선생님께 배울 수 있다면 영광이겠습니다."

"널 가르치는 거 재미있었다. 똑똑하고 특이한 애라. 정말 아쉽지. 네 발전 과정을 내 논문에 기록했더라면 동부에서 대단한 반향을 일으킬 수 있었을 텐데!" 루시가 웃음을 짓는다. 리 선생님은 문틀에 손을 얹는다. "그렇지만 그런 폭력 사태는 절대 용납 안 돼. 너희들 피에 흐르는 야만성 때문에 다른 학생들한테 피해를 주면 안 되니까. 나로서는 대의를 생각할 수밖에 없다."

루시는 미소를 지우지 않았으나 얼굴은 잿빛이 된다. "저는 싸우지 않았는데요, 선생님."

"거짓말로 상황을 모면하는 건 똑똑한 게 아냐. 내가 그 안에서 널 분명 봤는데. 다른 학생들한테서 서맨사가 어떻게 싸움을 걸었는지도 들었다. 아니 — 결과가 중요한 게 아냐. 너희 의도가 분명했으니까."

선생님이 문을 닫으려 할 때 루시가 말한다. "전 샘하고 달라요. 전 아니에요."

루시는 문틈으로 손을 밀어 넣을 수도 있었다. 간절히 원하는 걸 잡기 위해서. 그랬다면 선생님의 의심을 확신으로 바꾸어 놓았을 것이다.

그때 마가 손잡이를 잡는다. 리 선생님은 마의 장갑 낀 손을 보고 얼굴을 일그러뜨린다. 선생님의 시선이 팔을 따라, 어깨로, 마의 얼굴로 간다.

"우리 루시 가르쳐 주셔서 감사해요." 마가 말한다.

마의 고운 외모하고 엇박자를 일으키는 낮은 목소리. 움찔거리는 토끼의 가죽을 산 채로 벗기는 마, 웅덩이에 빠진 노새를 끌어 올리는 마. 루시의 생각에 답하듯 마는 말을 천천히 한다. 꿀단지 속에서 움직이는 칼날처럼.

"꽤 먼 길을 걸어왔어요. 잠깐 들어가서 물 한잔 얻어 마실 수 있을까요?"

마는 루시에게 이렇게 말하는 듯 날카로운 눈길을 보낸다. **이건 우리끼리 비밀이야.** 그러더니 선생님을 보고 웃는다. 목소리처럼 달콤하게 꾸민 미소. 아무것도 달라진 건 없다. 모든 게 달라진다. 선생님은 뒤로 물러서며 문을 활짝 연다. 어떤 힘이 선생님에게서 나와 마에게로 이동한다. 마가 안으로 들어간다.

마는 선생님의 말총 소파 위에 평생 날마다 거기 앉아 온 사람처럼 앉는다. 열린 창문으로 들어오는 빛에 피부가 반짝인다. 마는 여기에 완벽히 어울린다. 레이스 커튼, 꿀색 목재, 가장자리에 금테가 둘러진 얇은 흰 찻잔과 함께.

루시는 눈을 돌렸다가, 다시 본다. 그럴 때마다 몸에 전율이 돈다. 마가 그 응접실 중심에, 액자 속의 그림처럼 들어앉는다. 표정으로 보건대 선생님도 같은 전율을 느끼는 듯하다.

선생님은 차를 따르고 진하고 끈적한 잼이 들어 있는 쿠키를 내놓는다. "이 잼은 온실 재배 자두로 만든 겁니다. 서부에서 자라는 시큼한 야생종하고는 다르죠. 동부에 있는 가족이 기차로, 짐마차 편으로 잼을 보내 줘요. 일단 맛을 보면 추가 비용이 전혀 아깝지 않죠."

마는 쿠키를 사양하고 루시에게 다시 눈길을 준다. **신세 지지**

마. 마가 잘하는 말이다. 마는 장갑 낀 손을 얌전하게 무릎 위에 얹고 있다. 루시는 쿠키에 손을 대지 않고 꾹 참는다.

"어머니 이야기 좀 해 주시죠." 선생님이 말한다.

소파를 비춘 빛이 시간이 흐르면서 마의 몸을 따라 내려간다. 한 번에 한 군데씩 환하게 밝힌다. 부드러운 뺨, 긴 목, 팔꿈치의 주름, 치맛자락 아래 살짝 보이는 발목. 샘의 야생성이라는 그림자는 이 방에서 찾아볼 수 없다. 마가 루시의 품위를 입증하는 증거다. 리 선생님과 마는 마의 고향, 동부의 최신 소식, 식물과 정원 가꾸기, 루시의 읽기 실력, 어머니가 어떻게 가르쳤는지 등에 관해 이야기를 나눈다.

"어머니는요?" 리 선생님이 묻는다. "어디에서 글을 배우셨나요?"

루시가 오십 번은 들은 이야기다. **너희 엄마 가르치기 정말 힘들었어.** 바가 말을 꺼낸다. 그러면 마가 끼어든다. **잘 못 가르치니까 그러지. 너희 아빠는 가만 앉아 있질 못해.** 두 사람은 같이 바가 마에게 어떻게 글을 가르쳤는가 하는 이야기를 들려주며 서로 말을 끊고 놀리고 어린아이들처럼 장난을 쳤다.

마가 미소를 짓는다. 찻잔을 내려다보며 속눈썹으로 도자기 위에 그늘을 만든다. "여기저기에서 배웠어요."

"그게 어디죠?"

마는 이 방에 어울리는 구슬 같은 웃음소리를 낸다. 깔깔 터지는, 우렁우렁 울리는 평소 웃음소리하고 전혀 다르다. "그 질문에는 루시가 답해야 할 것 같네요. 루시는 똑똑한 아이예요. 다시 수업을 받고 싶을 거예요."

누가 마의 말을 거절할 수 있겠는가?

• • •

집으로 돌아가는 길에 마는 고개를 루시 쪽으로 기울이며 만족하냐고 묻는다.

해가 지면서 코요테 브러시가 반짝거린다. 세상이 먹을 수도 있을 만큼 좋아 보인다. 포치에서 손을 흔드는 리 선생님의 머리카락은 옥수수수염 같고, 마의 입술은 골수처럼 진하다.

"기뻐요. 그런데 엄마? 어떻게 글을 배웠는지 왜 말 안 했어요?"

선생님 집이 시야에서 사라진다. 마는 대답 대신 장갑을 벗는다. 손으로 주머니를 뒤적이니 손이 가루투성이가 되어 나온다. "맛봐." 마가 루시의 입으로 손가락을 뻗으며 말한다.

루시는 달콤함을 느낀다. 조심스럽게 핥아 본다.

"동부에서 여기까지." 마가 주머니에서 자두 쿠키 한 줌을 꺼내며 말한다. "괜신. 선생님이 얼마나 많이 먹는지 봤지? 모를 거야. 겉이 요란하긴 해도 괜찮은 사람이야. 잉가이 과외 수업 받아."

루시는 참고 마는 먹는다. 혀끝의 달콤함이 시큼함으로 변한다. "하지만 왜 **거짓말**을 했어요?"

"징징대지 마." 마가 손끝을 닦는다. "니장다러(你長大了, 다 컸잖아). 어떤 게 거짓말이고 어떤 게 말하지 않는 편이 나은 건지 알만큼은 됐잖아. 너한테 땅에 묻는 법 가르쳐 준 거 기억해? 진실을 묻어야 할 때도 있어."

쿠키들, 그리고 마의 탐욕의 흔적은 모두 사라졌다. 엄마는 고양이처럼 만족스러워하는 얼굴이다. 어찌나 깔끔하고 감쪽같던지 루시는 치사하게 묻고 만다. "200 같은 거처럼요?"

나중에 루시는 자기가 그렇게 못되게 굴지 않았더라면 달랐을까 생각할 것이다. 덜 이기적이었다면. 아니면 자기가 정말 마가 생각하는 것처럼 영리해서, 마의 떨리는 입술에 쓰인 말을 읽을 수 있었다면. 마는 아주 조용한 목소리로 말한다. "네가 더 크면 말해 줄게. 셴짜이(現在, 지금은) 날 좀 도와줘. 너희 아빠한테 여기 온 일이나 과외 수업 이야기는 하지 마. 하오부하오(好不好, 알겠니)?"

루시는 묻고 싶었다. **왜 지금은 안 되는데요? 더 큰다는 게 무슨 뜻인데요?** 그러나 마는 다시 웃는다. 빛으로 가득한 응접실에는 걸맞지 않아 리 선생님은 절대 볼 수 없을 미소다. 그러나 마를 특히 아름답게 만드는 게 바로 이런 자기모순이란 걸, 루시는 다시 떠올린다. 매끈한 피부에 거친 목소리. 슬픔 위로 번지는 미소. 마의 눈이 한없이 멀고먼 곳을 응시하게 만드는 기이한 아픔. 큰 바다만큼의 물이 차서 넘친다.

"말 안 할게요." 루시는 비밀을 꽁꽁 감추는 마에게 이렇게 약속한다.

마는 루시의 손을 잡고 두 사람은 말없이 중심로로 간다. 리 선생의 땅에서 벗어나자 코요테 브러시가 사라진다. 마을이 나온다.

그때 구름을 본다.

이상한 구름, 너무 낮고 너무 이르다. 우기는 아직 몇 달 더 남았는데. 남자들이 상점에서 술집에서 쏟아져 나온다. 구름이 탄광 쪽에서 솟아 빠른 속도로 움직이는 걸 본다. 구름이 땅에서 솟아 하늘을 검게 덮는다. 마가 손을 너무 꽉 쥐어서 루시는 소리를 지른다.

일 년 전에 짐마차 길로 이동하는 도중에 이런 구름을 봤다.

처음에는 메뚜기 떼인 줄 알았는데 우르릉 울리며 지평선을 붉은 빛으로 물들였다. 불이 사흘 동안 타올랐다. 멀리에 있는 탄광이 불타는 것이었다. 그런데 마가—폭풍과 가뭄을 꿋꿋이 이겨 내는 마가, 탈구된 자기 손가락을 스스로 끼워 맞춘 적도 있는 마가, 무릎에 머리를 박고 딜딜 떨었다. 그곳에서 한참 멀어지기 전까지 고개를 들지 않았다. **불을 좋아하지 않아.** 루시가 묻자 바가 퉁명스레 말했다. **입 다물어.**

마는 치맛자락을 잡아 들며 루시를 끌고 뛴다. 다른 여자들도 맨발로 뛴다. 광부의 아내들이 물결처럼 집으로 달려간다. 종아리와 허벅지가 언뜻언뜻 보인다. 숨이 가쁘다. 달려가는 사람들 모습에서 기품이라고는 찾아 볼 수 없다. 마도 눈빛이 흔들리고 아무것도 눈에 들어오지 않는 듯하다.

개울을 건너다가 마가 비틀거린다. 마가 넘어지면서 순간 생긴 빈자리에서 루시는 해가 구름에 묻혀 버린 하늘을 본다.

마가 몸을 뒤틀어 배 대신 어깨가 먼저 땅에 닿게 떨어진다. 치마에 진한 물이 든다—다행히 그냥 자두 잼이다.

"니즈다오, 루시 걸, 불 속에서 사람 몸이 어떻게 되는지 아니?" 루시가 마를 일으키자 마가 말한다. 둘은 다른 광부들 집을 지나쳐 계속 간다. 집 안에 등이 켜져 있다. 문이 열려 있어 밤도 아닌데 어둑해진 바깥세상으로 노란빛을 쏜다. "난 알아." 여자들이 문 앞에 서서 구름을 본다. "불은 묻을 걸 하나도 안 남겨." 루시는 겁에 질린 노새를 달랠 때처럼 음음거리는 소리를 낸다. "귀신이 이베이쯔(一輩子, 평생) 따라와. 절대 놓아주지 않아." 재가 떨어지기 시작한다. 커다란 조각은 마가 싫어하는 나방 같다. 마는 나방은 죽은 자가 찾아온 거라고 했다.

· · ·

그런데 판잣집에는 귀신이 없다. 바와 샘뿐, 식탁이 차려져 있고 맛있는 냄새가 난다.

"왜 이렇게 더러워!" 샘이 마를 보고 들뜬 목소리로 말한다.

바가 접시 두 개를 들고 일어선다. "라이, 씻고 먹자." 바가 말한다.

샘이 식탁에 앉아 다리를 흔들며 마의 호랑이 노래를 콧노래로 부른다.

마가 뒤로 물러선다. "어디 있었어?"

"탄광에." 바가 접시를 들고 앞으로 나온다. 마는 다시 뒤로 물러선다. "맞아, 샘? 엄마한테 똑바로 말해."

"열심히 일했어." 샘이 음식을 가득 물고 말한다.

"언제?" 마가 묻는다.

"조금 전에 왔어. 엇갈렸나 봐." 바가 마의 드레스에 묻은 얼룩을 보며 눈살을 찌푸린다. 손을 뻗는다. 마는 몸을 돌려 빠져나가는데 꼭 춤을 추는 것 같다. 이제는 콧노래 소리도 들리지 않고 아무 음악도 없이 방 안이 조용한데도. 샘의 머리가 경계하는 짐승처럼 마를 따라 돌아간다. "무슨 일 있었어?"

마가 바의 손을 찰싹 쳐 낸다. 접시가 떨어지지만 깨지지 않는다. 잉잉 소리를 내며 빙글빙글 돈다.

"내버려 둬." 바가 허리를 숙이자 마가 사납게 말한다. 앞으로 뻗은 바의 손이 얼굴만큼 깨끗하고 손톱 주위가 분홍색이다. 언제 검은 탄가루가 사라졌지? 루시는 기억이 나지 않는다. "어디 있었어?"

"탄광에."

"페이화."

"중간에 다른 길로 좀 빠졌던 것 같기도. 기억이 잘—"

"거짓말." 마가 창문 위 더러운 유포를 뜯어내자 무시무시한 지평선이 눈에 들어온다.

"그게 말이야." 바가 창밖을 보면서 말했다. "일찍 나왔어. 팅 워—"

"죽은 줄 알았어."

"우린 멀쩡해, 친아이더." 바가 마를 끌어안으러 다가간다.

마가 다시 말한다. "죽은 줄 알았다고." 마가 물러선다. 마의 어깨가 문에 닿는다. 루시는 처음으로 마의 눈이 아이들이 말하는 모습대로 될 수 있다는 걸 알게 된다. 작고, 밉고, 못된 눈. 마는 상한 음식을 살피듯 바를 뜯어본다. 어디는 가려 쓸 만한지, 어디는 내다 버릴지. "죽은 줄 알았어." 마는 같은 말을 세 번, 억양 없이 기이한 말투로 마치 주문처럼 되풀이한다. "그럼 뭐가 진짜야? 나 거(那個, 저기) 바깥은 진짜지. 니너(你呢, 당신은)? 그럼 당신은 뭐야? 귀신이야?"

"내 말 들어 봐. 당신을 놀라게 할 생각은 없었어. 우리 일하고 있었어—당신을 행복하게 해 주려고."

"나?" 마의 입에서 거칠게 말이 튀어나온다. "내 탓이라는 거야? 춰스워더(錯是我的, 내 잘못이야)? 내 잘못?" 깨지지 않은 접시가 깨질 것 같은 예감이 감돈다. "그럼 뭐가 진짠데? 당신 약속 중에 어떤 게? 니부스둥시, 니저거(你不是東西, 你這個, 당신은 아무것도 아니야, 이 인간아)—"

마는 힘든 삶에 어떤 질서를 부여했다. 풀과 흙 한가운데에서, 짐마차에서 자고 험한 집에 살면서도 마는 어떻게든 부드러운 말씨로 고운 말을 하면서 지내도록 만들었다. 머리를 땋고 바닥을 쓸고 손톱을 다듬고 옷깃에 다림질을 했다. **사람들이 널 어떻게 보느냐에 따라 너를 대하는 게 달라져**, 마는 되풀이해서 말했다. 그런데 마에게서 무언가가 풀려 버린 것 같다. 머리카락은 더러운 얼굴 주위에 흐트러지고 말은 욕설로 무너진다.

바가 다가간다. 문밖 말고는 마가 달아날 수 있는 곳이 없다. 마는 손으로 문 손잡이를 붙들고 바는 마의 입에 주먹을 밀어 넣는다.

마가 말을 멈춘다.

바가 뒤로 물러선 뒤에, 마의 입술 사이에서 무언가 노란 것이 보인다. 방 안의 모든 빛이 그것을 향해 달려간다.

"물어 봐." 바가 말한다.

마는 아직도 손잡이를 잡고 있다. 한 번만 밀면, 마는 사라질 것이다.

마가 깨문다.

손바닥에 돌을 뱉는다. 노랗고 물렁한 표면에 마의 잇자국이 남아 있다.

"이건 진짜야." 바가 말한다. "확실해질 때까지 기다려야 했어. 충분하다는 확신이 들 때까지만 비밀로 하려고 했어."

"탐광하러 다녔구나." 마가 말한다. 금지된 단어가 방에서 일렁인다. 타는 듯 뜨거운 냄새. "그만둔다고 약속했잖아. 과부들? 장작?" 바가 고개를 젓는다. "칸칸, 이번엔 진짜야."

마는 돌을 입에 넣고 삼킨다. 뼈처럼, 흙처럼, 땅의 조각이 하나 더 마의 몸 안으로 들어간다. 샘이 울부짖는다. 바는 충격받은 얼굴이다. 그러더니 웃음을 짓는다.

"메이웬티(沒問題, 괜찮아)." 바가 말한다. "거기 가면 많아."

"내가 먹었어." 마가 몸을 축 늘어뜨리며 말한다. 자세가 무너지자 배가 앞으로 나온다. 언덕처럼 둥그런 배가.

"아들이 먹었어." 바가 말한다. 이번에는 마가 바의 손을 밀치지 않는다. "부자가 되겠구먼. 샘, 이리 와. 엄마한테 보여 줘."

샘이 더러운 주머니를 들고 온다. 루시가 탄광에서 일할 때 걸레와 초 도막을 넣어 두던 주머니다. 그 주머니가 샘의 손에서 반짝이는 것들을 쏟아 낸다. 루시는 동화책을 떠올린다. 착한 딸과 나쁜 딸. 한 아이는 문을 통과했더니 몸에 검댕이 들러붙었다. 평생 씻기지 않았다. 다른 아이는 문을 통과했더니 눈부신 모습으로 바뀌었다.

누군가가 말한다. "금."

루시가 태어나고 일곱 해 동안 바는 탐광꾼이었다. 칠 년 동안 식구들은 바람에 휩쓸리듯 금이 나왔다는 소문을 따라 이곳저곳 떠돌며 살았다.

이 년 전에 마가 단호하게 못을 박았다. 어느 날 밤 루시와 샘을 짐마차에 남겨 두고 마와 바 둘이 벌판으로 나가 담판을 했다. 띄엄띄엄 말이 들려왔다. 마의 목소리가 배고픔, 어리석음, 자존심, 운에 대해 이야기했다. 바는 말이 없었다. 아침이 되자 탐광 장비가 치워져 있었다. 바는 한 달 동안 부루퉁했고 도박을 하고 술을 마셨다. 탄광 이야기를 처음 꺼낸 사람은 마였다.

그 뒤로 바는 도박과 술은 거의 그만두었다. 바는 탄광에서 큰돈을 번다고 떠벌렸다. 다른 광물로 그럴 거라고 했던 것처럼. 금지된 단어는 입에 오르지 않았다——지금까지는.

오늘 밤, 불타는 탄광에서 쏟아진 재가 창문으로 들어오는 와중에, 바가 금 이야기를 한다.

늙은 탐광꾼들과 인디언 사냥꾼들한테서 이 언덕에 대한 소문을 들었던 일. 여기, 고원 위에 말라붙은 호수가 있고 외로운 미친 늑대가 여전히 나타나는 곳. 일 년 전에 지진이 일어난 데다 땅 밑에 거대한 탄광을 파면서 오랫동안 발견되지 않은 무언가가 밖으로 드러났을 거라고 짐작했다. 바는 장작을 팬다는 핑계로 어둠 속에서 몰래 탐광을 했다.

"금세 발견했어." 바가 무릎을 꿇고 앉아 마의 발에서 검댕을 닦아 내며 말한다. "두 번째 급여일에 가져온 돈은 금을 판 돈이었어. 남쪽으로 10마일을 걸어가서 작은 마을에서 돈으로 바꿨어. 그래서 밤새 집에 못 온 거야. 내가 큰돈을 벌어 준다고 약속하지 않았어? 당신이 원하는 것 뭐든 살 수 있어, 친아이더. **아기가 누려 마땅한 것 뭐든.** 우린 특별해." 바가 샘과 루시를 보며 활짝 웃는다. "애들아, 이 지역에서 딱 하나 총보다 강한 게 뭔지 아니?"

"호랑이." 샘이 말한다.

"역사?" 루시가 말한다.

"가족." 마가 자기 배를 끌어안으며 말한다.

바가 고개를 젓는다. 눈을 감는다. "저 언덕에 아주 큰 땅을 살 거야. 다른 사람 한 명도 볼 일이 없을 정도로 큰 땅. 사냥하고 숨을 쉴 공간이 얼마든지 있을 거야. 우리 아들은 그런 곳에서 자라게 할 거야. 상상해 봐라. 그게 진짜 힘이야."

모두 조용히 상상에 빠진다. 마가 그때 마법을 깬다. 좋다고도, 아니라고도 하지 않는다. 마는 이렇게 말한다. "다시는 나한테 거짓말하지 마."

소금

이제 다른 나날이 시작된다.

마가 창문에서 뜯어낸 유포를 다시 붙이지 않아 햇빛이 그대로 들어와 집 안이 더 환하다. 식구가 다 같이 아침을 먹는다. 네 사람이 함께 씹고 장난치고 권하고 티격태격하고 계획을 짜고 꿈을 꾼다. 집 안이 환하다. 몸짓 하나하나가 아침의 약속으로 빛난다. 비로소 바와 샘이 부츠를 신고 탐광 장비를 피들* 케이스 안에 숨겨 들고 나선다. 광부들을 따라 이른 시간에 출근하는 척할 필요가 없게 되어 느긋한 걸음으로 금밭을 향해 간다. 감추는 게 없으니 편하지 않니? 바가 말한다.

일요일마다 바와 샘이 나간 직후에 루시도 집에서 나온다. 마 말고는 아무도 모르게 리 선생님 집으로 과외 수업을 받으러 간다.

---

* 바이올린이나 비올라를 통칭하는 말.

예의범절의 교훈. 차만 마시고 배부른 척하는 법. 쿠키, 케이크, 가장자리를 잘라 낸 샌드위치 등의 음식을 사양하는 법. 은으로 된 통에 담겨 나오는 소금을 빤히 보지 않는 법. 소복하게 쌓여 하얗게 반짝이는 소금. 혀끝에서 짜릿하게 타는 그 느낌을 갈망하지 않는 법.

질문에 대답하는 법.

집에서는 무슨 음식을 먹지?

어머니 트렁크 안에 있는 약을 자세히 설명해 볼래?

너희 가족이 여행한 기간은?

위생 관리는 어떻게 하지? 목욕은 얼마나 자주 하지?

몇 살 때 처음 영구치가 났지?

루시는 질문에 대답하는 것보다 선생님이 답변을 적는 걸 보는 게 훨씬 좋다. 펜 끝에서 나오는 잉크가 너무나 또렷하고 우아하다. 배 속이 허한 상태라 잉크 냄새에 머리가 어질어질하다.

아버지는 무슨 술을 마시지? 얼마나?

아버지가 폭력을 어떻게 생각하는지 설명해 보겠니?

야만적이라고 할 수 있지 않을까?

어머니의 혈통은 어떻지?

혹시 왕족의 후손일까?

루시의 답을 선생님이 고쳐 쓴다. 눈살을 찌푸리고 줄을 쫙쫙 긋고 다시 쓴 다음 잠시 멈췄다가 루시에게 다시 말해 보라고 한다. 하얀 종이에 루시의 가족사를 깔끔하게 다듬은 언어로 기록한다. 학교처럼, 응접실처럼, 보기 흉한 것들을 차단하는 코요테 브러시 울타리처럼 깔끔하게 만든다. 루시의 이야기가 서부 지역에 대한 선생의 논문에 포함된다. 언젠가는 루시가 그 책을 손에 들

수 있게 될 것이다. 짐의 장부보다 더 묵직한 책. 그걸 마의 앞에 놓을 것이다. 매끈한 책장을 손으로 쓸어 보고 새 책 책등이 갈라지는 소리를 들을 것이다.

더 나은 자신을 상상하는 교훈.

밤이 되면 마는 헤아린다. 덩어리는 물론 가루 한 톨까지 전부 마의 손을 거친다. 마는 저울에 무게를 달아 보고 돈으로 환산한 가치를 종이에 적는다. 금을 크거나 작거나 홀쭉하거나 통통한 주머니에 나눠 넣고 집 안 여기저기에 숨긴다.

모은 게 늘수록 마는 인색해진다. 앞으로는 스테이크와 소금과 설탕은 없다고 선언한다. 다시 뼈에 붙은 고기로 돌아갈 거라고. 루시가 입을 드레스 한 벌, 바와 샘이 신을 튼튼한 부츠만 딱 사고. 샘은 그 말을 듣고 떼를 부린다. 카우보이 부츠와 말을 기대하고 있었던 터라.

"돈을 모아야 해." 마의 목소리가 너무 확고하게 갈라져서 샘은 소리를 지르다가 만다.

주머니를 연통 안에, 양철 거울 뒤에 감춘다. 석탄 통 아래에, 낡은 신발 안에 감춘다. 한때 닭장이었던 판잣집이 반짝거린다. 루시의 꿈이 보일 듯 말 듯한 빛으로 반짝인다. 마도 눈에 보이지 않는 무언가를 보고 있는 듯하다. 멍하게 창문 옆에 턱을 치켜들고 앉아 있을 때가 많다. 마의 목선이 꿈꾸는 듯하다.

바는 마의 어깨와 목이 이어지는 곡선에 입을 맞춘다. "무슨 금덩이 같은 생각이라도 해?"

"아기." 마가 기분 좋은 듯 눈을 반쯤 감고 말한다. 여기에 온 지 석 달이 지났고 마의 배가 가장 헐렁한 옷마저도 팽팽하게 밀어 낸다. "아기가 어떻게 자랄지 상상하고 있어."

일요일에 선생님은 손이 아파 글을 쓰기 힘들 때면 가끔 자기가 어떻게 자랐는지 들려준다. 동화만큼 여기에서 멀고먼 곳 이야기다.

동부에 살 때. 더 오래되고 더 문명화된 지역. 일곱 형제를 애지중지 키운 어머니, 거리를 두고 군림하던 아버지. 아버지는 가깝고 먼 곳에서 배로 운송해 온 향긋한 삼나무 목재로 왕국을 만들었다. 리 선생님은 특별한 아이였다. 똑똑한 아이. 경망스러운 다른 형제들과 달리 큰 뜻을 품었다. **어떤 남자들은 스포츠나 사냥에 몰두하지만 나는 훌륭한 일을 하는 데 끌리지. 이 지역에 교육을 전파하는 게 내 사명이야.** 리 선생님은 배로, 기차로, 말을 타고, 수레를 타고, 몇 달을 와서 여기 언덕 위에 빛나는 새 학교를 세웠다. 광부의 자녀들을 위한 자선 학교.

이 대목에 이르면 리 선생님은 허리를 쭉 펴고 앉는다. 목소리가 우렁차게 울려 얇은 창문 유리가 바르르 떨린다. 선생님은 청중을 둘러본다. 일요일에 모이는 친구들. 그리고 그 높이에서 다정한 눈으로 루시를 본다.

루시를 만났을 때 얼마나 기뻤는지 모릅니다. 루시 가족이 내 책에서 특별한 역할을 합니다. 이 사람들을 정확히 기록하는 게 제 의무죠.

루시는 눈을 내리깔고 소금 통에 고정한 채로 움찔한다.

광부들이 술과 도박에 돈을 다 날려 버리는 거 아시죠. 또 문명화를 거부하는 인디언들은 어떻고요……. 그렇지만 이 가족은요! 이들은 다릅니다. 루시의 어머니는 아주 좋은 혈통이라는 걸 알 수 있죠.

"우리는 광부가 아니에요." 루시는 리 선생님의 연설에 방해가 되지 않게 작은 소리로 말한다.

　상점 주인과 광산 사장들, 아내들, 멀리 목장에서 말을 타고 온 목장주들이 떠들썩하게 응접실로 들어온다. 리 선생님은 논문 작업을 하는 도중이 아니면 문을 활짝 열어 놓는다. **정말로 ― 리, 이 말은 해야겠네 ― 자네 암말은 어떤가? 내가 들었는데 ―**

　다른 사람들이 어떻게 사는가에 관한 교훈.

　멀리에서 볼 때는 알 수가 없었다. 루시는 거리를 두고 광부의 아내들이 판잣집 사이를 오가며 빨래판, 골무, 요리법, 비누를 빌리는 것을 보았다. **자급자족이란 걸 몰라.** 바가 딱하다는 듯 말했다. 바는 루시에게 침묵이 수다보다 낫다고 가르쳤다. 바는 하늘의 벌린 입 아래에 서서 풀 사이로 지나가는 바람 소리를 듣는 법을 가르쳤다. **열심히 들으면 땅의 소리를 들을 수 있어.**

　그렇지만 지금 루시는 제빵사가 하는 정육점 주인 이야기, 짐의 상점에서 일하는 아가씨 이야기, 또 광부의 아내가 카우보이와 같이 도망갔다는 이야기를 듣는다. 그들의 이야기가 알록달록한 색실로 마을을 하나로 엮는다. 현관에 걸려 있는 태피스트리처럼 화려하게. 선생님은 루시가 훔쳐 가려 하기라도 한 양 얼른 태피스트리를 치워 버렸다. 루시는 그냥 보고 싶었을 뿐인데. 어쩌면 손을 대 보고, 몸에 걸쳐 볼 수 있었으면 좋았겠지만. 유리창이 있고 사람들의 대화가 방 안을 따뜻하게 달구는 달콤한 일요일의 분위기처럼 몸에 걸쳐 봤을 텐데.

　말할 수 없는 말이 입에 침으로 고이고 루시는 몰래 손가락 하나를 내민다. 식탁 위에 떨어진 소금 가루를 찍는다. 혀끝에서 어찌나 짜릿하게 반짝이는지. 그 순간이 어찌나 짧은지.

　해 질 무렵 집에서 루시는 마와 단둘이 스토브 앞에 있는 순간을 기다린다. 오늘 저녁도 감자, 골수, 연골을 푹 무를 때까지 끓인 죽이다. 아직 한 주의 중간이고 일요일은 아직 멀었는데 루시는 벌써 신물이 난다. 소금을 안 넣은 밍밍한 고기 맛, 발꿈치를 거칠게 만드는 흙바닥, 사방에서 금이 아우성을 치는데 아끼고 줄이는 생활.

"마? 그 땅 살 만큼 돈 모으려면 얼마나 오래 걸려요?"

마는 루시에게도 말하지 않는다. 마는 비밀스러운 웃음을 짓는다.

가질 수 없는 것을 원하는 것에 대한 교훈.

일요일에 오는 손님 중 최고는 진짜 숙녀들이다. 마을 여자들이 아니라 선생님이 예전에 알던 사람들, 서부의 흔적이 피부에 잔주름으로 패어 있지 않은 여자분들이 방문할 때가 있다. 열차 좌석의 벨벳 시트, 푸른 잔디밭에 심은 꽃 소식을 전해 준다. 이 숙녀들이 가끔 루시를 가까이 오라고 부르기도 한다. **말해 보렴.** 그들이 말한다.

이 부인들을 위해 리 선생님과 루시는 게임을 한다. 선생님이 묻고 루시가 대답한다. 배운 것을 색깔 공처럼 서로 주고받는다. **14,816 나누기 38은 몇이지? 몫은 389이고 나머지는 34입니다. 이 지역에 처음으로 문명화된 마을이 생긴 게 언제지? 사십삼 년 전입니다.**

이번 일요일에는 나이 많은 노부인이 말총 소파에 앉아 있다.

"나의 선생님이란다." 선생님이 말한다. "미스 릴라셔."

미스 릴라가 루시를 뜯어본다. 엄한 얼굴에서 입술에 그린 붉은 선보다 더 날카로운 말이 나온다. "똑똑해 보이는군. 너는 그런 재능을 잘 알아보지. 하지만 똑똑하기는 어렵지 않아. 훨씬 어려운 건 인성을 가르치는 거야. 도덕심."

"루시는 그것도 적절히 갖추고 있어요."

루시는 이 칭찬을 나중에 마에게 들려주기 위해 잘 간직해 둔다. 미스 릴라의 시선이 루시를 뚫어 본다. 학교에서 루시가 칠판 앞으로 걸어갈 때 루시에게 꽂히는 눈빛하고 똑같다. 실패하길 바라는 눈빛.

"보여 드릴게요." 리 선생님이 말한다. "루시?"

"네?" 루시가 고개를 든다. 믿음 때문인지 선생님의 좁은 얼굴이 잘생겨 보인다.

"너하고 내가 같이 짐마차 길을 따라 여행을 하고 있다고 해 보자. 각자 똑같은 양의 식량을 갖고 출발했어. 여행을 시작한 지 한 달이 지났는데 네가 강을 건너다가 식량을 잃고 말았어. 한 해 중 가장 더울 때고, 강물은 더러워서 마실 수 있는 상태가 아니야. 다음 타운까지 가려면 몇 주가 더 남았고. 그럴 때는 어떻게 하지?"

루시는 거의 웃음을 터뜨릴 뻔한다. 너무 쉬운 질문이다. 수학이나 역사보다 답이 훨씬 빠르게 나온다.

"소를 한 마리 잡을 거예요. 피를 마시면서 깨끗한 물이 나올 때까지 버텨요."

루시의 몸에 새겨져 있는 교훈이다. 루시는 그 강둑에 서서 더러운 물 냄새를 맡았다. 마와 바가 말다툼하는 걸 보는데 갈증이 혀와 입안에 들러붙었다. 그러나 리 선생님은 얼음이 되었고 미스 릴라는 손을 목 위에 얹었다. 두 사람 다 루시 얼굴에 음식물이 묻기라도 한 것처럼 빤히 쳐다본다.

루시는 입술을 핥는다. 입술 위에 땀방울이 맺혔다.

"답은 당연히, 도움을 요청한다는 거다." 선생님이 말한다. "나는 내 식량 절반을 나눠 주고 호의를 베풀겠지. 다음번에 내가 사고를 당했을 때 나도 보답을 받을 수 있도록."

선생님은 미스 릴라에게 차를 따라 주고 쿠키를 들라고 권한다. 실망으로 딱딱하게 굳은 등을 루시에게 돌린다. 루시는 바삭바삭 씹는 소리를 듣는다. 자기 입에서 나던 바삭 소리가 기억난다. 여기로 오던 중 어느 밤 마가 마지막 남은 밀가루를 체로 쳤는데 바구미들이 꿈틀거리고 있었을 때. 어쨌거나 비스킷을 구웠고 뭐가 입으로 들어가는지 보이지 않게 어두워진 다음에 먹었다. 그들이 그 길을 가는 내내 단 한 대의 짐마차도 도와주겠다고 하지 않았다.

루시는 몰래 소금에 손을 뻗는다.

동의의 교훈.

속임수의 교훈.

루시는 마가 냄비에서 고개를 돌릴 때까지 기다린다. 빠른 손놀림으로, 손수건을 펼치고 소금을 안에 털어 넣는다.

그날 밤 바는 소꼬리가 특히 맛이 좋다고 말한다. 일요일에는 소꼬리, 월요일에는 죽, 화요일에는 감자, 수요일에는 족발, 감자 감자 또 감자. 루시는 많이 넣지 않는다. 아주 조금. 소금이 넌더리 나는 맛을 개선해 준다. 눈을 감고 씹으면 집도 더 좋아지고 방이 늘어나는 느낌이다. 일요일까지 버틸 수 있게 해 줄 맛.

"루시." 마가 스토브 불길 앞에서 루시의 손을 잡으며 말한다. 손수건이 루시의 손가락 사이에 끼어 있다. 소금 알갱이 몇 개가 떨어진다. "이거 어디에서 났어?"

"선생님이 줬어요." 어쨌든 선생님이 일요일마다 소금 통을 내놓는 건 사실이니까. 절반의 진실의 교훈. "엄마도 쿠키 가져왔잖아요." 루시가 손수건을 잡아 뺀다. "불공평해. 엄마는—엄마는—**불공평해!**"

루시는 겁이 나서 덜덜 떨며 몸을 웅크린다. 마는 바처럼 화를 자주 내지는 않지만 일단 화를 내면 더 매섭다. 아픈 데를 건드릴 가능성이 높다. 마는 루시의 귓불에서 가장 얇은 데를 꼬집거나 루시가 가장 좋아하는 걸 못 하게 한다.

그런데 마가 움직이지 않는다. "유스(有時, 가끔)." 마의 시선이 루시의 얼굴 너머로 간다. "집에서 떠나지 말았어야 했다는 생각이 들어."

루시가 돌아본다. 마가 쳐다보는 곳에는 빈 벽밖에 없다. 루시는 마가 보고 있는 집을 보려고 애쓴다. 기억의 마른 흙에서 루시는 이런 것들을 파낸다. 우수수 흔들리는 풀, 먼지 속으로 들어오는 빛살. 발아래 익숙한 길, 탐사봉을 들고 있는 바의 그림자, 어딘가에서 마가 부르는 소리, 공기 중에 감도는 저녁밥 냄새—

"우린 항상 소금이 있었어." 마가 말한다. "메이톈(每天, 날마다). 바다에서 잡은 생선도. 워더마(我的媽, 우리 엄마)—너희 외할머니가 생선을 쪄서—"

아. 마가 말하는 집은 그들이 탐광을 하러 다니던 때의 야영지가 아니다. 루시가 볼 수 없는 집이다. 큰 바다 건너에 있는 집.

"너는 착한 아이지. 조르는 일도 없고. 이해하려고 애쓰고. 엄마는 할 수 있는 한 아끼려고 애쓰고 있어, 둥부둥. 그런데 가끔은—너랑 샘이 거기에 있었다면 더 잘 살 수 있었을 거라는 생각이 들어. **아빠도 그렇고.**"

루시는 마의 어머니, 마의 아버지, 마의 이야기 속에서 한방에 모여 있던 가족을 떠올려 보려고 한다. 루시가 떠올릴 수 있는 것은 일요일, 사람들 목소리가 가득한 리 선생님의 응접실뿐이다.

"마— 외로워요?"

"쉐선머(說什麼, 무슨 소리야). 네가 있는데."

하지만 낮 동안에는 아니다. 루시는 처음으로 집에 혼자 있는 마를 생각해 본다. 루시는 학교에서 공부하고 바와 샘은 금을 파고 있을 때 마 혼자 창가에 앉아 있는 길고 어두운 시간을 생각해 본다. 얼마나 사방이 적막할까. 유일하게 들리는 소리는 골짜기 저편에서 이편으로 바람이 불 때만 언뜻 들리는 다른 아낙들의 목소리뿐일 것이다.

마는 손수건을 루시의 손에 올려놓는다. "당분간은 써도 돼, 뉘얼. 선생님이 정말 준 걸로 생각할게."

이번에는 마가 보는 앞에서 소금을 스튜에 넣는다. 마는 신세 지지 말라는 말도 하지 않고, 냄비 위로 몸을 숙인다. 루시는 마의 얼굴에서 자기가 느끼는 허기와 똑같은 것을 보고 흠칫 놀란다.

손이 미끄러진다. 하얀 덩이가 표면에 떨어져 녹는다. 너무 많이 넣었다. 다른 사람들은 알아차리지 못한다. 저녁때 자기 몫을 허겁지겁 먹고 그릇을 싹싹 긁고 더 달라고, 또 달라고 한다. 마의 입가에 진한 스튜 국물 자국이 남는다. 너무 급히 먹느라 닦을 새도 없다.

루시는 두 입을 먹고 숟가락을 내려놓는다. 혀가 아릿하다. 씁쓸하고 달갑지 않은 다른 맛이 소금과 같이 섞여 있다.

수치의 교훈.

금

그러다가 바가 루시를 금밭으로 데려가는 날이 온다.

아침 일찍 집에서 나섰지만 햇빛을 피해 고원 그늘로 숨어든다. 루시는 못마땅해서 다리를 끌며 걷는다. 학교에 가는 날인데. 언덕에서 돌아다니고 있을 때가 아니다. 여기는 샘이 있을 곳이다. 하지만 샘이 몸져 누웠고 날마다 돈만 세는 마가 대신 루시라도 가야 한다고 우겼다.

골짜기 가장자리에 닿자 풀 대신 바위가 나오고 성난 짐승 목털처럼 곧추선 산등성이가 나타난다. **돌아서. 조심해.**

바가 넘어간다.

고원은 헐벗은 잿빛이다. 아무리 절박한 광부라도 여기까지 오지는 않는다. 화재 때문에 일자리를 잃어 굶주린 개처럼 먹을 것, 일자리, 뭐든 소일거리를 찾으려고 떠돌아다니는 사람들조차도. 그렇지만 바는 탐광 장비를 내내 피들 케이스에 숨겨 두고 있다.

양쪽에서 바위가 점점 더 높이 치솟아 해를 가린다. "강이 이 길을 만들었어." 바가 말한다. 그늘이 바의 얼굴을 절반으로 나눈다. 바의 터무니없는 거짓말에 루시는 거의 웃음이 터져 나올 지경이다.

길이 깊어지고 넓어지고 오르막이 된다. 꼭대기에 올라가고 서야 루시는 고원 꼭대기가 평평하지 않다는 걸 알게 된다. 안쪽이 우묵하게 패었다. 루시와 바는 텅 빈 그릇 바닥에 내려선다. 위쪽으로 하늘이 둥글게 보인다. 루시의 다리가 부들부들 떨린다. 겨우 이런 곳에 오려고 했던 건가? 아무것도 없는 바위산에?

바가 저 멀리 보이는 가느다란 녹색 띠를 가리킨다. 가까이 가자 종류가 다양해진다. 미루나무, 갈대, 파란 붓꽃, 하얀 백합. 전부 물을 많이 먹는 식물이다. 어디에도 물이 보이지 않는데.

"잘 봐." 바가 눈을 반짝이며 말한다. "여기가 호수야."

•

아주 오래전에, 이 땅 위로 강이 흘렀다. 바로 여기에 있던 호수에서 발원한 강이었어. 수천수만수억 년 전으로 돌아간다면 물이 지금 우리 머리 위로 1마일은 되게 차 있었을 거야. 물속 숲이 땅 위에 있는 어떤 숲보다도 높게 자라고 물고기가 빛을 가릴 정도로 빽빽하게 헤엄쳐 다녔지. 이 호수가 저 아래에 흐르는 개울의 발원지야.

그렇게 놀란 얼굴 하지 마라. 이 땅에 있는 것 중에 전에는 훨씬 더 장대했던 게 얼마나 많은지 아니. 버펄로도 그렇고.

그때는 아주 추웠어. 연중 눈이 있었지. 시간이 흐르면서 점점 더워지고 짐승들은 점점 작아졌다고 생각할 만한 근거가 있어. 호수도 줄어들고 물속 물고기도 그에 맞춰 작아지고 그 커다란 물속에 있던 소금과 흙과 금속 모두 작은 그릇으로 들어갔어.

그래. 금도. 오래전부터 여기 있었지.

그때는 사람이 없어서 무슨 일이 있었는지 알 수 없지만 호수를 사라지게 만든 어떤 일이 일어난 게 틀림없어. 내 생각을 묻는다면 나는 큰 지진이 일어났을 거라고 봐. 땅이 너희 엄마가 방울뱀을 봤을 때처럼 펄쩍 솟아올랐다가 다시 가라앉으며 갈라졌을 거야. 호수 물은 아래로 새어 버리고.

물고기나 소금이나 금이나 거의 다 우리가 올라온 그 길을 따라 아래로 흘러갔지. 마을을 통과하는 강이 되었어. 그래서 이 마을이 성장한 거란다. 탄광이 생기기 전에는 탐광 지역이었어. 사람들이 너희 엄마가 뼈에서 살을 발라내듯이 강을 깔끔하게 발라 버렸지. 물도 망가뜨렸고. 지금 그 개울이 예전에는 더 넓고 더 맑고 거기엔 물고기도 있었다고 장담한다. 그런 방식은 옳지 않아. 어떻게 어떤 땅을 차지하고는 그렇게 망가뜨려 버릴 수 있는지 모르겠다. 땅을 들개 떼처럼 갈기갈기 찢지 않고도 원하는 걸 얻을 방법이 있을 텐데. 이야기가 다른 쪽으로 빠졌구나.

인디언들하고 물물 교환을 하다가 호수 바닥 이야기를 듣고 나는 생각했지. 금은 무겁잖아? 저 아래쪽 물이 어딘가에서 왔을 텐데, 만약 그게 여기라면. 금이 전부 다 쓸려 내려가지 않았을지도 모르지. 일부가 남았을지도. 너희 엄마는 내가 인디언들과 어울리는 걸 싫어하지만, 엄마가 똑똑하긴 해도 인디언들이 이 땅에 대해 얼마나 깊은 지식을 가졌는지는 몰라.

어쨌든 그래서 여기 호수에 금이 있는 거야, 루시 걸. 잘 보면 생선 뼈도 있어. 오늘 사방에서 나올 거야. 어떤 때는 밤에 여기 와 있는데 바람이 강하게 몰아치고 무슨 기척이 느껴져서 샘인가 하고 돌아보면 아무도 없어. 바다풀이 내 얼굴을 스치고 가는 것 같기도 하고, 마른 땅에서 축축한 소리가 들리는 것 같기도 할 때가 있어. 풀잎이나 물고기나 물의 흔적도 다른 것처럼 사람한테 나타날 수 있는 게 아닌가 하는 생각이 들어…… 귀신 이야기는 됐고. 내 말의 핵심은, 이 언덕에는 아주 오래전부터 금이 있었다는 거야. 믿기만 하면 돼.

●

이런 감정을 무어라고 부르나? 바싹 마르면서 동시에 갈증이 해소되는 느낌. 루시의 입이 마르고 입술이 갈라진다. 그러나 몸 안이 출렁인다 — 마는 루시가 **물**이라고 했다 — 바가 말하는 세상이 아주 가까이 느껴진다. 재빨리 움직이면 세상의 얇은 막을 뚫을 수 있을 것 같기도 하다. 태고의 호수가 밀려드는 걸 느낄 수 있을 것 같다.

그들이 사는 이 땅은 잃어버린 것들의 땅이기 때문이다. 금, 강, 버펄로, 인디언, 호랑이, 재칼, 새, 푸르름, 생계 수단을 잃어버린 땅이다. 바의 이야기가 사실이라고 믿으며 이 땅에서 돌아다닌다면 언덕 하나하나를 뼈다귀를 왕관처럼 얹은 무덤으로 보지 않을 수 없다. 그걸 믿으면서 산다는 게 가능한가? 그걸 믿으면서 어떻게 바와 샘이 그러는 것처럼 과거만을 바라보지 않을 수가 있나? 과거를 질질 끌고 다니면서. 과거가 자신을 한낱 어리석은 존재로 만들게 하면서.

그러니 루시는 그 쓰이지 않은 역사가 두렵다. 바의 이야기 전부를 허풍이라고 치부하는 편이 더 쉽다. 왜냐하면 믿는다면,

그 믿음이 어디로 가나? 호랑이가 살아 있다고 믿는다면, 인디언들이 사냥을 당하고 죽어 간다는 것도 믿나? 사람만 한 크기의 물고기가 있었다는 걸 믿는다면, 사람이 다른 사람을 낚은 물고기처럼 줄줄이 꿰어 끌고 간다는 것도 믿나? 어디에도 기록되지 않은 이런 역사에는 고개를 돌려 버리는 편이 더 쉽다. 마른풀이 쏴 우는 소리 말고는, 사라진 길의 흔적 말고는, 따분해하는 남자들과 야박한 여자아이들의 입에서 나온 신소리 말고는, 버펄로 뼈의 갈라진 무늬 말고는 어디에도 기록되지 않은 역사. 리 선생님이 가르치는 역사책을 읽는 편이 훨씬 더 쉽다. 이름과 날짜가 벽돌처럼 질서 있게 쌓여 문명을 이루는 역사.

그렇지만. 루시는 그 다른 역사를 떨쳐 버릴 수가 없다. 야생의 역사. 시야의 가장자리에서 어슬렁거린다. 야영지 모닥불이 만드는 빛의 테두리 바로 바깥쪽에 도사린 짐승처럼. 그 역사는 언어가 아니라 울부짖음과 장단과 피로 말한다. 그게 루시를 만들었다. 호수가 금을 만든 것처럼. 샘의 야생성, 바의 절름발, 큰 바다 이야기를 할 때 마의 목소리를 가득 채우는 갈망을 만들었다. 그렇지만 그 역사를 내려다보면 루시는 머리가 어질해진다. 망원경을 거꾸로 들여다봐서 바와 마가 자기보다 더 작아 보일 때처럼, 바와 마가 자기들의 바와 마 들과 함께, 사라진 호수보다도 더 큰 대양 너머까지 줄줄이 뻗어 있는 듯이.

루시는 숨을 들이마시고 고개를 든다. 둥근 하늘이 물처럼 파랗다. 루시는 굴복한다. 반짝이는 물고기, 나무보다 더 큰 바다풀을 상상한다. 루시가 물이라면, 물이 되게 내버려 둔다. 출렁이게 한다.

바가 풀밭 위로 걸어가고 루시도 따라간다. 기반암이 갈라진 틈에 진흙이 보이고 먼 옛날 강바닥의 자갈, 호수의 마지막 남은 물을 빨아 먹고 있는 풀이 있다. 바와 루시는 사금 접시에 흙을 채운다. 흔들며 반짝이는 것을 샅샅이 찾는다.

해가 타오른다. 물이 루시에게서 놀라운 속도로 빠져나간다. 사라진 물은 전부 어디로 가는 걸까? 호수도 제대로 장례를 치르지 않으면 귀신이 되는 걸까? 어떤 장소가 기억하고, 상처를 입고, 상처를 준 대상에 분노할 수 있을까? 루시는 그럴 수도 있을 거라고 생각한다. 루시는 생각한다. **난 아니야. 난 너를 다치게 하지 않았어. 나를 도와줘.**

루시는 물고기 화석을 발견한다. 큼직한 석영 덩어리를 찾아낸다. 루시는 기대를 품는 게 아예 기대하지 않는 것보다 더 고통스럽다는 걸 알게 된다. 바는 저만치 앞서간다. 샘은 바의 걸음을 따라갈 수 있는 걸까. 루시는 서두르다가 넘어지며 사금 접시를 쏟는다. 바가 처참하게 엎어진 루시를 돌아본다.

루시는 쓸모없는 석영을 집어 나무에 대고 던진다. 두 조각으로 갈라지며 흙 속에 묻힌다.

바가 그걸 집어 든다. 문지른다. 끌을 대고 두드려 조각조각 깬다. "루시 걸."

루시는 울음을 삼킨다. 그런데 루시에게 다가오는 바의 손이 다정하다. 바의 손바닥 위 갈라진 석영 안쪽이 노랗다.

"어떻게 알았어요?" 루시가 속삭인다. 루시라면 한 세기 동안 더 묻혀 있도록 버려두었을 것이다.

"그게, 루시 걸, 어디에 묻혔는지 느껴져. 그냥 느껴지는 거야."

바가 루시에게 금을 준다.

금덩어리가 묵직하고 햇빛을 받아 따스하다. 작은 알만 한 크기다. 뒤집어 본다. 가운데 구멍이 있다. 루시의 가운뎃손가락에 쏙 들어간다.

"가장자리를 물어 봐." 바가 엄지손가락과 집게손가락을 모아 얼마만큼인지 표시하며 말한다. 루시는 믿지 않는 눈으로 바를 본다. "먹어 봐, 루시 걸."

아무 맛도 없다. 물기도 없다. 그런데도 입에 침이 고인다. 아까는 바싹 마르면서 목마름이 해소되는 느낌이었다면 지금은 채워지는 느낌이다. 목으로 넘긴 작은 조각이 루시를 바꿔 놓은 걸까? 몸 안에, 위와 심장 사이에 자리 잡고 빛나고 있을까? 몇 해 뒤, 루시는 달라진 데가 보이는지 어둠 속에서 자기 모습을 뜯어 볼 것이다.

"이제 너도 탐광꾼이야. 네 몸 안의 금이 너한테 부를 가져다 줄 거야. 팅워."

그날 저녁 고원에서 내려올 때, 바는 루시를 바위 벽 위로 들어 올려 넘겨 주고 자기도 넘어온다. 동쪽에 있는 산과 서쪽에 있는 해안을 가리켜 보인다. 맑은 날에는 바다에 서린 안개를 볼 수 있다고 바는 말한다. 배의 돛이 날개처럼 공기를 타는 모습도.

"너희 엄마는 세상에 배보다 더 아름다운 건 없다고 하지. 나는 진짜 새가 더 좋아. 저기 저 참매 두 마리 봐."

두 마리가 원을 그리더니 급강하하여 참나무 위에 내려앉는다.

"저거 봤어?"

루시는 아무 말도 하지 않는다. 샘은 집 밖 햇빛 아래에서 하루를 보내 눈이 좋지만 루시는 책에서 고개를 들어 보면 세상의 가장자리가 흐릿하게 보인다. 이것 역시 루시가 실망스럽게 여기는 것 중 하나다.

놀랍게도 바가 얼굴을 루시의 키 높이에 맞추고 거친 수염이 돋은 뺨을 루시의 뺨에 맞댄다. 이렇게 가까이 있으니 바의 냄새가 루시의 냄새 같다. 담배와 햇빛, 땀과 먼지. 바가 자신의 머리와 루시의 머리를 함께 돌리자, 루시 눈에 크게 벌린 작은 입 두 개가 튀어나와 있는 둥지가 보인다.

"저 새끼들이 웬만히 크면 나무 위로 올라가 잡아서 너희한테 한 마리씩 줄 생각이야. 그러면 길들여서 사냥을 할 수 있어. 총이나 칼 없이도. 아니?"

바의 목소리에는 경이감이 담겨 있다. 오늘, 바가 보는 모습을 루시도 볼 수 있다. 새끼 새가 부모보다 더 크게 자라서 자유롭게 비행하는 모습. 바가 얼굴을 떼기 전에 루시가 묻는다. "저 오늘 잘했죠?"

"그럼." 두 사람은 루시의 손에 들린 금덩이를 같이 바라본다. 흙을 떨구고 나니 더 커 보인다. "하루 만에 서너 달 급료만큼 벌었어. 너희 엄마가 좋아할 거다. 자, 그런데 가장 중요한 게 뭔지 아니?" 바가 뒤로 물러서며 눈을 가늘게 뜬다. "이곳에 대해 아무한테도 말 안 하는 거야. 팅워? 우리가 여기에서 하는 일이…… 잘못은 아냐. 주인 없는 땅이니까. 그렇지만 옳지 않다고 생각하는 사람도 많아. 사람들은 우릴 질투해, 둥부둥? 언제나 그랬어. 우리는 모험가니까. 우리는 어떻지, 루시 걸?"

"특별해요." 루시가 말한다. 여기에서는 루시도 진심으로 그렇게 말할 수 있다.

돌아와 보니 마가 침대에 누워 있다. 다섯 달째가 되어 발목이 붓고 아기 때문에 늘 허리가 아프다. 바는 보통 마를 금덩이처럼 애지중지 다루는데 오늘은 바가 매트리스로 달려들어 매트리스가 출렁인다. 마 옆에 열이 나서 누워 있는 샘이 신음을 한다.

마가 바를 밀어 낸다. 치맛자락을 당겨 펴며 앉는다. "탄광 사장이 왔었어. 당신이 일을 안 하면 탄광 소유물에서 살 수가 없대. 레이쓰워(累死我, 진이 빠졌어), 그 조그만 남자 때문에."

밤에 바와 마는 작은 소리로 탄광 사장 이야기를 하곤 한다. 그런데 이렇게 큰 소리로, 루시와 샘 앞에서 한 적은 없다. 마의 눈빛이 사납다. 참매처럼 보이기도 한다.

"언제라고 말했어?" 바가 묻는다.

"내가 잘 말했어." 못 먹을 것을 씹은 것처럼 마의 입이 일그러진다. "사정했다고 해야겠지. 한 달 주겠대. 단스(但是, 그렇지만) 다음 집세는 두 배로 내래."

"그 사람한테 뭐라고 했어?"

"볘관(嫳管, 무슨 상관이야)?"

"뭐라고 약속했길래?"

"웃으면서 좋게 말했어. 추가 비용을 내겠다고." 마는 짜증난 듯 머리를 홱 돌린다. "그런 남자들은 다루기 쉬워." 바의 주먹이 등 뒤에서 꽉 쥐어진다. 바가 입을 열지만 마가 샘이 떼를 부릴 때처럼 말을 막으며 말한다. "그게 중요한 게 아냐. 가오쑤워, 우린 어쩌지? 돈을 충분히 못 모았잖아. 아기는 곧 나올 텐데. 이제 어떻게 해?"

이제 어떻게 해? 희망도 돈도 바닥이 나서 탐광지를, 석탄광을 떠나게 될 때마다 마는 이렇게 물었다. 바는 화를 내기도 하고, 울적해하기도 하고, 생각 좀 하겠다고 뛰쳐나가서는 다음 날 아침에 후회와 알코올 냄새를 풍기며 돌아왔다. 한 번도 제대로 대답한 적은 없었다. 이전까지는.

"떠나자." 바가 금덩이를 마의 손가락에 끼워 주며 말한다.

무게 때문에 마의 손이 축 처진다. 마는 떨리는 손가락을 얼굴에 댄다.

"우리 루시가 금 찾는 데 귀재야." 바가 말한다. "부지런히 하면 한 달이면 떠날 수 있어. 우리 땅을 사서 정착하자. 우리 다섯이서."

마는 금덩이를 손으로 가늠해 본다. 마의 손바닥 위에 놓이자 진짜 알처럼 보인다. 마가 입술을 움직이며 헤아린다.

"바다 쪽으로 8마일 간 곳에 봐 놓은 땅이 있어. 언덕 사이에 있는 40에이커짜리 땅인데 말을 타고 다닐 수 있는 길이 많고 작고 귀여운 연못도 있어—"

"말도 살 거야?" 샘이 몸을 일으키며 말한다.

"그럼 그럼. 그리고—" 바가 루시를 돌아보며 말한다. "아침 일찍 빠른 말을 타고 집에서 나서면 학교에도 갈 수 있어. 굳이 그래야 하는지는 모르겠지만—" 바가 말을 멈춘다. 이렇게만 덧붙인다. "네가 원한다면."

루시는 바가 그 말을 하기가 쉽지 않았으리라는 걸 안다. 손을 뻗어 바의 손을 잡는다.

"또 너희 엄마는—"

마가 고개를 치켜든다. 계산을 끝냈다. "거우러(够了, 됐어). 이거면 충분해."

"잠깐만. 들뜬 건 알겠는데, 친아이더, 몇 주 더 해야 해. 값을 물어봤는데——"

"그 땅 말고." 마의 입술이 비밀스러운 미소로 벌어진다. 루시는 마의 입이 그렇게 넓게 벌어지는 건 처음 본다. 마가 입을 연다. 이가 반짝인다. "훨씬 더 좋은 거. 이거면 배표 다섯 장을 사고도 남아."

언제나 이야기를 하는 사람은 바였다. 마는 지시를 하고, 꾸지람하고, 캐묻고, 밥 먹으라고 부르고, 자장가를 불러 주고, 사실을 말했다. 마가 자기 이야기를 하는 법은 없었다. 마침내, 이제야 마는 식구들을 매트리스 위에 모은다.

마가 몸 안에 지니고 있던 이야기는 아기보다도 크고, 서부보다도 크고, 루시가 태어난 세상 전체보다 더 크다. 마의 몸 안에는 돌로 포장된 넓은 길, 야트막한 붉은 담, 안개와 바위가 있는 마당이 있다. 여주를 키우고 이 마른 땅에 불을 붙일 수 있을 정도로 매운 고추를 키우는 곳. 그곳이 **집**이다. 짙은 갈망으로 마의 억양이 더욱 억세어져 루시는 잘 알아듣지 못한다. **집**이라는 말은 마가 감춰 놓은 네 번째 책, 마의 감은 눈 뒤쪽에 쓰인 책에서 읽어 주는 동화 속 이야기 같다. 마는 별 모양 과일 이야기를 한다. 금보다 더 단단하고 더 귀한 녹색 돌. 마가 태어난 곳의 발음할 수 없는 산의 이름.

루시의 손에 땀이 찬다. 전에 들었던 길 잃은 느낌이다. 바의 이야기에서 루시는 자기가 자란 땅을 볼 수 있었다. 바의 이야기에 나오는 언덕은 더 푸르지만 그래도 이 언덕들이다. 짐승들이 많지만 그래도 그 길이다. 마가 말하는 곳은 알 수가 없다. 마가 말하는 이름들도 루시의 혀에서 미끄러지거나 엉킨다.

"학교는요?" 루시가 묻는다.

"메이관시." 마가 웃는다. "거기에도 학교 있어. 여기 작은 학교보다 훨씬 큰 학교."

마는 이야기에 동참하라고 바를 부른다. 용의 눈[龍眼]이라고 불리는 과일, 산 위에 어리는 안개, 여름날 부둣가에서 구워 먹는 생선.

바는 대신 이렇게 말한다. "친아이더, 난 우리가 여기 살기로 한 줄 알았는데. 우리 땅을 사서."

마는 뺨이 붉게 물들 때까지 고개를 젓는다. "금으로 살 수 없는 것도 있어. 이 땅은 절대 **우리** 땅이 안 될 거야. 니즈다오. 나는 우리 아들이 자기하고 같은 사람들 사이에서 자라길 바라." 마가 금덩이를 그게 진짜 알이고 자기 의지로 부화시키려 하는 양 가슴팍에 대고 누른다. "저거(這個, 이것)가 있으니 아기가 태어나자마자 출발할 수 있어. 젖 떼기 전에 도착할 거야. 샹샹(想想, 상상해 봐), 아기가 처음으로 맛보는 게 고향의 맛일 거야. 당신 약속했잖아." 마의 갈라진 목소리가 높아진다. "충카이스(從開始, 처음부터), 우리 사람들한테 돌아갈 거라고 약속했잖아."

샘이 열로 달뜬 목소리로 묻는다. "어떤 사람?"

"너처럼 생긴 사람, 뉘얼." 마가 샘의 땀투성이 얼굴에서 머리카락을 쓸며 말한다. "큰 바다를 건너가는 건 마치 꿈같을 거야. 배로 여행하는 게 육로보다 훨씬 더 편해, 바오베이. 마법에 걸려 잠자는 공주 같을 거야. 눈을 뜨면 더 좋은 곳에 가 있는 거야."

하지만 루시는 그 이야기를 악몽처럼 듣는다. 루시는 학교는 어떻게 하냐고 다시 묻는다. 샘은 말을 사 줄 거냐고 묻는다. 루시는 수업, 기차에 대해 묻고 샘은 버펄로에 대해 묻는다. 마는 칼에 베인 듯 얼굴을 찡그린다.

"애들아, 너희도 좋아할 거야." 마가 말한다.

"거기가 그렇게 좋은 곳이라면 왜 떠나왔어요? 왜 혼자 여기로 왔어요?" 루시가 말한다.

마의 얼굴이 떡 벌어졌다가, 다시 닫힌다. 마는 두 팔을 가슴에 모은다. 너무 빨리 움직이다가 팔꿈치로 루시의 어깨를 친다. "이제 그만하자. 레이쓰워."

"아." 루시는 아프다기보다 놀라서 소리를 낸다. 하지만 마는 사과하지 않는다.

루시는 마가 자기가 먹어 보지 못한 별 모양 과일을 떠올리며 입술을 핥는 게 싫다. 루시는 마가 어릴 적 살던 집의 기와지붕 이야기를 하며 자기가 사는 집 지붕을 욕하는 게 싫다. 양철 지붕이나 캔버스 천에 떨어지는 빗방울이 마가 말하는 두 줄짜리 피들 소리처럼 아름답게 들릴 때도 있는데. 마가 그렇게나 싫어하는 먼지가 언덕을 부드러운 금빛으로 덮을 때도 있는데. 루시는 마의 거리가 왜 더 예쁘다는 건지, 마의 비가 왜 더 좋다는 건지, 마의 음식이 왜 더 맛있다는 건지 말해 달라고 한다. 묻고 또 물으며 루시의 목소리가 점점 커지지만 질문이 쏟아질 때마다 마는 베개 속으로 파고들어 아무 답도 들을 수가 없다. 마치 루시의 말이 폭력이기라도 한 것처럼.

그때 바가 말한다. **다쭈이**. 그러고는 루시를 안아 데려간다. 루시는 로프트 위로 데려가는 바의 어깨에 대고 소리를 지르고 발버둥을 친다. 바가 샘도 위로 데리고 왔을 즈음에는 루시가 고원에서 느꼈던 출렁임이 부글부글 끓어오르기 시작한다.

"난 안 갈 거예요. 다른 칭크들하고 같이 살기 싫어요." 루시가 바에게 말한다.

　바로 무언가 잘못된 맛이 느껴진다. 운동장에서 남자아이들이 흙으로 떡을 만들어 자기에게 억지로 핥게 했을 때처럼. 루시는 뺨 맞을 각오를 한다. 그런데 바는 슬픈 눈으로 보기만 한다. 루시는 그 맛을 스스로 삼킬 수밖에 없다.

　"네가 그런 말을 배우면 안 되는 건데. 여기를 떠나야 한다는 네 엄마 말이 맞는 것 같기도 하다. 이게 맞는 말이야."

　바가 말해 준다.

　루시는 그 단어를 혀 안에 담는다. 샘도 그렇게 한다. 낯선 맛이 난다. 올바른 맛이 난다. 마가 집의 음식 맛이라고 했던 맛이 난다. 시고 달고, 쓰고 맵고, 동시에 모든 맛이 다 난다.

　그렇지만 루시와 샘은 아이다. 아홉 살과 여덟 살. 장난감이고 무릎이고 팔꿈치고 성하게 간수할 줄 모르는 어린아이. 루시와 샘은 자기들을 부르는 이름을 자는 도중에 마룻바닥 틈새로 떨구어 버린다. 다음 날이면 또 있을 거라고 어린애답게 믿으면서. 더 많은 사랑이, 더 많은 말이, 더 많은 시간이, 짐마차를 타고 마차 좌석에 앉은 엄마와 아빠의 모습을 보며 흔들리고 삐걱거리는 리듬에 따라 잠에 빠지면서 갈 수 있는 더 많은 곳이 있을 거라고.

물

루시는 물소리를 듣고 입이 바짝 마른 상태로 잠에서 깬다. 양철 지붕을 두드리는 소리가 울린다. 이 계절의 첫 번째 비가 시작되었다. 사다리로 내려가는데 방광이 터질 듯하다. 습도가 높아지고 집이 물에 잠기기라도 한 것처럼 물기가 파도처럼 출렁인다. 달이 가느다래졌고 한 달의 끝이 머지않았다. 양철 거울이 달빛을 뒤틀어 흔들리는 은빛 파도가 벽에서 찰랑거린다. 집이 바다다. 배는? 루시는 사다리 마지막 칸에서 얼어붙은 듯 멈춘다. 배는 매트리스고 그 위에 팔이 여럿 달린 매끈하고 축축하고 끔찍한 바다 괴물이 있다. 루시는 목이 너무 바짝 말라 비명조차 내지 못한다. 그때 루시는 본다. 괴물 하나가 아니라 두 사람. 마가 바 위에 걸터앉아 배로 바를 짓누른다. 마의 잠옷이 두 사람 위를 덮었고 마의 다리가 바의 다리를 감고 바를 매트리스 깊이 밀어붙인다. 마가 바를 아프게 한다. 바가 숨을 가쁘게 쉬며 몸서리친다. ─표, 마가 말한다. 마가 솟구쳤다가 내리누른다. 마의 무게에 짓눌린 바가 신음한다. **배표**. 바는 마를 막으려고 마의 가슴에 손을 올린다.
미모는 무기지. 마가 말했었는데 루시는 그게 무슨 말인지 알 것 같
다. 마의 힘은 밤의 힘이다. 루시 몸에 땀이 송골송골 맺힌다. 팔꿈
치 안쪽, 허벅지 사이, 살과 살이 맞닿는 곳에. 방 안이 후덥지근하
다. 우기가 다가오고 있다. 바의 눈이 뒤로 넘어간다. 그런데도 마
는 계속 바를 아프게 한다. 바의 목이 축 늘어지고 한마디 말이 나
올 때까지. **그래**. 그제야 마는 바한테서 내려온다. 루시는 오줌이
다리를 타고 흐르는 걸 느낀다. 부끄러워하며 위로 올라간다. 오
늘 밤에는 변소에 갈 필요가 없다.

흙

마가 트렁크를 맹렬하게 지킬 때가 있었다. 마는 트렁크 안에 들어 있는 물건을 조금씩 아껴 썼고 무엇보다도 냄새를 아꼈다. 마의 트렁크 안에는 쌉쌀하고 달콤한 사향 냄새 같은 게 감돌았다. 이 땅의 냄새가 아닌 냄새는 뚜껑을 열 때마다 조금씩 사라졌다.

그런데 지금은 트렁크가 활짝 열려 있고 옷가지와 약재가 흩어져 있다. 다음 주 항구로 떠날 때 트렁크는 두고 가기로 했으니 이제는 아낄 필요가 없다. 배가 커졌고 출산을 몇 주 앞둔 마가 짐을 줄여야 한다고 말한다. 곧 그 냄새가 흔한 곳에서 살게 될 테니까.

"하오메이(好美, 진짜 예쁘지)." 마가 루시에게 구슬이 달린 우아한 흰 신발 한 켤레를 주면서 말한다. 오래전부터 탐내 오던 것. "너한테 어울린다."

루시는 마가 시키는 대로 신고 한 바퀴 돌아 본 다음 신발을 벗는다. 정교한 구슬 장식을 보고 감탄하지도 않는다. 맨발로 빗속으로 달려 나간다.

"고맙다고 말씀드려." 마가 외친다.

마에게 칭찬을 들으면 몸속의 갈증이 달래지던 때가 있었다. 지금은 칭찬이 이 계절의 비처럼 느껴진다. 너무 많고, 너무 이르다. 탄광에 물이 찼다. 일자리를 잃은 사람이 더 늘었다. 갈색 물과 함께 뜬소문이 들끓고 사람들 성질이 솟는다. 지난주에 탄광 사장이 예고 없이 집세를 받으러 들이닥쳤다. 집 안으로 들어와 사방을 둘러봤다. 루시는 마가 주머니를 잘 감춰 놓아 다행이라고 생각했다. 바는 권총 옆에 섰지만 마는 태연했다. 사장에게 웃어 보였고 사장이 서 있던 자리에 생긴 물웅덩이를 그냥 넘어 다녔다. 배를 타기 전에 물에 익숙해지는 편이 낫다고만 했다.

비바람이 리 선생님 집의 질서에도 영향을 미친다. 코요테 브러시가 흠뻑 젖었고 강풍에 이쪽저쪽으로 구부러졌다. 포치에는 물이 고였다. 넬리가 불안한 듯 낮은 소리로 히힝거린다. 루시는 멈춰 서서 넬리의 코를 쓰다듬는다. 작별 연습.

응접실 분위기가 침울하고 불빛은 어둑하다. 한쪽 구석에는 깨진 램프가 있고 깨진 유리창 위에 나무판을 붙여 놓았다. 다른 손님들—정육점 주인과 비 때문에 동부로 돌아가는 계획이 지연된 미스 릴라가 얼마 전 탄광 사고 이야기를 한다. 빗물이 지지대를 쓸어 가서 땅굴 세 개가 무너졌다. 여덟 명이 죽었다.

"기록상 비가 이렇게 많이 온 적은 없었어요." 선생님이 말한다. "광부들 몇이 도와 달라고 찾아오기도 했다니까요." 선생님이 암울하게 고개를 흔든다. "돌려보낼 수밖에 없었지요."

"불쌍한 광부들." 미스 릴라가 말하며 차에 설탕을 붓는다. "지하에 갇힌 사람들이 더 있다던데. 위로 다니는 사람들이 비명을 들었다던데. 광부들처럼 운명에 몸을 맡기고 산다면 어떻겠니." 미스 릴라가 루시를 쳐다본다. "불쌍한 너희 가족처럼!"

"우리는 광부가 아니에요." 바의 말이 루시의 입을 통해 나온다.

"부끄러워할 필요 없단다." 미스 릴라가 루시의 팔을 도닥인다. "너희 아버지가 그거 말고 무슨 일을 할 수 있겠니?"

그들이 루시를 쳐다본다. 그들의 친절이 날씨만큼 무겁게 짓누른다. 루시는 그 고원 위, 손에서 작은 해처럼 빛났던 금덩이 이야기를 하고 싶다. 루시가 입술을 깨물며 뭐라고 말해야 할까 생각하는데 탄광 사장이 집으로 들어오며 선생님에게 인사를 한다. 그러고는 사장이 루시를 본다.

"너." 사장이 다가오며 말한다. "아직 짐 다 안 쌌어? 너희 엄마가 바로 나갈 거라고 했는데."

"뭔가 오해가 있는 것 같은데." 리 선생님이 루시를 보호하려는 듯 팔을 내밀며 말한다. "루시는 내가 아끼는 제자야. 아무 데도 안 가. 루시 어머니하고 직접 상의한 일이야."

침을 삼키며 루시가 말한다. "선생님, 드릴 말씀이 있어요. 조용히 말씀드리고 싶어요."

바는 아무에게도 말하지 말라고 했지만 마는 선생님에게는 다음 주에 떠난다고 말해도 된다고 허락했다. 금 이야기를 해도 된다고는 안 했지만. 포치에 나와 루시가 배를 타게 되었다고 말하자 선생님의 얼굴이 일그러진다.

"너희 어머니는 네 교육을 더 중요시할 거라고 생각했는데. 우리 여기에서 엄청난 걸 이뤄 가고 있었잖니."

"어머니가 감사하다고 말씀드리래요." 마가 큰 바다 건너에는 더 좋은 학교가 있다고 했다고는 말하지 않는다.

"내 연구를 마치려면 일주일로는 턱도 없어. 너도 내 논문이 얼마나 중요한지는 알 거다. 너희 어머니가 직접 오셔서 답을 해 주신다면 어쩌면—"

루시가 고개를 흔든다. 지금 마의 머릿속에는 큰 바다 건너 땅 생각 말고는 아무것도 없다. 선생님이 성급한 결정이라며 화를 내자 루시는 입술을 깨물고 듣는다. 루시도 그렇게 생각한다. 어쩌다 이렇게 되었는지, 금 이야기를 꺼내지 않고는 제대로 설명할 도리가 없다.

"가라." 마침내 선생님이 말한다. "우리가 한 작업 전부 아무 짝에도 쓸모없는 게 돼 버렸어." 선생님의 말투가 씁쓸하다. "내가 널 역사에서 지워 버릴 거란 걸 알겠지. 절반밖에 못 쓴 글은 아무 가치가 없으니까. 그리고 이번 주에 학교에도 올 필요 없어. 갈 거면 가라."

그 주 내내 떠날 준비를 하느라 집이 난장판이다. 바깥세상만큼 집 안도 엉망이다. 옷과 약이 사방에 널려 있고 샘의 장난감, 바의 연장, 아기 담요, 천을 뜯고 꿰매어 만든 기저귀, 낡은 이야기책 세 권이 흩어져 있다. 마는 거기에 가면 새로운 이야기, 더 좋은 이야기가 있을 거라고 했지만 루시는 그 책을 갖고 가겠다고 우겼다.

바가 밀가루와 감자 자루를 들고 쿵쾅거리며 들어온다. 항구까지 가는 길에, 그리고 아이가 태어난 다음 배를 타고 가는 동안에 먹을 음식이다.

"부거우(不够, 부족해)." 마가 말한다. "절인 돼지고기는?"

"나머지는 바닷가에 가서 사지. 물가가 올랐어. 내륙 도로가 물에 잠겼대. 짐이 값을 엄청나게 올렸어."

"조금 더 쏠 수 있어." 마가 배 위에 양손을 올리며 말한다. "푼돈 남겨 봐야 뭐 해? 아기가—"

"사람들이 의심하기 시작했어."

그 말에 엄마는 입을 다문다.

"어떻게 해야 할지 모르겠어." 바가 권총을 만지작거리며 말한다. 너무 축축해서 사냥을 나갈 수 없는데도 바는 매일 밤 총열을 청소한다. 어떤 때는 하룻밤에 두 번, 문 옆에 앉아 밖에서 나는 소리에 귀를 기울이며 총을 닦는다. "오늘 누가 나한테 어디로 가느냐고 물었어—"

"샤오신(小心, 조심해)." 마가 바의 팔에 손을 얹으며 말한다. 마가 루시와 샘 쪽으로 고갯짓을 한다. 바는 입을 다문다. 그날 밤 늦은 시간까지 속삭이는 소리가 이어지며 양철 지붕을 두들기는 빗방울과 같이 홈통으로 내려간다.

아무 흔적도 남기지 않을 계획이다. 흙바닥에 남은 발자국은 비로 쏠고, 빨랫줄은 걷고, 텃밭은 물에 잠기거나 썩게 내버려 둘 것이다. 다른 광부들이 이 집에 살러 오거나 아니면 닭이 살게 되리라. 여기는 애초부터 그들의 집이었던 적도, 그들의 땅이었던 적도 없다. 긴 비가 모든 흔적을 씻어 내릴 것이다. 발자국, 머리카락, 손톱, 낙서, 잇자국이 있는 연필, 찌그러진 팬, 호랑이 그림, 목소리, 이야기.

비가 내리며 땅을 무르게 녹이고 개울을 붇게 하고 공기를 차갑게 식히는 소리를 듣다가 루시는 급작스러운 공포를 느낀다. 마가 양동이에 든 더러운 구정물을 쏟아 버릴 때처럼 그들 가족이 내버려지는 장면이 자꾸 머릿속에 떠오른다. 이 언덕에 그들이 살

왔다는 증거가 뭐 하나라도 남을까?

무언가를 남길 수 있을 것이다. 무언가 사라지지 않는 것.

그래서 루시는 이 동네에서 보내는 마지막 날 아침 혼자 집에서 빠져나온다. 긴 하루가 기다리고 있다. 마와 루시는 나머지 짐을 싸고 바와 샘은 금밭을 마지막으로 한 번 더 훑어보기로 했다. 그날 저녁 어두울 때 항구로 출발하기로 했다. 그게 더 안전해. 바가 이상하게도 이렇게 말했다. 길이 위험하고 물에 잠겨 있을 텐데도.

루시는 바와 샘에게는 비밀인 장소를 향해 간다. 오늘은 마에게도 비밀이다. 불어난 개울을 건너 선생님 집으로 가는 루시의 주먹에 무언가가 단단히 쥐어져 있다. 이 회색 세상에서 유일하게 빛을 내는 것. 가장 작은 금 조각.

훔치는 게 아니다. 그냥 선생님에게 보여 주기만 할 생각이다. 어쨌든 선생님은 부에는 관심이 없다. 스스로 자기 집 재산을 포기한 사람이니까. 선생님은 증거를 중시하는 학자다. 루시는 선생님에게 이 작은 금과 더불어 논문에 쓸 수 있는 새로운 정보를 줄 생각이다. 다른 책 어디에도 기록되지 않은 서부 땅의 역사. 선생님이 죽은 호수를, 그리고 그들을 잉크로 남겨 보존해 줄 것이다.

길 어귀에서 루시는 걸음을 멈춘다. 밤새 양귀비꽃밭이 생겨났다.

어떤 사람들은 이 꽃을 금빛이라고 부르지만 루시는 진짜 금을 봤기 때문에 이 꽃 빛깔이 훨씬 더 화려하다는 걸 안다. 꽃잎에 저녁놀이 들어 있다. 루시는 한 송이, 또 한 송이를 딴다. 꽃다발을 가지고 가서 선생님에게 안목이 있다는 칭찬을 듣고 싶다. 루시가 꽃밭에서 서성이는데 누군가가 리 선생님 집에서 쾅 소리를 내며 나온다. 뻣뻣한 걸음걸이로 분노를 내뿜는다. 선생님처럼 머리 카락 색이 옅은 사람이 아니고 누군지 몰라도 짙은 머리카락에 모자를 낮게 눌러쓴 사람이다. 탄광 사장이거나 짐이거나 아니면 광부 중 누가 돈을 얻으러 온 것일지 모른다. 루시는 얼른 코요테 브러시 뒤에 몸을 숨기려고 아래로 내려간다. 무성한 꽃밭에 감춰진 돌에 발이 걸린다.

처음에는 천천히 그러다 빠르게 — 루시는 떨어진다. 비탈 아래로 굴러 내려가며 조금이라도 몸을 보호하려고 몸을 동그랗게 만다. 흙이 쏟아지고 숨 쉬기가 고통스럽다. 마침내 멈춘다. 입과 턱에 얼얼한 통증. 루시는 위를 보고 눕는다. 시야가 흔들린다. 누가 다가오는 건가? 자기를 일으켜 주려고? 마지막으로 눈에 또렷이 들어온 것은 뺨 옆에서 순진무구하게 흔들리는 꽃잎이다.

잠시 뒤에 정신이 든다. 구리 맛. 턱과 혀에 감각이 없다. 머리를 왼쪽, 오른쪽으로 돌려 본다. 죽 뻗어 있는 손을 본다.

없어졌다.

루시는 뿌리며 줄기가 뽑히든 말든 꽃밭을 마구 헤집는다. 루시가 숨을 헐떡이며 몸을 일으켰을 즈음에는 꽃밭이 흙밭으로 바뀌어 있다. 다친 턱에서 피가 뚝뚝 떨어진다. 여기저기에서 찢어진 꽃잎이 언뜻언뜻 빛나지만 금은 어디에도 없다. 금이 없다. 절대로 떨어뜨리지 않았다. 굴러떨어지는 동안에도 주먹을 어찌나 꽉 쥐었는지 손바닥에 손톱자국도 남아 있다. 안 떨어뜨렸다.

누군가가 가져가지 않았다면.

가다 멈추다 어지러워 비틀거리며 루시는 리 선생님 집 현관까지 간다.

"죄송해요." 선생님이 문을 열자 루시가 우물거린다. "가져왔는데 ― 정말요 ― 선생님 연구에 쓰시라고 ― 어디 갔는지 모르겠어요. 그게 어디에서 나왔는지 알아요 ― 고원이요. 역사가 있어요. 우리가 찾았어요. 물이요. 선생님이 그걸 쓰실 수 있어요. 써주세요. 우린 떠나니까, 선생님이 글로 쓰실 수 있을 거예요."

"무슨 소리를 하는 거야?" 선생님이 말한다. 루시가 선생님 쪽으로 기우뚱하자 선생님이 깜짝 놀라 뒤로 물러선다. 루시의 피가 선생님의 깨끗한 하얀 셔츠에 묻는다. 루시는 껄떡거리는 웃음소리를 낸다. 붉은 방울을 흩뿌린다. 루시 생각이 옳았다. 선생님 옷은 짐마차 길에서 배겨 나지 못할 것이다.

"금이요." 루시의 발음이 뭉개진다. 루시는 입안에서 흙과 피와 섞인 그 말을 선생님이 알아듣기를 빌며 내뱉는다. "저는, 그러니까 저요. 우리요. 선생님이 그걸 쓰면……."

할 말이 바닥난 루시는 그 귀한 흔적을 선생님이 볼 수 있을 거라는 듯 텅 빈 손을 자꾸 내민다.

루시가 다시 깨었을 때 주위에서 마의 냄새가 난다. 빛이 달라졌다. 작은 창문 바깥쪽에 내리던 비가 멎었다.

루시는 마의 매트리스 위에, 보통 마가 얼굴을 대고 쉬는 베개에 얼굴을 묻고 있다. 입에서부터 얼룩이 번져 있다. 붉은색이 갈색으로 변해 간다. 색이 흐릿해지고 더러워지는 재칼의 시간. 어떤 게 현실이고 어떤 게 아닌지 구분하기가 어렵다. 어떻게 여기에 왔지? 선생님의 손이 자기를 들어 올리던 것, 회색 털, 따스하고 단단한 넬리의 목이 기억난다. 선생님이 집으로 데려온 모양이다.

선생님 목소리가 들린다. 또렷한 목소리가 어두운 판잣집을 단호하게 가른다.

"……걱정이 됩니다." 선생님이 말한다. "식구들 모두요."

"제안에 감사드려요." 마가 말한다. 마는 가슴 앞에서 팔짱을 끼고 양손을 겨드랑이에 끼고 있다. 굳은살과 흉터가 있는 맨손 바닥을 감춘다. 집 밖에서는 항상 장갑을 껴서 감추는 손. "댁에서 지내는 건 너무 큰 폐지요. 여기 있어도 안전해요."

"이제 어떻게 하려고요?" 마의 단골 질문을 선생님 입으로 들으니 이상하다. "어머니나 루시는 이보다 낫게 살 자격이 있어요." 선생님이 방을 둘러본다. 짧은 순간이지만 좁은 방을 눈에 담기에는 충분하다. "루시한테 아무것도 없이 자랐다는 말 들었어요. 짐작이 가더군요. 어머니의 영향이 분명합니다. 저는 지금까지 살면서 어머니만큼 도덕적 강단이 뛰어난 분을 만나 본 적이 거의 없어요. 특히 여자분들 중에서는요. 루시한테 제 논문 이야기 들으셨을 겁니다. 저는 특별한 대상을 연구하고 기록하는 걸 필생의 업으로 삼았습니다. 따님도 대단하긴 한데 주목해야 할 주제를 잘못 잡은 게 아닌가 싶습니다."

아녜요. 루시는 말하고 싶다. 통증이 가득해 입을 움직일 수가 없다.

"전 특별한 사람이 아녜요. 그냥 애들을 위해서 하는 거죠. 그래서 다음 아기가 태어나기 전에 떠나려는 거고요."

"길이 안전하지 않아요. 조금 더 있다 가세요. 제 작업도 도와주시고요. 몇 가지 질문에 답만 하시면 됩니다. 수고비도 드릴 수 있고요. 석 달 정도면 될 것 같습니다. 또 혹시라도 안전하지 않다고 생각하시면 —우리 집 문은 언제나 열려 있습니다. 빈방이 있어요. 식구들 전부는 안 되겠지만, 그러면 너무 불편할 테니까. 어머니하고 루시 정도는. 만약 아기가 나올 때가 되면, 제가 의사하고 절친한 사이입니다."

선생님이 한 걸음 다가온다. 눈빛이 열렬하다. 마는 눈을 돌린다. 선생님이 그랬던 것처럼 집 안을 둘러본다. 금이 감춰진 데가 아니라 비가 들이치는 창문에, 검게 변색한 양철에, 씻다 만 그릇에 눈이 머문다. 루시는 마가 어디를 볼지 안다. 루시가 깨끗한 학교나 햇빛이 가득한 응접실에 있다가 집에 돌아올 때마다 저절로 보게 되는 곳들. 그들 집의 어둡고 더러운 곳들. 그들의 수치.

"당신은 아직도 아름다워요." 선생님이 말한다. 마의 눈이 헤매기를 멈추고 선생님에게 고정된다. 선생님이 헛기침을 한다. 선생님은 엄밀함을 중시하는 사람이다. "당신은 **정말** 아름다워요."

루시의 피투성이 입이 바싹 마른다. 루시는 목마름을 느낀다. **무언가** 부족함을. 축축한 집 안에 고인 갈증.

마의 뺨이 붉게 물들었나? 어둠 속에서는 알기 힘들다. "고마워요. 저는 아직 짐 쌀 게 많이 남았고, 선생님도 바쁘시죠. 루시 데려와 주셔서 감사합니다만 오늘은 손님 맞을 상황이 아니네요. 집 안 꼴이 이래서—"

마의 손이 반쯤 싸다 만 짐 위쪽으로 뻗다가 멈춘다. 드러난 손바닥의 푸른 점이 짐승의 얼룩무늬 같다. 마는 손을 다시 감추며 루시가 들어 본 적이 없는 가늘게 떨리는 웃음소리를 낸다.

"제가 너무 오래 붙들었네요." 마가 말하며 동시에 선생님이 말한다. "만져 봐도 돼요?"

마가 문을 열려고 움직일 때 선생님이 손을 뻗는다. 팔이 서로 엇갈린다. 마가 드디어 선생님 어깨 너머로 루시와 눈을 맞춘다. 마의 입이 놀란 듯 벌어진다. 선생님의 행동 때문인지, 자기가 깨어 있는 걸 봐서인지 알 수 없다. 재칼의 시간이고 그림자 가장 자리가 서로 얽혀 혼란스럽다. 선생님이 만진 것은 마의 손이라고 루시는 거의 확신한다. 마의 배 위에 놓인 마의 손. 하지만 순간 다른 여린 부분에 닿았을 수도 있을 것이다.

선생님이 간 뒤에 마는 대야를 들고 와 루시의 턱을 수건으로 훔친다. 피딱지가 상처에서 떨어져 나와 루시의 눈물과 섞인다. 마가 수건을 짜려고 몸을 숙이자 루시는 거울에서 자기 모습을 언뜻 본다. 못생긴 얼굴이 더 찌그러져 있다.

마가 몸을 펴자 거울에 마가 비친다. 하얀 목, 매끈한 머리카락, 힐난처럼.

루시가 말한다. "선생님이 엄마를 좋아하죠."

"과이(乖, 착하지)?" 마가 루시의 뺨에서 눈물을 닦으며 말한다. "조금 있으면 안 아플 거야."

"선생님 말이 맞아요. **엄마는** 아름다워요." 루시는 마나 샘하고는 조금도 닮지 않았다. 마와 샘은 빛이 난다.

"얘기하는 거 들었어?"

루시가 고개를 끄덕인다.

"친절한 사람이야. 너 때문에 엄청 걱정하더라. 즈야오(只要, 그냥) 우리가 환영받는다고 느끼게 하려고 하던데."

그렇지만 지난주에는 루시더러 가 버리라고 했다. "**엄마가** 환영받는다고 느끼게 하려는 거겠죠."

"그래 너는 누가 널 책임지고 돌볼 거라고 생각하니? 니더바(你的爸, 너희 아빠)?" 마의 입에서 침방울이 튀어나온다. "페이화.

바는 언덕에서 너희들 무덤이나 파면서 너희가 굶어 죽도록 내버려 둘 거야."

"바가 금을 찾았잖아요." 루시는 감정을 드러내지 않으려고 애쓰면서 말한다.

"메이춰(沒錯, 맞아). 그렇지만 그걸 지킬 수 있어? 루시 걸, 나도 네 아빠를 좋아하지만, 우리한테는 운이란 게 없어. 이 땅에서는. 오래전부터 알았어."

마의 눈이 다시 집 안을 훑어본다. 해 질 무렵에 노래하는 새처럼 재빠르게. 아무도 보지 못하게, 내려앉은 자리에 흔들리는 풀 말고는 아무 흔적도 없이. 주머니가 감춰진 연통, 주머니가 감춰진 돗짚자리, 너무 작고 얇아서 경첩에 들어갈 만큼 작은 주머니 두 개가 감춰진 찬장. 마지막으로 마는 자기 몸을 내려다본다. 마는 무언가를 가슴골에 밀어 넣는다. 루시가 전에 본 적이 없는 주머니. 크기로 보아 가장 큰 조각이 들어 있는 듯하다.

"너희 선생님 도움은 필요 없을 거야. 그렇지만 그 선택지도 버리지는 말아야지. 니즈다오, 루시 걸, 진짜 부가 뭔지 아니?" 루시가 마의 옷 속에 숨겨진 주머니를 가리킨다. "부두이(不對, 아니야), 뉘얼. 내일이라도 내가 이 금을 써 버리면 다른 사람 것이 되겠지. 아냐──우리는 선택지를 많이 가져야 해. 그건 아무도 뺏을 수 없는 거야." 마가 길고 낮게 한숨을 쉰다. 나중에 루시는 바람이 너무 좁은 틈을 통과하며 신음하는 소리를 들을 때마다 마의 그 한숨을 떠올릴 것이다. "메이관시, 나이 들면 너도 알 거야."

전에도 마가 그런 말을 한 적이 있었다. "아닐 걸요." 루시가 쏘듯이 말한다. "내가 더 예쁘다면 알 수 있을 텐데."

마가 웃는다. 입술, 하얀 치아. 그러다가 웃음이 바뀐다. 마의 입술이 일그러져 잇몸, 한 군데가 깨진 송곳니 두 개, 그 사이 혀끝이 드러난다. 마의 어깨가 구부정해지고 눈이 가늘어진다. 아직도 웃고 있긴 한데 달라졌다.

그러다가 마의 얼굴이 펴진다. 다시 루시가 아는 얼굴이 된다.

"팅워, 루시 걸. 내가 전에 한 말은, 미모가 무기지만 다른 것처럼 지속되지는 않는다는 말이었어. 네가 그걸 사용하겠다면—메이춰, 부끄러운 일은 아니지. 하지만 넌 운이 좋아. 넌 이것도 갖고 있잖아." 마가 루시의 머리를 두드린다. "싱러(行了, 응)? 싱러, 울지 마."

루시는 참을 수 없다. 불어나는 개울처럼, 몇 주 동안 몇 달 동안 고인 것을. 눈물이 점점 격해진다. 루시는 거울로 핏자국을 닦아 낸 턱이 다시 축축이 젖은 걸 본다. 한 방울이 마의 손으로 떨어진다. 루시는 마를 닮지 않았다. 마의 미모를 물려받지 않았다. 그렇지만, 일그러진 거울 속에 닮은 데가 있다. 거울에 비친 마의 모습에는 눈물 한 방울 없어도 루시의 것에 상응하는 슬픔이 있다. 마는 손에 떨어진 루시의 소금을 입으로 가져가 깨끗이 빨아 들인다.

바람

마는 루시에게 짐을 싸다가 스토브에 부딪혀서 다쳤다고 말
하라고 시킨다. 굳이 필요 없는 일이다. 그날 저녁 집에 돌아온 바
와 샘은 헛간 뒤에 숨겨 놓은 새 노새를 끌고 나오고 새 짐마차에
짐을 싣느라 바쁘다.

샘이 마의 흔들의자를 들고 문턱을 넘는데 강풍이 문으로 들
이닥친다. 진노한 바람이 샘을 쓰러뜨릴 듯 불어온다. 내륙에서
온, 물처럼 철썩이는 소리를 내는 바람이다.

어쨌거나 출발한다. 몸을 수그리고 돌풍에 맞선다. 광부들 판
잣집 사이로, 중앙로를 따라, 사람들이 빤히 쳐다본다. 마을 밖으
로 나가는 길에 다다랐는데 길이 물에 잠겼다. 흙탕물이 강처럼
길게 뻗었다. 물바다다.

몇 주 전부터 내륙 쪽 골짜기가 전부 물에 잠기고 한때 사막
이던 곳에 호수가 무수히 생겨났다는 소문이 있었다. 이제 바람이
갈색 물을 여기로 몰고 와 마을로 들고 나는 길을 끊어 버렸다. 간

혀 버린 것이다.

"내일이면 물이 빠질 거야." 전보다 더 암울하게 느껴지는 판 잣집으로 돌아온 뒤에 바가 말한다. 헐벗은 식탁 위에서 도막 양초가 까물거린다. 식탁보, 접시 등 대부분 짐은 짐마차에 실은 채로 있다. "다음 주에는 빠질 거야." 다음 날이 오자 바가 말한다. "날씨가 이런 건 그냥 나쁜 운이야. 지나갈 거야."

마의 눈이 붙잡힌 토끼처럼 멍해진다. 운 이야기가 나오자 마는 고개를 돌린다.

재칼들이 홍수를 따라온다. 재칼이 마을 주위를 맴돌고 재칼 울음소리와 바람 소리가 뒤엉킨다. 사람들 말이 광산이 재칼을 불러들인다고 한다. 광산 일부는 물이 찼는데도 일부에는 다시 불이 붙었다. 그을린 냄새가 바람을 타고 온다. 바만은 재칼을 탓하지 않는다. 강을 말리고 숲을 베고 작은 짐승을 씨가 마를 정도로 잡아 대고 탄광을 만든다고 산비탈을 헐어 흙이 잉크처럼 줄줄 흐르게 만들었기 때문이라고 분개한다. **비쭈이(閉嘴, 입 다물어)**, 마가 쏘아붙인다. 골칫거리를 더 만들지 말라고 한다.

루시는 잠을 잘 수가 없다. 깜박 잠이 들면 잃어버린 금 조각이 꿈에 나온다. 밤마다 다른 장소에서 나타난다. 재칼의 벌린 입 안에, 탄광 사장 모자에 꽂힌 핀에, 자기 얼굴이 그려진 현상 수배 전단 위에, 마의 목 위에 박혀서, 바의 눈이 있던 자리 피가 흐르는 총알구멍 안에서 깜박인다. 루시는 울먹이며 꿈에서 깨어 밤새 문을 지켜본다.

아무도 찾아오지 않는다. 재칼 때문에 사람들이 집 밖으로 나오지 않는다. 갱도가 모두 물에 잠겨 탄광은 기약 없이 문을 닫았다. 바와 마는 어떻게 해야 할지를 두고 말다툼을 한다. 바는 일단 출발해서 짐마차를 끌고 헤엄쳐서 길을 건너자고 한다. 그러나 마는 바람이 참나무를 쓰러뜨릴 정도니 자기들도 날려 버릴 거라고 한다. 마가 말한다. **아기, 아기, 아기.** 곧 아기가 나온다. 언제 나올지 모른다.

결국 다른 사람들과 마찬가지로 기다리기로 한다. 골짜기는 갈색 그릇처럼 부글부글 끓기 시작한다.

공고가 붙는다.

현상 수배

재칼 가죽

현상금 1달러

남자들이 밤에 무리를 지어 언덕 위를 떠돌아다닌다. 한 푼이라도 급한 전직 광부들이다. 샘이 자기도 사냥에 나서겠다고 조르고 떼를 쓰자 결국 마가 소리를 지르며 샘의 팔을 흔든다. **왜 여자애가 가만히 있지를 못하니?**

그 많은 남자들이 사냥에 나섰는데도 재칼 수는 점점 늘어난다. 울부짖는 소리에 귀가 멍멍하다. 구름이 너무 짙어 하늘이 조각난 것처럼 보이고 바람이 휘몰아치고 공기는 막 터질 듯한 북처럼 팽팽하다. 비는 아직 쏟아지지 않고 있지만. 아이들은 집 밖에 있지 말라고 주의를 듣는다.

판잣집 안 공기가 텁텁하다. 샘은 갇혀 있자니 답답해서 불쑥 불쑥 움직인다. 발꿈치로 벽을 쾅쾅 차거나 몇 시간씩 뭔가를 쫓아 계속 빙빙 돈다. 마는 야단도 치지 않는다. 샘을 말릴 방법이 없고, 샘 아니라도 아기도 발차기를 해 대니까. 마는 종일 드러누워 아기에게 말을 한다. 계속 자고 있으라고 달랜다. 안에 있으라고.

바는 식료품 가격이 천정부지로 치솟았다는 소식, 더러운 시냇물을 먹고 사람들이 앓는다는 소식을 갖고 돌아온다. 광부들이 호텔 앞에 암울한 몰골로 줄을 선다. 현상금을 내건 사람이 호텔 주인이었다. 가죽 값을 받은 사람은 아직 아무도 없다.

그리고 아이 하나가 잡혀간다.

바와 마가 작은 소리로 속삭인다. 자세한 이야기는 하지 않으려 한다. 아이들이 들으면 안 되는 이야기라고, 루시와 샘이 나쁜 꿈을 꾸길 바라지 않는다고 한다. 루시는 지금 자기가 꾸는 꿈도 끔찍하다는 말은 하지 않는다.

그날 밤 어떤 남자가 울부짖는 소리를 내고 재칼들도 따라 운다. 어찌나 구슬픈지 자식을 잃은 게 재칼들인가 싶을 정도다.

피

　　루시는 전에도 그랬기 때문에 이번에도 재칼을 이겨 낼 수 있으리란 걸 안다.

　　마을에서 마을로, 탄광에서 탄광으로 옮겨 다니던 어느 날 밤, 길 위를 가로질러 마치 편지처럼 줄줄이 놓여 있는 똥을 맞닥뜨렸다. 아직 김이 날 정도로 갓 눈 똥이었다. 늙은 노새가 휘청거렸다. 다리 부러지는 소리가 밤공기를 갈랐다.

　　노새 목에서 가느다란 울음이 터져 나왔다. 삼 년 동안 데리고 있었는데 단 한 번도 울음소리를 내지 않은 순한 짐승이었다. 노새의 눈이 돌아가다가 루시에게 머물렀다.

　　그들은 계속 갔다. 나머지 한 마리 노새는 헉헉거렸지만 공포 때문에, 가벼워진 무게 덕에 더 빨라졌다. 비상식량은 풀밭에 버렸다. 재칼 울음소리가 점점 가까워지다가, 멈췄다. 침묵이 울음소리보다 더 끔찍했다. 그들은 서둘러 달렸다.

비가 내리기 시작한 첫날, 구름이 열리고 어린아이 뼈가 불어난 개울에 떠오른 날, 판잣집에 들이닥친 재칼들은 루시가 생각했던 재칼이 아니다.

사람에 가깝게 보인다. 한 사람은 갈색 수염을 길렀고 다른 사람은 잡혀간 여자아이 머리카락처럼 붉은 수염이다. 반쯤 낯익은 얼굴이다. 아마 탄광에서 새벽 어둑한 빛 속에서 여남은 번은 본 사람들일 것이다. 어깨에 얹은 가죽만 짐승 가죽이다. 축축하고 썩은 냄새를 풍긴다.

사람처럼, 총을 들고 있다.

바가 권총을 집기 전에 문을 쾅 열고 들어온다. 빗소리 때문에 다가오는 소리를 듣지 못했다. 갈색 재칼이 바에게 의자에 앉으라고 명령한다. 붉은 재칼은 루시와 샘을 스토브 쪽으로 몰고 간다. 매트리스 위에 담요를 겹겹이 덮고 누워 있는 마의 존재는 알아차리지 못한다.

"뭐 좀 먹고 싶은데." 갈색이 말한다.

야생 동물이 이렇게 예의 바르게 말할 수 있다니 이상하다. 리 선생님 응접실에 찾아온 손님 같다. 붉은 재칼이 팬과 접시를 쳐서 스토브에서 떨어뜨리자 바가 욕설을 내뱉는다. 붉은 재칼은 차갑게 식은 냄비에 손을 넣어 연골을 씹다가 기다란 뼛조각을 바닥에 뱉는다. 입에서 음식물 덩어리가 흘러 루시와 샘 위로 떨어진다.

샘의 작은 가슴에서 우르르 폭풍을 예고하는 소리가 난다. 루시는 샘의 팔을 꽉 붙든다. 샘이 성급한 짓을 하지 못하도록.

"나눠 먹을 만큼 넉넉한 것 같은데." 갈색이 식량을 뒤져 보며 말한다. 감자, 밀가루, 라드, 유죄의 증거. "다들 굶고 있는데 옳지 않은 일이야. 우리는 다 일자리를 잃었는데 너희들은 편안하고 풍족하게 있다니 옳지 않아. 먹을 게 없어서 금이라도 찾으라고 식구들을 다 내보냈어. 그것에 대해 뭔가 알고 있는 것 같던데."

바가 욕설을 멈춘다.

"내 딸이 나갔다고." 붉은색이 깨진 유리 같은 목소리로 소리를 지른다. 팔로 반쯤 열린 문을 가리킨다. 늑장을 부리던 비바람이 잿빛 비말을 흩뿌린다. 학교 운동장의 아이들처럼 성난 침을 뱉는다. 빨강 머리 여자아이가, 괴롭히기에 싫증이 나기 전까지 루시에게 침을 뱉었던 것처럼. 붉은 재칼의 시선이 루시의 생각을 읽기라도 한 듯 루시를 꿰뚫는다.

"안타까운 일이야." 갈색이 바의 다친 다리를 라이플 총구로 누르면서 말한다. "우리가 찾아낸 금 조각이 어디에서 왔는지 알기만 했다면 그런 일은 없었을 텐데. 내 동생 딸이 여기저기 돌아다닐 필요도 없었을 테고."

바는 입을 열지 않는다. 샘이 그대로 물려받은 고집 — 바는 절대로 말하지 않을 것이다.

"이에는 이가 공평하겠지." 갈색 재칼이 말한다. 혼란스러운 침묵이 공기를 짓누르다가 붉은 재칼의 광기 어린 눈이 샘에게 꽂히는 것을 보고 루시는 알아차린다. 반짝반짝 빛이 나는 샘.

루시는 아무 말도 하지 못하지만 다리가 움직인다. 루시의 잘못이었다. 루시가 소중한 것을 집 밖으로 가지고 나간 것이다. 루시가 한 걸음을 뗀다. 두려움으로 몸이 굳어 반걸음쯤밖에 못 움직인다. 그것으로 충분하다. 붉은 재칼이 샘 대신 루시를 잡는다.

붉은 재칼이 루시를 문으로 끌고 가는 걸 보고 바의 얼굴이 분노와 두려움으로 갈라진다. 어떤 게 이길 것인가, 바가 입을 열

것인가 루시는 알 수 없다. 영영 알 수 없을 것이다. 샘이 붉은 재칼에게 달려들어 그가 뱉은 뼛조각으로 찔렀기 때문에.

재칼이 비명을 지르며 루시를 놓는다. 대신 샘을 잡는다.

샘은 몸집이 작고 날래고 황금빛 들판에서 나날을 보내 갈색 팔다리가 튼튼하다. 붉은 재칼이 칼을 휘두르자 샘은 몸을 숙이며 춤을 춘다. 갈색 재칼이 총을 들지만 동료가 맞을까 봐 쏘지는 못한다. 샘의 눈이 맞은편에 있는 루시의 눈과 마주친다. 어처구니없게도 샘이 씩 웃는다.

그때 붉은 재칼이 잡는다. 샘의 팔이 아니라, 길게 자란 검은 머리카락을.

바가 소리를 친다. 루시가 비명을 지른다. 그러나 재칼들이 돌아보는 건 세 번째 목소리다. 차갑게 식은 방 안을 들불처럼 뜨겁게 쓸고 가는 목소리.

"멈춰." 마가 천천히 몸을 일으킨다. 마의 몸에서 담요가 떨어진다. 거대한 배가 언덕이 살아나는 것처럼 움직인다. 그러더니 마는 바에게, 오직 바만을 향해서 말한다. "바진게이타먼. 니파펑러마? 야오쨔오구하이즈. 루궈워먼쟈런안촨, 나쥬쭈거우러(爸金给他们. 你发疯了吗? 要照顾孩子. 如果我们家人安全, 那就足够了. 금 줘. 미쳤어? 애들을 지켜야지. 가족이 안전하면 그걸로 됐어)."

나머지 사람들은 알아들을 수 없는 말이다. 너무 빨라서 비가 후드득 쏟아지고 바람이 몰아치는 소리처럼 아무 뜻이 없는 것 같다. 루시는 그동안 마가 자기들에게 들려주었던 그 언어의 토막들은 장난에 불과했다는 걸 처음으로 알아차린다.

바의 얼굴이 무너져 내리고 어깨가 처지는데 붉은 재칼이 마에게 성큼 다가가 입술이 터질 정도로 세게 뺨을 친다.

"제대로 말해." 남자가 날카롭게 말한다.

조용히 마는 가슴팍에 손을 넣는다. 옷 안에 있는 주머니에서 구겨진 손수건을 꺼내 피가 흐르는 입에 댄다. 마가 피가 묻은 천을 입에서 떼자 입은 꾹 닫혔고 얻어맞은 오른쪽 뺨은 다람쥐처럼 부풀어 있다.

마는 더 아무 말도 하지 않는다. 돈을 어디 숨겼냐고 물을 때도, 바의 혀를 잘라 버리겠다고 할 때도, 짐 꾸러미를 자르고 옷을 찢을 때도, 트렁크 안에 있던 약병을 깨 버릴 때도. 그 달콤하고 씁쓸한 냄새가 재칼의 악취와 뒤섞인다. 마는 그들이 감춰진 주머니를 찾아냈을 때도, 나머지도 찾으려고 판잣집과 짐마차를 뒤집어 놓을 때도 아무 말 하지 않는다. 마는 그들을 쳐다보지도 않는다. 바나 샘이나 루시를 보지도 않는다. 마는 열린 문 밖을 보고 있다.

마지막으로 재칼은 식구들을 한구석에 몰아 놓고 몸을 뒤져 금을 찾는다. 마의 옷을 벗기고 더듬는다. 마는 다시 해가 되고 달이 되었다. 벌거벗은 몸에서 나오는 끔찍한 빛을 중심으로 하루가 돌아간다. 재칼은 마의 가슴 사이에서 주머니를 꺼내 뒤집어 본다—텅 비어 있다. 바는 그 광경이 눈이 부신 듯 눈을 감는다.

"언덕에 더 있어." 그날 밤 폐허에 앉아서 바가 말한다. 멀쩡한 매트리스도, 담요도, 베개도, 약도, 접시도, 음식도, 금도 없다. 새로 산 노새와 짐마차도 뺏겼다. 이곳에 여섯 달 가까이 있었는데 처음 왔을 때보다 더 가난해졌다. "더 찾으면 돼. 시간만 더 들이면 돼, 친아이더. 여섯 달 더 걸릴 수도 있고. 어쩌면 일 년 걸릴 수도 있고. 아기가 아직 어릴 테니까."

마는 여전히 말이 없다.

그날 찢어진 매트리스 두 개를 끌어와서 하나로 합쳐서 네 사람이 같이 잔다. 루시와 샘은 가운데 붙어 있고 마와 바가 양쪽 옆에 눕는다. 마는 루시 반대쪽을 보고 있어 마의 등이 긴 폐색전선처럼 보인다. 그날 밤에는 속삭이는 소리도 없다.

다음 날 비바람이 더욱 사나워지는 와중에 루시는 할 수 있는 한 망가진 것을 짜 맞추고 뜯어진 데를 깁고 만들 수 있는 음식을 만든다. 어둑한 구석에서 꺼낸 돼지 껍질, 바닥에서 조심스레 떠 담았지만 모래가 씹히는 밀가루.

샘도 거든다. 시키지도 않았는데 청소를 하고 짐을 쌓고 먼지를 털고 물건을 정리한다. 샘의 몸이 움직이는 소리가 씩씩하게 말을 한다. 그 소리를 빼면 판잣집 안은 고요하다. 마는 모로 누워 있다. 부풀어 올랐던 뺨이 가라앉았는데도 아무 말이 없다. 바는 계속 서성인다.

그리고 다시, 문 두드리는 소리.

이번에는 바가 손에 권총을 쥔 채 문을 연다. 문고리에 걸린 종이 한 장 말고 아무것도 없다. 어두운 형체가 빗속으로 서둘러 사라진다.

루시가 단어를 소리 내어 읽는다. 한 문장 읽을 때마다 목소리가 줄어든다.

새로운 법령이 공포되었다. 마을에서 이미 승인이 되었고 다른 지역에서도 발의될 예정이라고 한다. 글을 읽는 동안 바는 공연히 화를 낸다. 찢어진 종이를 다시 찢는다.

재칼들의 힘은 그들이 훔쳐 간 금에, 그들의 총에 있는 게 아니다. 그들의 힘은 루시 가족의 미래를, 아직 캐내기도 전에 앗아 가는 이 종이에 있다. 언덕에 금이 흘러넘친다 하더라도 그들의 것은 하나도 없다. 손으로 꽉 쥐어 봐야, 목구멍으로 삼켜 봐야, 그들의 것이 될 순 없다. 이 법이 이 지역에서 태어나지 않은 사람에게서 금이나 땅에 대한 권리 전부를 빼앗는다.

여러 해 전 짐마차가 공격받았을 때 어떻게 살아남았나?
살아남은 게 아니었다. 적어도 모두 살아남지는 못했다. 다친 노새를 남겨 두었고 쏘지도 묻지도 않았다. 그때는 마도 은이나 물이 필요하다는 말을 안 했다.
"볘칸(別看, 보지 마)." 도망치면서 마가 말했다. 그래도 루시는 돌아보았다. 재칼 무리가 다가오면서 어둠 속에서 여남은 개의 바늘구멍 눈이 빛났다. 살아 있는 노새가 미끼였다. 희생물이었다. 루시는 그건 견딜 수 있었다. 죽은 동물은 무수히 봤으니까. 루시가 몸서리친 것은 마가 고개를 꼿꼿이 들고 있는 모습 때문이었다. 다른 식구들은 모두 충직한 노새를 돌아보았지만 마만은 자기가 내린 지시를 따랐다. 마는 입술을 깨물었고 이가 피로 붉게 물들었다. 아마 아팠을 것이다. 그러나 마는 아픈 기색을 조금도 드러내지 않았고 한 번도 돌아보지 않았다.

물

비바람이 몰아친 지 사흘째에 아기가 태어났다.

태고의 호수의 자손인 작은 개울은 자기 유래와 성쇠를 기억한다. 비가 내리기 시작할 때 골짜기에서 자던 사람들은 같은 꿈을 꾼다. 빛을 가릴 정도로 빽빽한 물고기 떼. 나무보다 키가 큰 바다풀.

골짜기 가장자리 지대가 높은 곳에서, 망가진 매트리스 위에서 마는 몸부림을 친다. 여섯 달 동안 바는 아기의 고집스러운 성질을 칭찬했다. 그래야 사내애라면서. 지금은 그걸 저주한다. 바가 마의 손을 잡는다. 마는 고통스러운 눈으로 바를 본다. 눈이 하도 번들거려 증오처럼 보인다.

바가 의사를 부르러 나간다. 마의 배가 들썩이는 걸 보더니 샘도 나간다. 헛간에서 연장을 가져와야겠다느니 어쩌니 하면서.

"루시 걸." 둘만 남았을 때 마가 끙끙거리며 말한다. 눈이 뒤로 돌아가고 이가 일그러진다. 재칼들이 간 뒤에 마가 처음으로 입을 연다. 마의 뺨이 다친 적도 없었던 것처럼 빨리 나았는데도 마는 한마디도 하지 않았다. "말해 봐. 정신을 딴 데 돌릴 수 있게. 아무 말이나." 마의 배가 출렁인다. "숴(说, 말해)!"

"제가 그랬어요." 루시는 용기를 잃기 전에 입을 연다. "집에 서 금을 갖고 나갔어요. 선생님한테 보여 드리려고, 연구에 도움 이 되라고요—다시 가져올 생각이었어요—아주 작은 조각이었 어요—그런데, 그런데, 넘어져서 잃어버렸어요."

전에도 숱하게 그랬듯 마는 루시의 비밀을 침묵으로 받는다.

"그러니까," 루시가 끔찍한 적막 속으로 속삭인다. "집에 온 사람들이 가져간 것 같아요. 누군가를 봤어요. 굴러떨어질 때. 전 부 제 잘못이에요."

마가 웃기 시작한다. 기쁨보다는 분노에 가까운 웃음, 모든 걸 소모하는 듯한 웃음. 루시는 다시 불을 떠올린다. 뭐가 타고 있 는 걸까?

"볘관." 마가 말한다. 마는 숨을 고르더니 처음 아기 때문에 아파 구역질을 했을 때처럼 목구멍에서 경련을 일으킨다. "상관 없어, 루시 걸. 누구 잘못이든 뭔 상관이야? 그 사람들 전부 우릴 미워하는데. 운이 나빠서 그런 걸 자책하지 마, 부넝(不能, 그러면 안 돼). 이 거우스(개똥) 같은 땅에서는 그런 게 정의라니."

마는 망가진 문, 그리고 그 너머를 가리킨다. 집집마다, 불 켜 진 창문마다 얼굴 없는 사람들이 도사리고 있는 언덕을. 마의 증 오는 그 모두에게 미치고 남을 만큼 크다.

"죄송해요." 루시가 다시 말한다.

"헌쥬이첸(很久以前, 옛날에) 나는 본의 아니게 더 심한 짓을 했어. 어릴 때 나는 모든 사람을 위해 옳은 일이 뭔지 안다고 생각했지. 널 보면 내 생각이 나. 배 속에 화가 가득한."

하지만 그건 샘이다. 루시는 화를 내지 않는다. 루시는 착하다.

"가오쑤워, 루시 걸, 똑똑한 애야, 그 사람들이 왔을 때 너희 바가 왜 내 말을 듣지 않았을까? 난 계속 그 생각을 했어. 즈야오 주머니 몇 개 줘 버리면 우릴 내버려 뒀을 텐데. 그자들이 어떤 인간인지 알아. 게으른 인간들. 너는 내가 하는 말 들었지, 두이부두이?"

마가 루시의 손을 쥐어짠다. 루시는 비참한 심정으로 이렇게 말할 수밖에 없다. "너무 빨리 말해서요. 못 알아들었어요."

마가 눈을 깜박인다. "못 — 알아들었다고? 워더뉘얼(我的女儿, 내 딸). 내 딸이 내 말을 못 알아듣다니."

다시 고통이 파도처럼 닥쳐와 마의 몸이 주먹처럼 오그라진다. 몸의 긴장이 다시 풀렸을 때는 마의 목소리에 확신이 없다.

"메이웬티," 마가 헐떡인다. "지금도 늦지 않았어. 이딩 좋은 학교에 보낼 거야. 집에 가서."

"아니면 — 마, 동부로 가면 어때요? 리 선생님이 거기에는 더 좋은 학교가 있대요. 문명화됐대요. 전 이미 책 몇 권을……."

번개가 번쩍인다. 한 번, 두 번 연달아. 번개가 지나간 다음 루시는 빛에 얼얼해진 눈을 깜박인다. 방은 더 어둑해지고 마의 얼굴도 어둑하다. 분노는 사라졌다. 남아 있는 것은 마의 미모를 늘 쫓아다니는 슬픔이다. 마의 아픔.

"너를 사로잡았구나." 마가 말한다. 마의 손가락이 루시의 손으로 파고든다. "이 땅이 너랑 네 동생 둘 다 제 것으로 삼아 버렸어. 스마(是嗎, 그렇지)?"

그건 바가 하는 말이다. 재칼과 그들의 법은 다른 말을 한다. 루시는 다른 곳에는 살아 본 적이 없는데 어떻게 알겠는가? 대답할 수가 없다.

"아파요, 마." 마의 손은 바의 손보다 작다. 장갑을 끼면 섬세하고 여리다. 그렇지만 아귀힘은 더 세다. "아파요!"

"니지더(你记得, 기억나), 우리가 너희 선생 만나러 갔을 때 네가 뭐라고 했는지?" 마가 루시의 손을 놓는다. 마는 드레스 안에 있는 주머니를 움켜쥔다. 이제는 비어 있을 텐데도, 재칼이 그 안에서 아무것도 못 찾았는데도, 마는 그 주머니에서 위안을 얻는 듯하다. "혼자 가고 싶다고 했지. 네가 말했어. 엄마 도움 필요 없다고—" 마의 목소리가 갈라진다. 마가 루시의 뺨을 쓰다듬는다. 너무나 익숙해서 루시가 앞으로 오랫동안, 눈만 감으면 떠올릴 수 있을 손길. 마는 루시를 한참 붙잡고 있다가 놓아준다. 헛간에서 쿵 하는 소리가 난다.

"가서 샘 거들어." 마가 말한다. "리카이워, 뉘얼(离开我, 女儿, 혼자 있게 해 줘, 딸)."

그게 마가 루시에게 마지막으로 한 말이다.

바가 의사 없이 혼자 돌아왔을 즈음 마는 말을 잃었다. 루시와 샘이 땀과 이상한 물에 젖어 축축해진 매트리스 옆에 무릎을 꿇고 앉아 있지만 마에게는 그들이 보이지 않는다.

바가 울부짖는다. 루시와 샘을 헛간으로 끌고 가 거기에 있으라고 한다. 두 아이는 추워서 끌어안고 잠이 든다. 꿈속에서 바람이 울부짖는다. 그리고 마는—

말이 안 되는 빛에 눈을 뜬다.

루시가 일어선다. 헛간 지붕이 없어졌다. 아래쪽 골짜기에는 호수가 생겼다. 개울이 없어지고, 다른 광부들 판잣집도 사라졌다. 남쪽으로 지붕만 보인다. 사람들이 지붕 위에 앉아 있다. 루시가 사는 판잣집, 다른 집들과 동떨어져 아무도 원하지 않는 가장자리에 자리 잡은 그들의 집만 물에 잠기지 않았다.

그때 바가 걸어와 그들에게 손을 뻗는다. 바의 가슴에서는 붉은 냄새가 난다. 진흙, 피.

"아기는 죽은 채로 나왔어. 내가 묻었다. 너희 엄마도──"

루시가 입을 연다. 이번에는 바가 **다쭈이**라고 하지 않는다. 조용히 하라고도 하지 않는다. 바가 손으로 루시의 입을 막는다. 두 사람 다 호수 물처럼 고요하다. 바 손의 굳은살이 루시의 이에 닿는다.

"한마디도 하지 마. 아무것도 묻지 마. 팅워?"

바가 그들을 호숫가로 데려간다. 바가 둘을 거칠게 물속으로 밀어 넣는다. 샘이 공포가 서린 표정으로 거품을 내며 손을 휘젓는다. 루시는 쉽게 물에 뜬다. 속이 비어 있으므로. 루시가 샘을 도와준다. 바는 보고 있지 않다. 바는 물속으로 들어가더니 한참, 아주 한참 동안 나오지 않으면서 어떤 교훈을 준다. 아마도 생존에 대한. 혹은 공포에 대한. 혹은 기다림. 무엇인지 바는 말하지 않는다.

마침내 바가 물을 줄줄 흘리며 밖으로 나왔을 때 바는 다른 사람이 되어 있다. 루시는 몇 주가 더 지나고 주먹이 나오기 전에는 알아차리지 못한다.

폭풍이 몰아친 사흘 동안 잃은 것:
헛간 지붕.
옷.
아기.

약.

이야기책 세 권.

바의 웃음.

바의 희망.

탐광 장비.

집 안에 있던 금.

언덕에 있는 금.

금과 관련된 모든 이야기.

마.

그리고 당시에는 몰랐지만 샘의 여자인 면도 그때 사라진다. 완벽하게 깨끗이 씻겨 내려간다. 마의 시신이 사라진 것처럼 사라진다. 호수에서 헤엄쳐 나온 샘은 긴 머리카락을 짜서 말리지도 수백 번 빗질하지도 않는다. 잘라 버린다. **상중(喪中)이니까**. 샘이 말하지만 샘의 눈은 반짝인다. 깨끗하게 씻긴 해가 샘의 바싹 깎은 머리에서 매섭게 빛난다. 남동생을 잃은 날, 다른 남동생이 생겼다. 그날 밤이 샘이 태어난 날이었다.

3부

XX42/XX62

바람 바람 바람 바람 바람

　루시 걸.

　이 언덕에서 해가 가라앉고 너도 가라앉고 있구나. 요새 너와 샘이 도망 다니면서 느낄 뼛속 깊은 피로감이 어떤 것일지 나도 안다. 뒤에서 헐떡이며 쫓아오며 어둠 속에서 발톱을 뻗는 과거로부터 도망친다는 게 어떤 건지도 안다. 나는 냉정한 사람이 아니야, 너는 어떻게 생각할지 모르겠지만.

　루시 걸, 나도 네 삶을 편하고 쉽게 만들어 주고 싶었다. 그렇지만 내가 그렇게 했다면 세상이 너를 이 버펄로 뼈처럼 갉아 먹어 버렸을 거야.

　지금 나한테 주어진 시간은 밤 시간뿐이고 목소리라고는 이 바람 소리밖에 없구나. 해가 뜰 때까지는 너에게 이야기를 할 수 있겠지. 아직 너무 늦지 않았어.

　루시 걸, 지금 할 만한 가치가 있는 이야기는 하나뿐이겠지.

이 지역 사람은 누구나 한 남자가 강에서 금을 발견했고 그래서 온 나라가 크게 숨을 들이마셨다가 내뱉어 그 숨결을 타고 짐마차들이 서부를 뒤덮게 된 해가 언제인지 알지. 너도 그 일이 '48년에 시작됐다는 말을 수도 없이 들었을 거야. 그런데 사람들이 그런 소리 하는 걸 들으면서 한 번이라도 왜 그 이야기를 하는지 궁금해한 적 있니?

너를 따돌리려고 하는 이야기야. 자기 걸로 삼으려고, 네 것이 아니라 자기들 것이라고 주장하려고 하는 얘기야. 우리가 너무 늦게 왔다고 말하려고. 그들은 우리를 도둑이라고 불렀어. 이 땅은 결코 우리 땅이 될 수 없다고 했어.

너는 글로 쓰인 걸, 선생이 읽어 주는 걸 좋아하지. 네가 깔끔하게 정리된 걸 좋아한다는 것 알아. 그렇지만 이제 너도 진짜를 알 때가 되었다. 그게 고통스러울지라도, 적어도 그 이야기를 통해 더 단단해질 수 있을 테니까.

그러니까 들어 봐. 못 견디겠다면 그냥 귓가에 불어오는 바람이라고 생각해. 하지만 네가 내 시신을 묻기 전까지는 이 밤의 주인은 나인 것 같구나.

네 책에 적힌 역사는 순전한 거짓이야. 그 남자가 금을 찾아낸 게 아니라, 지금 네 나이하고 같은 나이의 어린아이가 찾았어. 열두 살이었지. 그리고 '48년이 아니라 '42년이었어. 금을 찾은 사람이 바로 나라서 안다.

그게, 처음으로 금을 만진 사람은 빌리라고 해야겠다. 빌리는 나하고 가장 친한 친구였어. 아마 마흔 살쯤 되었을 어른이었는데 나이를 짐작하기 어려웠고 빌리도 나이 이야기는 안 했어. 요즘 사람들이라면 빌리를 잡종이라고 불렀겠지. 엄마는 인디언이고 아빠는 남쪽 사막에서 온 몸집이 작고 거무스름한 바케로였어. 그래서 빌리한테는 이름이 둘 있었지. 하나는 보통 사람들이 발음할 수 없는 이름, 하나는 발음할 수 있는 이름. 피부색은 갓 벗겨 낸 만자니타 나무껍질 같았지. 빌리가 강에서 맨손으로 고기를 잡는데 팔뚝에서 빛이 나는 거야.

무언가가 빌리의 검붉은 피부 위에서 물고기 비늘보다 더 눈부시게 반짝거렸어. 나는 소리를 쳤지.

빌리가 나한테 예쁜 노란색 돌을 줬어. 너무 물러서 쓸모가 없고, 나는 반짝이는 돌을 갖고 놀기에는 너무 커 버렸으니 그냥 손에서 놓아 버렸지. 물속으로 굴러떨어지면서 햇빛을 받았는데 빛줄기가 내 눈에 박혔어. 몇 분 뒤에는 언덕 여기저기에서 반짝이는 게 보였어.

금이 나한테 한 눈을 찡긋한 거라고 맹세할 수 있어. 내가 모르는 걸 알고 있다는 듯이.

그해가 '42년이었어. 내가 살던 야영지에서는 '42년이니 뭐니 그런 말은 하지 않았지만. 우리가 사는 언덕을 서부라고 부르지 않았던 것처럼. 무엇의 서쪽이길래? 거긴 그냥 우리 땅이고 우린 그냥 사람들이었어. 우리는 바다에서부터 반대편 산맥까지 오가면서 살았지.

내가 자라난 야영지에는 빌리들이 많았어. 그 말인즉슨 늙고 조용하고 이름이 둘 이상인 사람이 많았다는 뜻이야. 그 사람들은 지난 일을 이야기하길 좋아하지 않았지. 내가 주워들어 짜맞춘 바로는 서너 부족에서 떨어져 나온 사람들이 합해진 무리였어. 다른 사람들이 더 나은 사냥터를 찾아 떠날 때 고집 때문에 혹은 떠날 기력이 없었기 때문에 남은 노인들이나 불구자들이었어. 그 사람들이 어릴 때 목사가 찾아와서 새 이름을 주었대. 그리고 병을 옮겨서 사람들 절반이 죽어 버렸고. 그 목사가 공용어도 알려 주어 그걸 그 사람들이 나한테 가르쳤어. 거기 사는 사람들은 하나같이 낙오자, 버림받은 사람들이었지. 너희 엄마가 어울리지 말아야 한다고 생각하는 사람들. 그 사람들한테 깨끗한 수건 한 장도 없다는 건 맞아. 하지만 다정함이 있었지. 깊은 피로감이 다정함처럼 느껴졌을 수도 있지만. 파괴를 목격한 사람이 너무 많았어.

그래도 내가 자랄 때는 언덕이 풍요로웠어. 우기에는 양귀비 꽃이 피고 건기에는 통통한 토끼가 뛰어다니고. 만자니타 열매, 야생 수영, 쇠비름, 강바닥에 남은 늑대 발자국. 주위에 푸른색이 없을 때가 없었지. 내가 어떻게 거기에 가게 되었는지에 대해서는—나는 다른 사람들 과거도 몰랐지만 내 과거에 대해서도 아는 게 없었어. 사람들이 바닷가로 먹을 것을 구하러 갔다가 날 발견했대. 태어난 지 몇 시간밖에 안 된 갓난아기가 혼자 울고 있고 부모는 내 옆에 죽어 있었다고. 옷에 바닷물 소금기가 있고.

빌리한테 죽은 사람은 말을 못 하는데 우리 엄마 아빠인지 어떻게 알았냐고 물은 적이 있어. 빌리가 내 눈을 건드리더라. 그러더니 자기 눈 가장자리를 잡고 가늘게 찢었어.

그래, 루시 걸. 나도 너처럼, 나하고 비슷하게 생긴 사람들 사이에서 자란 게 아니야. 그렇다고 그걸 핑계로 삼지는 마라. 나한테 아빠가 있다면 평소에는 나를 따스하게 감싸 주고 가끔은 땀이 나도록 때린 해가 아빠겠지. 나한테 엄마가 있다면 내가 드러누워 잘 때 나를 폭 안아 준 풀이 엄마겠지. 나는 이 언덕에서 자랐고 언덕이 나를 키웠어. 시내와 바위, 키 작은 참나무가 한 덩이처럼 보일 정도로 빽빽하게 덮었는데도 나는 들여보내 주던 골짜기. 나는 마르고 날래서 나무 틈새로 빠져나가고, 가지가 얽힌 녹색 천장 아래 공간을 뚫을 수 있었어. 나한테 민족이 있다면, 빛을 반사하는 못에서 볼 수 있었지. 물이 어찌나 맑은지 이 세상하고 정확히 똑같은 세상이 거기 비쳤어. 언덕과 하늘, 나하고 똑같은 눈으로 쳐다보는 아이. 나는 내가 이 땅에 속한다는 걸 알고 자랐어, 루시 걸. 너하고 샘도 마찬가지지. 네 외양이 어떻든 간에. 어느 누구든 역사책을 들고 너한테 다른 소리를 하게 하지 마라.

이야기가 딴 데로 샜구나. 네가 어릴 때는 예쁜 이야기들만 들려줬지만, 이제 그런 이야기만 하고 있을 필요는 없겠지.

이제 상황이 달라졌지. 너 내가 모질다고 생각했니? 이제 너도 진실을 알지. 세상은 훨씬 더 모질다는 것 말이야. 불공평하지만, 너와 샘은 몇 년에 걸쳐 천천히 어른이 될 수는 없을 거야. 어쩌면 오늘 밤 동안에, 어쩌면 지금 내가 하는 이야기를 통해 자라야 할지도 모르겠다.

몇 해가 흘렀고 그 노란 돌은 거의 잊었어. 그러다 '49년 어느 날 쿵 하는 소리에 눈을 떴어. 먼지구름이 일고 우리 야영지 옆 강이 갈색으로, 검은색으로 바뀌었지. 어느 날 일어나 보니 짐마차를 타고 사람들이 몰려오고 나무가 쓰러지고 건물이 생겼어. 우리 야영지의 노인들은 너무 늦을 때까지 계속 등을 돌리고 있었어. 물고기도 사냥감도 먹을 것도 없어질 때까지. 싸우느니 사라지는 편을 택했어. 몇몇은 남쪽으로 갔고 몇몇은 산을 넘어갔고 몇몇은 풀밭에서 뒹굴며 죽음을 기다렸지. 너무나 많은 파괴가 있었어.

빌리만은 나와 같이 남았어. '42년에 그랬던 것처럼 우리는 물속에서 돌아다니며 금을 찾았어.

너무 늦었지. 찾기 쉬운 금은 이미 싹 쓸어 가 버렸으니. 남아 있는 금은 수많은 사람과 다이너마이트를 수레로 동원해야만 캘 수 있었어. 우리는 술집에서 접시 닦고 청소하는 일을 구했어. 빌리한테 글을 배워 둔 게 도움이 됐지.

'49년에 눈을 떠 보니 내 머릿속에는 금에 대한 꿈밖에 없는 형국이었지. 칠 년 전에 반짝이며 내 손가락 사이로 미끄러져 사라진 것. 시간이 날 때마다 접시로 흙을 일었어. 부스러기 몇 개를 찾았지만 아무 가치가 없는 것이었어.

채금업자가 광부들을 얼마나 혹독하게 굴리는지 봤어. 남자들이 다이너마이트에 다리를 잃고 바위 아래에 깔렸지. 서로 총을 쏘고 훔치고 칼로 찌르고, 먹을 게 없을 때는 굶었어. 매달 수십 명이 다시 동쪽으로 돌아갔지. 하지만 수백 명이 다시 와서 그 자리를 채웠어. 몇몇은 돈을 벌었고 그 사람들도 채금업자가 됐어.

그러다가 '50년 어느 날 밤 술집에서, 가장 큰 광산을 가진 채금업자가—가장 뚱뚱하고 가장 부유한 사람이기도 했어—나를 불렀어.

"너. 이리 와. 아니, 너 말고. 너, 젊은 애—눈 이상한 애."

빌리는 같이 가지 않으려 했어. 나 혼자 갔지.

"그 눈으로 보이나? 아님 너 반푼이야?"

가까이 가서 보니 채금업자가 엄청나게 뚱뚱하긴 해도 나하고 나이 차이는 그다지 많이 안 난다는 걸 알 수 있었어. 그 사람에게 나는 반푼이가 아니라고, 주먹을 등 뒤에 감춘 채 말했지. 그해에 나는 사람들이 나를 이상한 눈으로 볼 때 말 대신 주먹으로 말하는 방법을 익혔어. 그러면 같은 말을 반복할 필요가 없었어. 그렇지만 채금업자는 혼자가 아니었지. 뒤에 검은 옷을 입고 총을 찬 하수인이 서 있었어.

"그럼 쓸 줄 알아? 읽을 줄 알아? 거짓말은 하지 마."

나는 빌리한테 글을 배웠다고 말했어. 빌리를 불러왔지만 채금업자는 쳐다보지도 않았어. 나한테 줄 일자리가 있다고 말했지. 그때 나는 어리고 어리숙해서 왜 날 골랐냐고 채금업자에게 물어볼 생각을 못 했어. 너는 그걸 교훈으로 삼아라. 항상 왜냐고 물어. 너의 어떤 부분을 원하는지 꼭 물어보라고.

채금업자는 곧 언덕에 있는 게 바닥날 때가 올 거라고 했어. 그때가 되면 남자들이 가족을 데려와서 정착할 거라고. 그러면 물자가 필요할 거라고. 집. 식량. 채금업자는 서부를 가로지르고 평원과 큰 바다를 연결하는 철로를 놓을 계획이었어. 그러려면 값싼 노동력이 필요했지. 그걸 배 한 척에 가득 실어 오고 있었어.

네. 내가 말했지. 해안으로 가서 노동자들을 훈련할 수 있습니다. 네, 사장님을 대신해 지휘할 수 있습니다.

사실 나는 채금업자가 한 말의 절반도 이해를 못 했어. 기차를 본 적도 없고 그 사람이 말하는 항로도 몰랐고 노동자들이 어디에서 온다는 건지도 몰랐어. 하지만 그자가 지닌 권력은 알았지. 나는 아무것도 묻지 않았어. 그 사람은 내 손바닥만 한 금 회중시계가 있었는데 말하면서 시계 뚜껑을 튕겨 열었다 닫았다 했어. 어찌나 뚱뚱한지 내가 그 사람의 부에 진드기처럼 달라붙을 수 있을 것 같더라. 그 사람을 통해 어릴 때 내 손가락에서 미끄러져 나간 것, 원래 내 것이었던 것을 다시 되찾을 수 있을 거였어. 금을 가장 먼저 찾아낸 사람은 나하고 빌리였으니까.

나는 빌리도 같이 갈 수 있냐고 물었어. 채금업자에게 빌리의 충성심, 신중함, 튼튼한 팔, 사냥꾼으로서의 지식 등등에 대해 말했어. 채금업자도 거의 넘어온 것 같았는데, 빌리가 기회를 날려버렸어. 자기는 남겠다고 하더라.

왜인지 제대로 답을 못 들었어. 빌리는 원래 말이 별로 없었거든. 그냥 자기는 남겠다고만 했어. 나 혼자 가는 편이 낫겠다고. 왜냐고 묻자 빌리가 내 눈을 건드렸어. 그날 밤 이후로 다시는 빌리를 만나지 못했다.

루시 걸, 내가 말했지. 내가 아주 오래전에 깨달은 거야. 가족이 우선이라는 것. 다른 건 아무것도 중요하지 않아.

채금업자의 하수인 두 명이 나하고 같이 말을 타고 배를 맞으러 바다로 갔어. 나는 그때 태어나서 처음으로 말을 탄 거였지만 말을 탈 줄 아는 척했지. 며칠 피가 나더니 굳은살이 생겼어.

기차 철로를 실은 짐마차가 우리를 뒤따라 출발해 느린 속도로 따라왔어. 우리가 해안에 가 있으면 몇 주 뒤에 거기에서 우리와 만나기로 되어 있었어. 철로가 오길 기다리는 동안 이백 명을 가르치라고 채금업자가 말했어. 나는 뭘 가르쳐야 하냐고 묻지 않았어.

하수인들은 검은 옷을 입었고 대체로 자기들끼리만 말을 했어. 밤이 되면 멀찍이 떨어진 곳에 잠자리를 폈고 나를 부르지도 않았지만 난 상관없었어. 혼자 자는 게 좋았으니까. 해안으로 가는 이 주 동안의 여정은 거의 기억이 안 난다. 내 눈에는 앞으로 내가 얼을 부 말고 다른 건 보이지 않았어. 눈이 어두워진 탓에 배에서 내린 게 무엇인지 알아차리는 데 잠시 시간이 걸렸다.

나처럼 생긴 사람 이백 명.

눈이 나처럼 생기고 코가 나처럼 생기고 머리카락이 나처럼 생긴 사람들. 남자들과 여자들과 아직 어린 아이들이 트렁크와 가방을 끌고 이상하게 생긴 긴 옷을 입고 배에서 내렸어. 나는 수를 헤아리기 시작했지.

그때 너희 엄마를 봤어.

너도 엄마를 알잖아. 어떻게 생겼는지는 말할 필요 없겠지. 다만 마가 지나갈 때 내 가슴속에 솟았던 감정 이야기를 할게. 종일 더위 속에 떠돌다 갈증이 목구멍 속 칼날처럼 느껴질 때 지하수가 흐르는 곳을 찾아낸 것하고 비슷한 감정이었어. 목마름을 달랠 수 있을 거란 기대. 네가 어릴 때 종일 풀밭에서 놀다가 따뜻한 저녁이 기다리고 있는 집으로 돌아왔을 때도 아마 그런 심정이었을 거야. 누군가가 내 이름을 불러 주리라는 걸 알 것 같은 기분—네 엄마랑 눈이 마주쳤을 때 그랬다. 가려던 곳에 거의 다 왔다는 걸 알았어.

나는 고개를 빳빳이 들고 계속 셌어. 백아흔셋까지 센 다음 멈췄어. 하수인들이 나를 쳐다봤어. 나는 선원을 쳐다봤고. 선원이 배 안으로 들어가서 여섯 명을 더 선창으로 끌고 나왔어. 한 명은 오는 길에 죽었다고 하더군.

마지막으로 나온 여섯은 노인이었고 나무처럼 구부정했어. 이런 사람들한테 무슨 일을 시키겠다는 건지 알 수 없었지. 한 명은 건널판자를 건너다 엎어졌어. 누가 그 할머니를 도우러 달려갔는지 알아?

그래. 네 엄마.

네 엄마가 나를 똑바로 쳐다보더라. 네 엄마의 눈총을 받으며 나는 선원에게 이백 명이 끌고 온 트렁크와 가방을 실은 짐마차에 그 노인들도 태우라고 했어. 채금업자가 필요한 물건을 사는 데 쓰라고 준 동전 한 개를 선원에게 찔러 주면서 시켰어.

사람들이 너희 엄마보고도 짐마차에 타라고 했는데 엄마는 다른 사람들과 같이 걷겠다고 했어. 하수인 둘은 말에 탔지만 나는 말에서 내려서 걸었어.

루시 걸, 너는 네 아빠가 욕심을 부려서 식구들을 몰아간다고 생각했지. 그렇지만 사실은 먼저 몰아치기 시작한 사람은 네 엄마야. 그날 배에서 내린 날 엄마가 나를 오해했거든. 내가 바로 채금업자고 다른 사람들을 부리는 사람이라고 착각했어. 뱃삯이나 임금을 지급하는 사람이 나라고 잘못 생각한 거야. 나를 실제보다 더 대단한 사람으로 생각했어. 네 엄마가 어떻게 오해했는지 내가 알았을 때는, 바로잡기에 너무 늦어 버렸지.

첫날 밤, 우리가 쓰는 언어가 다르다는 걸 알았다.

채금업자가 이백 명이 살 헛간을 구해 놓았어. 내가 가장 먼저 헛간 밖에서 보초를 섰는데 그 사람들이 당황한 소리로 떠들어 댔어. 어떤 사람들은 화를 내며 잠긴 문을 두드리며 빈틈에 대고 나한테 소리를 질렀어. 헛간에 감금될 줄은, 밀짚 침대에서 자게 될 줄은 몰랐었는지.

하수인 둘은 벌써 바닷가 쪽으로 내려가 야영 준비를 하고 있었는데 소란한 소리를 듣고 올라왔어.

"왜 저러는 거야?" 키 큰 사람이 물었어. "조용히 하라고 해."

내가 그 사람보다 어리긴 해도 그때는 튼튼한 두 다리가 있었어. 마음만 먹으면 쓰러뜨릴 수 있었을 거야. 하지만 그자는 총이 있었고 나는 없었지.

"네 할 일을 해. 돈값을 하라고." 그가 말했다.

그 말을 들으니 정신이 들었어. 질문을 꿀떡 삼켰지. 내가 이백 명이 뭐라고 하는지 못 알아듣는다는 사실은 아무한테도 말하지 않았어. 그 비밀은 깊이, 저 깊이, 내가 어릴 때 너무 어리석어서 내 손에서 금을 놓아 버렸던 때의 그 여린 구석과 같이 숨겨 놓았어.

나는 헛간 안으로 들어가 워낭을 흔들었어.

어떤 선생이 좋은 선생인지 아니, 루시 걸? 멋지게 차려입고 점잖은 말씨로 말하는 사람이 좋은 선생이 아냐. 좋은 선생은 엄격한 선생이지. 팅워. 내가 가르친 첫 번째 교훈은, 그들이 갖고 건너온 언어를 쓰지 말라는 거였어. 여기에서는. 처음으로 입을 연 남자의 턱을 쳤지. 다물게 만들었어. 뭐든 이루어 내려면 힘이 필요한 거란다, 루시 걸.

입. 내가 가리키며 말했어. **손.** 내가 가리키며 말했어. **아냐.** 내가 말했어. **조용히.** 내가 말했어. 그렇게 시작했지.

첫 번째 밤: 선생. 말하다. 헛간. 밀짚. 잠. 옥수수. 아냐. 아냐. 아냐.

길을 떠난 첫날: 말. 길. 빨리. 나무. 해. 낮. 물. 걸어. 서. 빨리. 더 빨리.

두 번째 밤: 옥수수. 흙. 앉아. 손. 발. 밤. 달. 침대.

세 번째 날: 서. 쉬어. 걸어. 미안. 일. 일. 아냐.

세 번째 밤, 우리가 철로를 건설하기로 한 장소에 도착했을 때: 남자. 여자. 아기. 태어나다.

셋째 날 밤 보초를 교대하고 혼자 쉬고 있는데 마가 나한테 왔어. 어떻게 그럴 수 있었는지 나는 몰랐어. 나중에 물어봤는데 그냥 웃으면서 여자의 비밀을 알려고 하지 말라더라. 하수인이 보초를 서고 있었을 텐데 어떻게 빠져나왔는지. 나름의 방법이 있었겠지. 엄마의 그 웃음. 그날 밤에는 깊이 생각하지 않았는데 나중에는 종종 그 일이 생각났어.

해안에서 멀지 않은 예쁜 땅에 자리 잡고 짐마차를 기다리고 있을 때야. 바람이 불면 소금기가 느껴졌고 멀찍이 기이한 각도로 구부러진 사이프러스 나무가 보였어. 이백 명은 밤에는 산등성이에 있는 오래된 석조 건물에 갇혀서 잤어. 위쪽에는 녹슨 종탑이 있었고 앞쪽에는 시내가 있었어. 하수인들은 거기에서 반 마일쯤 떨어진 풀밭에 야영지를 차렸어. 반대 방향에는 작은 호수가 있었는데 벌레와 습지 식물만 빼면 예쁜 곳이었지. 나는 그 호수를 내 것으로 삼았어.

내가 서서 호수를 보고 있는데 네 엄마가 다가왔어. 나는 물 속에서 무언가가 반짝이길 기대하며 보고 있었지.

"가르쳐?" 너희 엄마가 갑자기 나타나 이렇게 말해서 나는 깜짝 놀라 물에 빠질 뻔했단다. 엄마는 내가 가르친 대로 **미안해**라고 말하지 않았어. 웃었지. 말썽꾸러기처럼 사악하게.

너희 엄마는 배우고 싶어 했어. 나를 못마땅한 얼굴로, 나를 적으로 보는 다른 이백 명하고는 달랐지. 사람들은 생가지로 발목에 채찍질을 하는 하수인들보다도 나를 더 미워했어. 나를 배신자라고 생각했을 거야. 자기들과 닮은 내 눈과 내 얼굴을 봤고 그래서 더욱 미웠겠지. 그들은 나를 두고 숙덕거렸어. 당연히 나는 뭐라고 하는지 전혀 알아들을 수 없었지. 그래서 무슨 말을 하든 벌을 줘야 했어. 모든 말을 다 금지했어. 안 그랬으면 통제가 불가능했을 테니까.

그러니까 하수인들이 나를 감시하듯이 이백 명도 나를 지켜보고 있었고, 그래서 나는 내 얼굴을 가면처럼 만들어야 했어. 내가 모른다는 걸 아무도 모르도록.

"당신." 너희 엄마가 말했어. 나를 가리켰지. 그러더니 두 손을 동그랗게 모아 자기 배 위에 얹었어. 그 동작을 계속 반복했어. 나는 고개를 저었어. 엄마는 실망한 듯 꿍 소리를 내더니 내 손을 잡았어.

나는 엄마가 예쁘고 상냥하다고 생각했었어. 노인들한테 친절했고, 잘 웃었어. 목소리가 지저귀는 작은 새처럼 높고 맑았지. 그렇지만 내 손을 잡은 손은 침목에 못질하는 것 이상도 할 수 있을 손이었어. 하수인들이 보초를 교대하면서 서로 이렇게 말하던 게 떠올랐어. **등을 보이지 마. 야만인들이야.**

네 엄마의 손은 억셌지만, 엄마가 내 손을 가져가 만지게 한 허리는─빌리가 준 토끼 가죽 모자를 잃어버린 이래로 그렇게 부드러운 건 만져 본 적이 없었다. 네 엄마가 내 손으로 자기 허리를 감싸더니 우리 몸 옆쪽이 맞닿을 정도로 나를 끌어당겼어. 맞닿은 선을 손으로 쓸더니 다시 자기 배 위에서 손으로 둥근 모양을 만들었어. 그리고 날 가리켰지.

나는 여전히 못 알아들었어.

네 엄마가 한 손을 내 가슴에 대고 다른 손은 자기 가슴 위에 얹었어. 손으로 내 가슴, 배를 훑더니 바지 언저리에서 멈췄어. 틀림없이 내 얼굴이 시뻘게지는 걸 봤을 거야.

"말[馬]?" 엄마가 자기 가슴팍을 누르며 말했어. "말?" 다시 물으면서 두 손가락으로 슬쩍 내 바지 언저리를 건드렸어.

나는 마에게 **남자**를 가르쳤어. **여자**를 가르쳤어. 마가 배 위에 둥근 모양을 만들었을 때 **아기**를 가르쳤어. 마가 나를 가리켰을 때, 처음에 마가 한 질문이 뭔지 깨달았지.

"난 저기에서 태어났어." 내가 말했어. 내 얼굴은 아직도 붉게 달아오른 상태였어. 어질어질한 머리로 내가 살던 언덕을 가리켰어. 네 엄마의 얼굴이 환해졌지.

네 엄마가 간 다음에야 나는 정신을 차릴 수가 있었고 그제야 내가 반대 방향을 가리켰다는 걸 알았어. 바다 쪽. 엄마는 우리가 같은 곳에서 왔다고 생각했어. 그게 아니란 걸 설명할 말이 나한테는 없었다.

네가 나를 거짓말쟁이라고 생각하는 거 알아, 루시 걸. 하지만 나를 어리석다고 생각하지는 마라. 내가 술에 취해 집에 들어왔을 때 네가 날 어떤 눈으로 쳐다봤는지 내가 몰랐을 거라고 생각하지 마라. 그 오만한 눈, 네가 나보다 더 잘 안다는 듯 쳐다보던 눈빛. 실망했다는 눈으로 쳐다보던 눈빛.

네 엄마와 너무나 닮은 눈빛.

네 엄마는 너하고 닮은 점이 정말 많았어. 제대로 갖춰 입고 제대로 말을 하기만 하면 주위 세상을 바꿀 수 있다고 믿었지. 엄마는 나하고 하수인들을 면밀하게 관찰했어. **웃옷**, **드레스** 같은 말을 가르쳐 달라고 하고 이곳 여자들은 어떤 옷을 입는지 물었지. 네 엄마는 언제나 더 위로 올라갈 기회를 보고 있었어.

그러니 알겠지. 너희 엄마는 부자가 되려고 온 거였어. 다른 이백 명 모두. 엄마 고향에서, 엄마의 아버지는 죽었고 어머니는 생선을 손질하는 일을 하다가 손이 망가졌대. 늙은 어부한테 시집보낸다는 결정이 내려지자 엄마는 배를 타기로 한 거야.

황금 산. 엄마는 이렇게 말했어. 나한테 자기 어머니, 늙은 어부, 항구에서 큰 바다를 건너가면 부자가 될 거라고 약속했던 남자 이야기를 했던 바로 그날 밤이었어. 우리는 내 호수 옆 풀밭에 누워 있었지. 그 말을 듣고 나는 죽을 만큼 웃었다. 어떤 얼간이가 **언덕**을 산이라고 잘못 알려 줬나.

루시 걸, 나는 그렇게 웃은 걸 평생 후회했어.

당연히 너희 엄마한테 왜 웃었는지 말할 수가 없었지. 이백 명이 부자가 될 거라는 생각이 왜 그렇게 우스운지 말할 수 없었어. 엄마는 여전히 내가 자기들을 부자로 만들어 줄 거라고 생각했으니까. 그 배가 내 배고, 항구에서 약속했던 사람이 내 부하고, 짐마차가 오면 만들 철로가 내 거라고 생각했으니까.

그래서 나는 바보 같은 말을 했어. **금**의 발음 때문에 웃었다고 말했어. 시럽처럼 끈적하고 반쯤 삼킨 것 같다고. 네 엄마는 얼굴이 빨개져서 나를 두고 가 버렸어.

나중에 엄마가 그 단어를 연습하는 걸 엿들었어. **금금금금금**.

나중에는 네 엄마가 나보다 더 예쁘게 말할 수 있게 됐어. 외양도 더 예뻐졌고. 사람들은 나는 단단하고 마는 여리다고 생각했지. 우리는 잘 어울리는 팀이었어. 너하고 샘처럼 어떤 균형이 있었지. 하지만 내 말을 믿어야 해, 루시 걸. 네 엄마가 나보다 더 부를 얻는 데 혈안이 되어 있었다고.

네 엄마는 이백 명이 나를 믿게 만들었어. 엄마는 젊은 데다가 여자인데도 불구하고 사람들이 자기 말에 귀 기울이게 만드는 재주가 있었어. 엄마는 ─ 글쎄, 샘이라면 이래라저래라 한다고 했으려나. 너처럼 말이야. 엄마는 똑똑했고 자기가 가장 잘 안다고 생각했어. 실제로 그럴 때가 많았고 다른 사람들도 그렇게 생각하도록 만들었지.

네 엄마가 우겨서 나도 이백 명하고 같이 밥을 먹기 시작했고 사람들이 구석에서 자기네 말로 떠드는 걸 들었지. 나는 못 들은 척했어. 내 앞에서 하지 않는 한은 내버려 뒀지.

그렇게 떠들고 있을 시간이 아주 많았어. 철로 자재를 실은 짐마차가 늦어지고 있었거든. 이 지역 사상 최악의 들불이 지평선을 물들이고 있어 건너올 수가 없었지.

시내를 파헤치고 물길을 막고 나무를 베어 뿌리가 흙을 붙들고 있을 수 없게 되면 흙이 말라 버리는 거야. 버려둔 빵처럼 바스러져 버려. 이 땅 전체가 퍽퍽해졌지. 나무는 죽고, 풀은 바싹 마르고 ─ 건기가 오면 불꽃 하나로도 불이 붙을 수 있어.

하수인들은 욕설을 내뱉으며 초조하게 서성거렸어. 금속이 닳도록 총을 문질러 댔지. 달리 아무 할 일이 없었어. 적어도 우리가 있는 곳은 바다가 멀지 않아 공기가 축축했어. 불이 이쪽까지는 오지 않을 것 같았어. 마냥 기다렸지.

어느 날부터 짐승들이 나타났어. 시내를 넘어, 돌 건물 벽을 지나, 바다 쪽으로 달려갔어. 공포에 질린 토끼, 쥐, 다람쥐, 주머니쥐. 쭈그러든 붉은 해를 뒤덮으며 날아가는 새 떼. 한번은 젊은 수사슴 한 마리가 풀쩍 뛰어 내 머리 위로 지나갔어. 뿔에 불이 붙어 있었어. 한동안 조용하더니 더 느린 짐승들이 나타났어. 뱀. 도마뱀. 물릴까 봐 하루 밤낮 동안 아무도 풀숲 근처로 가지 않았지. 하수인들도 야영지를 버리고 건물 안에서 자기 시작했어.

그리고 마지막으로, 보지는 못했지만, 호랑이가 왔어.

어느 날 일어나 보니 축축한 호수 가장자리에 발자국이 나 있었어. 늑대 발자국치고는 너무 컸지. 하늘이 너무 붉어서 확실히 말할 수는 없겠지만 나는 갈대밭에서 주황색이 번뜩하는 걸 봤다고 맹세할 수 있어.

네 엄마가 하품을 하면서 다가왔지. 머리가 헝클어져 있어도 엄마는 아침에 가장 사랑스러웠어. 잠 냄새를 풍기고 밤의 모습이 엿보일 때. 그런 흐트러진 모습은 잘 볼 수 없으니까. 불가에서 할 일이 없을 때 엄마는 머리를 매만지곤 했어. 머리를 땋고 핀을 꽂고 말고 하면서 이곳 부인들은 머리를 어떻게 하냐고 끝없이 물어 댔어. 옷에 대해서도. 너희 엄마는 트렁크에서 실 바늘을 꺼내서 자기 옷을 다른 모양으로 꿰매고 감췄어. 다른 여자들한테도 그렇게 하라고 부추기고. 나는 짐마차가 도착하면 그런 드레스를 입을 짬이 없을 거라는, 종일 땀을 흘리며 철로 침목에 못질을 해야 할 거라는 말은 차마 못 했어.

너희 엄마는 내가 나머지 이백 명하고 친해지길 바랐어. 내가 조용하다고 놀리고, 외톨이로 있다고 뭐라고 했지. 어떤 사람은 조용한 성품으로 태어나서 혼자라도 쓸쓸하지 않아. 내가 그랬고, 너도 그랬던 것 같다. 하지만 너희 엄마는 이해를 못 했지. 자꾸 내 가족에 관해 꼬치꼬치 캐물어서 결국 죽었다고 말했어. 엄마는 내가 여자들한테 드레스 이야기를 하게 시키고 나를 밀짚으로 도박을 하는 사람들 무리로 끌고 갔어. 나한테 이래라저래라 했지.

솔직히 그 이백 명의 얼굴에 정이 가지 않더라. 말과 이야기가 낯설었고 아무렇지도 않게 서로 뚱뚱하다고 하고 느긋하게 서로 소매의 실밥을 뜯어 주는 것도 그랬어. 우리가 비슷하게 생겼다고 해서 그게 뭐? 나는 언덕에서 자랐는데 이 사람들은 재칼 울음소리에 기겁했어. 순전한 거짓말에 속아 넘어간 어리석은 사람들하고 별로 엮이고 싶지 않기도 했고. 나는 그저 너희 엄마 비위를 맞추려고 그 남자들하고 둘러앉았고, 내가 이길 때가 많았다는 걸 생각해 보면 그 남자들도 너희 엄마 비위를 맞추느라 나를 그냥 끼워 준 것 같아. 여기 도착하기 전에 너희 엄마가 이백 명 가운데 애인을 두었던 것 같더라. 어떤 남자는 엄마와 계속 말다툼을 했고 어떤 남자는 늘 엄마한테 먹을 걸 더 주려고 했어. 네 엄마는 얘기 안 했고 나도 묻지 않았어. 중요한 건, 네 엄마가 트렁크를 들고 내 호수 옆으로 왔고 거의 매일 밤 거기에서 잤다는 거야.

중요한 건, 루시 걸, 너희 엄마가 나만 쳐다볼 때가 있었다는 거야.

살면서 많은 걸 잊어버렸어. 빌리의 얼굴, 양귀비꽃 색깔, 이미 어깨가 쑤시는 상태로 주먹을 꽉 쥐고 잠에서 깨지 않도록 푹 자는 법, 비 내린 뒤 흙냄새를 가리키는 단어, 깨끗한 물 맛. 죽고 나니 또 잊히는 것들이 있다. 주먹을 휘둘렀을 때 손가락 뼈마디가 갈라지는 느낌, 내 발가락 사이에서 질척거리던 진흙, 손가락과 발가락과 굶주림이 있을 때는 어땠던가 하는 것들. 언젠가는 나 자신에 관한 모든 걸 잊는 날이 오겠지. 너하고 샘이 나를 묻은 다음에. 내 육신뿐 아니라 네 피와 네 말 속에 있는 미미한 내 흔적까지도 묻어 버린 다음에. 하지만. 내가 언덕 위를 떠도는 바람에 지나지 않게 된다 하더라도, 그 바람은 여전히 한 가지만은 기억하고 풀잎 하나하나에 대고 그 기억을 속삭일 거라고 생각한다. 네 엄마가 나만 쳐다봤을 때 내 마음이 어땠는지. 어찌나 눈이 부신지, 나약한 인간이라면 두려워했겠지.

아무튼 그날 아침 엄마가 내 옆에 서서 그 발자국을 봤어. 나는 엄마가 무서워할까 봐 엄마 몸에 팔을 둘렀지. **호랑이**, 내가 알려 주고 그 짐승을 묘사했어.

엄마가 내 팔을 떨치면서 웃더라. "몰라?" 엄마는 나를 비웃으면서 말했어. 그러더니 허리를 숙여 호랑이 발자국에 손을 댔어. 도전적인 눈으로 나를 쳐다보면서. 믿기지 않게도, 루시 걸, 엄마가 그 흙에 입을 맞췄어.

"행운." 엄마가 말했어. "집." 손가락으로 흙 위에 글자를 썼어. 그러면서 노래를 불렀는데 나중에 호랑이 노래란 걸 알았지. **라오후, 라오후.**

너희 엄마는 장난기로 반짝반짝 빛났어. 겁이 없었지. 내 앞에서 자기 언어로 말하면 안 된다는 규칙을 깨뜨리진 않았지만 호수 주위를 슬금슬금 돌아 간 호랑이처럼 규칙을 슬쩍 비껴간 거야. 글자로 쓰고 노래로 불렀으니. 어떻게 해야 할지 망설이는 나를 엄마가 비웃었어.

뒤쪽에는 불이 타고 있었어. 세상이 불타올라 하늘이 뜨거웠어. 흙 묻은 엄마의 입술, 얽히고 뻗친 머리카락, 밤에 우릴 잡아챌 수 있을 정도로 가까이 다가왔던 짐승 발자국—그런데도 엄마는 웃었어. 이 모든 걸 다 합한 것보다 엄마는 더 사나웠어.

가슴 속에서 무언가가 덜컹 움직였어. 어릴 때 나는 뼈가 흔들리는 느낌에 잠에서 깨곤 했어. 빌리는 그걸 호랑이 울음이라고 불렀어. 멀어서 들리지는 않지만 느낄 수는 있다고. 그날 호수 옆에서 내 가슴이 으르렁 울었어. 배가 도착한 날부터 나를 슬금슬금 쫓아왔던 것, 밤에 네 엄마를 안고 있으면서도 두려워하던 것이 그날 밤 나를 확 덮쳤어. 내 심장에 발톱을 꽂았어. 몇 주 동안 네 엄마의 언어를 규칙으로 금지해 놓고는 그때 나는 처음으로 그 언어를 입에 담았다.

이백 명이 하는 이야기를 들었어. 욕을 가장 먼저 배웠지. 하지만 연인들이 하는 말도 들었어.

친아이더, 나는 네 엄마한테 말했어. 그냥 짐작이었지. 그게 진짜 무슨 뜻인지는, 네 엄마 눈에서 그걸 보기 전에는 몰랐어.

부드러운 감정이 내가 어릴 때 어떤 해에 참나무를 덮쳤던 썩음병처럼 나를 사로잡았어. 처음에는 별것 아닌 솜털처럼 보였는데 나무를 안쪽에서부터 무르게 만들었지. 몇 년이 지난 뒤에 나무는 갈라져서 죽었어.

나는 혼자서 자랐어. 나한테는 그늘하고 시냇물만 있으면 됐고 가끔 그 노인들하고 이야기를 나누면 족했지. 그렇게 자랐기 때문에 단단해져서 살아남을 수 있었어.

그렇지만 네 엄마가 — 네 엄마가 내 눈썹을 쓰다듬고 자기 무릎을 베고 누우라고 하고 귀를 파 주었어. 나머지 이백 명보다 조금 더 밝은 갈색인 내 눈을 들여다보고는 물이 들어 있는 색이라고 했어. 내가 물이라고, 처음 생각했던 것처럼 나무가 아니라고 결론을 내렸어.

나는 네 엄마의 말을 또 조금 더 입에 올렸어. 애칭이나 욕설 같은 것. 엄마한테 작은 선물처럼 줬어. 하지만 그 말은 오직 나만 할 수 있는 거였어. 네 엄마가 자기네 나라 말을 하면 나는 눈살을 찌푸렸지. 나머지 이백 명한테도 엄격하게 굴었고. 그 사람들은 자유롭게 말을 할 수도 마음대로 밖으로 나갈 수도 없었어. 해 질 무렵과 해 뜰 무렵에 한 시간씩만 빼고.

그 사람들을 보호하려고 그런 것이기도 했어. 들불 때문에 옴짝달싹 못 하게 된 이래로 하수인들이 점점 성말라지는 게 보였거든. 툭하면 손이 총으로 갔지.

그러다가 어느 날 저녁 호수에 있다가 네 엄마와 손을 잡고 건물로 돌아왔어. 그날 우리는 호숫가에서 내가 어릴 적에 놀던 참나무 숲하고 비슷한 숲을 찾았지. 나뭇가지가 얽혀 생긴 녹색 방에서 네 엄마는 내 주위를 돌며 춤을 추며 호랑이 노래의 마지막 단어를 노래로 불렀어. **라이. 라이. 라이.** 나더러 나무 아래로 오라고 부를 때처럼 호랑이를 불렀어.

석조 건물에 갔는데 이상하게 조용했어.

하수인 한 명이 누군가를 끌고 모퉁이를 돌아 왔어. 나하고 같이 도박을 하던, 항상 운 좋게 짧은 지푸라기를 피하던 사람이었어. 그런데 그 사람의 운이 다했었나 봐. 사람은 같은 사람인데 가슴에 피가 흐르는 구멍이 있었어.

"도망가려고 했어." 하수인 중 키 큰 사람이 피 묻은 장갑을 벗으며 말했어.

하지만 총알이 앞에서 뚫고 들어갔는데.

네 엄마가 하수인에게 달려들며 오른손을 뻗었어. "그 사람 도망 안 가! 네가 도망가지!"

하수인이 재빨라서 네 엄마의 손이 그 사람 귀 위로 지나갔어. 피하지 않았으면 맞았을 거야. 나는 그 남자의 표정을 봤지.

그래서 네 엄마를 붙잡았어. 하수인들이 보고 있었기 때문에 일부러 더 거칠게 잡았어.

사실 네 엄마 말이 맞았어. 하수인들이 가끔 자기 위치를 벗어날 때가 있었어. 이백 명 중 어떤 여자가 그 뒤를 따라갈 때도 있었고. 맞는 말이라고 해서 사실이 되지는 않을 때가 많아, 루시 걸. 말하는 사람, 혹은 글을 쓰는 사람이 사실을 정할 때가 있지. 하수인들한테 총이 있으니 자기들이 하고 싶은 말을 하라고 하는 수밖에.

"말해." 네 엄마가 나한테 말했어. "네 부하들. 말해."

키 큰 남자는 나한테 엄마를 잡으라고 말하고 씻으러 시내로 내려갔어.

네 엄마를 데리고 다시 호수로 갔는데 엄마가 나에게 기대 울었어. 눈물이 어찌나 뜨거운지 내가 녹아내리는 것 같았고 그래서 몇 달 동안 감춰 두었던 사실을 말하게 됐어.

그 사람들이 내 부하가 아니라고 말했어. 배도 철도도 내 것이 아니라고 했어. 철도를 놓는 일은 힘들고 끔찍할 거고 부자로 만들어 주지도 않을 거라고 했어. 어렸을 때 나는 새끼 새 솜털을 뜯어 분홍색 속살이 다 드러나게 한 적이 있었어. 그래 놓고 풀밭에 토했지. 사실을 말하니까 그때처럼 토할 것 같아졌어.

내가 말하는 동안 네 엄마 몸이 굳어졌어. 나를 밀어 냈어. 그 팔 힘 ─ 나쯤은 아무것도 아니라는 듯 부러뜨릴 수 있었을 거야.

"거짓말쟁이." 엄마가 말했어. 내가 첫 번째 주에 가르친 단어였지. "거짓말쟁이."

나는 네 엄마 눈에 역겨운 존재가 되었지. 이틀 동안 나에게 한마디도 안 했어. 그 이틀 동안 죽은 남자를 매장할 준비를 했어. 그러고 나서야 나를 알은체했는데, 내가 죽은 사람의 눈을 덮을 은화 두 개를 주고 개울에서 시신을 씻길 수 있게 하려고 하수인들에게 뇌물도 줬기 때문이었어.

그때 나는 ─

아니다.

아니, 아니야. 좋아, 루시 걸. 내가 진짜 이야기를 하겠다고 했지. 그리고 이제 남은 시간이 없을지도 모르지. 그러니까, 사실은 이랬어. 때로는 대가를 돈으로 치르지. 때로는 대가를 존엄으로 치러야 해.

혼자 건물 밖에 있을 때, 이백 명은 건물에 갇혀 있고 나를 볼 사람은 죽은 사람 하나밖에 없을 때, 나는 무릎을 꿇고 하수인의 신발에 입을 맞췄다. 네 엄마가 호랑이 발자국에 입을 맞춘 것처럼. 나는 네 엄마가 죽은 사람을 매장할 수 있게 해 달라고 하수인들에게 빌었어. 네 엄마가 하수인을 때리려고 했던 걸 처벌하지 말라고 빌었어. 상상이 가니, 루시 걸? 내가?

나중에 나는 네 엄마의 발에도 입을 맞췄어. 다음에 발목, 허벅지에도. 제발 용서해 달라고 빌었어. 엄마는 허리를 꼿꼿이 세우고 나를 코끝으로 내려다봤어.

"하오더." 엄마가 말했어.

그 말이 우리 사이를 바꾸었지. 네 엄마가 자기의 언어를 쓰지 말라는 내 규칙을 깨뜨렸는데 나는 막을 수가 없었어. 그 뒤로 네 엄마는 자기네 말을 점점 더 많이 썼고 나는 더듬더듬 의미를 짜 맞추고 그 말을 흉내 내야 했어. 난 원래 새소리를 흉내 내는 데 재주가 있었는데 그 말을 따라 하는 것도 크게 다르지는 않았지. 내 억양이 이상했겠지만 외떨어져 살아서 그런다고 생각했을 거야. 그렇지만 그날 이후로 나는 두려움 속에서 살았어.

"다시는 거짓말하지 마." 네 엄마가 나에게 경고했거든.

그때 네 엄마에게 나머지 진실은 절대 말할 수 없으리란 걸 알았다. 말했다가는 나를 떠날 테니. 나는 내 이야기, 진짜 이야기를 내 안 가장 깊은 곳에 감춰 두었어. 그곳에서는 내가 여전히 이 언덕 위에서 자유롭게 뛰어다니던 어린아이였지. 내가 어디 출신인지는 절대 말하지 않기로 결심했어. 말하지 않는 것일 뿐, 거짓말이 아니라고 결론을 내렸어.

나를 나무랄 수 있겠니, 루시 걸?

재미있게도 그 거짓말을 고수하기는 아주 쉬웠지. 아무도 나를 의심하지 않았어. 내 얼굴을 보고 내가 이 땅에서 태어났을 거라고 생각한 사람은 아무도 없었으니까. 너도 겪어서 알지 않니, 루시 걸? 그 종이에 적힌 법령을 들고 온 재칼들. 그들은 진실에는 관심이 없어. 자기들 나름의 진실을 정해 버리지.

그날 밤에 네 엄마는 나한테 집요하게 캐물었어. 철로와 채금업자에 대해서. 채금업자가 광부들을 얼마나 혹독히 부리는지, 광부들이 임금을 얼마나 받고 어떤 곳에 사는지, 집이 얼마나 큰지, 얼마나 잘 먹는지. 얼마나 많이 죽는지. 이야기가 끝났을 때 엄마한테는 계획이 생겼어.

기억나니 루시 걸, 네가 그 금덩이를 찾아서 엄마한테 가지고 와서, 옛날에 어땠길래 그랬냐고 꼬치꼬치 물었던 밤 생각나?

그날 밤 내가 너희한테 얼른 자라고 한 데는 이유가 있어. 다시 기억하는 일은 고통스럽거든. 내 다리가 그걸 보여 주고 있고, 네 엄마는—네 엄마한테는 흉터는 안 남았지만 그래도 그게 있어. 엄마는 불에 상처가 있어. 누구나 차마 말할 수 없는 이야기가 있지. 그리고 불에 관련된 이야기가 네 엄마가 가장 깊은 곳에 묻어 둔 이야기야.

사실 그 불은 엄마의 생각이었어.

처음부터 네 엄마하고 나는 공평함에 대해 생각이 일치했지. 첫 번째 주에 **거짓말쟁이**라는 단어를 가르친 게, 이백 명 중 어떤 여자애가 배급을 두 번 받으려고 했기 때문이었어. 그 여자애 머리채를 잡고 나한테 끌고 온 사람이 바로 네 엄마였지.

내가 처벌을 내리는 걸 듣고 네 엄마는 고개를 끄덕였어. 내가 다음 날 두 끼를 굶으라고 했어. 엄마는 공평한 처사라고 생각했고.

기억나니, 너랑 샘이 싸울 때 네 엄마가 귀 기울여 듣던 거? 전부 들어 보고 판단하던 거? 엄마가 정직한 노동을 중시하던 거? 그런데, 화재를 계획했던 밤, 엄마는 이백 명이 큰 바다를 건너오는 데 든 비용과 물가에 묻힌 남자의 목숨을 견주었어. 먼 곳 항구에서 떠벌린 약속과 채금업자가 실제로 일꾼들을 어떻게 취급하는지를 견주어 보았지. 마침내 엄마는 이백 명이 철도 건설 계약을 버리는 게 공평한 일이라고 결론을 내렸어. 사실상 사기로 이루어진 계약이니까.

네 엄마는 말을 참 잘했어. 정말 똑똑했지. 아마 나는 엄마를 실망시키면 어떻게 될지 너무 두려워서 하자는 대로 따랐던 것 같아.

엄마 계획은 단순했어. 탈출하려면, 하수인 두 사람을 제거해야 했어.

하수인들을 제거하기 위해 불을 놓을 거였고.

나는 쉽게 겁먹는 사람이 아냐, 루시 걸. 또 착하게만 살아온 것도 아니고. 피가 끓을 때 주먹을 휘두른 적도 많아. 그렇지만 엄마가 말하는 건 다른 거였어. 섬뜩했지. 목숨에는 목숨으로. 엄마는 말했어. 총에 맞아 죽은 남자에다가, 배로 건너오는 도중에 죽은 할머니를 더해서 두 사람. 너희 엄마는 덧셈을 좋아했지. 불만을 동전이나 되는 듯 합산해서 두 번 생각도 안 하고 갚아 줬어. 그래서 엄마가 우리 금을 관리한 거야. 폭풍이 몰아치기 전 몇 달 동안. 그래서 폭풍이 몰아친 밤에—

그 이야기는 나중에 하자.

정의라는 단어를 엄마는 그날 밤 화재를 계획하면서 나한테 가르쳐 달라고 했어.

그때 나는 네 엄마한테 푹 빠져 있는 상태였는데도, 계획을 세우고 난 다음에는 잠을 잘 수가 없었어. 어떻게 눕든 하수인들의 목숨이 나를 위에서 짓눌렀어. 잠들어 있는 네 엄마를 두고 일어나—얼굴이 호수처럼 평온하더구나—산책을 하러 갔어. 지나가면서 보초를 서고 있는 키 작은 하수인을 보고 인사를 했어. 더 젊은 쪽, 죽은 사람을 쏜 사람 말고 다른 사람이었어.

그 사람이 인사로 파이프를 들어 올리더니, 계속 들고 있는 거야. 나한테 권하더라.

사람이 어떤 행동을 왜 하는지 어떻게 알겠니? 그 순간을 머릿속에서 계속 되풀이해 보았지만 아직도 모르겠어. 자기 파트너하고 무슨 내기라도 한 걸까? 담배가 지겨워져서 없애 버리려고 한 걸까? 덫 가장자리까지 와서 갑자기 움찔 경계하며 본능적으로 털을 곤두세우는 짐승의 행동 같은 것이었을까? 궁지에 몰리면 귀를 내리깔고 간사하게 사람 아기처럼 울음소리를 내는 재칼처럼 군 걸까? 외로웠던 걸까? 어리석었던 걸까? 친절했던 걸까? 그 사람들은 우리를 훑어보며 재 볼 때 머릿속으로 대체 무슨 생각을 하며, 무엇 때문에 어떤 날에는 우리를 **칭크**라고 부르고 다른 날에는 그냥 내버려 두고 또 어떤 날에는 자선을 베푸는 걸까? 나는 모르겠다, 루시 걸. 아무래도 모르겠어.

그날 밤 나는 파이프를 받아 들었지. 의심을 사면 안 되니까. 그 사람은 어쩐지 들떠 보였어. 말을 하고 싶어 했지. 달이 예쁘다든가 그런 얘기를 했는데 사실이었어. 또 들불이 잦아든다고 했는데 그것도 그랬고. 또 고향에 있는 어린 여동생 이야기를 했는데 그 이야기에 내 속이 쪼그라들어서 네 엄마를 깨워 약속을 취소하고 내 출신에 대해 전부 털어놓고 엄마가 어떤 처분을 내리든 받아들여야겠다고 생각하고 있는데, 그 사람이 말했지.

"넌 어디서 왔어? 저 사람들하고 같아?"

그날 밤 나는 반은 미친 상태였고 억눌러 놓은 진실이 배 속에서 출렁이고 있었어. 그러다 보니 말하게 됐지. "이 지역 출신이야. 여기서 멀지 않아."

그 남자가 웃음을 터뜨렸어.

나는 그의 파이프를 입에 넣었어. 그의 담배를 급히 빨았어. 파이프 불빛 너머 지평선에서 아직도 불이 타고 있었어. 동물들이 달아났고 아마 영영 돌아오지 않겠지. 나는 파이프를 빨아 불빛을 내며 뭐가 웃기냐고 물을까 생각했지만, 그 사람을 비롯해 수천 명이 지난해 이곳에 와서 이 땅을 파괴하고 자기들 것이라고 주장한다는 게 떠올랐지. 저렇게 불타고 있는 게 원래는 내 땅이고 빌리의 땅이고 인디언들의 땅이고 호랑이와 버펄로의 땅인데—그때 네 엄마의 말이 머릿속에 떠올랐다. **정의**. 나는 그 사람한테 인사를 하고 그 자리를 떴다.

네 엄마와 나 둘이서 계획을 실행했어. 이백 명은 건물 안에 있었고, 엄마는 말할 필요가 없다고 했어. 알아 봐야 마음이 괴롭기만 할 거라고. 그냥 편히 자게 내버려 둬야 한다고. 초조한 듯 머리를 홱 쳐들면서, 이게 그 사람들한테도 더 좋은 일이라고 했지. 자기한테 고마워할 거라고.

엄마가 나한테 그 단어를 가르쳐 달라고 했어. **거짓말**이나 **거짓말쟁이**가 아니라. 더 좋은 뜻으로 하는 말. 나는 **비밀**이라는 말을 가르쳐 줬어.

우리는 손을 잡고 건물에서 빠져나왔어. 보초를 서는 남자에게 고갯짓으로 인사를 했지. 우리는 하수인 야영지 둘레 언덕으로 갔어. 거기에서 마른풀을 한 아름 모아 엮어 불씨가 따라갈 길을 만들었어. 덤불, 오래 타도록 단단히 엮은 풀, 불씨를 퍼뜨릴 엉경퀴 머리로 야영지를 에워쌌어. 길게 자란 풀에 숨어서 불에 잘 타는 것들로 둥근 울타리 혹은 감옥을 만들었어. 불이 붙으면 벽보다 더 높게 타오르도록. 불씨 하나만 있으면 됐지.

이 죽음의 작업을 어떻게 했게? 바닥에 배를 대고 기었어. 작은 소리로 속삭이면서. 멀리에서 하수인들이 이쪽을 보더라도 풀이 흔들리는 것밖에 안 보였을 거야. 연인들이 지나간 자리가 그렇듯이.

내가 보초를 설 시간이 되어 건물 옆에 자리 잡고 섰어. 하수인들은 야영지로 돌아갔어. 저녁밥을 짓기 시작했지. 너희 엄마는 그 사람들 눈에 뜨이지 않는 곳에 숨어서, 길게 이어진 불쏘시개의 끄트머리에 대고 부싯돌을 쳤어.

이 이야기는 정말 하기 힘들다, 루시 걸. 나한테도. 육신이 없으니 아픔도 느끼지 못할 텐데도, 이 기억은 아프다.

우리는 두 사람의 죽음을 이 두 사람과 맞바꿀 생각이었지. 불의 생각은 달랐어. 불은 그냥 불이 아니라 살아 있는 생명체처럼 솟구쳤어. 거대한 짐승이 하늘로 솟아올랐어. 검은 연기 줄무늬가 있는 주황색 불꽃. 언덕에서 태어난 존재, 이 땅이 느끼는 분노에서 태어난 존재. 전혀 온순하지 않았지. 짐승을 궁지에 몰아본 적이 있니? 생쥐조차도 최후의 순간이 오면 돌아서서 문단다. 죽을 게 확실하다 싶으면. 그 불꽃과 연기 속에서 — 루시 걸, 그 언덕이 정말로 호랑이를 낳았어.

나는 불이 도화선을 따라 언덕 아래로 가는 걸 봤어. 검은 형체가 도망가는 것도 봤지. 그런데 너무 느렸어. 불꽃이 우리가 만들어 놓은 둥근 원과 만났고 하수인들의 캠프를 삼켜 버렸어.

나는 그때 함성을 질렀어. 네 엄마가 숨어 있던 곳에서 달려나와 우리 호수 쪽으로 가는 게 보였어.

불은 야영지를 다 태운 다음 우리 계획대로 시내를 향해 달렸어. 우리는 물속에서 불이 사그라지게 하려고 했지. 조용한 죽음.

그런데 변덕스러운 바람이 불어왔어. 우리가 예상하지 못한 강한 바람이 불꽃을 더 높이 지폈어. 나는 그 짐승이 불타오르는 기다란 다리로 일어서는 걸 봤어 — 그러고는 시내를 성큼 건너는 것을.

불이 둘로 갈라졌어. 하나는 으르렁거리며 내가, 이백 명이 있는 건물 쪽으로 덮쳐 왔어. 또 하나는 옆으로 달려들어 풀을 핥으며 네 엄마를 쫓아갔지.

네 엄마처럼 나도 공평함을 중요하게 생각해. 그런데 그것보다도, 가족이 더욱 중요하지. 팅워, 루시 걸. 네 가족이 무엇보다도 우선이야. 가족 옆에 있어야 해. 가족을 배신하면 안 돼.

나는 잔인한 사람이 아냐, 루시 걸. 건물 옆에 말 세 마리가 묶여 있었는데 두 마리는 남겨 뒀어. 나는 건물 문을 열고 이백 명한테 도망가라고 소리쳤어. 내가 할 수 있는 한 달아날 기회를 준 다음에 말을 타고 네 엄마 쪽으로 달렸어.

알고 보니 건물 전체가 돌이 아니더라. 누군지 몰라도 건물을 지은 사람이 게으르게도 석재 안을 밀짚과 똥으로 채운 거야. 감춰진 내장이 수년 동안 햇빛에 바싹 말랐겠지. 거기 불이 붙어 활활 타올랐어.

반 마일 떨어진 곳 우리 호수에서 나는 네 엄마를 허리까지 오는 물속에서 안은 채 건물이 불에 집어삼켜지는 걸 봤어.

어찌나 크게 굶주린 듯 타오르는지 그 거리에서도 열기가 느껴졌어. 달아나는 사람들에게도 불이 붙었어. 네 엄마는 연기를 마셔서 의식이 없었어. 내가 엄마를 말 등에 얹고 물속으로 끌고 들어온 거였어. 엄마는 그 모습을 못 봤고 살이 타는 끔찍한 연기를 맡지도 않았지. 하지만 나는 봤어. 나는 지켜봤어. 이백 명이 죽는 모습을 내가 목격하길 엄마가 바랄 테니까.

그 뒤로 나는 영 고기가 안 먹히더라. 네 엄마는 아주 좋아하지만.

오랜 세월 이 질문이 나를 따라다녔어. 어떤 사람을 사랑하면서 동시에 증오할 수 있나? 나는 그렇다고 생각해. 그럴 거야. 너희 엄마가 잿더미 속에서 처음 정신을 차렸을 때, 엄마는 나를 보고 미소를 지었어. 아니, 활짝 웃었어. 장난을 완수하고 난 어린아이의 짓궂은 웃음. 엄마는 너무나 대담했지. 우리가 옳은 일을 했다고 확신했어. 자기가 가장 잘 안다고 확신했어.

그러더니 기침을 하고 일어나 앉아서——저 뒤에 펼쳐진 것을 봤지. 우리 호수가 하늘을 반사해서 벌겋게 타고 있었어. 내가 타고 온 말은 겁에 질려 거품을 물고 있었고. 건물이 새카맣게 그을린 돌무더기가 되어 버린 산등성이에서 여전히 불꽃이 넘실댔어.

네 엄마는 짐승처럼 울었어. 얕은 물속에서 몸을 앞뒤로 흔들면서. 머리를 뒤로 젖히고 울부짖었어. 밤이 된 다음에도 엄마는 내가 가까이 가면 할퀴고 이를 드러냈어. 연기 때문에 망가진 목구멍에서 나오는 갈라지고 찢어진 목소리는——사람의 말이 아니었어.

내가 변신 이야기 해 준 적 있지, 루시 걸. 남자가 늑대가 되고, 여자가 물개나 백조가 되고. 너희 엄마는 그날 다른 사람으로 변했다. 얼굴과 몸은 그대로였지만.

엄마는 두 차례 호수 가장자리로 달려가서 이백 명의 잔해를 보았어. 그쪽을 향한 채 온몸을 덜덜 떨었어. 나한테서 멀리 떨어져서. 엄마에게서 야생성이 보였어. 달아나고 싶은 욕구가 보였어. 나는 말을 그대로 두었지. 원한다면 떠나라고.

그때, 회색으로 뭉개진 새벽에, 엄마가 내 곁으로 파고들었어. 손가락이 내 배를, 내 내장을 잡아 뜯을 만큼 날카로웠어. 잡아 뜯었더라도 막지 않았을 거야. 엄마는 내 웃옷, 내 바지만 잡아 뜯었어. 울부짖는 소리가 멈춘 게 아니라 끙끙거리고 그르렁거리는 소리로 바뀐 거였어. 마침내 엄마는 내 옆에 웅크리고 연기로 망가진 걸걸한 목소리로 되풀이해서 말하고 또 말했어. 자기를 버리지 말라고.

불이 가라앉기를, 네 엄마의 목이 낫기를 기다리면서 보낸 몇 주는 이랬어. 엄마가 나를 증오심 가득한 눈으로 보고 있을 때가 있었어. 어떤 때는 사랑이 가득한 눈이었고. 엄마에게 남은 사람은 나 하나뿐이었으니, 둘 다 내가 져야 할 짐이었겠지. 엄마는 화를 내며 내 가슴을 쳤고, 또 내가 찜질 약을 목에 발라 줄 때 조용히 누워 있기도 했어.

목은 완전히 낫지 않았어. 네 코처럼. 네 엄마 목소리, 서걱대고 거슬거슬한 목소리가 처음부터 그랬던 건 아니었어.

전에 너한테 호랑이를 만나서 내 다리가 이렇게 되었다고 말한 적 있지. 너는 내 말을 안 믿었지. 네 눈에서 비난을 봤다. 그래서 화가 날 때도 있었어—내 딸이 나를 거짓말쟁이 취급 하다니—그런데 어떤 때엔 기특했어. 내가 말하지 않았니, 루시 걸? 누가 무슨 이야기를 할 때는 왜 그런 이야기를 하는지 물어야 한다고?

이제 진실을 이야기하마. 그 호랑이를 내가 어떻게 만나게 됐는지.

몇 주가 지났는데 시커메진 세상에는 여전히 우리 둘밖에 없었어. 불타 버린 언덕에 어떤 짐승도 사람도 발을 딛지 않았지. 철로 설비를 실은 짐마차도 오지 않았고. 채금업자가 화재 소식을 들었다면 우리도 다 죽었다고 생각했겠지.

땅이 충분히 식었을 때, 네 엄마는 보고 싶어 했어.

처음에는 하수인 야영지로 갔어. 엄마는 숯이 된 뼈와 총의 잔해는 거들떠보지 않고 발로 차고 헤집었어. 금과 은을 찾으려고 재를 체로 일었어. 한때 동전이었던 덩어리들. 야영지에서 나오면서 네 엄마는 침을 뱉었어.

다음에는 산등성이에 있는 건물 잔해에서 찾아낸 것을 모았어.

"말." 네 엄마가 뼈 무더기를 손으로 덮으며 말했어.

나는 **묻다**를 알려 주었고 엄마는 어떻게 묻는지 알려 주었어. 은. 흐르는 물. 집을 떠올리게 하는 무언가. 엄마는 자기 트렁크 안에서 천을 꺼내 왔어. 트렁크 안에서 연기 냄새가 아니라 향내가 난다는 게 기적이었지. 엄마가 뼈를 천으로 쌌어. 그 위에 은을 얹었어.

"더 나아?" 엄마가 물었어.

나는 이백 명이 더 나은 곳에 갔을 거라고 생각한다고 말했어. 어떤 면에서는 사실이었어. 이 땅에서 그 사람들이 어떤 삶을 살았을지 알 수 없으니.

엄마가 고개를 저었어. 내가 엄마를 알게 된 이래로 처음으로 엄마가 확신이 없는 말투로 말을 하더라. "우리가 아니었다면 더 나아?"

나는 엄마를 달랬어. 당신 잘못이 아니라고 되풀이해서 말했어.

엄마 목이 조금 나았고 자신감도 조금 돌아와서, 나중에는 옳은 것과 그른 것을 가르칠 수 있는 엄마가 됐지. 하지만 루시 걸, 그날 잿더미 속에서 엄마는 확신을 잃었어. 나는 죄책감과 의문이 불꽃보다도 더 심하게 엄마를 태우는 걸 봤어.

그래서 나는 엄마가 잠들 때까지 기다렸다가 혼자 다시 건물로 갔어.

한밤중에 불타 버린 언덕에 가니 으스스했어. 그렇게 어두운 밤은 그 전에도 후에도 본 적이 없었어. 연기 사이로 고개를 내민 가는 달빛을 반사할 것이 아무것도 없는 순전한 어둠이었지. 불탄 건물 안으로 슬그머니 들어갔어. 그 뼈 꾸러미를 찾았어. 그리고 은을 다시 가져왔어.

죽은 사람들보다는 우리한테 더 필요하니까, 루시 걸.

돌아가는데 뭔가 나를 지켜보는 느낌이 들었어. 더 빨리 걸었어. 멈췄어. 그러자 그것도 멈췄어. 나하고 발을 맞춰 걷는 것 같았어. 나는 뛰기 시작했는데 내 무게보다 훨씬 더 큰 무게로 땅이 쿵쿵 울렸어. 뒤쪽에서 으르렁거리는 소리가 들렸어. 불보다 바람보다 더 크게 울렸어. 어둠 속에서 날카로운 것이 뻗어 나와 내 무릎을 베었어. 나는 피를 흘리며 비틀비틀 계속 달렸어. 너무 무서워서 도저히 뒤를 돌아볼 수가 없었어.

이게 내 이야기야, 루시 걸. 내 진실. 나를 공격하고 절름발이로 만든 호랑이 — 사실 그걸 보지는 못했어. 하지만 그게 진실이란 걸 뼛속에서부터 느낀다. 네 엄마가 다음 날 아침 상처를 닦아 주고 붕대를 감아 줬어. 엄마한테 죄책감을 더 얹어 주고 싶지 않아서 — 엄마가 그때 너무 불안정했거든 — 어둠 속에서 볼일을 보러 가다가 베였다고만 했어. 그냥 운이 나빴다고.

정말 그랬을까? 베인 상처가 깊지는 않았는데 힘줄을 깔끔하게 끊어 버려서 그 뒤로 다시는 제대로 걸을 수 없었어. 피부는 아물었지만 내 안의 무언가, 어떤 본질이 베여 나갔어. 그 날카로운 상처가 우연히 생긴 걸까? 아니면 송곳니를 드러낸 포식자, 다른 모든 게 다 죽고 사라진 뒤에도 이 언덕을 지키는 짐승의 발톱 때문이었을까? 내 주머니 속의 비밀, 짤랑거리는 은에 대한 보복이었을까? 호랑이의 얼굴을 직접 본 건 아니지만, 그렇다고 해서 내 이야기가 진실이 아닌 것은 아니지 않아?

· · ·

이제 할 얘기가 많이 남지 않았다, 루시 걸. 아침이 오고 있어.

너희 엄마한테 우리는 우리 힘으로 부자가 될 거라고 약속했다. 언덕에 아직 금이 있으니 찾아내기만 하면 된다고 약속했어. 저 지평선 너머에 있다고 약속했어. 다음에 가는 곳은 더 나을 거라고. 그리고 또 엄마가 몸이 차갑게 굳을 때까지 울었던 그날 밤에, 일이 잘 안 되면 엄마를 데려가 주겠다고 약속했어. 큰 바다 건너에 있는 그곳으로.

엄마는 전처럼 말을 많이 하지 않았어. 말을 하면 목이 아파서. 우리가 탐광 지역을 돌아다니던 때, 엄마가 밤에 잠자리에서 일어나는 걸 느낄 때가 있었어. 네 엄마는 말 옆에 서서 먼 곳을 향한 채 바라보고 있었어. 엄마 안의 야생성이.

하지만 엄마는 달라지지 않았어. 다음 날에도 달라지지 않았어. 목이 좀 나았고, 곧 네가 엄마 배 속에 생겼어. 엄마는 밤에 깨지 않고 죽 자기 시작했지. 가끔 미소를 짓기도 했어. 루시 걸, 네가 태어났을 때, 너는 네 엄마가 자주 이야기하곤 하던 배의 닻 같은 존재였어. 우리를 붙들어 주고, 한곳에 있게 해 주는. 이 땅에 붙잡아 두는. 그것에 대해 늘 고맙게 생각한다.

화재 뒤에 너희 엄마는 배를 타고 와서 이백 명을 이끌던 사람, 호랑이 발자국에 입을 맞추던 사람하고는 다른 사람이 되었어. 점점 겁이 많아졌지. 너도 봤지, 엄마가 탐광 일을 얼마나 겁내는지. 운을 얼마나 경계하는지.

새로운 엄마는 마음속에 사랑과 증오 둘 다가 있었어. 너희한테 노래를 불러 주고 드레스를 지어 주고 내 아픈 다리를 문지르고 놀리기도 했지. 그러면서 또 금을 두고, 너와 샘을 키우는 문제를 두고, 내가 돈 많은 사람을 싫어하고 인디언 야영지에서 도박하고 물물 교환을 하는 걸 두고, 어떻게 살아야 하고 어떤 사람이 되어야 할지를 두고 나와 싸웠어. 나를 권력이 있는 사람으로 착각한 적이 있었기 때문에 그 뒤로는 누가 가진 사람인지, 누구와 말을 나눠야 하는지, 누굴 피해야 하는지 신중하게 가렸지. 내가 도박꾼이라면 엄마는 계산원이었어. 증오심으로 이루어진 엄마의 일부는 뭐가 공평한지를 계속해서 헤아렸어. 끝없이 내 죄를 헤아리고 드문 성취를 헤아렸어.

그래도 내 곁에 머물렀어. 결국은 그 이백 명 때문이었다고 생각해. 그 사람들 때문에 엄마는 자신을 잃었고 나는 비겁하게도 그 점을 이용했지. 말하기 부끄럽지만 이따금 일부러 이백 명이 어떻게 되었는지 엄마에게 일깨웠어.

그리고, 폭풍이 왔지.

맞아, 우리가 금을 빼앗긴 그날 밤, 엄마는 내 가치가 이전보다 더 떨어지는 걸 봤지. 맞아, 우리 물건들도 다 잃었고. 하지만 엄마의 결심을 굳힌 건 아기였을 것 같아.

우리한테는 그 아기가 간절히 필요했어. 네가 태어났을 때, 샘이 태어났을 때, 너희가 우릴 묶어 줬지. 아기가 다시 한번 그렇게 해 줄 거라고 기대했어. 아기가 죽은 채로 태어났을 때, 조그맣고 새파란 몸뚱이에서, 내가 탯줄을 잘랐을 때—무언가 다른 것도 잘려 나갔어. 네 엄마는 아기를 잿더미 속 뼈 꾸러미를 볼 때처럼 쳐다봤어. 똑같은 죄책감. 엄마가 그동안 우리가 해 왔던 결정들을 더해 합산을 하고 있다는 걸 난 알았어. 고기를 못 먹고 지낸 오랜 기간, 흔들리는 짐마차, 폐로 들어간 석탄가루—엄마는 아기의 죽음을 우리 삶에 대한 심판이라고 봤어.

여러 해 전 불탄 건물 안에서 엄마는 우리가 없었다면 그 사람들한테는 더 나았을 거라고 말하려던 거였어. 어쩌면 너하고 샘하고 죽은 아기도 자기가 없다면 더 나을 거라고 생각했을지 모르겠다.

엄마는 죽은 게 아냐, 루시 걸. 내가 네 남동생을 묻으러 나갔다 돌아와 보니 집이 비어 있었어. 네 엄마는 언제나 강인했지. 어디로 갔는지는 알고 싶지 않았다. 속에서 의문이 솟아오르면 술을 마셔서 눌렀어. 그 폭풍이 거의 모든 걸 잠기게 만들었던 것처럼 나는 의문에 술을 퍼부어 묻었어.

네가 더 크면, 루시 걸, 때로는 아는 게 모르는 것보다 더 나쁘다는 걸 알게 될 거야. 나는 엄마 소식을 알고 싶지 않았어. 엄마가 뭘 하는지, 누구와 함께 있는지, 다른 남자의 얼굴을 보면서 무얼 느끼는지. 나를 아프게 할 지도 위의 정확한 지점을 알고 싶지 않았어.

너한테 이야기를 전부 다 하려면 내가 사실이길 바라는 이야기도 해야겠지.

진실은 이런 거야. 네 엄마가 떠난 그 밤 이전에만 해도 나는 내 단단한 겉모습 아래 더 순한 사람이 감춰져 있다고 생각했어. 언젠가 우리가 부유하고 편안해지면, 네 엄마가 힘든 일을 할 필요도 달아날 생각을 할 필요도 없게 되면─다른 사람은 하나도 볼 일이 없을 정도로 커다란 땅덩이 위에 지은 우리 집에서, 선반 위 반짝이는 금덩이를 꺼내 올 거라고 생각했어. 그 금덩이를 네 손에, 샘 손에, 아들의 손에 쥐여 줄 거라고. 부드러운 손바닥에.

그러고 이야기를 할 거라고. 어떻게 어릴 때 나와 빌리가 이 언덕에서 처음으로 금을 발견했는가 하는 이야기를.

그래, 루시 걸. 이제 네가 늘 궁금해했던 이야기를 들었지. 샘한테는 여러 해 전에 했어. 왜 너한테는 안 했을까? 글쎄, 아마도 수치심 때문이었을 거야. 네가 네 엄마를 따라 도망갈지 모른다는 두려움 때문이었거나. 네가 엄마를 누구보다 사랑했다는 거 알아. 마지막에 네가 나를 어떤 눈으로 보는지 봤는데, 네 엄마한테서 본 것하고 똑같았어. 사랑과 증오가 둘 다 있었지.

견디기가 힘들었다. 왜냐하면 사실 난 너를 샘과 다를 바 없이 사랑했거든. 샘한테만 이야기한 건 샘이 내 이야기를 들을 수 있을 만큼 강했기 때문이고. 어쩌면 널 더 사랑했을지도 몰라. 그런 말을 한다는 게 수치스럽지만. 네가 더 여리고, 사랑을 더 많이 필요로 한다는 이유만으로 사랑했다는 게. 네가 세상에 태어난 아침이 기억나. 네가 눈을 떴는데 내 눈이었지. 밝은 갈색, 거의 금빛으로 빛나는. 네 엄마나 샘하고 다르게. 네 안에 내 물이 너무 많았어.

어쩌면 너한테 모질게 대했던 게 네가 자라면서 점점 엄마를 닮아 갔기 때문인지도 모르겠다.

이 이야기를 듣고 나를 미워할 수도 있겠지. 아침이 오고, 기억이 나면, 네가 내 뼈를 도랑에 던지고 재칼 밥이 되도록 버린다 하더라도 놀라지 않을 거야.

루시 걸.

바오베이.

뉘얼.

나는 부(富)를 찾아냈으나 그게 내 손가락에서 미끄러져 갔다고 생각했는데, 그래도 이 땅에서 무언가를 만들어 냈다는 생각이 든다. 너랑 샘을 만들었으니까. 너희는 잘 자랐잖아? 나는 너희를 강하게 가르쳤어. 단단해지라고 가르쳤어. 살아남으라고 가르쳤어. 지금 네가 샘을 돌보고 내 시신을 제대로 묻으려고 하는 모습을 보니 그 가르침이 헛되지 않았다 싶다. 그러니 미안해할 필요도 없겠지. 다만 더 오래 살아서 더 많이 가르치지 못한 게 아쉽다. 부족하나마 그걸 가지고 어떻게 해 봐야 할 거야. 지금껏 평생 그래 온 것처럼. 너는 똑똑한 아이니까. 이것만 기억해라. 가족이 무엇보다도 우선이야. 팅워.

4부

XX67

진흙

여름이 오고, 호랑이가 나타났다는 소문이 돈다.

공기가 후덥지근하고 끈적하다. 매미, 귀뚜라미, 한숨, 톱니바퀴가 돌아가는 암울한 소리. 집 안에 램프를 켠 다음에도 늑장을 부리며 밖에서 어정거리는 때다. 창문은 활짝 열려 있고 열기는 나른하고, 느슨해진다.

그러나 올해는 호랑이가 타운의 맥을 발톱으로 짓눌러 스위트워터 전체가 바르르 떨고 있다. 사흘 전에 닭 몇 마리가 사라졌고 반 마리 분량의 소고기 덩어리가 사라졌다. 경비견 한 마리가 목이 베인 채 발견되었다. 어제는 어떤 여자가 빨래를 널다가 기절을 했다. 깨어나서는 빨랫줄에 시트를 너는데 시트 뒤에 어떤 짐승이 나타났다고 횡설수설했다. 진흙 위에 발자국이 남아 있었다. 올여름의 유흥거리는 공포다. 지난여름에는 굴렁쇠였고 그 전여름에는 시럽을 뿌린 얼음 조각이었다면.

애나는 당연히 맛보고 싶어 한다.

"어떨 것 같아?" 애나가 자신의 곱슬머리를 빗질하는 루시를 돌아보며 말한다. "새끼 호랑이를 애완용으로 키우면 정말 좋지 않겠어? 내가 부르면 오게 훈련할 수 있을 거야. 한 마리 구해 달라고 해야겠다."

루시가 빗으로 애나의 이마를 톡 친다. "그만 움직이는 게 좋겠어. 돌아앉아."

"아니면 새끼 늑대. 아니면 새끼 재칼. 아빠가 그건 분명 구할 수 있을 거야."

루시는 재칼을 기억한다. 그 이빨이 여자아이를 어떻게 할 수 있는지. 그럼에도 루시는 맑고 다정한 얼굴을 유지하며 애나에게 웃어 보인다.

루시가 애나의 리넨 드레스 등에 있는 서른 개의 진주 단추를 채우는 동안에도 애나는 호랑이 이야기를 한다. 애나는 루시의 드레스도 똑같이 채워 주면서도 호랑이 이야기를 한다. 똑같은 단추, 똑같은 드레스, 똑같은 부츠인데 루시 부츠는 애나와 키를 맞추기 위해 굽이 3인치 더 높다. 루시의 머리를 손질하는 데 시간이 가장 많이 걸린다. 머리카락을 말고 열을 가해서 곱슬곱슬하게 만들어야 한다. 애나가 혀를 내밀고 집중하느라 드디어 조용해진다.

그런데 역으로 가려고 집에서 나서는 길에 애나가 정원에 있는 주황색 꽃대를 쓰다듬으며 말한다. "이름을 타이거릴리(참나리)라고 붙이기로 했어." 애나가 녹색 눈을 기쁜 듯 더 크게 뜨며 말한다. 지난주에 제빵사는 두 가지 색으로 된 빵 이름을 **호랑이 빵**이라고 바꾸었고 드레스 재봉사는 줄무늬 천의 이름을 바꾸었다. "딱이지 않니?"

꽃대 위의 꽃이 루시와 함께 고개를 끄덕인다.

애나의 집이 있는 동네를 가로질러 가는데 거리가 텅 비어 으스스하다. 이곳 저택들도 해를 쪼이는 고양이처럼 널찍이 게으르게 퍼질러져 있다. 거리에 사람이 거의 없고 있더라도 불안한 듯 무리 지어 다닌다. 세 사람 이상이 같이 움직이면 호랑이가 덮치지 못한다고들 한다.

거리에 우르릉 소리가 울리자 사람들이 어깨를 움찔하고 얼굴이 하얗게 질린다. 마차 바퀴가 틈에 끼었을 뿐인데. 불안한 웃음을 터뜨리며 사람들이 다시 움직인다.

애나가 루시에게 몸을 바짝 붙인다. "어쩌면…… 어쩌면 오늘 역에 가는 게 안전하지 않을지도."

루시의 가슴이 덜컹한다. 호랑이가 나타났다는 소문에도 미동도 않던 가슴이. 루시는 가슴을 눌러 진정시킨다. 그 밖에 무수히 많은 것을 억눌러 달랬듯이. "그런 소리 마, 애나. 네 약혼자를 마중 안 가면 어떡해."

그랬는데도 애나는 징징거리고 조르고 꼬드긴다. 애나의 말솜씨는 정말 놀랍다. 끝없이 몰고 가며 모든 장애물을 넘어 흐르는 물살이다. 열일곱 살로 루시와 동갑이지만 애나는 가끔 어린아이처럼 보인다. 애나가 한 군데만 들렀다 가자고 조른다.

눈에 보이기 전에 소리부터 들린다. 호랑이가 나타났다고 주장하는 여자의 집. 사람들이 마당에 모여 웅성거린다. "바로 여기까지 왔어요." 여자가 말한다. "으르렁거리는 소리를 들었다고요."

애나가 루시를 끌고 앞으로 간다. 가냘픈 여자애들인데도 사람들이 길을 터 준다. 사실은 둘이 아니라 세 명이기 때문이다. 애나의 하수인이 뒤에 따라온다. 소문에 따르면 애나의 아버지가 고용한 사람들은 모두—특징 없는 검은색 옷을 입었고 말이 없고 눈에 뜨이지 않는 사람들이다—겉옷 아래 총을 지니고 있다고 한다. 평상시에도, 애나가 그 얘기를 하면서 눈을 흡뜬다.

오늘은 애나도 다른 데 정신이 팔려 신경 안 쓴다. 애나는 진흙밭에 쭈그리고 앉아 마치 발자국에 입을 맞추려는 듯, 혹은 뭔가 축복을 받으려는 듯 들여다본다. 기대감과 가능성이 어찌나 생생한지 루시는 강철 덫의 차가운 톱니에 급작스레 붙들린 양 질투심에 사로잡힌다. 그걸 느낄 수만 있다면 뭐든 내줄 텐데.

루시가 가까이 다가간다. 발자국이라는 게 절반뿐이다. 발가락 두 개, 발바닥 일부, 고작 컵받침 정도 크기다. 작은 고양잇과 동물일 것이다—스라소니나 보브캣, 아니면 뚱뚱한 수컷 집고양이일지도.

애나는 심장이 뛴다고 말하고, 루시도 그 말을 따라 한다. 자기 심장이 늘 맥없고 느릿하지 않다는 듯이, 오래된 실망이 맺혀 있지 않다는 듯이. 루시는 몸을 돌려 모인 사람들에게 이 발자국에 대해 진실을 말하고 사람들이 실망하는 걸 볼 수도 있다. 하지만. 루시는 스위트워터에서 자기 이야기를 이렇게 했다. **고아. 문앞에 버려짐. 부모를 모름. 혈육이 없음.** 그 아이는 호랑이를 모르는 아이다.

"만약 네가 동물이라면." 애나가 말한다. "넌 호랑이일 거야. 가장 다정하고 가장 아름다운 호랑이."

루시가 애나의 정수리에 입을 맞춘다. 꽃, 따스한 우유. 마음을 편하게 해 주는 육아실 냄새. 루시는 애나를 일으키려고 손을 내민다.

"물론." 애나가 손을 잡으며 말한다. "먼저 네 발톱을 뽑아야겠지."

　열기가 수액과 피를 빨리 돌게 한다. 친구의 손을 잡은 루시의 손이 땀으로 미끌거린다. 이 더운 날, 손을 놓친다고 하더라도 누가 뭐라고 하겠는가? 하수인도 모를 것이다. 루시가 손을 놓아 애나가 진흙탕에 엉덩방아를 찧게 만들더라도, 깨끗하고 흰 드레스가 갈색으로 물들더라도.

　루시가 애나를 하도 빨리 끌어 올리는 바람에 서로 어깨가 부딪힌다. 애나가 몸을 돌려 사람들 사이를 뚫고 갈 때 루시는 뒤에 남아 땀이 찬 손바닥을 닦는다. 첫 번째 발자국에서 조금 떨어진 곳에 또 다른 발자국이 있다. 짐승 발자국이 아니라 — 코가 뾰족한 부츠다.

　"네 언니 간다." 어떤 남자가 루시를 흘긋 보며 말한다. 첫 번째 시선은 빨리 지나간다. 다시 돌아온 두 번째 시선은 한참 머문다. 루시를 조각조각 해부한다. 눈과 코와 입과 머리카락. 차이를 헤아린다. 그즈음 루시는 남자를 지나쳐 가서 친구의 팔짱을 낀다. 뒤에서 보면, 두 사람은 똑같다.

　그러니 루시가 일주일 내내 두려워하던 것을 피하게 해 줄 호랑이, 공포, 위기는 실제로는 없는 거다. 기차는 예정대로 칙칙거리며 온다. 경적이 역을 꿰뚫듯 울린다. 선로가 부르르 떨리고 미루나무가 시든 잎을 떨군다. 애나가 뭐라고 하는데 바퀴 소리에 묻혀 들리지 않는다.

　루시는 애나에게 듣고 싶은 말을 소리 없이 자기 입 모양으로 해 본다. **결혼 안 하기로 했어.**

　뭐? 애나가 묻고 그때 닭똥 냄새가 역에 퍼진다.

루시의 일부는 화물차가 멈춰 선 플랫폼에 머문다. 화차 벽면 널판 사이로 깃털이 흘러나온다. 루시의 다른 일부는 골짜기 가장자리에 있는 어둑한 판잣집으로 비틀비틀 돌아간다. 애나가 루시를 부축하며 어디 안 좋냐고 묻는다.

루시는 담즙을 삼킨다. **멀쩡해, 이 기차 때문에 닭장에 살던 때가 생각나서 그렇지. 아마 닭똥이 내 음식에도 침대에도 들어갔을 거야.** "그냥 목이 말라서."

애나가 마차를 부르겠다고 한다. 오늘은 친절조차도 여름의 열기 속에서 상한 것처럼 시큼하다. 여름은 루시가 가장 싫어하는 계절이다. 어찌나 무겁고 지루한지. 어찌나 축축한지. 이 타운에서 오 년을 살았지만 아직도 건기 아니면 우기 두 계절만 있던 명확한 세상이 그립다. 루시는 몸을 일으키며 애나를 밀어 낸다. 혼자 걸어가겠다고 말한다.

"안 돼!" 애나가 외친다. "호랑이 때문에. 네가 가면 난 걱정돼서 아무것도 못 할 거야. 안 돼—그럴 수 없어—"

말씨름하기에도 너무 덥고, 사실 소용도 없다. 어찌 됐든 애나 마음대로 할 테니까. 루시는 벤치에 앉는다. "자, 여기. 여기 앉아서 기다릴게." 루시는 가르랑 소리를 내고 싶은 기묘한 충동을 억누른다.

역에 사람이 바글거리는데도 애나는 기차 문이 열리는 순간 가장 먼저 문 앞에 가 있다.

찰스의 밝은색 머리카락이 애나의 짙은 곱슬머리와 잘 어울리고 찰스의 턱은 애나의 정수리에 딱 들어맞고 찰스의 금시계는 애나의 금반지에 걸맞고 찰스의 하수인도 애나의 하수인 못지않다. 무엇보다도 두 사람이 서 있는 모습이 딱 어울린다. 다른 승객들 길을 가로막은 줄도 모르고 길 한가운데에 서 있다. 사람들이 팔꿈치를 오므리고 걸음걸이를 좁히는데도 아랑곳하지 않는다. 애나가 웃으며 머리를 뒤로 한껏 젖히자 어떤 여자가 머리채에 맞지 않으려고 몸을 피한다. 그 머리카락에 장미수를 흠뻑 적셨다는 걸 루시는 안다.

곧 텅 빈 플랫폼에 서로 속닥거리는 애나와 찰스, 두 사람의 하수인, 루시만 남는다. 시간이 느릿느릿 흐른다. 햇빛이 비스듬하게 벤치 위를 비춘다. 루시의 드레스 주름이 땀 때문에 축 늘어진다.

수레 한 대가 홀로 뒤늦게 역으로 들어온다. 정육점 소년이 닭을 가지러 왔다. 얼굴이 붉고 옷깃은 삐뚜름하고 루시한테 너무 가까이 붙어 서서 화물차 문을 끼끽거리며 연다. 루시는 거리를 두려고 조금씩 물러난다. 그때 문이 활짝 열린다. 먼지 바람이 루시의 드레스를 덮친다.

플랫폼 아래쪽에서, 찰스의 손이 애나의 허리에 얹혀 있다. 둘 다 이쪽에서 벌어지는 소동을 알아차리지 못한다.

루시는 몸을 피하지만 이미 늦었다. 흰 천에 흙과 땀이 섞여 진흙처럼 들러붙어 루시의 드레스가 아까 루시가 상상했던 애나의 드레스처럼 더러워진다. 정육점 소년만큼 더러워 보일 것이다. 애나의 목소리는 계속 이어지고 루시가 그 자리를 뜨는 걸 알아차린 사람은 하수인들뿐이다.

물

루시가 물속으로 첨벙첨벙 들어갔을 때는 하늘이 오렌지빛으로 부풀어 있다.

소문 때문에 강둑이 텅 비었다. 루시가 치맛자락을 적시며 서 있는 모습을 볼 사람이 주위에 아무도 없다. 루시가 몸을 비틀어서 서른 개의 진주 단추를 조심스레 전부 자기 손으로 끄르는 걸 볼 사람도 없다. 루시는 벌거벗은 몸으로 자기 드레스 옆에 둥둥 뜬다. 물이 몸과 옷을 가리지 않고 덮치며 씻어 내린다.

애나가 루시가 스위트워터에서 두 번째로 얻은 친구라면 강은 첫 번째 친구였다.

오 년 전에 처음 이 강을 건너 타운으로 들어왔다. 수레가 와서 부딪히고 인파가 사방으로 스쳐 갔다. 루시는 어디로 가야 할지 몰랐다. 하늘을 봐도 도움이 안 됐다. 언덕에서 살 때 배운 대로 하늘을 올려다봤지만 건물들이 시야를 가렸다. 구름이 맴돌지도 않았다. 루시는 아무것도 아닌 곳 한가운데에 있었고 땅은 아무 말도 하지 않았다. 루시는 아무도 아닌 존재였다.

　루시는 식당 부엌으로 흘러 들어갔다. 아는 것에서 안도감을 느꼈다. 기름투성이 접시, 야트막한 천장, 수그린 목의 통증. 다른 여자아이 셋이 싱크대 앞에 서 있었다. 한 명은 희고 두 명은 짙었다. 루시가 웅얼거렸다. **고아. 혼자 남겨짐. 모름. 아무도 없음.** 흰 피부는 관심을 접었다. 짙은 피부의 여자아이 둘은 아니었다. 자기들끼리 속삭이다가 통로에 서 있는 루시에게 다가왔다.

　"넌 누구니?" 키 큰 쪽이 물었다.

　"고아야."

　"아니." 작은 쪽이 다가오며 말했다. 루시는 두 사람 얼굴을 똑바로 봤다. 인디언일 것 같았다. 스위트워터 거리에는 다양한 족속의 인디언이 많았다. "어느 **부족**이냐고." 작은 아이가 자기 가슴에 손을 얹고 자기 부족 이름을 말했다.

　과거의 어떤 이름, 로프트에서 들은 단어가 루시의 기억 속에서 빙빙 돌다가 먼지처럼 흩어졌다. **이게 맞는 말이야.** 사라졌다. 혓바닥이 바싹 마르는 맛. 루시에게 부족이 있었다고 하더라도 이제는 그 이름을 말할 수가 없다. 키 큰 인디언 여자아이도 자기 가슴에 손을 얹는 걸 보고 루시는 둘이 자매라는 걸 알아차렸다.

　인디언 여자아이들은 계속 루시를 쳐다보고 계속 캐묻고 자기들이 싸 온 이상한 도시락을 같이 먹자고 했다. 자꾸 귀찮게 굴길래 루시가 어느 날 몸을 돌려 피부에 대해 무어라고 말했다. 물에 대해. 더러움에 대해.

　인디언 소녀들은 그 뒤로 다시는 루시에게 말을 걸지 않았다. 내면을 갉아먹는 수치심, 그리고 가벼움이라고 치부해 버리게 된 공허함. 이번에는 일부러, 그 여자아이들 부족의 이름을 기억의 빈틈으로 사라지게 했다. 자기 이름이 사라진 그곳으로 흘려보냈다. 그래도 이제는 그 아이들이 루시를 성가시게 하지 않으니까.

그렇지만 루시는 혼자가 아니었다, 아직은. 정오에, 밤에, 루시는 부엌에서 나온 음식물 찌꺼기를 들고 강으로 갔고 샘은 그걸 보고 콧잔등을 찡그렸다. 샘이 은화 두 개를 가져가라고 했지만 루시는 샘이 그 소리를 그만둘 때까지 못 들은 척했다. 다른 대화도 멈췄다. 샘은 더 까다롭게 굴고 더 안달했고 더 뚱해졌다. 몇 시간 동안 자리를 비웠고 다른 방법으로 먹을 것을 구했다.

마침내 산사람이 말했던 축제 시장이 열렸다. 카우보이, 덫사냥꾼, 목장주, 게임, 공연이 스위트워터 전체를 날씨처럼 덮쳤다. 축제가 휩쓸고 간 뒤에 샘도 사라졌다. 넬리도.

루시는 일주일 넘게 강가에서 혼자 기다렸다. 물 위쪽은 너무나 맑았다. 아래쪽은 잡석이 가득했다. 마침내 루시는 물건들을 ─ 해지고, 찌그러지고, 너덜너덜하고, 처량하고, 햇빛에 바래고, 서부를 가로지르는 길고긴 여정의 냄새가 나는 것들을 물에 집어 던졌다. 몸에 걸친 옷 한 벌만 가지고 하숙집으로 들어갔다.

첫해에는 스위터워터 사람들을 관찰했다. 수천 명의 얼굴, 지금까지 본 것보다 더 많은 유형이 있었다. 낯익은 얼굴은 하나도 없었다.

두 번째 해에는 실망감을 쫓아다니길 그만두고 고개를 숙이고 잰걸음으로 다녔다. 가끔 누군가가 루시를 불렀다. 루시가 아는 사람은 아니었다. 대부분 남자들이었고 대부분 밤에 불러 댔다.

세 번째 해에는 **고아, 혼자 남겨짐, 아무도 없음**을 하도 자주 말해서 진실 위에 옻칠이 덮였다. 아무 내용도 없는 텅 빈 이야기는 문명이라는 게 대체 뭔지 루시에게 가르쳐 준 이 타운에 잘 맞았다.

문명이란, 야생을 다 쥐어짜 어떤 위험도 모험도 불확실성도 없어 가짜 호랑이조차 대단한 사건이 되는 곳이었다.

삼 년 동안의 비누 거품, 쭈글쭈글한 손, 자갈이 깔린 길, 깔끔한 모퉁이, 푸른 잎 그리고 갈색 잎 그리고 헐벗은 가지 그리고 다시 푸른 잎, 날을 세워 주름을 잡은 드레스, 식료품상 카운터로 넘겨주는 동전, 흰 커튼, 풀 먹인 시트, 소금, 단물, 묵직한 공기, 가로등, 목의 경련, 설거지 거품이 빨래 거품으로, 급료를 더 많이 주는 호텔 일자리로, 빚을 갚으려면 앞으로 팔 년을 더 일해야 해서 식당 주방에 남은 인디언 소녀들, 소금, 단물, 쑤시는 손, 숨 쉬기에 너무 단단한 공기, 한 사람 자리가 세팅된 테이블에서 반짝이는 포크와 나이프, 강물 말고는 누구의 손길도 몸에 닿지 않은 날들.

그리고 네 번째 해가 시작될 무렵에 루시는 강가에서 애나를 만났다.

"그걸로 뭐 하는 거야?" 뒤쪽에서 목소리가 들렸다. 손이 루시의 어깨를 넘어와 루시가 들고 있는 막대를 가리켰다. 처음 보는 여자아이가 강둑으로 걸어왔다. 그 아이도 루시처럼 탐사봉을 들고 있었다.

"난 애나야." 그 목소리가 고독을 깼다.

그 전까지 루시는 혼자 강에 왔다. 쉬는 날에는 수영을 하거나 몸을 문질러 닦거나 물에 스치는 자기 얼굴을 봤다. 날카로운 광대, 날개 같은 머리카락, 가느다란 눈. 물건을 줍기도 했다. 기다란 회색 돌, 총알처럼 까만 조약돌, 탐사봉처럼 Y자 모양으로 갈라진 나뭇가지. 물건들을 귀에 대고 아무도 해주지 않는 이야기를 들려주지 않을까 귀 기울였다.

그때, 애나가.

내일 비가 온대.

네 머리 예쁘다.

네 주근깨 마음에 들어.

그렇게 수영하는 법 가르쳐 줄래?

몇 살이야?

열여섯.

나도.

새 친구한테도 무언가 감출 게 있는 게 아닌가 싶었다. 두 사람 다 과거 이야기는 하지 않았다. 애나는 앞날에만 관심이 있었다. 타고 싶은 기차, 만들고 싶은 드레스, 가을이 되면 먹고 싶은 과일. 삶은 가능성의 꽃이고 그게 무르익기를 기다리기만 하면 됐다.

어느 일요일 강둑이 흰 성에로 덮였을 때 애나가 몇 주 전부터 이야기하던 가을 사과 세 개를 가지고 왔다. 어찌나 빨간지 루시는 눈이 시렸다. 애나는 탐사봉을 빙빙 돌리며 평소답지 않게 말이 없더니 이렇게 말했다. "우리 아버지는 탐광자였어."

루시의 입에 즙이 가득했다. 달콤함에 혀가 풀어졌다. "우리 아버지도."

놀랍게도 애나는 늘 그러듯 그 말을 그냥 흘려 버리지 않았다. "알고 있었어." 애나가 루시의 손을 잡으며 말했다. 루시는 뒤로 몸을 피하려 했다. 애나가 뭘, 어떻게 아는지 알아내려고 했다. 총, 은행, 사람 재칼을 아는 건가? "너도 나하고 똑같다는 걸 알았어. 아빠는 그런 말 하지 말라고, 내가 너무 순진하다고 그래. 내가 하수인 없이 혼자 여기 오는 것도 싫어해. 하지만 난 너는 믿을 수 있어. 너를 본 순간 알았어. 우리가 가장 특별한 친구가 될 거라는 거."

· · ·

애나가 탐광자의 딸이긴 하나 공통점은 거기서 끝이다. 애나의 아버지는 언덕에서 금을 캤을 때 그걸 지켰기 때문이다. 자기 소유임을 입증하는 증서가 있었고 밑에서 일하는 사람들도 있었다. 애나의 아버지는 모아들였다. 광산, 호텔, 상점, 기차, 자기가 단물을 쏙 빨아내 버린 언덕에서 멀리 떨어진 이곳 스위트워터의 저택, 그리고 딸.

바보의 금이란 것을 루시는 스위트워터에서 알게 됐다. 값싼 돌인데 잘 모르는 사람의 눈을 속인다. **바보의 금**이라는 말은 진짜를 흉내 내는 것을 가리키는 말이 되었다. 애나는 탐광자의 딸이면서도 루시를 보고 속고 말았다.

루시는 거짓말을 조금 수정했다. **고아. 모름. 아무도 없음. 그런데 아버지는 탐광자였던 것 같음.** 애나는 용서해 주었다. 애나는 너무 쉽게 용서하고 쉽게 웃고 쉽게 울어서, 이 중 어느 것도 쉽게 할 수 없고 어린 시절이라는 무덤을 단단히 다져 두어 억눌린 감정이 안에서 바르르 떨리는 루시에게는 신기하기만 하다. 그런데도 애나는 이렇게 주장한다. **우리는 똑같아, 뼛속 깊이.**

애나의 집에는 방이 스물한 개 있고 말이 열다섯 마리 있고 부엌이 둘, 분수가 셋 있다. 벨벳과 다마스크, 은과 대리석. 가장 큰 방은 아치형 천장이 어찌나 높은지 파란 천장 타일이 하늘처럼 보이는데, 그 방에 액자에 든 증서가 있다. 액자는 순금이다. 증서는 그냥 종이다. 가장자리가 너덜너덜하고 한쪽 귀퉁이는 찢어졌다. 애나 아버지의 서명이 아래쪽에 뱀처럼 기어간다. 이게 애나 아버지의 가장 소중한 물건이다. 첫 번째 탐광지에 대한 권리를 입증하는 증서. **너 어디 아파?** 애나가 처음 이 방으로 루시를 데려

와 증서를 보여 준 날 물었다. **네 얼굴이 ― 마치 ―** 아마 애나는 **절망**
이라는 말을 써 본 적이 없었을 것이다. 어쨌거나 애나는 호들갑
을 떨며 루시에게 단것을 먹이고 대리석이 깔린 방 저편으로 루시
를 데려가 은 소금 상자와 벨벳 드레스를 안겼다. 그러면서 애나
는 내내 말했다, **똑같아.** 그 말이 하녀와 하인과 정원사 들이 그렇
게 많은데도 늘 텅 빈 듯 느껴지는 ― 애나의 어머니는 돌아가셨
고 아버지는 늘 여행 중이다 ― 저택 안에서 메아리쳤다. 루시는
그 소리 뒤에서 울리는 게 뭔지 들은 것 같았다.

마치 애나가 친구에게 마법봉을 휘두르기라도 한 것 같았다.
마법봉은 탐사봉, 애나 아버지가 들었던 탐사봉이고 마법은 금이
었다. 똑같은 아이로 변신하게 하는 마법.

한동안은 효과가 있었다. 눈이 어두운 정원사를 속일 수도 있
었다. 똑같은 옷, 똑같은 곱슬머리. 루시는 애나가 하는 말을 따라
하고 태평한 웃음소리를 흉내 냈다. 루시는 늘 애나를 보고 있었
기 때문에 거울 앞을 지나가다 그 안의 얼굴을 보면 흠칫 놀랐다.
녹색이 아니고 둥글지도 않은 눈. 비뚜름한 코와 어두운 눈빛, 낯
설고 심각한 얼굴.

정원사가 말했다. **네, 아가씨.** 정원사가 루시가 달라고 한 꽃을
꺾어 주며 말했다.

그 마법은 두 달 전 한밤중에 깨졌다. 루시가 애나의 방에 그
렇게 늦게까지 있었던 적은 처음이었다. 촛불을 켰고 차갑게 식은
비스킷을 몰래 가지고 왔다. 요리사한테 말했다면 만찬이라도 차
려 줬을 테지만. 꽃병 가득한 장미 향이 아찔했다. 둘은 애나의 침
대 위에 꼭 붙어 앉아 있었고 거대한 집 나머지 부분은 어두컴컴
하고 아무 의미도 없었다. 애나가 낄낄 웃다가 몸을 돌렸다. 애나

의 얼굴이 루시의 얼굴 바로 앞에 있었고 상기되어 있었다. 루시에게 스물한 개의 방 중 하나에서 살고 싶냐고 물었다. 이렇게 말했다. **넌 나한테 자매나 다름없어.**

아무도 없는 강둑에 갔을 때 이래로 처음으로, 다른 사람의 존재가 확연하게 느껴지는 것 같았다. 다른 사람의 체취. 루시의 가슴 속에서 진실이 솟아오르며 흙탕물을 만들었다. 루시는 대답하려 하고 있었다.

그때 가스램프 불빛이 비쳤다. 문간에 어떤 남자가 나타나서 물었다. "넌 누구냐?"

애나의 아버지가 출장 갔다가 돌아온 것이었다. 루시는 드레스에 떨어진 비스킷 가루를 떨고 고개를 푹 숙여 두드러진 코를 감췄다.

애나는 이 부드러운 녹색 땅에서 태어났지만 아버지는 언덕 출신이었다. 진짜 금이 어떤 건지 알았고 속지 않았다. 애나가 아버지를 끌어안자 아버지는 루시가 어디 출신이냐고 물었다. 동료들한테 저런 사람들이 있다는 이야기를 들었다고 했다. 애나의 아버지는 거짓말을 듣고는—**고아**—**모름**—**아무도 없음**—애나에게 둘이서 이야기 좀 하자고 했다. 루시는 짐을 챙겨서 나왔다. 아무도 루시를 붙잡지 않았다.

그날 이후에 애나는 둘이 같이하는 미래에 대해 이야기하지 않았다. 동부에 있는 종착역까지 기차를 타고 같이 가자든가, 도시락을 싸서 아버지 과수원에 소풍 가자든가, 어떤 강에서 수영하자든가, 아버지 돈으로 어떤 드레스를 사자든가. 루시가 스물한 개의 방 중 하나에서 사는 이야기도 하지 않았다.

그날부터 저택으로 구혼자들이 찾아왔다. 애나는 그들을 비웃고 헐뜯고 동물이나 가구에 비유했다. 그러나 결국에는 저택이 있고 금으로 이룬 부가 있는 남자를 골랐다.

이제 애나는 찰스와 같이 사는 집, 같이 가꿀 정원, 같이 할 여행 이야기를 한다. 물론 루시한테도 같이 가자고 한다. 애나는 가장 좋아하는 친구와 약혼자가 자기 곁에 있는 게 너무 좋아서 찰스의 손가락이 루시의 허리 언저리에 머무르는 것, 찰스가 루시를 **우리의 가장 가까운 친구**라고 부르는 것, 찰스가 루시가 세탁 일을 하는 호텔로 선물을 보내고 술 냄새를 풍기며 루시의 창문 앞에 나타난다는 사실을 못 본다.

루시는 저녁 식사 초대를 받아들이고 세 사람을 위해 차린 식탁에 앉는다. 음식을 칭찬한다. 꽃을. 친절을. 애나가 방에서 나가면 찰스가 단둘이 산책하자고 속삭인다는 말은 하지 않는다. 애나의 옆자리 ― 한때는 자매를 둘 수 있을 정도로 넓었던 자리는 이제 좁아졌다.

그래서 루시는 전처럼 혼자 강물에 몸을 담근다. 피부가 쪼글쪼글해진다. 그래도 루시는 계속 물에 떠다닌다. 땅에 있을 때도 물에 있을 때처럼 쪼글쪼글할 미래를 상상한다. 그러면서도 여전히 친구 옆에 앉아 웃음을 짓고 있을 미래. 다른 어떤 미래가 있을 수 있을까? 루시는 자기가 말한 대로 되었다. **고아. 아무도 없음**. 돈도, 땅도, 말도, 가족도, 과거도, 집도, 미래도 없다.

고기

루시는 물을 뚝뚝 흘리며 돌아간다. 어스름 속에서 사람들이 루시의 얼크러진 머리카락에, 타박타박 부딪히는 맨발바닥 소리에 흠칫 놀란다. 하숙집 계단 위에서 여자 셋을 지나친다. 호랑이가 불러일으킨 공포 때문에 다들 예민하다. 한 명이 루시를 보고 움찔하는데, 옆으로 피하는 게 아니라 **앞으로 나가려는** 본능 같은 충동이 있어 어리석게도 앞으로 튀어나온다. 진짜 공포가 뭔지, 여자아이 척추를 부러뜨릴 수 있는 게 뭔지 루시는 가르쳐 줄 수 있는데.

루시는 미소를 띠며 길을 터 준다. 공기가 너무 고요하다. 입꼬리가 불안하게 실룩거린다. 뭘 좀 먹으면 마음이 가라앉을지도.

안으로 들어오자마자 하숙집 주인 여자가 붙잡더니 응접실에 찾아온 사람이 있다고 말한다. 애나가 걱정거리를 안고 왔겠지. 루시는 한숨을 쉬며 고맙다고 말한다.

"남자야." 주인 여자가 루시의 앞을 가로막으며 말한다. 침이 튄다. 이 하숙집에서 오 년을 얌전히 지냈는데 이렇게 화를 내다니 뜻밖이다. "문 열어 봐. 위층으로 데려가면 안 돼. 보고 있을 거야."

사위가 어둑하다. 잠행의 시간이다. 찰스가 분명하다.

찰스를 처음 만난 때도 밤이었다. 삼 년 전, 애나를 알기 한참 전. 한밤중이면 발이 근질거리고 외로움이 목구멍 속의 바싹 마른 상처라 아무리 물을 마셔도 달랠 수 없을 때. 그래서 루시는 타운을 가로질러 걸었다.

낮에 점잖은 사람은 역 근처 거리를 피한다. 술집, 노름판이 즐비한 지저분한 거리, 바케로, 도박꾼, 인디언, 술꾼, 카우보이, 사기꾼, 평판 나쁜 여자 들, 기타 부도덕한 사람들이 모인다는 곳. 밤이면 이 거리가 루시를 불렀다. 루시는 그곳에 있는 사람들의 자세에서 익숙한 패배감을 봤다. 열세 살, 열네 살을 지나갈 때 루시는 보는 것으로 마음을 달랬다. 루시의 흐느적거리던 팔다리가 자라서 여물고 머릿결이 매끈해지자, 사람들도 루시를 보기 시작했다. 특히 남자들.

날이 어두워지면 이 더러운 거리가 교과서 책등처럼 쪼개졌다. **네가 크면 알게 될 거야.** 엄마는 말하곤 했다. 루시는 자기 걸음걸이에 엄마의 미끄러지는 듯한 우아함, 샘의 거드름을 담는 법을 익혔다. 짜릿하기도 하고 무시무시하기도 한 게임을 했다. 무시하고, 대꾸하고, 모욕하고도 무사히 빠져나오는 법을 배웠다. 가난한 남자, 절박한 남자, 거친 남자—그다음엔 이 중 어떤 것도 아닌 남자가 있었다.

그 남자는 도박장에서 쫓겨나 루시 앞에 던져졌다. 뒤쪽에서 욕설이 들렸고 값비싼 옷은 찢겨 있었지만 그래도 남자는 아랑곳

하지 않고 웃었다. 돈을 더 들고 다시 올 거라고 큰소리를 쳤다. **어디에서 왔어요?** 그가 루시에게 물었다. 루시가 무시하는데도 다른 남자들처럼 화를 내거나 욕을 하지 않았다. 계속 웃었다. 계속 돌아왔다.

가난한 남자들은 포기하고 사라졌고 돈도 자존심도 결국 바닥이 났다. 그에게는 부에서 나오는 오만함이 있었다. 어느 날 밤 그는 동전 한 줌을 내밀었고 루시는 덜덜 떨며 몸을 돌렸다. 두려움 때문은 아니었다 — 그보다는 총을 쏘고 난 뒤 손이 흔들리는 것하고 비슷했다. 루시는 자기 팔, 가슴, 배를 내려다보았다. 이 여린 몸 어디에 무기가 있는지 보려고 했다.

곧 그 거리를 쏘다니기를 그만뒀다. 보닛을 꼭 눌러쓰고 걸음걸이를 절제하고 머리카락으로 얼굴을 가리는 법을 익혔다. 골목길을 절름거리며 걸어가는 망가진 남자의 그림자에, 혹은 술집 위쪽 창문에서 목이 긴 여자가 언뜻 돌아서는 모습에 나타나는 유령을 못 본 척하는 법을 배웠다. 애나를 만난 그 여자아이처럼 평범한 여자아이인 척하는 법.

그런데 그가 다시, 애나의 옆자리에 나타났다. 말쑥한 모습으로, 여전히 웃으며, 이름이 생겼다. **찰스.** 애나가 약혼자를 인사시키며 말했다. **얘는 나한테 정말 소중한 애예요. 잊으면 안 돼요.** 찰스는 인사를 하며 루시를 아주 미묘한 정도로 조금 과하게 끌어당겼다. 두 사람 사이에 그 좁은 골목길, 어두운 밤, 두 사람이 공유하는 비밀만을 딱 담을 만큼 공간을 남기면서. 그가 말했다. **어떻게 당신을 잊겠어요?**

응접실에서 기다리고 있는 남자는 머리카락이 검고 피부는 갈색이다. 눈을 가늘게 뜨고 루시를 돌아본다.

루시의 손이 코로 올라간다. 바다.

붉은 셔츠에 무덤의 흙이 묻어 있지는 않지만, 부츠에서 구더기가 기어 올라오지도 않지만, 무언가 오랫동안 묻혀 있던 것이 나왔다. 루시는 열기, 숨 막히는 먼지를 느낀다. 그 오랜 세월 이 먼 곳에서 이렇게 깔끔하게 살아왔던 나날이 바가 다가오는 순간 모두 흩어진다. 지금 응접실에 서 있는 사람은 스위트워터의 루시가 아니다. 더 어린 루시, 가냘프고 맨발이고 너무 많은 부분이 위태하게 드러나 있는 루시. 서부에 묻어 두고 왔다고 생각했던 루시.

루시는 달아나고 싶지만 꽉 끼는 드레스가 흉곽을 조인다. 숨을 쉴 수가 없다. 게다가 바가 너무 빠르다. 젊은 모습으로 나타난 유령은 다리를 절지도 않고 이도 온전하다. 다리가 길고 광대는 베일 듯 날카롭다. 그가 루시의 앞에 서서 씩 웃는다.

그리고 말한다. "탕."

그 목소리. 바처럼 낮지 않다. 마처럼 거칠거칠하다. 가까이에서 보니 열여섯 살로 보이는 얼굴이다.

"네 머리." 루시가 갈라진 목소리로 말한다. "많이 길었다."

마지막에 봤을 때 샘은 두피가 보일 정도로 머리를 바싹 깎았다. 지금은 머리카락이 샘의 눈을 덮고 귀 바로 아래에서 곱슬거린다. 루시가 그 머리카락을 땋아 주느라 반평생을 보냈는데. 루시는 머리카락에 손을 뻗는다. 그러다가 기억이 난다.

"어떻게 된 거야?" 루시가 얼른 손을 거둬들인다. "날 두고 가더니."

샘의 미소가 사라진다. 샘이 턱을 치켜든다. "같이 있었던 것도 아니잖아. 네가 먼저 갔잖아."

"날마다 보러 갔었어. 그런데 한마디도 없이 —— 그렇게 생각이 없니? 네가 다쳤거나 아니면 죽은 줄 알았어. 이렇게 불쑥 나타나면 다야? 믿기지가 않 ——"

어떤 것들은 순간 루시를 과거로 데려간다. 닭똥. 죽은 남자의 얼굴. 시간의 흐름을 버티는 샘의 고집. 마는 뚱하다고 불렀다. 바는 **사내답다고** 불렀다. 루시는, 감탄과 질투를 섞어서 샘의 반짝임이라고 불렀다.

문이 더 넓게 열린다. 하숙집 주인 여자가 못마땅한 기색을 날카롭게 쏜다. 루시는 몸을 돌려 집주인을 안심시킨다. 열두 살 아이의 상처를 공손함으로 덮는다.

다시 샘에게 몸을 돌렸을 때는 피곤하다는 생각밖에 안 든다. 샘이 떠났을 때 어땠는지 어떻게 설명하나? 무언가가 세상에서 사라졌다. 루시는 자기 존재 자체를 억누르고 스위트워터 사람 누구도 볼 수 없게 깊이 파묻었다. 루시는 달라졌다. 이제 샘이 알던 누이가 아니다.

"그냥 가는 게 좋겠다." 루시가 말한다.

그때 샘이 말한다. "미안해."

그 말이 방에서 바의 유령을 쫓아낸다. 거기에, 한 손을 내민 채 서 있는 사람은 샘뿐이다.

"휴전할까?"

평범한 손. 거칠고 굳은살이 박인 떨리는 손. 샘은 무엇을 물어야 했을까 생각하게 만든다. 샘이 손을 내민 채 시간이 흘러간다. 처음으로, 루시한테 샘이 원하는 무언가가 있는 듯하다. 샘은 그걸 얻기 위해 얼마나 오래 기다릴까?

루시는 손을 그대로 둔다. "가서 밥이나 먹자. 네가 사."

• • •

　루시는 애나를 마주치지 않을 만한 장소를 고른다. 역 옆에 있는 기름때에 전 식당에서 샘은 메뉴도 보지 않고 주문한다. 스테이크 두 개요. 샘이 뚱한 얼굴의 여자 요리사에게 말하고는 어찌나 활짝 웃는지 요리사가 아찔해한다. 요리사의 입꼬리가 자기도 모르게 올라간다. 한편 루시는 파리잡이 끈끈이를 보고 식욕이 저 멀리 달아나는 걸 느낀다. 루시는 물만 달라고 한다. 루시가 더러운 포크를 닦는 걸 보더니 샘이 식당 저 너머까지 들리게 부른다.

　"아가씨?" 식사를 하던 사람들이 돌아본다. "네, 거기 아름다운 곱슬머리 아가씨 말이에요." 희끗해지기 시작한 머리를 꼬아 올린 요리사가 놀라서 양파에서 고개를 들고 쳐다본다. "새 포크 나이프 좀 주실 수 있을까요? 가능하다면요. 정말 감사합니다, 아가씨."

　"소란 피우지 마." 루시가 날카롭게 말하며 머리카락으로 얼굴을 가린다.

　"안 그래도 쳐다볼 텐데 뭐."

　샘은 늘 그러듯 정말 그렇게 만든다. 삐걱거리는 의자에 마치 애나의 집 응접실 안락의자에 앉듯 늘어져 앉는다. 루시가 눈에 뜨이지 않는 법을 배웠다면, 샘은 오 년 동안 타고난 반짝임을 더 빛나게 갈고닦았다. 걸음걸이는 더 대담하고 어깨는 더 꼿꼿하다. 목에 맨 새 반다나가 튀어나온 울대뼈가 없다는 걸 감춘다. 자세히 들여다보면 예쁘장한 어린 여자아이의 흔적이 보인다. 긴 속눈썹, 매끈한 피부. 그렇지만 재칼의 시간에 풀밭을 돌아다니는 짐승을 눈으로 따라가는 것하고 비슷한 노릇이다. 눈을 믿을 수가 없다.

사람들이 보는 건 남자다. 삶이 할퀸 자국을 내기 전의 바처럼 잘생긴 데다 엄마의 매력과 우아함까지 갖춘 남자. 그래서 스테이크 두 접시가 그렇게 빨리 나오고, 요리사가 또 한 번 잇몸을 드러내며 웃는 것일 게다.

샘은 예전처럼 맹렬하게 음식에 달려든다. 루시는 물잔을 돌리며 굶주림을 떠올린다. 손가락 끝이 축축하고 눈도 축축해진다. 샘이 불러일으킨 게 반갑지 않다. 혼탁하다.

샘이 루시의 눈빛을 오해한다. "스테이크 한 개 먹을래?"

"아니. 드레스 버려." 루시는 흰 천을 손으로 쓸어내린다. 애나의 아버지가 특별히 외국에서 수입해 온 천. 루시는 그 천의 가격이나 애나나 애나 아버지 이야기는 하고 싶지 않다. 화제를 돌리려고 이렇게 말한다. "어디에서 지냈는지 말해 봐."

샘은 한 입을 더 먹고 등을 기댄다. 열여섯 살 샘의 목소리는 희한하게 깊고 노래하는 듯한 리듬이 있다. 푹푹 찌는 열기 때문에 샘이 모닥불 가에서 이 이야기를 하는 장면이 저절로 떠오른다. 루시의 고아 이야기처럼 되풀이하면서 생겨난 리듬이 있다. 이 이야기는—루시의 눈에 눈물이 핑 돈다—샘이 모르는 사람들에게 들려주는 이야기다.

샘은 카우보이들과 같이 엄청난 규모의 소 떼를 북쪽으로 몰고 갔다. 모험가들과 같이 남부에 있는 사라진 인디언 도시로 갔다. 봉우리 너머 세상을 보려고 길동무 한 사람과 같이 산을 올랐다. 샘은 씹고 말하고 삼키고 허풍을 치고 루시의 배 속에는 허기가 감돈다. 거친 땅에 대한, 구불구불 구부러져 끝이 보이지 않는 길에 대한, 스위트워터에서 야생성과 함께 사라진 공포에 대한 굶주림. 간을 안 한 귀리죽과 차갑게 식은 콩이 특식이 되는 길, 몸을 달구어 깨어나게 하는 길에 대한 굶주림. 거리가 전부 지도로 기록되고 알려진 이 따분하고 평탄한 곳이 아니라.

"이제 어디로 가려고?" 샘이 말을 멈추자 루시가 묻는다. 식당 안이 조용해졌으나 메아리는 남는다. 유리잔이 다른 잔과 부딪혀 그 잔도 떨리게 만들었을 때처럼 루시 안에서 울리는 울림. 그게 희망이란 걸 거의 알아차리지 못할 뻔한다. "누구하고 같이?"

샘이 포크로 빈 접시를 긁는다. "이번엔 혼자 갈 거야. 여럿이 다니는 건 이제 지겨워. 꽤 멀리까지 가서, 아마 안 돌아올 거야. 그래서—그래서 작별 인사를 해야겠다고 생각했어."

배 속의 허기가 너무 크게 자라서 그 안으로 빠져들고 말 것 같다. 루시도 스테이크를 주문한다. 조금만 먹을 생각으로. 하지만 고기가 루시의 입과 눈을 차지한 이상, 샘에게 말을 하거나 샘을 쳐다볼 필요가 없고 짙은 실망감이 겉으로 드러날까 봐 걱정할 필요가 없다. 루시는 접시를 들어 얼굴을 가리고 핏물을 핥아 먹는다.

샘이 자기가 먹은 스테이크 접시 두 개도 루시에게 밀어 준다. 루시는 그것도 깨끗하게 핥는다. 그러고 나서야 자기 드레스를 내려다본다. 분홍색 방울이 튀어 옷을 버렸다.

샘이 말한다. "너한테 어울려."

분노가 날이 선다. 샘이 또 조롱하고 있다. 갑자기 나타나서 모든 걸 망쳐 버렸다. 뼛속까지 이기적인 샘. 계산서가 나오자 루시는 손을 뻗는다. 이걸 작별 선물로 삼으려고.

그런데 샘이 더 빠르다. 마법처럼 샘의 갈색 손이 탁 내리친다. 손이 왔다 간 자리에 순금 조각이 남아 있다.

루시는 두 손을, 팔을 그 위로 뻗어 가린다. "너 탐광하고 다

넜어?" 두려움이 몸을 뒤흔든다. 루시는 주위를 둘러보지만 식당 안의 누구도 꿈쩍 않는다. 나머지 사람들 모두 무기력에 사로잡힌 것처럼 보인다. "그러면 안 되잖아. 법이—"

"내가 찾아낸 거 아냐. 채금업자 밑에서 일하고 급료로 받았어."

"왜 그런 일을 해?"

"그런 생각 안 해 봤어?" 샘의 목소리에서 허풍기가 사라진다. 처음으로 샘이 소리를 낮추고 다른 사람들을 의식하며 말한다. "우리만 부당한 취급을 받은 게 아냐. 다른 사람들도 있어. 인디언들, 갈색, 검은색 피부의 사람들. 아무도 그게 옳다고 생각 안해. 우리가 뺏긴 거 말이야. 정직한 사람들이 캔 금을 채금업자가 어떻게 했는지 생각해 본 적 없어?"

이렇게 가까이에서 보자 샘의 매력에 가려 보지 못했던 게 보인다. 그 아래에 바를 죽인 것과 똑같은 과격함, 쓰라림, 희망이 있다. 루시가 스스로 고아가 되어 떨어져 나온 옛 역사가.

"채금업자들은 이 땅이 자기들 거라고 생각해." 샘이 경멸스럽다는 듯 말한다. "그게 말이 돼?"

루시는 자기 웃음이 어디에서 나오는지 알 수 없다. 그러나 다만 타운에서 가장 큰 집 안에서, 만약 녹여 팔면 수백 집을 먹여 살릴 수 있을 순금 액자에 든 증서가 걸려 있는 벽 위 정확한 위치는 안다. 샘은 비웃겠지만 샘이 상상할 수 없는 곳이 세상에는 존재한다. 루시는 자기 드레스를 닦는 척한다. 샘의 질문에 대한 답을 아는데 그 답이 루시를 부끄럽게 한다. 루시는 금이 어디로 가는지 봤다. 루시는 그 집의 손님이고, 거기에서 나오는 선물을 입었고, 친구가 되어 팔짱을 끼고 스위트워터를 돌아다녔다.

· · ·

식당에서 어두운 거리로 나오는 순간 무언가가 그들을 홱 덮친다. 루시는 샘을 뒤로 당긴다. 어린아이다. 팔꿈치를 부딪힐 정도로 가까이 스치고 달려간다. 가로등의 주황색 불빛에 맨다리가 반짝인다. 낡은 옷을 입고 피부색이 대체로 갈색인 아이들이 호랑이 놀이를 한다.

가장 작은 아이가 손가락을 발톱 모양으로 세우고 다른 아이들을 쫓아간다. 다른 아이들은 아이의 가는 울음소리를 비웃으며 멀리 달아나 버린다. 곧 아이 혼자 남는다. 얼굴이 울상이다.

그때 루시의 뒤쪽에서 으르렁 소리가 울려 뼈를 흔들어 놓는다. 밀려오며 솟구쳤다 물러서고 솟구쳤다 물러서는 불규칙한 소리가 공기를 찢어 놓는다. 숨 막힐 듯 더운 밤에 공포의 서늘한 입김이 불어온다. 웃던 아이들이 얼어붙은 듯 멈춘다. 길 아래쪽에 쓰러져 있던 술꾼이 일어나 가까운 문을 다급히 두들긴다. 가장 작은 아이만 놀라움이 가득한 눈으로 앉아 있다.

루시가 뒤를 돌아본다. 루시의 가슴에는 공포가, 그리고 무언가 다른 게 있다. 그 울음소리가 다시 울림을 일으켰다.

짐승 같은 건 없다. 어둠 속에 숨은 샘뿐. 샘이 긴 목을 떨며 그 소리를 낸다. 도무지 가능할 것 같지 않게 낮은 소리. 조금씩 소리가 잦아든다.

루시는 다시 말을 할 수 있게 되었을 때 이렇게 말한다. "호랑이가 나타났다는 소문이 있어."

"알아." 샘은 어둠 속에서 나오지 않는다. 눈과 웃음만 보인다. "소고기를 좋아하는 호랑이."

루시가 샘의 부츠를 내려다본다. 여자의 마당에 있던 또 다른 발자국처럼 코가 뾰족하다. "설마 네가……."

샘이 어깨를 으쓱한다. "맞아."

아이들은 달아나고 술꾼은 술집으로 들어갔다. 거리는 다시 조용해졌지만 전과는 다르다. 무언가 핵심적인 게 없다. 호랑이가 없다. 여름은 루시를 나른하고 둔하게 만든다. 어리석기는. 여기에 호랑이가 나타날 가능성은 원래 없었다. 수천의 얼굴을 보았어도 루시를 두려워 떨게 만들 수 있는 것은 없었다. 오직 이 얼굴뿐인데, 다시 떠난다고 한다.

"정말 나타났다면 여기 사람들은 죽은 목숨일 거야, 그렇지?" 루시가 말한다.

"우리하고는 다르지." 샘의 목소리가 노래하는 것처럼 나온다. "우리 같은 사람은 없어."

루시는 샘의 손을 잡는다. 하숙집에서는 잡지 않았던 손. 손이 더 커졌다. 낯설다. 그러나 거기 위쪽에, 소매에 감춰진 가는 손목뼈가 있다. 꽉 잡은 손을 흔들자 리듬이 저절로 떠오른다. 옛날의 호랑이 노래.

라오후, 라오후.

샘도 부른다. 이 노래를 돌림 노래로 부른다. 두 사람의 목소리가 노래 속 호랑이 두 마리처럼 서로를 쫓아간다. 노래를 부르는 샘의 목소리는 말할 때보다 높다. 거의 달콤하기까지 하다. 루시는 자기 소절이 끝났을 때 잠시 기다렸다가 마지막 단어를 덮치듯 같이 부른다.

라이.

마치 부름을 받은 것처럼 애나가 나타난다. "루신다? 너야?"

애나가 나타나자 거리가 다시 소란해진다. 애나는 루시의 목을 끌어안고 루시의 귀에 수다를 쏟아 놓고 길모퉁이와 골목길을 가득 채운다. 루시가 안전한 걸 보니 안심이 된다며 재잘거리고 호랑이를 조심해야 한다고 야단하고 오늘 자기한테 있었던 일을 들려준다. 어떻게 하수인을 따돌렸고 찰스가 장난삼아 자기를 도박장으로 데려갔는데 그곳이 얼마나 끔찍하고 신기하고 끝내줬는지를.

"나 돈 얼마나 잃었게." 애나가 낄낄거리며 말한다. 루시의 귀에 대고 총액을 속삭인다.

뒤쪽에서 루시를 보는 샘의 눈빛이 뜨거운 서부의 태양처럼 이글거린다. 루시는 샘이 무슨 생각을 할지 안다. 루시는 이름을 늘렸다――그래서, 그게 뭐? 샘은 한때 서맨사이지 않았나. 루신다든 샘이든 부모님이 의도한 것은 아니다. 그런데 왜 이렇게 수치스러울까? 루시는 다시 조용하던 때로 돌아갔으면 하는 생각뿐이다. 애나가 가 버렸으면. 조용히 생각을 하고 싶다.

"네 친구는 누구야?" 애나가 그제야 예의를 기억해 낸다.

샘이 가로등 불빛 아래로 성큼 들어오자 애나는 숨을 헉 들이마신다. 샘과 루시를 번갈아 본다. 다른 사람들이 그러듯 루시의 얼굴을 해부한다. 루시를 보는 게 아니라 눈과 광대와 머리카락을 본다.

"이 사람은――" 애나가 말한다.

"샘입니다." 샘이 능숙하게 애나의 손을 잡는다. "만나서 반갑습니다." 애나가 무례함을 범하지 않고 다시 물을 수 있는 여지를 남기지 않는다. 샘은 이를 전부 드러내며 악동 같은 매력을 뿜낸다.

애나가 웃는다. "저도 반가워요."

두 사람은 여전히 손을 잡고 있고 찰스가 끼어든다. "그래 루신다를 어떻게 알아요?"

"누구요?" 샘이 과장스럽게 어리둥절해하며 말한다. "아, **루신다**요. 방금 만났어요."

"**여기에서** 만났다고요?" 찰스가 말하며 몇 해 전 루시를 처음 만난 도박장 쪽을 쳐다본다. "그렇다면—"

"아네요." 루시가 말한다. "샘은 나하고 같은 고아원에서 자랐어요. 고아원에서 샘한테 스위트워터를 구경시켜 주라고 해서요."

"좋은 타운이네요." 샘이 말한다. "아주—안전하고."

"그럼 두 사람이…… 아니야?" 애나가 두 사람을 번갈아 본다. "우린—" 애나는 확신이 없는 듯 웃는다. 애나의 눈이 늘어진 샘의 손 쪽으로 간다.

불편한 침묵이 감돈다. 머리 위에서 가로등이 까물거리며 얼굴에 줄무늬를 만든다. 애나, 찰스, 루시—다들 불안하다. 샘만이 여전히 웃고 있다. 이 모든 게 샘의 규칙에 따라 진행되는 게임이기라도 한 듯. 주황색 불빛이 샘의 광대, 샘의 짙은 색 눈을 더욱 돋보이게 한다. 몇 해 뒤 샘의 모습을 쉽게 상상할 수 있다. 스테이크를 먹어 대서 몸집이 커지고 샘이 되고 싶어 했던 바로 그 모습이 되겠지. 열한 살 때 이미 샘은 선언했다. **모험가. 카우보이. 무법자. 어른이 되면.** 사라진 오 년, 잃어버린 오 년, 샘을 가둘 장소도 다잡을 사람도 없었던 오 년 뒤에 돌아온 샘이 오히려 더 익숙하게 보인다. 더욱 **샘다워진** 샘.

"좋은 생각이 있어." 애나가 침묵을 깨뜨린다. "샘한테 더 좋은 동네도 보여 주는 게 좋지 않겠어? 찰스하고 나는 집에 가서 요리사한테 코코아 만들어 달라고 할 참이었어. 같이 가지 않을래? 루신다 너 단거 좋아하잖아."

　루시는 거리가 텅 비기를, 샘이 으르렁거리고 난 뒤에 생겨나 아직도 멈추지 않은, 웃자란 풀로 뒤덮인 좁은 오솔길처럼 말로 할 수 없는 세계로 이어지는 떨림을 느끼기를 원할 뿐이다. 그러나 샘이 좋다고 대답한다.

해골

코코아를 얼음으로 식히고 애나의 정원에서 딴 과일로 장식해 비스킷, 크림, 설탕이 담긴 도자기 그릇과 같이 차렸다. 그걸 보기만 해도 루시의 배 속에 역겨움이 솟는다. 루시는 이가 시리다. 샘은 설탕을 숟가락 가득 퍼 넣고 또 넣는다.

찰스는 주머니에서 휴대용 술병을 꺼낸다. "이게 황금만큼 좋은 거야." 찰스는 위스키를 애나의 잔으로 기울이며 말한다. "내 약혼녀처럼."

샘의 목이 매처럼 휙 돌아간다.

루시는 술을 거절하지만 찰스는 애나가 그만 괴롭히라고 할 때까지 계속 권한다. 루시에게 술은 화근을 뜻한다. 루시는 샘의 발음이 뭉개지거나 성질이 예민해지지 않는지 관찰한다. 샘은 점점 더 눈부셔질 뿐이다. 샘은 반다나를 잡아당기고 긴 갈색 목을 금빛으로 빛내며 약삭빠른 은여우를 쫓아갔던 이야기를 들려준다. 애나는 술기운으로 얼굴이 발그레해져서는 샘이 눈에 보이지 않는 굴로 굴러떨어졌다고 말할 때 헉 놀란다.

"그 안에서," 샘이 주머니에 손을 넣으며 말한다. "이걸 찾았어요."

조그만 두개골이 샘의 손가락에 얹혀 있다. 진주처럼 빛나도록 윤을 낸 뼈다. 애나가 몸을 가까이 기울인다.

"용이에요." 샘이 두개골을 애나의 손바닥에 올려놓으며 말한다. 애나가 아니라고 한다. 너무 작고 동글동글한 데다 이도 없잖아요? "아기 용이요. 둥지에서 가장 작은 새끼."

물론 도마뱀이다. 짐마차 길에서 자란 아이라면 누구나 알 테지만 애나는 속아 넘어간다. 감탄하는 애나의 목소리가 방을 가득 채우고 루시는 심기가 불편해진다. 샘이 애나의 어깨 너머로 루시에게 윙크한다.

"저 남자 믿을 수 있는 사람이야?" 찰스가 말하며 루시의 의자 손잡이에 걸터앉는다. 술기운이 도는 입김이 귀에 와 닿고 이어 축축한 입술이 다가온다. 루시는 몸을 홱 뺀다. 찰스는 술을 마시면 질척거린다. 평소 같으면 능숙하게 찰스를 피할 테지만 오늘은 루시도 상태가 좋지 않다. "애나 아버지가 낯선 사람을 어떻게 생각하는지 알잖아."

"알아요." 루시가 말한다.

"두 사람 방금 만난 것치고 엄청 스스럼없어 보이던데."

샘이 또 허풍을 치고 있다. 애나는 하도 크게 웃다가 사레가 들리고 샘이 등을 두드려 준다. 네 사람이 있으니 응접실이 꽉 찬 듯 답답하다. 셋이 있을 때는 그렇지 않았는데. 루시가 일어선다. 루시는 찰스에게 산책을 하자고 한다.

애나의 아버지는 딸을 위해 식물을 원래 서식지에서 뽑아 왔다. 엄청나게 넓은 땅을 남벌해 정원을 채웠다. 몇몇 식물은 원래 이름이 있었는데 버려졌다. 애나가 자기 멋대로 새 이름을 붙였다. **호랑이 나리, 뱀 꼬리, 사자 갈기, 용의 눈**——가시를 다듬고 뿌리를 안전히 묻어 놓은 야생 동물들의 동물원이다. 옮겨졌으나 뿌리내리지 못하고 죽어 버린 식물들을 보지 못한 사람들이 이 정원을 대단한 승리라고 추어올린다.

지난주에 땅이 꽃으로 뒤덮였다. 이번 주에는 시들어 간다. 루시와 찰스는 꽃잎을 밟으며 걸어 정원 한가운데까지 온다. 잎이 무성하고 소리를 빨아들일 만큼 나무가 굵다.

"바보같이 굴지 말아요." 루시가 말한다. "어쨌든 당신이 생각하는 그런 거 아녜요." 여기에는 뒤로 물러서서 찰스를 보면서 어떻게 다루는 게 좋을지 궁리할 공간이 있다.

술을 마시면 찰스는 얼굴이 부풀고 뺨이 번들거리고 내면에 숨어 있던 제멋대로 자란 어린아이가 밖으로 나온다. 그 어린아이는 루시를 다음 날이 되면 집어 던질 새 장난감처럼 갖고 논다. 일단 결혼을 해서 애나와 한 침대를 쓰게 되면 이 바람기도 가라앉을 것이다. 그래야 한다. 그 전까지는 찰스는 애나가 보고 있을 때는 애나의 약혼자이고, 애나가 보지 않을 때는 루시의 골칫거리다.

"이래라저래라 하지 마." 찰스는 기분이 좋지 않다. 루시가 잘 겨냥해 통을 놓으면 찰스를 꼼짝 못하게 하거나 기를 죽일 수 있을 때도 있다. 그런데 오늘은 얼굴에 심통이 가득하다. 루시한테서 뭔가를 얻어 내기 전에는 물러서지 않을 것이다. 뭔가를 들어주거나 칭찬을 해 주거나 발목을 슬쩍 보여 주지 않고는. 비위를 맞춰 주는 게 며칠 동안 뚱한 모습, 언제 터질지 몰라 겁이 나는 뇌운을 곁에 두는 것보다는 차라리 편하다. 그래서, 루시가 찰스의 비밀을 지켜 주듯 찰스도 루시의 비밀을 지켜 줄 수밖에 없을 테니, 루시는 진실을 말하기로 한다.

"샘은 내 동생이에요."

"그러니까 거짓말했다는 걸 인정하는 거군." 찰스가 의기양양하게 주먹으로 손바닥을 친다. "뭔가 꿍꿍이가 있다는 거 짐작했어."

루시가 한숨을 쉰다. "맞아요."

"그러니까 우린 계속 친구 할 수 있는 거지?"

"그래요."

"그럼 입 맞춰 줘." 루시는 찰스가 내민 뺨에 얼른 입술을 댄다. 찰스의 얼굴이 입을 찾아서 돌아가지만 루시는 예상했던 일이라 얼른 빠져나온다.

"그건 안 돼요." 루시는 뚱해 있는 찰스를 놀리며 분위기를 밝게 바꾸려 한다. "점잖게 굴어요. 애나 데리고 도박장에 가지 말고."

찰스가 정원 중심에 있는 수풀을 움켜잡는다. 잎에 통통한 손가락 다섯 개가 있는 큰 나무다. **사랑하는 어머니**, 라는 이름을 애나는 자기가 가장 좋아하고 가장 물을 많이 먹는 식물에 붙였다. 정원사들이 한 부대 있는데도 이 나무는 애나가 직접 돌본다. 루시는 애나가 잎에 대고 속삭이는 걸 처음 봤을 때 믿기지가 않았다. 애나만큼 부유한 사람이 아니고서야 한 가족이 걸기 내내 쓸 만한 양의 물을 일주일 만에 마셔 버리는 식물에 그렇게 애정을 쏟을 수는 없을 것이다. 그리고 그만큼 부유한 남자가 아니고서야 그런 식물을 종잇조각처럼 박박 찢을 수는 없을 것이다.

"묵은 빚을 갚으러 갔어." 찰스가 딱딱한 말투로 말한다. "혼자 가려고 했는데 애나가 고집 있는 거 알잖아. 애나한테는 친구 심부름이라고 했어. 혹시 애나가 물어보더라도 다른 소리는 안 하겠지."

"당연하죠. 두 사람이 잘되기만 빌어요." 마지막 말이 목에 걸리지만 가까스로 입 밖에 낸다. "결혼식 날을 기다리고 있어요."

비위를 맞춰서 찰스를 달랠 수 있을 거라고 생각했는데, 찰스는 루시가 움찔할 정도로 사납게 말한다. "내 감정에 관심 있는 척하지 마. 둘이 손잡고 있는 거 봤어. 진실을 말해. 나한테 최소한 그 정도는 해 줘야 하잖아."

식물들이 바싹 좁혀 드는 축축한 정원 안에서 찰스의 목소리가 점점 탁해진다. 루시는 웃음으로 빠져나오려 한다. "내가 당신한테 뭘 해야 할 의무는 없는 것 같은데요."

찰스가 루시를 붙잡는다. 추근대는 손길, 애나가 쳐다보면 순식간에 사라지는 손길이 아니다. 루시의 팔에 손톱을 꽉 박는다. 손가락 아래에서 반점이 번진다. "내숭 떨지 마. 내가 선물 보내지 않았어? 잘해 주지 않았어? 지금까지 요조숙녀인 척하더니, 이건 뭐지? 왜 그놈이야? **내가** 아니고?" 찰스의 목소리가 어린아이가 징징거리는 것처럼 가늘어진다. 찰스가 루시의 가슴에 얼굴을 묻는다. 신음하듯 말한다. "지금까지 당신 같은 사람은 한 번도 없었어. 루신다, 제발, 당신 때문에 내가 어떤지 당신은 몰라."

루시는 안다. 남자들이 비슷한 말을 하는 걸 들었다. 그 말을 하기 전이나 혹은 한 후에 꼭 이런 말을 했다. **어디에서 왔어?** 감탄하면서 말하든 분노하면서 말하든 루시에게는 똑같다. 루시는 찰스의 손가락을 떼어 내고 얼굴을 마지막으로 밀어 낸다. 바로 밀처 내지 않는다. 싫지만, 마음 한구석 일부는 좋기도 하다. 자기가 찰스에게 행사하는 힘이 자기가 가진 유일한 것이니 놓아 버리진 않을 것이다. 애나는 다른 것 전부를 가졌으니까.

"그 남자는 당신한테 관심 없어." 찰스가 돌아가는 루시의 등에 대고 소리친다. 루시는 계속 걷는다. "애나한테 접근하려고 당신을 이용하는 거야. 다른 사람들, 재봉사 제빵사니 다른 사람들도 다 애나 때문에 너한테 관심 주는 거라고."

거기, 진흙탕 속을 헤집어 보면, 가장 밑바닥에 강철 이빨을 가진 질투가 있다.

루시가 돌아본다. 루시는 절망, 그리고 수치심을 겉으로 드러낸다. 눈이 가늘어지는 걸 찰스가 보지 못하게 내리깐다. "당신 말이 맞아요. 내가 그걸 왜 몰랐을까요?"

루시는 혼자 저택에 들어간다. 팔에서 찰스에게 붙잡혔던 자리를 눌러 보니 날카로운 통증이 번진다. 전에 탄광 문에 같은 자리가 낀 적이 있었다. 루시는 팔을 꼬집어서 더 붉게 만든다. 애나의 아버지가 갑자기 나타나 루시를 쫓아낸 이후 처음으로 루시는 다시 미래가 열리는 걸 본다.

가능성.

오만한 찰스는 속 좁고 질투심 많고 주눅 든 루시밖에는 상상 못 한다. 루시가 애나를 설득해 샘을 쫓아낼 거라고 생각한다.

루시는 이런 생각을 하고 있다.

루시가 공격의 증거로 팔을 보여 주자 애나가 찰스를 쫓아낸다. 찰스는 발 디딜 곳을 잃고 비틀거린다. 찰스가 버려진다. 루시는 애나가 절망할 것을 생각하자 가슴이 찌르르하다. 한동안은 그러겠지. 그러나 곧 애나는 루시의 농담에 고개를 들 것이다. 잔물결이 번지는 듯한 웃음을 터뜨릴 것이다. 애나와 루시는 기차를 타고 여기에서 멀고먼 곳으로 갈 것이다. 찰스와 샘이 떠나고 난 뒤에 애나와 루시는 자기들끼리 모험을 떠날 것이다. 기찻길을 따라가는 곳은 길들고 온순하고, 아름다움이라는 발톱도 깎여 나가고 없는 땅일 테지만──그래도 좋을 것이다.

이상하게도 응접실 문이 닫혀 있다. 루시는 문을 밀어서 연다.

두 사람이 벽에 붙어 몸부림친다. 애나는 고통스러운 듯 신음을 하고 오른손에는 도마뱀 두개골을 아직도 쥐고 있다. 샘이 애나의 다른 팔을, 찰스가 루시의 팔을 잡은 것처럼 잡았다. 불그레한 기운이 애나의 팔, 가슴, 목, 샘의 입술 아래 짓눌린 입술까지 퍼진다.

루시가 소리를 낸다.

두 사람 몸이 떨어지며 두개골이 그 사이로 떨어진다. 온전한 상태였는데 애나가 얼굴을 붉히며 뒷걸음질을 치다 자기도 모르게 뼈를 밟아 산산조각 낸다. 샘은 얼굴을 붉히지 않는다. 샘은 씩 웃는다.

자두

애나는 늘 루시를 달콤한 것으로 여긴다. **스위트하트, 스위트피,
달콤한 친구**라고 부른다. 지난주에 애나가 루시에게 올해 처음으로
수확한 자두 한 상자를 선물했다. 그 과일을 보자 루시는 욕지기
를 느꼈다. 너무 익어 껍질이 터졌다.

멍 같은 색깔.

알고 보니 루시가 어릴 때 자두를 따곤 했다고 말한 걸 애나
가 기억한 것이었다. 그렇지만 그 이야기는 샘의 이야기였다. 단
것을 좋아하는 사람은 샘이다. 자기가 좋아하는 건 소금 친 말린
자두라고 말하기에는 너무 늦었다. 루시는 넌더리 나는 맛을 꾸역
꾸역 삼킨다.

루시는 애나의 머리카락을 뒤로 잡아 주며 그 역겨운 자두를
토했던 기억을 떠올린다. 애나는 장식 유리그릇에 속을 게운다.
샘은 갔다. 찰스가 있는 정원으로 보냈다.

"쉬이이." 루시가 말한다.

"날 형편없는 사람이라고 생각하겠지." 애나가 훌쩍이며 고개를 들어 쓰다듬는 루시의 손길에 맡긴다. "미안해."

"네 잘못 아냐. 샘 잘못이지." 샘은 잠시 뒤에 처리할 것이다.

애나의 울음이 수그러들다가 다시 높아진다. "내가 어떻게 된 건지 모르겠어. 위스키를 그렇게 많이 마시면 안 되는 건데. 난 그냥…… 그냥…… 루신다? 넌 네가, 네가 아닌 다른 사람이었으면 좋겠다고 생각한 적 있어?"

루시의 손이 멈춘다. 강철 이빨이 심장을 갉는다. 다시 애나의 머리를 쓰다듬는다. "아니."

"가끔 난 내가 **너**였으면 좋겠어."

루시가 혀를 깨문다. 짠맛이 난다.

"아빠 감시를 벗어나 돌아다닐 수만 있다면 내 재산 절반이라도 주겠어. 너는 어디든 갈 수 있고 아무도 뭐라 안 하잖아. 원한다면 내일 샘하고 같이 여길 떠날 수도 있겠지. 넌 정말 **좋겠다**."

샘이 혼자 간다고 하지 않았다면. 샘이 자길 거절하리란 걸 몰랐다면. 그 말을 하려는데 찰스가 정원에서 들쑤신 질투심이 여전히 쓰라리다. 루시가 말한다. "그럼 바꾸자. 나는 네 방에 있을게, 네가 달아나."

애나가 힘없는 웃음을 짓는다. 코를 푼다. "네 농담이 정말 큰 위로가 된다. 바보 같은 소리란 거 알아. 결혼식 때문에 초조한가 봐. 그런데 찰스는 어디 있어?"

루시가 말한다. "너한테 할 얘기가 있어."

루시가 이야기한다. 삼 년 전의 도박장, 찰스의 손과 찰스의 제안. 팔에 남은 자국을 보여 준다. 조심스레 말하며 어떤 사실은 감춘다. 찰스가 기습 키스를 했고 잠시 자기도 그 키스를 받았던 일, 목에서 뛰는 맥이 힘처럼 느껴졌던 것. 친구한테 상처를 주고 싶지 않다. 그냥 살짝 할퀴는 정도로만. 피를 내서 애나의 핏줄에 금 말고 다른 것도 흐른다는 걸 입증할 정도만.

애나는 호랑이 이야기를 들었을 때처럼 울부짖지도 놀라지도 않는다. 이마에 줄 하나가 생겼다가 사라진다.

"널 용서해 줄게." 애나가 말한다.

루시가 빤히 본다.

"아빠는 질투가 사람을 이상하게 만든다고 했어. 그런다고 찰스를 두고 거짓말을 꾸며 댈 필요는 없어. 우리가 결혼한 다음에도 네 자리는 있을 거야."

루시의 목이 막혀서 말이 나오지 않는다. "아니―그런 게 아냐―"

"게다가," 애나가 잔물결이 번지는 것 같은 낭창한 웃음을 터뜨린다. "찰스가 대체 **너한테** 바라는 게 뭐가 있겠니?"

루시는 쇠 맛을 본다. 혀가 여전히 이에 물려 있다.

애나가 루시를 보며 웃는다.

루시가 아무리 말하고 소리 지르고 러그 위에 피를 뱉더라도 애나는 자기가 보고 싶은 것만 볼 것이다. 애나는 호랑이를 애완동물이라고, 혹은 유리 눈을 박아 멋들어지게 벽 위에, 땅에 대한 권리를 주장하면서 땅을 폄하하는 증서 옆에 걸어 놓을 장식이라고 생각하니까. 애나는 루시가 자기 곁에 온순하게 있기를 바란다. 열차에서 세 번째 좌석에 앉고 자기들의 옷을 입고 자기들의 코코아를 할짝거리며 자기들 침대 근처에서 자고 심지어 밤에 찰스가 쓰다듬는 것도 허락하기를 바란다. 애나는 길들인 것, 무해한 것을 원한다. 애나의 호랑이가 루시의 호랑이와 다른 만큼 애나의 찰스도 루시의 찰스와 다르다.

애나가 루시가 한 말을 무시하는 것도 당연하다. 애나는 찰스를 두려워할 필요가 없다. 애나는 무적이다. 하수인들이, 아버지의 금이 자기를 지켜 주니까.

루시는 응접실 문이 어깨에 닿을 때까지 뒷걸음질 친다. 손잡이에 손을 얹는다.

"이리 와." 애나가 말한다. "화낼 거 없잖아."

루시는 자신을 내려다본다. 흰색 리넨 드레스가 요즘 유행대로 위로 죽, 목둘레까지 올라와 있다. 끈으로 흉곽을 단단히 조였다. 등에 있는 서른 개의 단추는 혼자 힘으로 풀려면 십오 분은 족히 걸린다. 다만. 루시는 손을 등으로 뻗어 최대한 세게 잡아당긴다.

진주 단추가 떨어져 나와 팅팅 경쾌한 소리를 내며 문에 부딪힌다.

루시는 망가진 드레스에서 빠져나온다. 굽 높은 부츠를 벗는다. 시프트 드레스* 차림으로, 3인치 작아진 키로 선다. 벌써 시원하고 공기가 덜 무겁게 느껴진다. 애나가 보게 한다. 이제 똑같지 않고, 이제 애나의 불쌍한 그림자도 아닌 모습을. 루시 자신, 스위트워터에 처음 온 날처럼 맨발인 루시다.

계단을 내려가 정원으로 간다. 루시의 발소리가 심장 소리에 맞춰 울린다. 꽃이 루시의 뺨을 치고 꽃가루가 숨을 막히게 하고 손가락 다섯 개의 잎사귀가 머리카락을 잡아당겨 풀어 헤친다. 이제 다시는 머리카락에 컬을 넣지 않을 것이다. **라이.** 루시는 샘을

* 허리선이 들어가지 않은, 리넨으로 지은 속옷.

찾으며 역겨운 화초에 대고 외친다. 가뭄이 닥쳐 식물들이 다 죽어 버렸으면 좋겠다. 정직한 마른풀을 원한다.

어둠 속에서 잔인한 얼굴이 나타난다. 그러더니 샘이 눈을 깜박이며 루시의 후줄근한 모습을 찬찬히 본다.

"머리 바꿨어?" 샘이 눈을 가늘게 뜨며 묻는다. "어울린다. 예전 모습 같아."

아까 같은 말을 들었을 때 루시는 화가 났다. 이제는 샘이 하는 말의 본뜻을 듣는다. 칭찬. 무언가 부스럭거리는 소리에 루시는 몸을 떤다. "찰스 봤어?"

"얘기했어. 도망가더라. 여기 지겹다. 갈까?"

루시는 애써 억지로 묻는다. "애나한테 인사하고 싶진 않아?"

"별로." 샘이 성큼 앞서가서 잎사귀 사이로 목소리가 퍼진다. "이렇게 부자니 좀 재미있을 줄 알았지. 엄청 따분하던데."

루시는 하도 크게 웃다가 중심을 잃고 샘의 팔에 쓰러진다. 루시는 그 팔, 튼튼한 등에 기댄다. 웃음소리가 샘의 붉은 셔츠 위에서 딸꾹질로 잦아든다. 한때 이렇게 딱 붙어서 넬리를 타고 돌아다니며 세상의 절반을 봤다. 샘이 조심스레 묻는다. "뭐가 그렇게 웃겨?"

"그거 알아," 루시가 웃음을 가라앉히고 말한다. "쟤가 호랑이 발톱을 뽑고 싶어 하는 거?"

"등신." 샘이 콧방귀를 뀐다. "일곱 세대 동안 저주받았으면 좋겠다. 여긴 뭐 하는 데야? 이 사람들은 모르나—"

"—그 이야기? 아무도 몰라. 가자—내 하숙집으로."

루시는 **집으로**, 라고 말할 뻔한다.

바람

돌아가는 길에 한적한 공용 펌프에서 샘이 걸음을 멈춘다. 오늘 밤에는 평소와 달리 사람이 없고 펌프 핸들이 끼익거리는 소리뿐 사방이 조용하다. 물이 쏟아진다. 샘이 물줄기에 주먹을 밀어넣으며 다문 이 사이로 쉿소리를 낸다. 샘의 주먹 위 짙은 얼룩이 씻겨 나간다.

무슨 색인지 — 어둠 속에서는 알아볼 수가 없다. 루시는 샘의 소매 위쪽에 묻은 작은 얼룩을 건드린다. 젖은 손끝을 코에 대자 불길한 냄새가 난다.

피다.

"내 거 아냐." 샘이 안심시킨다. "코피만 터뜨렸어."

"찰스하고 **이야기**했다며."

"그놈이 너에 대해 뭐라고 했어. 널 보호하려고 그런 거야." 샘이 턱을 치킨다. "옳은 행동이었어."

"그러면 안 —" 루시는 말을 하려다 멈춘다. 어쨌거나 샘은 이미 **그렇게 했다**. 세상의 규칙에 몸을 굽히지 않고 그 규칙을 구부러뜨리는 샘. 타운으로 들어와서 존재할 수 없는 호랑이가 된 샘. "코가 부러졌으면 좋겠다."

샘은 과격한 말에 움찔하지 않는다. 이렇게만 말한다. "그 여자애도 네 친구 아냐. 아무리 돈 많고 예쁘더라도."

"알아." 루시가 기어들어 가는 목소리로 말한다.

"다른 친구는 더 똑똑하게 골랐길 빈다."

"그건 걱정 안 해도 돼." 루시는 피로감을 느껴 축축한 판석 위에 그대로 주저앉는다. 습기가 시프트 드레스를 타고 올라온다. 루시는 다리를 뻗고 한 손을 두 눈 위에 얹고 아예 드러눕는다. 샘이 몸을 숙이고 위에서 들여다보다가 자기도 옆에 눕는다. 한동안 조용하다.

"여기서 살기 지겹지 않아?" 샘이 말한다. 루시의 몸이 경직된다. 질문에서 느껴지던 가시가 샘이 이 말을 덧붙이자 사라진다. "외로울 때 없어?"

종일 찌는 듯 더웠다. 이제 루시는 희미한 바람을 느낀다. 언덕에 살 때 늘 맞던, 바다에서 불어오는 서풍이다. 길게 자란 노란 풀 위에 누워 별을 보고 있다고 생각할 수도 있을 것 같다. 별의 가장 좋은 점은 내키는 대로 아무 모양으로나 볼 수 있다는 거다. 아무 이야기나 갖다 붙일 수 있다. 옆에 있는 사람은 또 다른 모양으로 본다는 게 더욱 좋다.

루시가 일어나 앉는다. "다음 모험에 나도 데려가."

"힘들 거야."

"오 년 동안 쉬었어."

"발이 엄청 보드라워 보여."

"3인치 굽 부츠 신어 보면 그런 말 안 나올걸."

"가면…… 돌아오기 어려울 거야."

"왜?"

그때 샘이 말한다. "큰 바다를 건너갈 생각이거든."

루시의 짐을 챙기러 하숙집에 왔는데 검은 옷을 입은 남자가 포치에서 서성이고 있다.

무시해. 루시가 처음 애나의 하수인을 보고 얼었을 때 애나가 이렇게 말했다. 아빠나 아빠 친구들이 예방 차원에서 데리고 있는 사람들인데 널 해치진 않을 거야. 누굴 해치려는 게 아니고 ─ 적어도 좋은 사람들은 안 해쳐 ─ 나는 내 하수인들이 술 취한 사람을 밀치거나 빚진 사람한테 돈 달라고 하는 거 이상을 하는 건 못 봤어. 그럴싸하게 보이지만 실은 심부름꾼이랄까. 자, 이거 봐. 내가 저 사람한테 찻주전자 좀 달라고 해 볼게. 그러고 애나가 웃음을 터뜨렸기 때문에 루시도 웃었다.

곧 이 말 없는 남자들이 루시에게도 안 보이게 됐다. 그 사람들이 지니고 있다고 하는 총이 안 보이는 것과 마찬가지로. 애나 말대로 남을 위협하는 것 이상을 하는 건 본 적이 없다. 그렇지만 이 남자는 어딘가 다르게 보여서 ─ 그때 깨닫는다. 하수인이 애나 없이 혼자 움직이는 것을 본 적은 한 번도 없었다. 본체 없는 그림자처럼 으스스하다.

남자가 몸을 돌린다. 샘이 루시를 길모퉁이 너머로 와락 잡아당기며 루시 입을 세게 틀어막는다.

"뭔가 오해가 있었나 봐." 루시가 속삭이며 샘을 달랜다. "애나가 그럴 리가 ─ 착오야. 어쩌면 메시지를 보냈을지도." **심부름꾼이랄까.** "가서 얘기해 볼게."

샘이 낮은 소리로 익숙하지 않은 말들을 내뱉는다. 루시는 마지막 욕만 알아듣는다. "빌어먹을. 애나가 보낸 게 아냐."

루시는 반박하려고 입을 연다. 그때 들린다. 남자의 걸음걸이 — 정확하고 무자비한 장단이. 오랫동안 깊숙이 묻어 놓았던 어떤 부분이 부스스 깨어나면서 말한다. **사냥 중이다.** 루시는 샘의 소매 위 씻겨 나가지 않은 피 얼룩을 본다. "찰스가 보낸 거라고?"

샘은 루시에게 익숙한 표정을 지어 보인다. 예전 삶에서라면 루시가 샘에게 그 표정을 지었을 것이다. 답답해서 속 터지게 하는 어린아이한테 짓는 표정.

"사랑싸움 따위가 아냐." 샘이 말한다. "날 잡으러 온 거야."

이제 공포가 루시를 정통으로 두들긴다. 바람을 타고 예전의 삶의 일부가 날아든다. 위태한 부분.

"하지만 왜 —"

"나한테 빚 받을 게 있다고 생각해."

애나가 빚을 받아 오라고 하수인들을 보낼 때가 있다고 말한 적이 있다. 루시는 긴장을 푼다. "그게 다야? 그럼 갚아. 나 모아 놓은 돈 있 —"

"**아니.**" 샘이 으르렁거리고 루시는 움찔한다. 그 목소리에, 뻗을 태세의 주먹처럼 폭력성이 도사리고 있다. 그제야 루시는 샘이 저녁 식사 때 했던 이야기가 진짜로 믿긴다. 카우보이이자 산사람이자 광부인 샘을 볼 수 있다. 루시가 모르는 거칠고 단단한 남자. "난 빚진 거 없어. 신경 쓰지 마. 내가 가 버리면 너는 안전할 거야."

"근데 **왜?**" 루시가 묻고 또 물어 봐야 무의미한 질문이다. 예전 그대로의 고집이 샘의 턱을 단단하게 만든다. 시간이 흘렀지만 달라진 게 없다. 어리고 통통하던 시절에도 샘은 스스로 침묵을 깬 적이 한 번도 없었다.

루시의 시선이 샘의 부어오른 손마디로 간다. 샘의 용기의 지표. 오늘 밤 무언가가 바뀌었고 이제 돌이킬 수 없다. 샘의 손에 난 상처, 찰스의 코에서 난 피, 애나. 바람이 묻는 것 같다. 루시의 용기는 어디에 있나?

루시의 가슴이 마구 뛰지만 샘은 그 소리를 들을 수 없다. 루시는 꾸민 웃음을 웃는다. 출렁일 곱슬머리가 있기라도 한 듯 머리를 홱 젖힌다. "안전한 게 뭐가 좋은데? 이 마을은 안전하지. 하지만 이 꼴을 봐. 나도 갈 거야."

"몰라서 그래. 재미없을 거야. 실은——"

"모험일 거야. 게다가 네가 채무자 감옥에 들어가면 꺼내 줄 사람이 있어야 할 거 아냐."

루시는 농담으로 한 말이지만 샘의 시선은 먼 곳에 머문다. 점점 더 길모퉁이 쪽으로 다가오는 하수인을 보고 있다. 샘은 여차하면 달아날 준비를 하고 있다.

"제발." 루시가 말한다. "빚이 있거나 말거나 상관없어. 네가 싫다면 더 안 물어볼게. **가자.**"

"네 짐은 어쩌고?"

"그냥 물건일 뿐이야." 이렇게 말하면서 루시는 그게 사실임을 깨닫는다. 애나의 러그 위에 흩어진 서른 개의 진주 단추를 생각한다. 단추가 문에 부딪히는 소리가 발톱으로 살짝 딛는 소리 같았던 것. "가족은 어때야 가족이지?"

루시는 적어도 그 말로 샘을 웃게 만들 수는 있을 거라고 생각했다.

피

스위트워터로부터 안전한 거리를 확보했을 즈음 샘이 멈추자고 한다. 밤새, 그리고 오전 내내 걸었다. 샘이 예측한 대로 루시의 발에 물집이 생겼다. 눈에는 모래가 들어가 뻑뻑하다. 루시는 반쯤 졸면서 자기 방 깃털 침대를 생각한다. 쉬고 싶고 뭐라도 먹고 싶다. 그런데 샘이 지금까지 따라온 시내 옆에 쭈그리고 앉더니 진흙에 손을 담근다.

"지금이 얼굴에 전사 칠 하고 놀 때야?" 샘이 뺨에 진흙을 바르는 걸 보고 루시가 말한다.

"냄새를 감추려고 그러는 거야. 개가 따라올 수 있으니까."

루시가 어둠 속에서 내린 결정에 아침 해가 비친다. 구름이 빠르게 머리 위로 달려간다. 하늘을 가려 주는 건물이 없어 그대로 노출된 느낌이다. 이 땅은 액자에서 벗어난 땅, 증서에서 해방된 땅, 거대하고 휘파람 소리를 내며 우는 구속할 수 없는 땅이다. 루시는 바람과 날씨에 노출된 채로 서 있다. 어젯밤처럼 용감하고 사나운 느낌은 안 들고 연약하고 햇빛에 익고 지치고 굶주린 기분이다. 루시는 샘을 따라 종종걸음으로 걷는다. 샘의 걸음걸이는 스위트워터를 떠나면서 느슨해진다.

오 년 동안 루시는 자기 자신을 묻고 또 묻었다. 스위트워터의 느린 삶 속으로 가라앉았다. 유사(流沙)에 빠졌는데도 너무 둔해서 절반쯤 잠기기 전까지 알아차리지 못하는 노새처럼 파묻혔다. 그동안 샘은 돌아다니면서 점점 더 샘답게 자랐다. 도망치는 법, 살아남는 법, 개 떼를 피하는 법, 해를 끼칠 사람을 알아차리는 법을 배우면서.

"지금이라도 돌아가려면 가." 샘이 말한다.

루시가 샘을 노려본다. 손을 진흙 속에 푹 담근다. 익숙한 냄새, 광산 지역 물에서 나는 듯한 냄새가 주위를 감싼다. 전에는 투덜거리며 그 물을 마셨다. 지금은 깊이 냄새를 들이마신다. 루시는 이 진흙을, 이 삶을 선택한다. 이제는 고통스러운 진실을 외면할 수 없다.

루시가 묻는다. "너 은행에서 정말 일부러 비껴 쐈어?"

"아니."

"왜 거짓말했어?"

"솔직히 말하면 가 버릴 것 같아서."

이제는 루시가 말할 차례다. "미안해." 말만으로는 부족하다. 루시는 하숙집에서 샘이 어떻게 했는지 떠올리며 손을 내민다. "파트너?"

루시는 반쯤 농담으로 한 말이지만 어른이 된 샘의 얼굴은 진지하다. 샘은 루시의 손 위, 손목을 움켜잡고 손가락으로 정맥을 찾는다. 루시도 샘의 정맥을 짚는다. 피가 고요하게 흐르고, 심장

박동이 맞춰질 때까지 기다린다. 다시 시작하는 거다.

"가 버리지 않겠다고 약속할게." 루시가 말한다.

"이젠 나도 알아. 그냥—" 샘이 침을 삼킨다. "너도 도망갈 거라고 생각했어. 너무 많이 닮았으니까."

"누굴?" 루시의 머릿속에 기이한 바람 소리가 들린다. 바람이 불고 있지도 않은데. 손과 발이 차가워진다. 샘의 손을 놓는다.

"말하려고 했어, 오래전에. 강가에서. 바가 말해 줬는데 너도 알아야 한다고 생각했어. 마가 우릴 버리고 간 거야."

루시가 웃는다. 아무렇지도 않은 체하기가 힘들다. 어릴 적에 **하, 하, 하** 웃던 억지웃음이 다시 솟구쳐 오른다. 갈라진 열기의 소리. 샘이 무어라 말하려 하지만 루시는 손으로 귀를 막고 하류 쪽으로 걸어간다.

루시는 혼자 물에 돌을 던진다. 지쳐서 돌팔매질을 멈추면 고요한 물에 자기 모습이 비쳐 다시 던지게 된다.

엄마를 닮았다.

그 폭풍 이후 바는 살아 있어도 죽은 사람이나 다름없었다는 걸 알았다. 이제 루시는 바를 죽인 것이, 위스키뿐이 아니고, 폐 속의 탄가루뿐이 아니란 걸 안다. 마가 바에게 상처를 입혔고 그게 삼 년 동안 곪았다.

"미안해요." 루시가 말한다. 바의 유령이 들었다 한들 대꾸가 없다.

미모는 무기야. 마가 말했다. **신세 지지 마.** 마가 말했다. **똑똑한 내 딸.** 마가 말했다. **선택지가 많아야 해.** 마가 말했다. 금을 나누고, 가족을 나눈 마. 루시는 마의 가슴팍에 감춰져 있던 주머니를 기억

한다. 재칼들이 들여다봤을 때는 비어 있었다──그러나 그전에는
아니었다.

천천히, 어리석게, 팔 년이나 지나서 루시는 재칼들이 찾아
온 날 밤 마가 주머니에서 손수건을 꺼냈던 것을 떠올린다. 입에
손수건을 대고 있던 것. 뺨 한쪽이 부풀어 올랐고, 그 이후로 마가
한마디도 하지 않았던 것. 부푼 자리가 어찌나 빨리 가라앉았던
지──작은 알 크기로, 얼른 금을 숨길 만큼 영리했던 여자가 뺨 안
에 밀어 넣은 금덩이 크기로 부풀어 올랐던 자리가. 재칼은 루시
가 발견한 금덩이를 끝내 찾아내지 못했다. 배표 한 장은 충분히
사고도 남을 만큼 큰 덩이였다.

그동안 내내 루시는 마의 사랑을 힘든 일을 이겨 내는 주문
삼아 가슴에 담고 있었다. 그게 이제는 짐이 되었다. 샘이 어떤 진
실은 말하지 않으려 하는 게 당연하다. 루시는 무릎 사이에 머리
를 묻는다. 왜 이제 와서 그 얘기를 하는 걸까?

그때, 피가 귀로 쏠리고 머리가 무겁게 처질 때, 마의 트렁크
가 떠오른다. 그 무거운 트렁크를 샘이 혼자 힘으로 넬리 위에 얹
었다. 샘은 마의 사랑이라는 짐도 져야 했다. 그런데 그날 루시는
그 짐을 나눠 지지 않았다. 그랬어야 했는데. 자기 자리를 지켰어
야, 머물렀어야 하는데. 그날, 그리고 오 년 전 강둑에서의 그날,
그리고 오늘. 루시는 내내 샘 곁에 있었어야 했다. 루시는 일어선
다. 마지막으로 강에 돌을 던져 물 위의 이미지를 조각낸다. 그냥
물일 뿐이다. 루시는 왔던 길로 달려간다.

너무 늦을 뻔했다. 샘이 짐을 챙기고 있다.

"난 또──" 샘이 말한다. 해묵은 비난, 해묵은 죄책감, 해묵은

비밀, 해묵은 귀신이 솟아오른다. 그걸 어떻게 묻나?

루시는 샘의 짐에서 칼을 꺼낸다. 샘에게 머리를 잘라 달라고 한다.

루시는 두려워하면서 샘을 등지고 무릎을 꿇는다. 칼이 두려운 게 아니라 자기 자신이 두렵다. 뻣뻣하던 머리카락이 몇 해 전부터 매끈해지고 윤기가 흐르기 시작했다. 마가 그럴 거라고 했던 대로. 자기도 마처럼 허영심이 있으면 어떡하지? 그렇게 이기적이면?

루시는 보지 않으려고 눈을 질끈 감는다. 머리채가 땅에 떨어지고 목이 훤하게 드러난다. 가벼움.

루시는 바가 추구하던 세상과 마가 원하던 세상 사이의 공간이 있다는 걸 깨닫는다. 바의 세상은 사라진 세상, 현재와 미래를 상대적으로 칙칙해 보이게 만들 수밖에 없는 세상이었다. 마의 세상은 너무 좁아서 한 사람밖에는 들어갈 수 없었다. 그런데 루시와 샘이 같이 갈 수 있는 곳이 있다. 거의 새로운 땅.

샘이 자르다가 멈춘다. "그만할까? 안 보여."

칠흑 같은 어둠. 재칼의 시간—미망(迷妄)의 시간은 지나갔다. 지금이 어떤 짐승의 시간인지 기억이 나지 않는다.

"계속해."

샘이 칼질을 멈추자 루시는 일어선다. 머리가 훨씬 가볍다. 머리채가 무릎에서 미끄러져 내린다. 루시는 기억해 낸다. 이 시간은 뱀의 시간이다. 루시의 머리카락이 땅바닥에서 힘없이 구불거린다. 루시가 생각했던 것에 비해 너무 사소해 보인다. 루시가 머리카락을 발로 걷어찬다. 샘이 말린다.

샘이 땅을 파기 시작한다.

뭘 하는지 깨닫고 루시도 같이 판다. 마의 말은 틀리지 않았다. 마의 말이 옳지도 않았지만. 미모는 무기지만, 그 무기를 휘두르는 사람의 목을 조이는 무기다. 샘에게도 불리하게 작용했고 루시에게도 그랬다. 마가 두 딸에게 물려주려고 했던 길고 반짝이는 머리카락을 무덤을 깊이 파고 묻는다. 흙을 넣고 다지기 전에 샘이 은 동전 하나를 떨어뜨린다.

루시는 일찍 잠에서 깬다. 손을 머리로 가져간다. 조심스레 개울로 간다.

머리카락이 귀 아래 1인치 길이로 잘려 있다. 사방 다 같은 길이다. 남자 머리도 아니고 여자 머리도 아니다. 여자아이 머리도 아니다. 사발을 엎어 놓은 것 같은 모양이다. 다섯 살이 되어 머리를 땋기 시작하기 전까지 루시와 샘의 머리 모양이 이랬다.

루시는 씩 웃는다. 물에 비친 모습도 웃는다. 얼굴형이 달라졌고 턱은 더 단단해 보인다. 아직 성별이 분명히 드러나지 않은 어린아이의 머리 모양이다. 어떤 모습으로든 자랄 수 있는. 샘이 뭘 의도했는지 알아듣는다.

짧아진 머리를 흔들며 루시는 아침을 만든다. 샘의 가방에 고기, 덩이줄기, 말린 열매가 있다. 막대 사탕 몇 개도. 그리고 뜻밖의 것이 두 개 있다.

첫 번째 것은 권총이다. 바의 권총하고 너무 비슷해서 루시는 떨어뜨릴 뻔한다. 루시는 정신을 차리고 권총을 쥔다. 손에 어찌나 딱 들어맞는지, 어찌나 차가운지, 어찌나 가슴을 침착하게 가라앉히는지 놀란다. 다시 총을 내려놓는다.

두 번째 것으로는 요리를 한다.

말먹이 귀리로 만든 죽을 보고 샘이 한쪽 눈썹을 치키지만 불평하지는 않는다. 둘이서 아무 맛이 없는 곤죽을 나눠 먹는다.

"큰 바다 건너 그 땅 생각해 봤어." 다 먹은 다음에 루시가 말한다. "집은 어때야 집이지? 내가 꿈꿀 수 있는 이야기 좀 해 봐."

루시가 도박꾼이라면 지금 두 사람의 맥이 동시에 뛴다는 데 걸 것이다.

"산이 있어." 샘이 머뭇거리며 말한다. "여기 산하고 달라. 우리가 가는 곳은 산이 부드럽고 녹색이고 오래됐고 안개가 가득해. 산 주위에 있는 도시에는 야트막한 붉은 담장을 두른 집들이 있어."

샘의 목소리가 올라가면서 리듬을 탄다. 창문이 없던 방에 새로 창문이 생겨난 것 같다. 전에 애나가 아버지가 보낸 악기를 보여 준 적이 있다. 윗부분은 가늘고 끝으로 가면서 꽃처럼 펼쳐지는 관 모양 악기였다. 긴 관을 따라 구멍과 핀이 있었다. 루시가 처음 불었을 때는 기차 기적 소리처럼 거슬리는 삑 소리가 났다. 그렇지만 애나가 핀을 조정하고 끼어 있던 먼지를 떨어내고 나자—두 번째 음은 높고 맑고 아름다웠다. 샘의 목소리가 그런다. 그 목소리가 **문을 연다**.

"유리 대신 종이로 등을 만들어. 그래서 가로등이 늘 붉은 빛을 띠지. 머리를 길게 땋아 내려, 남자들도. 거기에도 버펄로가 있는데 거기 것은 더 작고 길이 들어서 물 나르는 일을 해. 호랑이도 있어. 우리 호랑이하고 똑같아."

말을 하는 샘의 목소리는 높고 곱다. 오 년 동안 쌓인 더께 속에서 어린아이가 다시 나타난다.

"왜 그 목소리를 감춰?" 루시가 말한다.

샘이 기침을 한다. 반다나를 당긴다. 다시 낮고 거친 목소리로 말한다. "**이게 내 목소리야. 그러지 않으면 남자들이 무시해.**"

"어쨌거나 아깝다. 너 자신을 감추지 말아 — 모든 남자가 그러지는, 좋은 남자도⋯⋯."

"좋은 남자는 없어."

"너하고 같이 다닌 남자들은? 카우보이, 모험가, 아니면 우리가 만났던 산사람은?"

"그 사람도 마찬가지였어. 알게 된 다음에는."

"샘?"

"그 사람은 찰스가 너한테 하려던 걸 나한테 했어." 샘이 어깨를 으쓱한다. "남자들이 여자한테 하는 것. 다시는 그런 일 없게 할 거야."

루시는 산사람의 굶주림을 기억한다. 그의 눈이 자기의 몸을 뚫어져라 보던 것. 루시가 샘의 어깨를 건드린다. 샘이 새로운 땅 이야기를 하면서 열렸던 창문이 쾅 닫혀 버렸다. 미세한 떨림이 샘의 몸을 훑고 지나간다. 샘이 설거지를 하러 벌떡 일어서며 떨림을 감춘다.

"이젠 상관없는 일이야." 샘이 땅 소리를 내며 팬을 내려놓는다. "멀리 갈 거니까. 그동안 돌아다니면서 내내 정착할 곳을 찾았는데 그럴 만한 곳이 없었어. 왜 그런지 아는 데 시간이 좀 걸렸지. 이제 우리 땅을 가질 때가 됐어. 여기엔 등 뒤를 계속 돌아볼 필요가 없는 곳, 훔친 땅이 아닌 곳, 버펄로나 인디언들의 땅이 아니었던 곳, 다 고갈되어 버리지 않은 곳이 없어. 이번에는 우리가 땅을 사더라도 아무도 막지 않을 곳으로 갈 거야."

샘이 붉은 셔츠에서 윗단추 몇 개를 푼다. 좁은 가슴 위에 두른 붕대가 슬쩍 보이고 — 샘이 지갑을 꺼낸다. 흔들어서 내용물을 쏟는다.

샘의 비밀은, 그들 가족의 비밀과 마찬가지로, 금이다.

스위트워터에서 스테이크 값으로 썼던 것 같은 작은 조각들이 있다. 두 덩이는 오래전에 루시가 찾아낸 것만큼 크다. 그리고 그 사이 다양한 크기의 덩어리들이 있다. 배표 두 장을 사고 남을 만큼이다. 보통 사람들은 이 금을 행운으로 여길 것이다. 루시는 움츠러든다. 루시는 안다.

"어디에서 났어?"

"말했잖아. 일했다고."

그렇지만 둘은 생의 절반을 노동으로 보냈다. 몸에 그 흔적이 있다. 굳은살, 석탄이 박혀서 생긴 파란 점. 통증. 평생의 절반을 노동에 바치고 얻은 것들이다.

"샘, 물어보지 않겠다고 했지만, 이건 — 알아야겠어 —"

샘이 고개를 돌린다. 아니 — 샘이 **움찔한다**. 루시의 말이 주먹을 날리기라도 한 듯. 산사람 이야기를 하면서 시작된 떨림이 멈추지 않았다. 옷차림에도 불구하고 순간 샘이 이전 어느 때보다도 더 마처럼 보인다 — 강인함 아래 흐르는 슬픔, 땅 밑으로 흐르는 보이지 않는 강처럼. 질문으로 이미 충분히 상처를 주지 않았나? 루시는 혀를 깨문다. 지금 샘을 보니, 저렇게 자랐는데도 나약하게만 보인다. 부드러운 목을 감추는 반다나. 비밀 주머니가 있는 바지, 이 더위에도 단추를 다 채워야 하는 셔츠. 천 한 장에 감춰진 샘이 어찌나 위태해 보이는지.

그래서 루시는 입을 다물기로 한다. 출발할 무렵에는 샘의 손이 다시 차분해진다. 두 사람은 질문을 묻어 놓고 떠난다. 무덤 두

개를 두고 떠나는 것처럼. 어쨌거나 그게 무슨 상관인가? 멀리 가
고 나면 이 땅이나 어떻게 이 땅을 떠났는가 하는 이야기는 한낱
역사가 되고 말 터인데?

금

마지막으로 서쪽으로. 똑같은 산, 똑같은 길.

그리고 언덕, 또 언덕.

왔던 길을 거꾸로 거슬러 간다. 탐광지, 석탄 광산촌. 같지만 달라졌다. 그들이 같지만 달라진 것처럼.

옛 탐광지에 풀이 흩어진 구슬처럼 깔려 있다. 지난번보다 이동 속도가 빠르다. 어쩌면 뒤에 남겨 둔 것 때문일지도, 다리가 길어졌기 때문일지도 모른다. 어쩌면 가고 싶은 곳을 향해 가고 있기 때문일지도 모른다. 집은 어때야 집이지? 뼈, 풀, 열기로 가장자리가 표백된 하늘 — 익숙하지만, 아주 오래전에 읽었던 옛날 책을 넘겨 볼 때처럼 페이지가 뒤죽박죽이고 색이 햇빛과 세월에 바래고 이야기는 기억과 다르다. 그래서 매일 아침이 익숙하면서도 뜻밖이다. 연기 나는 탄광, 교차로 하나만으로 이루어진 마을과 빈둥거리는 두 소년, 흰 뼈, 온통 재로 변한 마을에 남아 있는 호랑이 발자국, 키가 크고 작은 두 여자아이가 서 있는 다른 교차로, 말라붙은 개울, 다른 교차로, 한숨을 쉬는 풀이 있는 언덕, 검게 변했으나 여전히 흐르는 개울, 노래하는 풀이 있는, 무언가 다른 게 묻혀 있을지 모르는 둔덕, 파헤쳐진 흙 위에 들꽃이 피는 탄광, 또 다른 교차로, 또 다른 술집, 또 다른 아침, 또 다른 밤, 또 다른 정오에 흘러내려 가늘게 뜬 눈을 따갑게 만드는 땀, 또 다른 교차로, 또 다른 새벽에 울부짖는 풀밭 위 무언가 다른 게 묻혀 있을지 모르는 표식 없는 둔덕에서 속삭이는 듯한 바람, 또 다른 교차로, 또 다른 교차로, 또 다른 교차로, 금, 풀, 풀, 풀, 금, 풀, 금—

어쩌면 이동 속도가 빨라진 게 샘이 훔친 말 두 마리 때문일지도 모른다. **시스터**, 하나는 이렇게 부르고 **브러더**, 또 하나는 이렇게 부른다. 샘이 교역소로 들어갔다가, 다시 나온다. 한나절을 달리고 난 다음에야 루시는 샘의 지갑을 본다. 이전과 똑같이 통통하다.

"우리 거야." 샘이 달리면서 생기는 바람 속으로 외친다. "우린 값을 치렀어."

루시는 욕설을 줄줄이 내뱉는다. 풀이 두 사람을 삼키며 동의한다는 듯 고개를 끄덕인다. 루시는 샘이 무슨 뜻으로 하는 말인지 알아듣는다. 그들이 신세를 진다는 게 가능하기나 한가? 법의 테두리 안에 있었던 적도 없는데 법을 벗어날 수 있나? 법이란 것은 믿을 수 없는 것이라 기회만 나면 몸을 틀어 그들의 몸에 송곳니를 박는다. 스스로 규칙을 만드는 편이 낫다. 샘이 늘 그랬던 것처럼. 어쨌거나 그들은 떠날 거니까.

금 풀 금 풀 금 풀 금 풀 금

어쩌면 이동 속도가 빨라진 게 추적자들로부터 달아나고 있기 때문일지도 모른다. 지평선에서 마른 열기가 하늘로 날아가려는 듯 부르르 떤다. 햇빛 때문에 앞이 보이지 않고 짧아진 머리카락이 뺨을 갈기고—루시는 형체들을 본다. 전부 진짜는 아니다. 곁눈으로 보이는 것들: 짐마차? 손을 흔드는 사람? 어두운 그림자? 고개를 돌려 똑바로 보면 아무것도 없다. 샘은 권총에 손을 얹고 눈을 가늘게 뜨고 검은 옷을 입은 사람들이 빛을 받으러 쫓아오지 않는지 살핀다. 두 차례 인디언 여행자들을 마주치고 샘은 말에서 내려 말을 건다. 그들도 쫓겨났으며 찾는 중이란 걸 알게 된다. 루시는 마라면 절대 하지 않았을 일을 한다. 수줍게 인사를 하고 샘이 하는 대로 그들의 소박한 음식을 얻어먹는다. 냄비 속으로 들어가는 그들의 손이 더럽지만, 그렇긴 하지만, 거칠지만, 그렇긴 하지만—루시는 처음에는 움찔하지만 곧 자기 손이라고 더 깨끗하지도 않음을 알게 된다. 그들의 지친 얼굴에서 익숙한 피로와 희망을 본다. 루시는 먹는다.

때로 바람 속에서 아이들이 놀며 소리치는 게 들린다. 루시와 샘 말고는 아무도 없는데도. 귀신은 어때야 귀신이지? 자기 자신의 귀신에 쫓기는 수도 있나?

금 풀 금 풀 금 풀 금 풀

어쩌면 이동 속도가 빨라진 게 샘이 모닥불 가에서 들려주는 이야기 때문일지도 모른다. 이제는 번드르르한 이야기가 아니다. 샘의 모험 이야기는 하루하루 지나면서 허물을 벗는다. 샘은 남쪽 사막에서 어떤 남자가 코모도큰도마뱀에 물린 상처가 곪아 몇 주 지난 시신처럼 시커메져서 죽었다는 이야기를 한다. 남자들이 고대 인디언 도시를 발견하고 약탈하고 항아리를 깨부수고 무덤에 오줌을 갈겼으나, 자기가 벼랑 틈새에서 밤에 피어 야영지를 향기로 물들이는 흰 꽃을 발견했다는 이야기를 한다. 북쪽에서 한파가 몰아쳐 소 떼 절반을 선 자리에서 동사시켰고 한 치 앞이 안 보이는 눈보라 속에서 어떤 사람은 미쳐서 벌거벗고 달려 나갔고 어떤 사람은 눈 위에 아름다운 형상을 그렸고 어떤 사람은 자기를 **칭크**라고 불렀다는 이야기를 한다. 그보다 드물게는 채금업자 밑에서 하던 일 이야기를 한다. 거기에서 샘은 무기로 언덕을 폭파해 가루로 만드는 새로운 탐광 방식을 배우고, 검은색이나 갈색이나 붉은색 피부를 가진 남녀와 어울리고, 그들 부족의 이름, 그들 땅의 이름을 배웠다. 그러나 금 이야기를 하다 보면 샘은 얼굴이 어두워지고 눈빛이 다이너마이트 폭발이 겁나는 듯 불안해지고 결국 목소리가 작아져 위스키를 벌컥벌컥 마신다.

금 풀 금 풀 금 풀 금

어쩌면 이동 속도가 빨라진 게 두 사람이 루시가 기억하는 것보다 서로 더 많이 닮았기 때문일지도 모른다. 같지만 달라졌다. 루시 치마가 찢어진 날 샘은 총보다도 더 빨리 바늘을 꺼낸다. 반다나를 목에 고정하고 셔츠 단추가 풀리지 않게 여미는 샘의 야무진 바느질 솜씨에 루시는 감탄한다. 샘은 치마는 싫어하지만 옷차림에 신경을 쓴다. 샘이 바늘을 뽑을 때마다 이렇게 말하는 것 같다. **사람들이 널 어떻게 보느냐에 따라 너를 대하는 게 달라져.** 그런 한편 루시는 사냥법을 배운다. 부끄러울 것도 없고 볼 사람도 없으니 시프트 드레스를 높이 추켜올리고 토끼, 다람쥐, 하얀 점이 반짝이는 자고새를 잡는다. 샘의 여벌 바지를 입기도 한다. 루시는 재빨리 뛸 수 있고 강에서 둥둥 떠다닐 때처럼 몸에서 무게를 들어낼 수 있다. 사냥이 하도 잘돼서 맛있는 검은 살만 먹고 퍽퍽한 흰살은 재칼 먹으라고 남겨 둔다. 뒤쪽에서 고마워하는 듯한 울음소리가 울린다.

둘은 느릿느릿 큰 바다 건너 삶에 대해 이야기한다. 꿈을 테이블 위에 펼쳐 놓는다. 처음에는 조심스럽게, 긴 게임의 끝에서 자기 패를 보여 주는 포커 플레이어처럼 잔뜩 긴장한 채로. 루시는 말할 상대가 바람과 풀밖에 없는 그들 땅에 머물고 싶다. 샘은 사람이 바글거리는 거리를 누비고 생선을 맛보고 상인과 흥정하고 싶다. **눈길 받는 게 지겹지 않아? / 거기에 가면 그냥 쳐다보기만 하는 게 아닐 거야. 나를 제대로 볼 거야.**

금 풀 금 풀 금 풀

어쩌면 이동 속도가 빨라진 게 시간을 때우려고 샘한테 도박 게임을 배웠기 때문일지도 모른다. 샘이 운으로 돈을 벌기를 좋아하는 걸 마땅히 걱정해야 하지만. 루시는 해묵은 걱정을 밀어 놓는다. 포커와 체커를 배우고 카드를 가까이 들고 몸을 앞으로 숙여 테이블 너머에 있는 남자가 가슴을 보느라 블러핑을 보지 못하게 하는 법을 배운다.

금 풀 금 풀 금

어쩌면 이동 속도가 빨라진 게 버펄로 때문일지도 모른다. 말을 달리다가 어느 한순간 보면 빛이 반쯤 사라지고 없다. 어스름 속을 쳐다본다. 거기 있다. 언덕의 일부가 움직여서 성큼 다가온 것처럼. 둘 다 숨이라도 쉬고 있나? 바람조차 고요하다. 털끝이 노랗게 변한 늙은 짐승. 가장자리가 금빛으로 빛나는 갈색 몸뚱이. 발굽이 루시의 손바닥보다 더 넓다. 루시는 손을 들어 비교해 본다. 인사하듯 손을 든다. 그때 버펄로가 움직인다. 달착지근한 풀 냄새가 나는 입김이 불어오고 털이 루시의 손바닥을 스친다. 옆에서 샘도 손을 든다. 버펄로가 멀어지고 색깔도 모양도 같은 언덕 속으로 녹아들어 간다. **다 죽은 줄 알았는데. / 나도.**

금 풀 금 풀

어쩌면 이동 속도가 빨라진 게 땅이 점점 더 익숙해지고 매일 아침 마주하는 언덕의 모양이 루시가 꿈에서 보던 모양과 비슷해지기 때문일지도 모른다. 어느 날 어떤 길을 만나는데 루시는 배에 주먹을 맞은 것처럼 강렬하게 저 길 굽이에 뭐가 있는지를 떠올린다. 바위투성이 노두, 그늘에 자라는 야생 마늘, 전에 죽은 뱀을 발견했던 개울의 휘어진 굽이.

루시는 말에서 내리고, 욕을 하며 땀을 흘리는 샘을 언덕 꼭대기로 끌고 간다. 샘에게 위를 보라고 한다. 구름이 두 사람을 중심으로 맴돌기 시작한다. 전에 루시는 길을 잃을까 겁나면 하늘을 보라고 배웠다. 지금 루시는 샘에게 하늘에서 아름다움을 보라고 가르친다. 샘의 짜증이 경이감으로 바뀌면서 땅도 달라진다. 같지만 달라진다.

금 풀 금

어쩌면 이동 속도가 빨라진 게 루시가 사랑을 닮은 슬픔을 느끼기 때문일지도 모른다. 이 메마른 누런 언덕이 고통과 땀과 헛된 희망밖에는 안겨 주지 않았음에도—이 언덕을 아니까. 루시의 일부가 거기 묻혀 있고 일부가 그 안에서 사라졌고 일부가 그 안에서 발견되고 만들어졌다. 너무 많은 부분이 이 땅에 속한다. 탐사봉이 이끌리는 것처럼 가슴이 아픔에 끌린다. 큰 바다 건너 사람들은 그들과 닮았을 테지만 그들은 이 언덕의 형상, 풀이 쏴우는 소리, 흙탕물의 맛을 모른다. 눈과 코가 외면을 이루듯 루시의 내면을 이루는 이 모든 것을. 어쩌면 이동 속도가 빨라진 게 루시가 이미 이 땅을 잃을 일을 애도하고 있기 때문일지도 모른다.

하지만 루시에게는 샘이 있으니까.

금 풀

　어쩌면 이동 속도가 빨라진 게 샘이 불안하게 서두르기 때문일지도 모른다. 샘의 두 얼굴: 대담하고 늘 활짝 웃는 얼굴, 그리고 때로는 불안하게 실룩거리고 입을 꾹 다물고 주위를 둘러보는 얼굴. 두 번째 샘은 루시를 보고 입을 열었다 닫는다. 들어가기 겁나는 방의 문을 머뭇머뭇 밀어 볼 때처럼. **뭐 할 말 있어? / 아냐.** 두 번째 샘은 아주 작은 부스럭 소리에도, 밤에 말이 잘 자리를 잡으며 콧김을 부는 소리에도 소스라치게 놀란다. 이 샘은 잠을 거의 안 자고 자더라도 앉아서 잔다. 술집에 들어갔다가 동그래진 눈으로 다시 나온다. 뒤쪽에 앉아 있는 뚱뚱하고 순해 보이는 대머리 남자가 불길하다며. 루시는 나중에 ─ 말[言]이 그렇게 위험스럽지 않을 때, 말이 샘을 불안에 떨게 만들지 않을 때 ─ 묻겠다고 속으로 다짐한다. 왜 그렇게 경계하며 사냐고. 질문은 배에 올라타 주위 사방에 대양이 펼쳐질 때까지, 새로운 언어, 자기들을 다치게 하지 않은 언어를 배울 시간이 얼마든지 있을 때까지 미뤄도 된다.

　금

소금

서부의 끝. 이곳. 바다로 치켜든 주먹 같은 모양의 땅에 사람들이 마을을 만들었는데, 어찌나 큰지 **도시**라고도 부른다.

이 땅은 루시가 지금까지 본 어떤 땅하고도 다르다. 안개가 그들을 맞으며 감아 들고 뭉개며 바닷가를 축축한 회색 꿈으로 만든다. 부드러우면서 동시에 단단하다. 들꽃, 바람에 구부러진 사이프러스, 발아래 자갈과 머리 위 갈매기와 루시가 처음에는 짐승 울음소리로 착각한 우르릉 소리 — 샘은 이 소리가 파도가 벼랑에 부딪히는 소리라고 알려 준다.

이 땅이 다른 땅과 다르듯, 물도 다른 물과 다르다. 샘이 루시를 물가로 데려간다. 모래밭을 가로질러 걷는다. 바닷물이 회색이다. 안개에 덮여 흉측하다. 열심히 들여다보면 파란색, 녹색 조금, 멀리서 내리쬐는 햇빛 조각이 보인다. 물은 제 모습이 아름답거나 말거나 관심이 없다. 물은 예사로 분노하며 벼랑을 쳐서 무너뜨리고 방심한 짐승을 죽음으로 내던진다. 물은 부두 기둥을 갉아 먹고 목재를 무릎 꿇린다. 이 물에는 아무것도 비치지 않는다. 물은 그 자체이고, 저 끝 수평선까지 뻗어 있다.

안개가 루시의 입안을 가득 채운다. 루시는 혀로 핥고, 다시 핥는다. 짭짤하다.

"지금까지," 루시가 샘에게 말한다. "지금까지 내내 나는 내가 **스위트**워터 사람이라고 생각했어."

나중에 루시는 서쪽 끝에 사는 게 얼마나 힘든지 알게 될 것이다. 바다가 살아날 때가, 안개가 등대 불빛을 감출 때가 있다. 다른 것도 아닌 언덕이 치명적일 때가 있다. 이 도시에 언덕 일곱 개가 있는데 몇 해마다 한 번씩 개가 벼룩을 떨어내듯 부르르 집을 떨군다. 나중에 루시는 저 아래 파도 거품 안에 버펄로 뼈보다 훨씬 더 많은 뼈가 있음을 알게 될 것이다. 나중에 루시는 안개가 걷히고 나면 단단하고 투명한 빛이 나온다는 걸 알게 될 것이다.

도시가 가까워지면서 샘은 점점 더 불안해한다. 서두르다 보니 일찍 도착했다──배는 내일 아침에나 출항하는데.

남은 하루를 보내야 한다. 안개 속에서 반짝이는 등불을 보며 루시는 샘이 들려준 이 도시 이야기를 생각한다. 저택처럼 큰 도박장, 남자가 여자처럼 입고 여자가 남자처럼 입고 음악이 변신 마법인 쇼. 그리고 음식.

"시간이 있어." 루시가 말한다. "뭐 좀 먹자."

샘이 얼굴을 찡그린다. 조심해야 한다고, 납작 엎드려 있어야 한다고 할 게 빤하다.

"그러지 말고." 루시가 조른다. "종일 어두운 구석에 숨어 있을 순 없잖아. 게다가 이 안개 속에서 누가 우릴 보겠어." 루시는 팔을 뻗어 가리킨다. 그러고 나니 손이 축축해진다. "보여? 네가 말한 해물 스튜 먹을까? 따뜻한 거 먹고 싶어. 아니면 따뜻한 물에 목욕하거나."

"정말 목욕하고 싶어?"

다른 것도 아닌 목욕에 샘이 움직일 줄은 몰랐다. 여기까지 오는 길에는 흙탕물이 흐르는 개울에서 몸을 씻었는데 샘은 물에 몇 초 이상 머무는 법이 없었다. 젖을까 봐 겁나는 듯 씻었다. 옷을 벗는 것은 한 번도 보지 못했다.

루시가 고개를 끄덕인다. 이 단순한 질문 아래에서 다른 질문이 느껴진다. 공기 중에 소금처럼 짜릿한 비밀이 있다.

"그럴 순 없어." 샘이 말한다. 어떤 갈망 같은 것이 샘의 얼굴에 번진다. 샘이 점점 더 빨리, 더 맹렬하게 몰고 오면서 얼굴에서 사라져 간 부드러움이 나타난다. "하지만—"

"좀 쉬기도 해야지." 루시가 샘의 팔을 잡으며 말한다.

샘이 고개를 홱 치킨다. 끄덕인 건 아니지만. 그러더니 말머리를 돌려 안개가 어찌나 짙은지 김이 나는 우유처럼 보이는 골짜기로 내려간다. 루시도 따라간다.

안개가 두 사람을 둘러싼다. 바람의 축축한 손가락이 머리카락을 훑는다. 낮은 땅이 웅얼거리며 옛 꿈처럼 스쳐 지나가는 자신의 단편을 기억한다. 571이라고 적힌 집, 구슬 하나가 반짝이는 나무 그루터기, 파란 벽 앞의 노란 꽃. 금이 간 문. 굶주린 고양이 울음. 대기 중인 마차에서 고개를 푹 박고 자는 마부. 불이 켜진 창문에 맺힌 물방울. 도망가는 아이의 발목.

샘은 붉은색 건물 앞에 멈춘다. 건물이 어찌나 긴지 *끄트머리*가 안개에 가려 보이지 않는다. 창문이 없고 높은 문 하나 말고는

아무 특징 없는 이상한 건물이다. 샘이 루시를 돌아본다. 못마땅
해하는 눈이 아니라 호소하는 눈이다.

"네가 가자고 한 거야." 샘이 말할 때 문이 열린다.

나중에 루시는 첫인상을 기억해 내려고 애쓸 것이다. 붉은 집
이 어찌나 화려하던지, 끝도 없이 어찌나 길던지. 짙은 색 목재, 커
튼과 카펫, 나지막이 놓여 천장까지 빛이 닿지 않는 촛불, 건물 바
깥쪽이 안개 속으로 사라진 것처럼 건물 안쪽은 그림자 속으로 사
라진다. 창문이 하나도 없는데도 방 안에서 부스럭거리는 소리가
들린다.

대신, 여자들이 있다.

여자들 일곱 명이 건너편 벽에 줄지어 선다. 각자 페인트로
그린 사각형 안에 선다. 옛날이야기에 나오는 공주들 그림을 금박
액자에 넣은 것 같다. 드레스는——

루시가 가까이 간다. 이런 드레스는 본 적이 없다. 애나가 동
부에서 공수해 온 잡지에서도 보지 못했다. 걷거나 달리거나 말을
타거나 아니 심지어 앉기에도 부적절하고 몸을 따뜻하게 해 주지
도 않는 드레스다. 오직 아름다움을 위한 옷. 가장 가까이에 있는
여자는 루시의 역사책에서 걸어 나온 것 같다. 이런 설명이 붙어
있는 엄숙한 그림. **최후의 인디언 공주.** 이 아가씨도 그만큼 엄숙하
고 눈은 사슴 같고 광대뼈는 사납고 머리카락은 검다. 깃털 장식
을 달고 있고 만져 보고 싶어 손이 근질거릴 정도로 부드러워 보
이는 사슴 가죽 옷을 입었다.

실내에 냄새가 감돈다. 답답하고 쏩쓸하고 달콤한 냄새. 온통
검은 옷을 입은 여자가 앞으로 나오자 냄새가 짙어진다. 여자는
몸을 숙여 샘의 뺨에 입을 맞춘다. 키가 어찌나 큰지, 풀스커트가

어찌나 넓게 펼쳐지는지. 이곳에서는 여자가 어디까지 뻗어 있는지 알 수 없다. 이 건물, 이 여자 주위는 언제나 재칼의 시간이다.

여자가 부른다. "서맨사." 샘이 성질을 내지 않는 걸 보고 루시는 놀란다. 여자와 샘이 머리를 맞대고 자기들끼리 이야기를 하며 가 버린다. 루시 혼자 남아 다른 여자들을 관찰한다.

인디언 공주 옆에는 남쪽 사막에서 온 피부색 짙은 바케로 분위기를 풍기는 여자가 있다. 가는 허리에서 부풀어 오르는 하얀 자수 드레스를 입었다. 드레스 위쪽으로 갈색 어깨가 드러나 있다. 다음 여자는 머리카락이 백금색이고 눈은 토끼처럼 빨갛다. 드레스가 루시의 시프트 드레스보다도 더 얇다. 어찌나 얇은지 루시 얼굴이 빨개진다. 다음 여자는 피부가 벽보다 더 짙고 푸른 광택이 흐른다. 목에 금 고리를 층층이 끼워 기둥처럼 만들어 뽑낸다. 다음 여자는 굵은 노란색 머리카락을 두 갈래로 땋았고 뺨은 분홍색 사과 같고 눈은 울새 알처럼 새파랗고 발치에 우유 양동이가 있다. 아무도 움직이지 않는다. 가슴팍이 보일 듯 말 듯 오르내리는 것만 빼면 동상이나 다름없다. 다음 여자는—

"예쁘지 않아요?" 키 큰 여자가 루시 옆으로 오며 묻는다. "얘들아, 손님한테 빙글 돌아 보이렴."

일곱 개의 치맛자락이 펄럭이지만 얼굴은 미동도 없다.

"쟤들 보니까 뭐가 생각나요?" 여자가 묻는다.

말투가 어쩐지 고압적이라 루시는 자기도 모르게 대답한다. 어쩌면 냄새 때문인지도. 루시는 마의 책에서 읽은 이야기들, 공주 그림 이야기를 한다.

"서맨사가 말한 대로 똑똑하네. 내 이름은 엘스크예요. 당신도 할 건가요?"

"목욕을 하고 싶어요." 루시가 말한다.

엘스크의 미소가 어찌나 가느다란지 거기에 베일 수도 있을 것 같다. 엘스크는 루시에게 마음에 드는 아가씨 아무나 고르라고 한다. 여자들이 다시 빙그르 돈다. 단, 엘스크는 말한다, 돈을 치를 수 있으면.

그때 루시는 깨닫는다. 이렇듯 화려해 보여도 이곳이 스위트워터 술집 위층에 있는 방과 다르지 않다는 것. 기차 경적과 뒤섞이던 침대 삐걱대는 소리. 실내가 어두운 덕에 루시의 달아오른 얼굴이 감춰진다. 루시는 남고 샘은 다시 엘스크와 숙덕이더니 한 아가씨를 데리고 위층으로 간다. 이번에는 샘이 뒤돌아보지 않아 다행이라고 루시는 생각한다.

루시는 기다리며 꾸벅꾸벅 존다. 탕 소리에 깬다. 어떤 여자가 음식 쟁반을 내려놓았다. 빵, 육포. 샐러드 위에 씹으면 오도독거리는 희한한 주황색 꽃이 얹혀 있다.

달콤한 나무 맛. 당근으로 조각한 꽃이다.

몇 해 전 루시는 물을 끓여서 샘의 몸에서 병의 기운을 닦아냈다. 하지만 루시가 샘의 바지에서 당근을 발견했을 때 샘은 루시를 증오의 눈으로 쳐다봤다. 당근 대신 돌이 그 자리에 들어갔다. 지금은 돌 대신 뭐가 있을까? 루시는 모른다. 그런데 위층 방에서 모르는 사람이 샘의 반다나를 풀어 목을 드러낸다. 모르는 사람이 특별히 바느질을 해 넣은 셔츠와 바지를 끄른다. 모르는 사람이 샘의 비밀을 드러낸다—모르는 사람이 샘을 루시보다 더 잘 안다.

루시는 샘이 올라가기 전에 흥정하는 걸 엿들었다. 방, 시간,

아가씨, 가격—거의 샘이 가진 금의 4분의 1에 해당하는 금액이다. 샘이 거짓말을 했다. 그렇게 비싼 목욕이 어디 있나?

루시는 예쁜 액자 속 여자들에게 걸어간다. 여자들이 여전히 꿈쩍도 않자, 루시는 가장 가까이에 있는 치맛자락을 잡는다. 천 찢어지는 소리가 적막 속에서 비명보다 더 요란하다. 아름다운 얼굴들이 루시를 돌아본다. 숙련된 고요함이 처음으로 깨진다. 분노가, 그리고 모욕, 두려움, 재미, 경멸이 루시를 향한다. 이 여자들은 루시가 들어왔을 때 루시를 쳐다보고 꿰뚫어 봤다. 루시는 오는 길에 샘이 한 말을 생각한다. 쳐다보는 것과 **진짜로 보는 것**의 차이.

루시가 찢어진 천을 들어 올린다. 엘스크를 불러 달라고 한다.

엘스크의 방은 소박하다. 의자 두 개, 책상, 초 대신 등잔. 그리고 책이, 루시가 평생 본 것보다 더 많은 책이 천장까지 빼곡히 꽂혀 있다.

"서맨사가 네가 만만치 않다고 했지." 앉으라는 말을 루시가 거절하자 엘스크가 말한다. "우리 같은 사람들은 보통 그래."

"전 아닌—"

"금 캐는 사람들 말한 거야. 이 도시에 바글거려. 이 시설은 돈과 열망이 있는 남자들을 위해 지은 거야. 그 사람들은 최고급 레스토랑을 찾지. 최고급 도박장. 최고급 아편굴에서 파이프를 빨고 최고급 꿈을 꿔. 처음 나한테 크게 투자한 사람들도 채금업자였어. 그런 면에서 아주 마음이 열려 있다고 할 수 있지. 오직 값어치만을 따지니까."

"샘이 여기에서 뭘 하는지 말해 주세요."

"샘 말이 네가 책을 많이 읽는다던데. 이것도 읽을 수 있을까?"

엘스크가 책꽂이에서 책을 한 권 꺼내길래 루시는 별생각 없이 받아 든다. 표지는 아무것도 없는 파란 천인데 하얀 얼룩이 꽃처럼 피어 있다. 책장이 구깃구깃하다. 그 안에 큰 바다의 기억이 스며 있다. 짠물.

루시는 책을 펼친다.

첫 장에는 아무 단어도 없다. 이상한 그림뿐. 책장을 넘긴다. 또 다른 그림들, 더 작은 그림이 마치 글처럼 가지런히 세로로 이어져 있다. 그게 정말 글이라는 걸 루시는 깨닫는다. 그림 하나하나가 곧은 선과 구부러진 선, 점, 획으로 이루어진 단어다. 자기가 아는 그림에서 눈이 멈춘다. 마가 그린 호랑이.

그때 엘스크가 파란 책을 도로 가져간다.

"어디에서 났어요?" 루시는 화가 났던 걸 잊는다.

"고객한테서 금액 일부로 받았어. 정보는 금만큼 가치가 있으니까. 그러니까, 네 질문에 대해—난 공짜로 사실을 말해 주진 않지만 물물 교환도 가능하지."

루시가 망설인다. 고개를 끄덕인다.

"뭔가 말해 봐." 엘스크가 몸을 앞으로 숙인다. "너랑 서맨사가 온 곳에 대해. 아무거나."

루시는 **우리는 여기에서 태어났어요**라고 말하지 않는다. 진실을 가지고는 엘스크의 얼굴에 그득한 욕심을 만족시킬 수 없다. 루시는 이 여자가 자기에게서 무얼 가치 있게 보는지 안다—찰스가 보는 것과 똑같은 것. 오직 루시의 차이만을 본다. 루시는 처음으로 떠오른 단어를 말한다. "뉘얼."

엘스크가 한숨을 쉰다. "정말 아름답구나. 정말 소중하고 귀해." 엘스크가 고개를 젖히며 목을 드러낸다. 그게 어쩐지 외설적으로 느껴진다. 그때 엘스크가 목을 똑바로 세우며 말한다. "서맨사는 한동안 채금업자 밑에서 일했어. 꽤 일을 잘했다고 들었지. 뭔가 다툼이 있었다는데 물어보지는 않았어. 지금도 고객 중에 채금업자가 많은데 그 사람들 일에 끼어들고 싶지는 않거든. 수도 없이 많은 사람들이 우리 애들하고 같이 있는 시간을 사려고 찾아온단다. 우리 애들은 급료도 아주 많이 받고 교육도 받아. 그림이든 시든 화법이든. 너 하프가 뭔지 아니? 이 지역에 딱 한 대 있는데 나한테 있어. 내가 데리고 있는 애들은 아주 사랑스럽고 세련된 애들이지. 아주 고급이고, 흔하지 않고, 또—"

닫힌 방 안에 있으니 냄새가 더 독하다. 찰랑거리며 달래는 듯한 엘스크의 목소리 때문에 나른해진다. 전부 마법이다. 깨뜨리려면 분노를 떠올려야 한다.

"창녀들이죠." 루시가 말을 끊는다. "흔한 창녀가 아니라고 말하고 싶겠죠. 전 고객이 아니에요. 요점을 말하세요."

"좋아. 서맨사가 여기에서 뭐 하냐고 물었지? 서맨사가 요구하는 서비스는 목욕뿐이야."

엘스크의 얼굴이 만족스러운 듯 번들거린다. 물물 교환이 공평하지 않으리란 걸 알았다. 엘스크가 루시에게 내주는 진실은 속이 빈 상자다—내용물은 이미 루시가 갖고 있다. 샘은 숨기지 않는다. 샘은 내내 샘이었다.

루시가 바보가 된 기분으로 나가려고 돌아선다.

"나는 전에 선생님이었어." 엘스크가 조용히 말한다. 호기심 때문에 루시는 나가지 않고 머문다. "서맨사 말이, 네가 학교에서 공부를 아주 잘했다고. 내가 선생님처럼 질문 하나 해도 될까—아까 우리 애들이 이야기 같다고 했었잖아. 왜 그렇게 말했지?"

"텅 비어 있어요." 루시가 파란 책을 보며 말한다. 대답이 엘스크 마음에 든다면 그 책을 다시 볼 수 있을지 모른다. 루시는 움직임이 없는 얼굴, 저마다 다르지만 완벽히 똑같은 여자들을 생각한다. "종이가 생각나요." 아니면 맑은 물. 물에 비친 자기 모습에서 이따금 보았던 표정.

루시는 기대감을 갖고 기다리고, 엘스크는 한 가지 질문을 더 한다.

샘이 생기가 돌지만 조심스러운 표정으로 돌아온다. 턱이 굳어 있다. 루시는 이번에는 똑바로 쳐다본다. 샘이 수줍은 듯 웃음을 받을 때까지 웃는다.

"다음에 또 봐." 엘스크가 말하며 샘의 뺨에 입을 맞춘다.

엘스크는 루시에게도 입을 맞추는데 냄새가 아까보다 더 진하다. 이 여자는 냄새를 씹어 삼키기라도 하는 듯하다. 씁쓸하고 달콤하다. 엘스크의 체온과 섞여 들큼한 사향 냄새 같기도 하다. 그제야 루시는 그 냄새를 알아본다. 마의 트렁크에서 났던 냄새와 비슷하다. 먼 곳, 아주 오래전. 엘스크의 고객이 책처럼 냄새도 가지고 왔을까?

"다시 와, 서맨사랑 같이든, 혼자든." 엘스크가 루시에게 속삭이자 샘이 호기심 어린 눈으로 쳐다본다. "잊지 마."

그러나 바람과 소금이 그들을 박박 씻긴다. 항구에 도착했을 때 루시의 코에는 바다 냄새밖에 없다.

아래에 배들이 늘어서 있다.

루시는 평생 배를 환상 속의 무엇으로 상상했다. 돛은 날개고, 바다 위를 달리다 보면 해안이 마법처럼 나타난다고 들었다. 그래서 루시는 배의 실제 생김을 알아보려 한 적이 없었다. 용이나 호랑이나 버펄로에 대해 사실을 따져 본 적이 없었듯이. 배가 이렇게 보이리라고는 생각하지 못했다. 웅장하지만, 평범하다.

"배는 어때야 배지?" 루시가 묻는다. 어린아이처럼 깡충깡충 뛰면서 답을 외치고 또 외친다. "나무와 물. 나무와 물. **나무와 물.**"

금

발아래는 미끌거리고 부두는 흔들린다. 루시는 회색 물에 집
어 던져져 바다 바닥에서 위를 올려다보는 상상을 한다. 물풀이
흔들린다. 물고기들이 빛을 가릴 정도로 빽빽하다.

루시와 샘은 비틀거리는데 선장은 꼿꼿이 서 있다. 이미 불리
한 입장에서 표 두 장을 흥정한다. 선장은 돈을 다 세더니 두 사람
을 쳐다본다. 엘스크 말이 맞다. 이 도시는 사람의 값어치만 본다.

"나머지 돈 구하면 다시 와."

샘의 얼굴이 어두워진다. "지난달에 푯값 물어봤을 때 그거
라고 했잖아요."

"바다가 달라. 수리 비용이 많이 들어."

샘이 지갑을 비운다. 마지막 금은 오늘 밤 숙소와 큰 바다를
건너간 다음 머물 곳을 구하는 데 쓸 생각이었다. 금을 내미는데
도 선장은 고개를 젓는다. 선장이 주머니를 집어 던져 금덩이가
부두 위에서 통 튄다. 샘이 금을 잡으려고 몸을 던지지만 선장은

이미 다른 데를 보고 있다. 루시가 시선을 따라가 보니 바닷가에 키 큰 사람이 있다. 그 사람도 바다를 건너려는 걸까. 돈 말고 뭘 줄 수 있을까?

루시는 생각한다. 이야기.

루시가 비틀거린다. 선장의 팔을 붙들고 균형을 잡는다. 덤벙 거리며 치마 끝을 밟아 옷이 가슴 위로 팽팽히 당겨진다.

"죄송해요." 루시가 선장 쪽으로 몸을 기울이며 말한다. "진짜 배를 보니 어질어질하네요. 어릴 때부터 배를 타 보고 싶었어요. 정말 웅장하잖아요?"

루시는 갈망하는 듯한 눈으로 배를 바라본다. 선장을 돌아보았을 때도 눈에 갈망이 남아 있다. 루시는 바다가 두렵다고 말한다. 강인하고 경험 많은 남자가 이끌어 주길 바란다고 한다. 자기가 일을 잘한다고, 요리도 잘한다고 말한다. 샘은 힘이 세다고. "우린 쓸모가 많을 거예요." 루시가 말하며 미소를 짓고, 잠시 기다리며 선장의 눈이 루시의 침묵을 빨아들이게 한다.

엘스크의 여자들한테 충격을 받은 건 아니었다. 그렇지는 않았다. 루시가 본 것은 새로운 것이 아니라 스위트워터에서 배우고 오래전 선생님의 응접실 문가에서 배운 아주아주 오래된 교훈이었다. **미모는 무기야.**

부두 아래에 있던 사람은 사라졌다.

마지막으로 루시가 자기들이 타고 온 말 두 마리를 얹자, 선장이 배표 두 장을 준다. 종이는 축축하고 글씨체가 독특하다. 누군가가 글자 가장자리를 정성스레 금으로 장식했다.

항구 아래쪽에서 샘이 엘스크가 준 음식 주머니에 손을 넣는다.

"오늘 엄청 바가지를 썼어." 샘이 말한다. "빌어먹을 여자, 쪼이는 법을 안다니까. 그것만 아니면 오늘 그렇게 흥정할 필요도 없었을 텐데."

루시는 어깨를 으쓱한다. 루시는 파란 책 생각을 한다. 바다 건너에 가면 그런 책이 더 많겠지. 루시는 육포 한 조각을 샘에게 건네고 자기 것을 씹기 시작한다. 이로 물고 빙빙 돌려 육포를 끊는다.

"엘스크가 가르쳐 줬어?" 샘이 말한다.

루시는 천천히 씹는다. "여자들이 이미 아는 것 말고 새로이 가르쳐 준 건 없어. 그렇게 나쁜 사람은 아닌 듯. 그게…… 나한테 일자리를 주겠다고 했어."

샘의 얼굴에 충격받은 표정이 떠오른다.

"그런 일 아니고." 루시가 얼른 말한다. "다른 여자들하고는 다른 거. 나더러 이야기를 하래. 남자들한테. 딱 그것만." 엘스크가 이런 말을 덧붙였다는 말은 하지 않는다. **네가 정 싫다면. 그걸 하면 돈을 더 벌지만.**

루시는 샘이 화를 낼 거라고 생각한다. 대신 샘은 쭈그러든다. "처음에 나한테도 그런 제안을 했어." 기어들어 가는 샘의 목소리를 듣고 루시는 샘이 다시 산사람을 떠올렸다는 걸 안다.

"바오베이." 루시가 말을 꺼내다가 멈춘다. 지금은 다정한 말을 나눌 때가 아니다. 묵은 상처를 건드릴 때도 아니다. 루시는 딱딱한 빵을 찢는다. 빵을 뜯다가 껍질 조각이 손톱 아래로 파고든다. "전에 있었던 일은 이제 아무 의미도 없어. 우리가 바다를 건너가면, 그러면 마치 ― 마치 ― " 오래된 약속이 루시의 입을 가득 채운다. 달콤하고 씁쓸하다. "꿈 같을 거야. 거기에서 깨어나면

이 모든 일은 다 꿈이 될 거야."

"정말이야?" 샘이 여전히 기운 없는 목소리로 말한다. "우리가 했던 일 전부?"

루시는 빵을 본다. 오래되어 퀴퀴한 맛이 난다. 억지로 씹어 넘겨야 한다. 형편없더라도 가진 것에 감사해야 한다. 하지만. 하지만.

루시는 빵을 바다에 던진다. 생각했던 것보다 훨씬 더 멀리 날아가서 물에 퐁 빠진다. 갈매기들이 급강하해 덮치지만 물고기가 먼저 올라와 낚아채 간다. 루시 키보다 더 기다란 물고기. 아래쪽에서 보면 빛을 가릴 수 있을 정도다.

정오에 배가 출항한다. 그때까지, 긴 밤이 그들 앞에 있다. 샘의 주머니에는 페니 동전 몇 개뿐이고 잠자리를 구하거나 식사를 할 돈은 없다. 마지막 밤은 밖에서, 도시의 언덕에 둘러싸인 채로.

마지막 밤에 그들은 유령이다. 절반은 이미 배에 타서 그들이 집이라고 부를 안개 낀 곳을 향해 절반쯤 가 있다. 절반은 안개가 부두를 집어삼키고 육신의 무게를 덜어 내며 사라지고 없다. 놓쳐 버린 금의 무게, 잃어버린 오 년의 세월, 은화 두 개, 바의 손, 마의 말. 그날 밤 두 사람은 같은 생각을 한다. 이전에 있었던 일은 모두 사라졌다고. 안개가 지워 버린다고. 안개 속에 둘이 앉아 도박 게임을 하는 동안 동전 짤랑거리는 소리만 울린다.

그 뒤로 몇 해 동안 루시는 이 밤을 가슴에 담아 둘 것이다. 루시 자신만을 위해 쓰인 개인적 역사.

다른 사람들이 모여든다. 안개에 얼굴이 뭉개져 아무도 **너희들은 누구야? 어디에서 왔어?**라고 묻지 않는다. 단단한 남자들과 여자들, 익숙하게 수그러진 어깨, 땀과 위스키와 담배 얼룩. 노동과 절망의 냄새. 그리고 희망. 축축한 부두 위에서 너무 많은 희망이 빛난다.

그날 밤 어떤 말도 오가지 않는다. 이 도시에는 쨍그랑 짤랑만으로 이루어진 언어가 있다. 샘과 루시의 페니로 게임이 시작된다. 운이 계속 동전을 끌어온다. 루시가 원 안에 앉고 샘은 뒤에 있다. 루시가 뒤집힌 카드에 손을 뻗을 때 어떤 묵직함이 손을 움직이고 가슴을 당기는 것을 느낀다. 탐사봉처럼 옳은 카드를 향해 이끌고 또 이끈다. 루시는 눈을 감고 플레이 한다. 발을 탁탁 구른다. 루시는 부두 위에 있는 게 아니라 금 언덕 위를 걷고 있다. 이른 아침에, 이른 나날에, 최고의 해에, 바의 손에 희망과 탐사봉 하나만 있을 때. 그들은 멀리 걸어 나갔지만 마가 밥을 짓는 화덕 연기가 그들을 집에 붙들어 주는 닻이었다. 바는 이끌림을 기다리라고 가르쳤다. 금이 무겁기 때문에 그걸 끌어당기려면 몸 안에 무언가 묵직한 게 있어야 했다. **기억나는 가장 슬픈 일을 떠올려 봐. 나한테 말하지는 말고. 몸 안에 담아 둬, 루시 걸. 그게 자라게 해.** 도박꾼들 사이에서 루시는 그렇게 한다. 루시의 어깨에 얹힌 샘의 손이 샘이 지닌 슬픔의 무게까지 더한다. 그들은 탐광꾼의 자식들이다. **어디에 있는지 느껴 봐, 루시. 그냥 느껴.** 그들은 슬픔을 삼켰고 그들은 금을 삼켰다. 두 가지 다 사라지지 않고 몸 안에서 자라나 길어지는 팔다리에 양분을 주었다. 그리고 그날 밤 그것이 카드를 부른다. 루시가 가져오는 카드는 전부 옳은 카드다. 다른 도박꾼들이 한 명씩 조용히 패를 내려놓는다. 무덤 앞에서 경의를 표하듯이. 안개 속에서 이렇다 저렇다 판단할 얼굴이 없는 낯선 사람 둘을 본다——진짜로 **본다.** 운이라고 해야 하나 귀신이 들렸다고 해야 하나.

그 밤이 끝날 무렵 작은 돈 무더기가 생긴다.

앞으로 올 힘겨운 날에 루시는 이걸 기억할 것이다. 적어도 하룻밤 동안은, 둘이서 언덕에 금이 있게 만들었다는 것을.

은색 빛이 루시의 눈을 벌려 뜨게 한다. 한순간 다시 열두 살이 되어, 달빛이 호랑이 두개골에서 반사된다. **집은 어때야 집이지?**

루시가 고개를 든다. 카드가 뺨에 붙어 있다가 떨어진다. 쌓여 있는 은화에서 빛이 나온다. 부두 위, 곁에 누운 샘이 코를 곤다. 항구는 닻을 내린 배 말고는 아무것도 없이 텅 비었다. 정오가 되려면 몇 시간 더 남았다. 루시는 웃으며 샘의 입 가장자리에서 침방울이 부푸는 걸 본다. 몸을 숙여 터뜨린다.

그게 터지며 세상이 뒤흔들린다.

부두에 구멍이 생겼다. 나무 판이 너덜너덜 부서지고 그 아래 굶주린 바다가 소용돌이친다. 샘이 몸부림친다. 한쪽 발과 다리가 구멍에 빠진다. 루시가 소리를 지르며 당긴다. 간발의 차로 끌어 올린다.

안개가 타 버렸다. 하늘이 전혀 다르다. 단단하고 투명한 빛. 부두 끝에 서 있는 남자 둘이 보인다. 하나는 키가 크고 검은 옷을 입었다. 방금 쏜 총을 들고 있다. 어찌나 열심히 윤을 냈는지 금속에서 반사되는 햇빛에 눈이 시릴 정도다. 마침내 루시는 저 사람들이 지니고 다닌다고 소문만 들은 총을 본 셈이다. 애나는 총 같은 건 없다고 했지만—애나 같은 사람들은 평생 모르는 것들이 있다.

샘은 하수인이나 총을 보고 있지 않다. 그 뒤에서 발을 질질 끌며 걷는 사람을 본다. 나이가 많고, 느리고, 엄청나게 뚱뚱하고 대머리다. 흰옷을 입었다. 색이라고는 발그레한 뺨, 손가락의 반지와 주머니에서 늘어진 줄에서 반짝이는 금뿐.

"말로 해결해요." 루시가 하수인한테 말한다.

아무도 루시에게 관심 주지 않는다. 뚱뚱한 남자가 조끼에서 묵직한 금 회중시계를 꺼낸다. 시계 앞면을 두드린다. 루시 너머를 본다. 똑바로 샘을. "어젯밤 내 부하한테 네가 돌아왔다는 말을 듣고 어찌나 기쁘던지. 이제 정산을 할까."

어젯밤에 딴 동전은 화약에 더러워진 데다 낮이 되자 초라해 보인다. 채금업자가 말하는 빚에 비하면 아무것도 아니다.

루시는 웃기 시작한다.

그제야 채금업자가 루시를 본다. 여유가 얼마든지 있는 사람의 느긋한 시선. 짧게 자른 루시의 머리카락에, 더러운 시프트 드레스에, 마지막으로 루시의 목에. 채금업자의 시선이 루시를 해체한다. 채금업자는 웃지도 얼굴을 찡그리지도 설명하지도 위협하지도 않는다. 샘이 왜 술집에서 대머리가 빛나면 도망쳤는지 납득이 간다. 이 채금업자는 바위다. 애원해 봐야 바늘 하나도 들어가지 않는다.

그래서 루시는 돈의 언어로 이야기한다. 어젯밤에 번 돈을 내밀며 샘과 단둘이 있을 시간을 번다.

두 남자가 저 아래 항구로 물러간 다음 루시는 샘의 얼굴을 잡는다.

"뭘 어떻게 **한 거야**, 샘?"

"금을 되찾아 왔을 뿐이야. 정직한 탐광꾼들한테서 빼앗아 간 걸. 우리 무리가 있었는데, 그러기로 합의했어."

채금업자가 말한 돈이라면 배도 살 수 있을 정도다. 아니면 석탄 탄광의 절반. 루시가 상상했던 것을 훨씬 넘어선다.

"어디에다 썼는데?" 그걸로 흥정할 수 있을 거다. 샘이 무얼 샀든 채금업자 입장에서도 그걸 받는 편이 샘의 뇌를 부두에 흩뿌리는 것보다는 이득일 테니.

"안 썼어."

"그럼 감췄어?" 일말의 희망. 숨긴 장소로 채금업자를 데리고 가면 된다. 거기에 더해 루시가 최선을 다해 사죄하면 될지 모른다. 오늘 배는 못 탈 테지만 다음 달에도 또 배가 있으니까. 내년에도. 도시에서 일거리를 찾을 거다. 엘스크가 제안한, 이야기하는 일을 하겠다고. 그러면 될 거다.

"순금이었어. 가지고 다니기에 너무 무거웠어." 샘이 턱을 치켜든다. 목소리에서 수액이 차오른다. "일부를 쪼개서 나눴어. 네가 본 게 그거야. 그때 내가 아이디어를 냈지 ─ 나머지는 바다에 던지기로 했어. 땅에 다시 돌려주자고. 각자 뭔가를 남겼어." 샘의 얼굴에 예전 모습 같은 웃음이 스친다. "각자 금에 새겼어. 어떤 사람은 자기 어머니 이름을 새기고, 아니면 강의 옛 이름, 자기 부족의 상징. 나는 우리 호랑이를 그렸어. 그 금이 다시 나타나려면 아주 길고 긴 세월이 흘러야 할 거야. 어쩌면 누군가 정직한 사람이 ─ 우리 같은 사람이 찾아낼지도. 그때는 지금하고 다를지도. 어쨌든 그때는 저 사람은 죽고 없을 테니까. 그리고 그 금에는 표시가 남아 있겠지. **우리 것이 되는 거야.**"

이 땅은 네 땅이기도 해, 루시 걸. 누구도 아니라고 말하게 하지 마라.

부두 위에서 샘이 갑자기 웃음을 터뜨리며 뒤로 구른다 ─ 샘이 한 번도 보여 준 적 없었던 실없는 여자아이의 모습으로. "버펄로처럼 사라져 버렸어!"

아무리 흥정을 하고 계획을 세우고 머리를 써 봐야 금을 다시 찾아올 수는 없다. 어쨌든 시도는 해 봐야 한다. 루시가 말한다. "시간을 달라고 하자. 우리—"

웃음이 멈춘다. "저 사람들이 우리 중 둘을 죽였어. 내 친구들. 넬리도 죽었어. 내가 넬리를 타고 달아나는 도중에 총에 맞았어." 암말의 이름을 입에 올리며 샘의 목소리가 갈라진다. "이건 장난이 아니야. 어린아이처럼 굴지 마. 나는 죽일 테지만 너는 문제만 일으키지 않으면 보내 줄 거야."

"그걸 알면서—" 루시의 목이 멘다. "그렇게 위험한 사람들인 줄 알면서 왜 그 먼 스위트워터까지 왔어? 몇 주 전에 배를 탔을 수도 있잖아. 혼자."

샘은 고집이 세다. 대답을 안 한다. 무슨 말을 하려는 듯한 눈으로 루시를 쳐다볼 뿐. 스위트워터에서 샘이 했던 질문이 두 사람 사이의 침묵을 메운다. **외로울 때 없어?** 지금껏 내내 루시는 샘이 이기적이라고 했다. 지금 보니 자신밖에 보지 못한 사람은 루시였다. 루시는 같은 걸 샘에게 묻지 않았다.

루시가 도박을 하면서 배운 게 있다면 카드를 접어야 할 때를 알아야 한다는 것이다. 다른 질문들은 놓아 버린다. 루시는 샘에게 왜 그 짐을 혼자 지려고 했는지, 왜 기회가 있을 때 털어놓지 않았는지, 왜 그렇게 우라지게 오만한지 물을 수도 있다. 왜 그렇게 고집이 센지. 그렇지만. 이 모든 게 반다나나 부츠와 마찬가지로 샘의 일부다. 남들과 다른, 고집스러운 규칙에 따라 사는 샘—엄청난 부를 손에 넣었다가 바다에 던져 버릴 수 있는 샘. 루시는 분노와 공포를 접어 누른다. 남아 있는 것은 기나긴 여행 끝에 더러운 집에 도착했을 때의 익숙한 피로감이다.

그리고 그게 떠오른다. 중요한 마지막 질문. "목욕은 왜?"

샘이 어깨를 으쓱한다. 루시가 반다나를 세게 당긴다. 반다나가 풀려 옅은 색 피부가 드러난다. 너무 보드라운 피부. 다른 것도 아닌 그것 때문에, 루시는 울음이 터질 것처럼 위태하다. "목욕 싫어했잖아. 왜 그랬는지 말해 봐."

"개는 나를 봐. 레나타, 그게 개 이름이야. 그 여자들은 잠자리 시간을 사는 남자들을 보지 않아. 그거 알아? 키스도 안 하고, 제대로 보지도 않아. 그런데 개는 나를 씻겨 주면서 정말로 봐. 나를 **본다고**. 진짜로."

루시는 눈을 감고 보려고 애쓴다.

루시는 샘을 본다. 반짝이는.

일곱 살 때의 샘, 드레스와 땋은 머리 차림으로 반짝이는.

열한 살 때의 샘, 상실과 검댕 속에서 반짝이는.

열여섯 살 때의 샘, 이 신념, 단단히 자란 뼈.

루시는 금을 본다. 샘이 버린 금이 아니라, 다른 것. 이 언덕. 이 개울. 그런 역사가 있었음에도 불구하고, 금속 조각 이상의 가치로 빛나는. 이곳은 너무나 많은 것을 잃었다. 너무나 많은 것을 빼앗겼다. 그럼에도 이 땅은 아름답다. 이곳은 그들의 집이기도 하기 때문이다. 샘은 샘 나름의 방식으로 이 땅에 제대로 된 장례를 치러 주려 한 거다.

그 모든 걸, 루시는 받아들일 수 있다. 죽은 언덕, 죽은 강. 그렇게 해서 샘을 구할 수 있다면 최후의 버펄로라도 깨끗하게 심장을 쏘아 죽일 것이다.

샘은 그럴 수 없다.

루시의 삶 내내 샘의 빛은 한 번도 약해지지 않았다. 그것만은, 떠올릴 수 없다. 샘이 없는 세상.

　　루시가 눈을 뜬다. 반다나를 도로 묶는다. 샘의 가장 여린 부분을 다시 감춘다.

　　"나 혼자 저 사람하고 얘기해 볼게." 루시가 말한다. "내가 더 똑똑한 거 알지? 뭔가 방법을 찾겠어."

금

루시는 혼자 채금업자와 흥정을 한다.

처음에는 서로 상대가 받아들이지 않을 제안을 하는 척한다.

루시는 지금 보내 주면 해 떨어지기 전까지 금으로 빚을 갚겠다고 한다.

채금업자는 샘의 거죽으로 망토를 만들겠다고 한다.

루시는 내일 아침까지 두 배로 갚겠다고 한다.

채금업자는 샘의 팔다리를 예쁜 모양으로 부러뜨리겠다고 한다.

루시는 그 자리에서 빚의 세 배 금액을 걸고 단판으로 카드 게임을 하자고 한다.

채금업자는 거짓말을 남발하는 샘의 혀를 잘라서 루시에게 먹이겠다고 한다.

루시는 자신의 충성, 기지, 깨끗한 손을 바치겠다고 한다.

채금업자는 샘의 손을 잘게 쪼개 목걸이를 만들어 걸겠다고 한다.

루시는 탐광꾼의 딸로서 자기가 태어난 언덕에 대한 지식을 제공하겠다고 한다.

채금업자는 언덕에 무덤 두 개를 아무도 찾지 못할 정도로 깊게 파겠다고 한다.

그리고 두 사람은 말없이 앉아 있다. 익숙한 침묵이다. 오래된 친구끼리 이미 전에 들었던 이야기를 서로 주고받을 때처럼. 루시는 자기 손, 발, 피부를 처음 보는 듯 살핀다. **항상 왜냐고 물어.** 누군가에게 이런 말을 들었던 게 떠오른다. **너의 어떤 부분을 원하는지 꼭 물어보라고.**

채금업자는 루시의 제안을 바로 받아들인다. 루시가 어떤 제안을 할지 루시보다 먼저 알고 있었던 것처럼. 엘스크라면 채금업자가 루시의 값어치를 봤다고 할 것이다.

그리고 루시는 원래 빚에 비하면 아무것도 아닌 돈 얼마를 빚에 더 얹어 거짓말을 할 권리를 산다.

루시는 배 그늘에서 샘과 단둘이 이야기한다. 몇 분만 지나면 정오다. 몇 분 뒤에 배가 출항할 것이다.

루시는 샘에게 합의에 도달했다고 말한다. 채금업자 밑에서 일하기로 했다고. 계산도 하고 역사도 쓰는 일종의 비서 역으로. 일 년이나 이 년, 길어야 삼 년이면 빚을 갚을 거라고. 빚을 갚으면 다음 배를 타고 가겠다고.

샘의 턱이 올라간다. 샘의 고집이 ──

한 가지 방법밖에는 없다.

루시는 긴 세월 속으로 몸을 기울여 샘의 뺨을 친다. 갈매기들이 까악거리며 단단하고 맑은 하늘로 솟아오른다. 갈매기 날개 그림자가 샘의 뺨에 그늘을 만든다. 샘의 눈에. 갈매기가 지나가고 난 다음에도 그늘이 남아 있다. 루시는 최고의 가르침을 받았다. 어떻게 몸을 돌려 어떻게 후려치는지. 어떻게 온몸과 멀쩡한 다리와 나쁜 삶의 무게를 다 싣는지. 배[腹] 속 침니(沈泥) 속 금만큼 무거운 슬픔에 짓눌린 삶의 무게를 어떻게 손바닥에 전부 싣는지. 그리고 난 다음 어떻게 고함을 치며 말로 사람을 무너뜨리고 움츠러들고 주눅 들게 만드는지. **네가 나보다 똑똑하다고 생각해? 저 사람이 필요하다고 한 건 나야. 넌 가치가 없어. 가. 등신.** 어떻게 그런 다음 뺨을 쓰다듬어 주는지. **바오베이.**

　루시는 얼얼한 손바닥보다도 그게 더 아프다는 걸 알게 된다. 쓰다듬는 손길에 상대가 움츠러드는 걸 보는 게. 샘이 배에 오르는 모습을 보며 루시는 샘이 자기를 그 타격의 그림자 없이 기억할 수 있을까 생각한다.

　엘스크는 하수인 손에 끌려 붉은 문으로 들어오는 루시의 얼굴을 찬찬히 본다. 엘스크는 남자에게 채무 지급에 관한 설명을 듣는다. 이번에는 루시에게 묻지 않는다. 그냥 만지기만 한다.

　매운 손길이다. 엘스크가 손으로 루시의 살을 꽉 눌러 뼈 모양을 검사한다. 루시의 머리카락을 모아 당기고 루시의 입술을 들어 올려 상으로 받은 말 이빨 검사하듯 치아를 살핀다. 엘스크는 중얼거리며 고개를 갸웃하며 루시의 비뚜름한 코를 당긴다. 이제는 친절한 선생님이 아니다. 너무 그럴듯한 이야기라 루시는 그 이야기를 믿고 말았다.

　쓸 만하네요. 마침내 엘스크가 하수인에게 말한다. **당연히 내 몫**

을 뗄 거예요. 또 머리카락이 자랄 때까지 기다려야 하고요.

루시의 머리카락이 어깨에 닿을 정도로 자랄 때까지 석 달 동
안 엘스크는 루시를 다시 쓴다. 엘스크는 루시의 피부를 노란색보
다 아이보리색에 가까운 이야기로 만들어 줄 녹색 천을 고르고 치
마 옆선에, 다리를 더 길어 보이게 만들어 줄 긴 슬릿을 넣는다. 엘
스크는 책을 참고한다. 읽을 수 없는 파란 책이 아니라 여행자들
이 엘스크의 언어로 쓴 책을 본다. 그 책들과 루시에게서 뽑아낸
마의 이야기의 단편을 이용해 엘스크는 새로운 이야기를 쓴다. 차
를 따르고 오르내리는 억양으로 눈을 내리깐 채 나긋나긋하게 말
하는—루시 자신의 이야기와는 바보의 금과 진짜 금이 다른 만
큼 다른 이야기지만 그건 중요하지 않다.

루시가 엘스크가 처음에 한 제안을 다시 꺼내 본 적이 있다.
엘스크는 미소조차 짓지 않는다. **그건 그때고, 우리끼리 얘기고. 이 거**
래는 조건이 달라.

석 달이 다 되어, 루시는 머리카락을 틀어 올려 올림머리를
하고 자기 액자 안으로 들어간다.

벽 앞에 선 루시는 이야기와 역사책을 두고 샘과 벌였던 어리
석은 말다툼을 생각한다. 루시가 진실이 하나뿐이라고 믿을 만큼
어리석었을 때. 루시는 소리 없이 미안하다고 말한다.

루시는 대단히 빠른 속도로 빚을 갚는다. 쉽다. 루시는 여러
해 전에 무덤을 하나 팠다. 지금 그 무덤 안으로 이전의 샘과 이전
의 자기를 전부 던져 넣는다. 부드럽고 상하기 쉬운 부분들.

남긴 부분은 루시의 무기다.

일은 쉽다. 남자들의 갈증은 다 똑같은 갈증이다. 남자가 자

기를 가리킬 때 루시는 백지가 된다. 어떤 사람은 이야기를 들어 줄 아내를 원한다. 어떤 사람은 가르칠 딸을 원한다. 어떤 사람은 머리를 안고 둥개둥개 흔들어 줄 엄마를 원한다. 어떤 사람은 애완동물을, 노예를, 동상을, 정복을, 사냥을 원한다. 그들은 자기가 원하는 것만을 본다.

루시가 그 사람들을 들여다볼 수 있게 되면서 더 쉬워진다. 얼굴이 흐릿하게 뭉개져 똑같은 얼굴 몇 개로 합해진다. 카드 한 벌에서 몇 가지 무늬가 반복되듯이. 어떤 남자들은 찰스들이라, 놀리고 응석을 받아 준다. 어떤 남자들은 리 선생님들이라, 그들한테는 학생 역할을 한다. 어떤 남자들은 선장들이라 비위를 맞춰 준다. 어떤 남자들은 산사람들이라 따른다. 이런 남자, 이런 남자, 또 이런 남자 들. 그들이 원하는 건 모닥불 가에서 하는 이야기처럼 빤한 패턴을 따르므로 루시는 다음 말, 다음 요구, 다음 입 모양이나 손동작을 한발 먼저 알아차릴 수 있게 된다.

코가 부러지고 난 뒤에는 더 쉬워진다. 어떤 남자를 잘못 읽고, 그래서 뜨거운 피가 입술 위로 흐른다. 엘스크가 울부짖지만 루시는 울지 않는다. 벌써 남자를 어떻게 유도했어야 했는지, 물러서는 대신 앞으로 나서야 하지 않았는지, 어떤 말을 해야 했는지를 생각하고 있다. 다음에는 더 똑똑해질 것이다. 아무도 루시가 배우는 게 없다고는 하지 못할 것이다.

여러 해 전에 부러진 그 자리가 부러졌다. 똑바르게 아물면서 예전 루시 모습의 마지막 흔적을 지운다. 엘스크는 감탄하며 루시에 관한 이야기에 **운이 좋다**는 이야기를 덧붙인다. 루시의 머리카락에서 금빛 잎사귀가 자아진다. 남자들이 루시를 더 자주 선택한다.

빛이 줄어든다.

루시가 다른 사람으로 착각한 어떤 남자가 온 뒤에 더 쉬워진다. 좁은 눈. 높은 광대. 루시는 순간 눈에 자기 본모습을 담는다. 그러고 나서 루시는 본다. 남자의 망설이는 걸음걸이, 나약한 턱. 아니다. 그래도 루시는 남자의 옷을 천천히 벗기며 관찰한다. 고개를 가까이 숙이고 남자가 하는 말을 듣는다. 새로운 목소리. 찰스도 아니고, 선생님도 아니고, 뱃사람도 아니고, 채금업자도 아니고, 산사람도 아니고, 광부도 아니고, 카우보이도 아니다. 다른 것. 가능성. 남자가 자면서 잠꼬대를 중얼거릴 때 루시는 그의 입에 귀를 대고 몸을 떤다. 루시가 알아듣지 못하는 언어가 위안을 준다.

남자는 자기와 비슷한 수백 명과 같이 배를 타고 왔다. 루시와 닮은 얼굴을 가진 남자들이 루시를 종종 선택한다. **운이 좋아요.** 엘스크가 다시 말한다. 채금업자가 장대한 철로의 마지막 구간을 건설해 서부를 다른 지역과 연결한다는 오래전에 접었던 사업을 재개했기 때문이다. 채금업자는 큰 바다 건너에서 싸구려 노동력을, 남자들만, 배로 잔뜩 실어 온다.

한동안 루시는 그들에게 친절하게 대한다. 루시의 삶이 그들에게 백지이듯 그들의 언어가 루시에게는 백지다. 그들의 말 위에 루시는 자기가 원하는 이야기를 적는다. **나도 오늘 잘 지냈어요.** 그들이 지껄이는 소리에 이렇게 대꾸한다. **나도 빨간색 제일 좋아하는데 어떻게 알았어요?** 어느 날 목욕 값을 치른 남자가 있다. 목욕만. 아, 루시가 욕조를 채우며 말한다. **당신 나라에서 당신이 왕자였다는 걸 몰라봤네요.** 루시는 남자의 등, 너른 어깨에 비누칠을 하고, 그때—루시는 자기도 모르게 남자의 머리카락 가르마에 입을 맞춘다. 남자가 고개를 든다. 남자가 입을 여는데 루시의 가슴이 두근거린다. 루시는 남자가 다음에 하는 말을 두 사람의 언어가 다름에도 알아들을 수 있을 거라고 믿는다.

그러나 남자는 루시의 입에 혀를 집어넣으려 할 뿐이다. 남자는 물을 쏟고 의자를 쓰러뜨리고 러그 위에 비누 거품을, 루시의 몸에 멍을 남기고, 마침내 엘스크가 하수인들을 데리고 올라와 남자에게 추가 서비스에 드는 비용을 확실하게 일러 준다. 남자가 침을 뱉고 욕을 하고 젖은 채로 달라진 모습으로 끌려갈 때 루시는 깨닫는다. 남자의 머리카락과 눈이 익숙해도 다른 남자와 다르지 않다는 것. 또 다른 찰스, 또 다른 산사람이라는 것.

루시는 한참 앉아서 물이 빠지는 걸 본다. 루시 자신도 비워진다. 자기와 닮은 얼굴들 사이에 있더라도 혼자일 수 있다는 걸 깨닫는다.

다음에는 더 쉬워진다.

배가 오고, 철로는 길어지고, 철로를 놓기 위해 언덕을 밀어 버린다. 서부에서는 뿌리에서 뜯겨 나간 마른풀이 날아다닌다. 먼지 폭풍 이야기가 들린다. 붉은 건물 안에 있는 루시는 모래 냄새를 맡거나 맛보거나 삼키지 않지만. 이 모든 일이 대륙을 하나로 잇는 위대한 철도를 위해서다.

루시는 철로에 마지막 침목을 박아 넣는 순간 도시 전체에 울려 퍼진 환호성을 듣는다. 철로를 땅에 붙박아 놓은 금빛 대못. 역사책에 실릴 그림이 그려진다. 루시와 닮은 사람들, 그 철로를 놓은 사람들은 한 명도 나와 있지 않은 그림.

산사람은 이 땅에는 철도를 완성할 수 있는 사람이 없다고 말했다. 그 사람 말이 결국 옳았던 셈이다.

그날 루시는 아프다고 하고 일을 쉰다. 침대에 눕는다. 눈을 감는다. 오래된 이미지를 떠올려 본다. 금빛 언덕. 푸른 풀. 버펄로. 호랑이. 강. 루시가 날마다 손님들에게 파는 이야기가 아닌 다른 이야기를 기억해 내려고 해 본다. 이미지가 신기루처럼 가물거리다 가까이 다가가는 순간 사라진다. 루시는 이미지들이 사라지기 전에 최대한 길게 바라보며 애도한다.

기차가 한 시대를 죽였다.

엘스크에게 선물을 받은 뒤에 더 쉬워진다. 루시가 열심히 해서 얻어 낸 선물이다. 열두 달 동안 성실히 일해서 책방 열쇠를 받는다. 이틀 동안 루시는 앉아서 읽고 찾고 발로 바닥을 톡톡 치면서 책장을 훑는다. 붉은 건물 밖으로 한 발자국도 나가지 않았음에도 오래된 방랑벽이 들썩인다. 다른 바다 건너에 있는 다른 지역의 역사. 정글로 덮인 언덕, 얼음처럼 추운 고원, 사막, 도시, 항구, 골짜기, 늪, 초원, 사람들. 드넓고 머나먼 땅들——전부 루시가 아는 이들과 비슷한 남자들이 기록으로 남겼다. 이 지역 역사도 한 권 있다. 먼지가 두껍게 덮인, 투박한 글솜씨로 쓰이고 표지에 학교 선생의 이름이 적힌 책. 루시는 약속된 장(章)을 찾아보지만 자신이 단 몇 줄로 알아보기 힘들게 축소되어 대충 적혀 있는 것을 발견한다.

이틀이 지나자 눈이 흐릿하고 단어도 흐릿해져 책을 꽂는다. 팔다리에 감각이 없다. 루시는 깊고 꿈 없는 잠에 빠지고 그 뒤에 다시는 책방에 가지 않는다. 긴가민가했던 것이 이제는 확실해졌기 때문에. 새로운 곳, 새로운 언어가 있을지는 몰라도——새로운 이야기는 없다. 사람이 손대지 않은 야생의 땅은 남지 않았다.

루시는 파란 책을 읽으려 하지 않는다. 그걸 읽어 보아야 이제 의미가 없다.

여러 달이 지나고, 빚을 다 갚았을 때, 채금업자가 루시의 침대에 누워 시계를 감으면서 루시에게 선물을 주겠다고 말한다. 뭐든 주겠다고 말한다. 마치 관대한 사람인 것처럼; 이미 루시에게서 모든 값어치를 다 뽑아 가지 않은 것처럼.

채금업자가 루시에게 무얼 원하냐고 묻는다.

루시는 가장 먼저 거울을 달라고 한다. 자기 자신을 볼 수 있게 ─ **제대로 볼** 수 있도록. 코가 낯설고, 여위고 조용해진 얼굴이 낯설다. 루시가 반짝반짝 빛나는 미모를 갖게 되는 일은 없을 것이다. 다만 어떤 남자들이 보면서 가슴앓이를 하게 만들, 마치 탐사봉을 든 것처럼 이끌리게 만들 어떤 아름다움을 지니게 될 것이다. 루시가 잘라 버린 머리카락이 귀신처럼 다시 돌아왔다. 루시는 어깨 너머를 돌아보지만 아무도 없다. 하얀 목은 루시의 것이다. 흠 없는 얼굴은 루시의 것이다. 이제 아무도 루시를 다치게 할 수 없다. 루시의 육신은 불멸이다. 아니 너무나 많은 남자의 이야기 속에서 너무나 여러 번 죽었기 때문에 이제는 죽음이 두렵지 않다. 루시는 이 몸 안에 깃든 귀신이다. 자기가 과연 죽을 수나 있을까 싶다.

두 번째로 채금업자는 무얼 원하냐고 묻는다.

오래된 말이 혀끝에 맴돈다. 일 년 동안 입에 올리지 않았다. 루시는 바다, 배, 별 모양 과일, 연등, 야트막한 붉은 담을 기억하려 애쓴다. 그것들 일부가 자기 것이 되는 상상을 해 본다. 그러나 이야기책 속의 이미지가 루시가 알고 너무 가까이 너무 또렷이 본 남자들의 얼굴, 주름살과 흉터와 잔인함으로 대체된다. 루시는 그

붉은 거리에 있는 자기 모습을 상상한다. 남자들을, 그들의 아내들과 아이들을 마주친다. 그들이 느낄 공포. 루시가 느낄 공포. 아무리 넓다 한들 이제 그 땅에는 루시의 자리가 없다. 루시는 그 땅에서 키가 더 커지고 보폭은 더 길어지고 더 반짝일 샘을 생각한다. 자기가 원하는 공간 전부를 차지하고 루시의 언어가 아닌 언어를 말하는 샘. 루시는 그 눈부신 이미지를 잠깐 머릿속에 담아 둔다. 다음에 놓아 버린다. 흩어 버린다. 샘이 원했던 사람들에게 샘을 준다. 그 사람들이 진정으로 루시의 사람들이었던 적은 없고 이제는 그렇게 될 수도 없다.

혀끝에 맴도는 말을 루시는 놓아 버린다. 그 말은 하지 않는다.

세 번째이자 마지막으로 채굴업자는 루시에게 무얼 원하냐고 묻는다.

루시는 다른 방향을 생각한다. 자기가 태어난 곳의 언덕, 하늘을 표백하고 풀을 빛나게 만드는 해. 자기가 말라붙은 호수 바닥에 서서 사람이 욕망하는 것, 그것 때문에 죽고 사는 것을 손에 쥐었을 때를 생각한다. 풀을 눈부시게 빛나게 하는 정오의 해에 비하면 사실 그것은 아무것도 아니라고 생각한다. 지평선에서 지평선까지 일렁이는 빛. 누가 그걸 손에 넣을 수 있는가, 그 거대하고 미치게 하는 빛, 영원히 멀어지는 신기루, 누구의 소유가 되거나 한곳에 고정되기를 거부하고 빛의 각도에 따라 변하던 풀을. 누가 그걸 알 수 있나, 이 땅이 누구에게 무엇인지를, 죽었거나 살았거나 선하거나 악하거나 운이 좋거나 나쁘거나 간에 무수한 삶이 태어나고 파괴되게 만든 이 땅의 공포와 아량을. 바로 그것 때문에 그들이 그토록 떠돌아다닌 게 아닌가? 가난 때문도 절박함 때문도 탐욕 때문도 분노 때문도 아니고, 눈앞에 땅이 펼쳐지는 한은, 계속 찾아 헤매는 한은 영원히 탐색자이고 패배자가 아닐 수 있음을 알았기 때문이 아닌가?

바가 원했던 것처럼, 그리고 샘이 거부했던 것처럼 땅을 차지하는 길이 있고, 혹은 땅에 사로잡히는 길이 있다. 조용한 길. 이 언덕에 금이 얼마나 있는지 모른다는 사실이 일종의 선물이었다. 충분히 멀리 가기만 하면, 충분히 기다리기만 하면, 슬픔이 충분히 혈관에 고이게 하기만 하면, 곧 아는 길을 찾을 것이고 바위는 낯익은 얼굴처럼 보일 것이고 나무가 나를 반길 것이고 봉오리와 새 울음이 터질 것이고 이 땅이 내 안에 마치 짐승처럼 언어와 법과 무관한 표식을 남겨 놓았으므로——피를 흘리게 하는 마른 풀, 망가진 다리에 남은 호랑이 발톱 자국, 진드기와 터진 물집, 바람에 거칠어진 머리카락, 햇볕에 타서 얼룩무늬 줄무늬가 생긴 피부——그러니 달리기 시작하면 바람 속에서 흐르는 혹은 말라붙은 목구멍에서 솟아오르는 소리를 들을 수 있을 것이다. 메아리 같기도 하고 아니기도 한, 앞에서 혹은 뒤에서 오는, 언제나 알았던 목소리가 내 이름을 부르는 소리를——

루시는 입을 연다. 루시가 원하는 것은

감사의 글

찬란한 북부 캘리포니아의 언덕에. 방콕과 고독이라는 교훈에. 실롬에 있는 루카의 어둑한 자리에. 플랫부시의 헝그리 고스트의 카운터에. 하이그라운드의 벽난롯가에. 햄비지 센터의 그린 폭스파이어에. 버몬트 스튜디오 센터에 있는 제인 오스틴 스튜디오에.

『디비사데로』의 메아리와 콜라주에. 『빌러비드』의 진한 사랑에. 『시핑 뉴스』의 신랄함에. 『거웨인 경과 그린 나이트』, 『초원의 집』, 『외로운 비둘기』의 긴 여행 노래에.

이상하고 소중한 친구 마리야와 미카에게. 한결같은 윌과 캡. 괴팍하고 진실한 마이 나돈. 제시카 워커와 티스위트. 외계인 쌍둥이 브랜든 테일러. 여성을 위해 싸우는 로런 그로프. 끝까지 끈질기게 믿어 준 빌 클레그, 세라 맥그래스, 아일라 아메드. 《롱리즈》의 애런 길브레스와 《미주리 리뷰》 팀. 리버헤드 출판사와 리틀, 브라운의 모든 분.

엄마와 루엘리아에게, 말하기 어려운 것들에 대해. 나의 아빠에게 다시 한번. 나의 나이나이(奶奶, 할머니)와 큰 바다 건너 가족들. 나의 고향 아비나시.

그리고 이 배를 진수하는 걸 볼 만큼 오래 내 곁에 있어 준 고양이의 왕자 스파이크에게.

옮긴이의 말

　　내가 알던 서부 — 로러 잉걸스 와일더와 존 포드와 세르지오 레오네의 서부가 아니다. 건조한 땅, 카우보이 부츠, 권총, 말, 익숙한 소품들이 등장하는가 싶은데, 이곳에서 길을 개척해 나가는 주인공은 뜻밖에 중국계 아이 둘이다. 사막 한가운데에서 맞닥뜨리는 호랑이 두개골만큼이나 있을 법하지 않은 일이다. 그런데 더욱 놀라운 것은, 실제로 그곳에 그들이 있었다는 사실이다.

　　서부 개척과 골드러시는 미국의 정체성을 이루는 뼈대와 같은 이야기이고 수없이 되풀이되어 온 미국의 신화이다. 나는 이 이야기에 백인 카우보이와 무법자, 보안관, 탐광꾼과 개척민 그리고 적대적인 인디언 말고 중국인이 등장하는 경우는 보지 못했다. 그런데 1800년대 중반 캘리포니아에서 황금이 발견되었다는 소문이 퍼졌을 때, 사람들이 동쪽에서 서쪽으로만 이동한 것이 아니었다. 더 서쪽에서 태평양을 건너온 사람들도 있었다. 큰 바다 건너에 '황금의 산'이 있다는 헛된 약속에 속아 중국에서 수만 명이 배를 타고 미국으로 건너왔다. 이들은 광산이나 대륙을 가로지르는 철도 건설에 투입되어 백인 임금의 절반을 받고 힘겨운 육체노동을 떠맡았다. 1867년에는 철도 건설 노동자 가운데 90퍼센트가 중국인이었다고 한다. 그 과정에서 1200명이 죽었다. 그리고 잊혔다. 그 땅은 그들의 땅이 아니었고, 그 땅에서 나는 금은 그들의 금이 아니었다.

이 소설에 미국인들이 받은 충격은 내가 느낀 것 이상이었을 것이다. 서른 살의 젊은 작가 C 팸 장의 장편 데뷔작이 미국 평단에 일으킨 반응은 그야말로 센세이셔널했다. 이 책이 출간된 것은 2020년, 팬데믹 때문에 록다운이 실시되며 중국인(혹은 중국인처럼 보이는 사람)에 대한 혐오와 폭력이 걷잡을 수 없이 번지던 때다. 이때 백인이 불굴의 의지로 척박한 황무지를 개척하여 자명한 운명을 실현하고 대양에서 대양으로 뻗은 위대한 국가를 건설했다는 미국의 신화를, 젊은 중국계 여성 작가가 속살을 바르듯 해체하여 다시 쓴 것이다. 책 맨 앞에 제사로 붙어 있는 "이 땅은 너희 땅이 아니다"라는 말은 우디 거스리의 노래 「이 땅은 너희 땅이다(This Land Is Your Land)」에서 따온 것이다. C 팸 장은 캘리포니아에서 자랄 때 학교에서 국가와 다름없이 제창하는 이 노래를 부르며 가슴 벅참을 느꼈다고 한다. 그 노래 가사가 부정문으로 바뀌어 미국의 신화를 정면으로 부정한다. 소설 시작 부분에서 고아가 된 열두 살 루시와 열한 살 샘은 아버지의 장례를 제대로 치르겠다며 썩어 가는 아버지의 시신을 끌고 황무지를 헤맨다. 윌리엄 포크너의 『내가 죽어 누워 있을 때』에서 죽은 어머니를 고향에 매장하려고 시신을 끌고 길을 떠나는 자식들처럼. 이 이야기는 분명 아는 이야기이자, 전혀 모르는 이야기가 될 것이다.

루시와 샘은 미국에서 태어나서 자랐지만, 아무도 그들을 미국인으로 보지 않는다. 단둘이서 살아남아야 하는 이들에게 이 땅은 육체적으로 가혹할 뿐 아니라 인종 때문에 끝없이 학대, 착취, 모욕을 당해야 하는 정신적으로도 가혹한 곳이다. 그러나 C 팸 장은 1부의 시간적 배경을 '1863년'이 아니라 'XX63년'이라고 명시하고 책을 시작한다. 책 전체에서 캘리포니아건 중국이건 실제 지명을 언급하는 일은 없다. 이 이야기는 실제 이야기일 수도 있으나, 평행우주일 수도 있다. 이 소설은 사실적인 동시에 몽환적이고 신화와 상징이 가득하다. 이 땅에는 아버지의 이야기 속에 나오는 하늘에 닿을 듯 커다란 버펄로, 어머니의 바다 건너 나라 이야기에 등장하는 호랑이가 있다. 척박한 땅에 신화가 서려 있고 가혹한 현실에 아름다운 순간이 있고 아이들은 성장한다. 그렇지만 두 아이의 길은 어긋난다. 루시는 학교에서 리 선생님에게 주입받은 대로 동쪽으로, 문명으로 가기를, 이곳에 동화되기를 원한다. 샘은 젠더의 구분에, 사회의 제약에 속박되기를 거부하고 결국은 서쪽으로, 어머니의 땅으로 가겠다고 결심한다.

사실 이 소설에서 경계를 지을 수 있는 것은 아무것도 없다. 이야기는 역사이며 신화이고, 이들은 중국인도 미국인도 아니고 자매도 남매도 아니고, 이곳은 집이자 집이 아니고, 손에서 반짝이는 것은 우리 것이지만 우리 것이 아니고 금이지만 금이 아니다. 집은 어때야 집이지 ──? 루시와 샘은 영원히 그 질문에 대한 답을 찾지 못하고 떠돌지 모른다. 오늘날에도, 이곳에서도, 영원히 계속되는 질문이다.

이 소설은 루시가 원하는 것은 ── 이라는 완결되지 않은 문장으로 끝난다. 루시가 원하는 것은 무엇일까. 루시와 샘을 포함

해 어떤 의미에서든 경계에 서 있는 우리가 원하는 것은 무엇일까. 거기에 새로운 기대를, 의미를, 삶을, 각자의 금을 조금은 얹을 수 있지 않을까.

인물들의 대화에 중국어가 섞여 있는데, 원문에는 중국어를 음차한 로마자로만 적혀 있었다. 독자의 이해를 돕기 위해 간체자와 뜻을 추가했는데, 강영희 번역가가 도움을 주었다. 이 자리를 빌려 고마움을 전한다.

홍한별

그 언덕에는 얼마나 많은 황금이

1판 1쇄 찍음 2024년 4월 26일
1판 1쇄 펴냄 2024년 5월 6일

지은이 C 팸 장
옮긴이 홍한별
발행인 박근섭, 박상준
펴낸곳 (주)민음사

출판등록   1966. 5. 19. 제16-490호
주소   서울특별시 강남구 도산대로1길 62(신사동)
          강남출판문화센터 5층 (우편번호 06027)
대표전화   02-515-2000 | 팩시밀리 02-515-2007
홈페이지   www.minumsa.com

isbn: 978-89-374-4609-2 03840

한국어판 © (주)민음사, 2024, Printed in Seoul, Korea